Adriana Popescu

Goldkehlchen – Erinnerungen voller Lieder

ADRIANA POPESCU

GOLD KEHLCHEN

Erinnerungen voller Lieder

ROMAN

PIPER

Mehr über unsere Autorinnen, Autoren und Bücher:
www.piper.de

Wenn Ihnen dieser Roman gefallen hat, schreiben Sie uns unter Nennung des Titels »Goldkehlchen – Erinnerungen voller Lieder« an *empfehlungen@piper.de*, und wir empfehlen Ihnen gerne vergleichbare Bücher.

Von Adriana Popescu liegen im Piper Verlag vor:
Goldene Zeiten im Gepäck
Ewig und eins
Versehentlich verliebt
Lieblingsmomente
Lieblingsgefühle
Tristans Moment

Unser Versprechen für mehr Nachhaltigkeit
Klimaneutrales Produkt
FSC®-zertifiziertes Papier
Hergestellt in Europa

FSC
www.fsc.org
MIX
Papier | Fördert gute Waldnutzung
FSC® C083411

ISBN 978-3-492-06325-8

Redaktion: Annika Krummacher
Satz: Uhl + Massopust, Aalen
Gesetzt aus der Filosofia
Druck und Bindung: CPI Books GmbH, Leck
Printed in the EU

1

Große fragende Augen sehen mich an.

Nur befürchte ich, die Anwesenden haben ihre Fragen an mich schon wieder vergessen. Dabei bin ich so gut vorbereitet, als hätte ich eine mündliche Prüfung zu bestehen.

Teils ahnungslos, teils gespannt, was sie von dieser jungen Frau zu erwarten haben, mustern sie mich. Mit jedem Blick, der auf mir landet, spannt sich mein Körper zusätzlich an, und ich spüre, wie sich der Schweiß in meinem Nacken sammelt, bereit, an der Wirbelsäule entlang nach unten zu schießen.

Du bist vorbereitet, Toni, denke ich. Du hast alles im Griff.

Obwohl das große Fenster neben dem Klavier gekippt ist, steht die Luft im Chorraum. Der Sauerstoff kann unmöglich für alle Anwesenden reichen. Da erst fällt mir auf, dass sich die Fenster nicht ganz öffnen lassen. Sie sind mit einer Art Schloss versehen, obwohl wir uns im Erdgeschoss befinden.

An den Wänden hängen Bilder, bunt und chaotisch, ein Fest für jeden Fan von Rorschachtests. Die meisten erinnern an Fingermalereien, wie man sie im Kindergarten anfertigt.

»Das hier ist Antonia Waller, eure neue Chorleiterin.«

Die Heimleiterin Frau Geiger, eine resolute Frau mit blonden Locken und strenger Mimik, sieht die anwesenden Chorteilnehmer an und deutet dann auf mich.

In der Ledertasche, die ich mir für meinen ersten Arbeitstag in meinem neuen Job gekauft habe, befinden sich all die Dinge, die ich für heute brauche.

»Ihr werdet ganz viel Spaß mit Frau Waller haben.«

Es wird genickt, manche zucken die Schultern, andere

starren weiter zu mir, vielleicht in der Erwartung, ich würde mich vor ihren Augen wieder in Luft auflösen.

Eine ältere Dame, die meine Vorstellung wohl nicht interessant genug findet, läuft hinter der letzten Reihe ständig auf und ab, wie ein Metronom. Ihre Schritte klingen wie akustische Impulse, die in gleichmäßigen Zeitintervallen ein konstantes Tempo vorgeben. Aber meine Gedanken halten sich nicht an ihr Tempo, sondern rasen ohne Geschwindigkeitslimit durch meinen Schädel. Auf dem Ausdruck meiner Internetrecherche sah alles ganz einfach aus. Jetzt kriege ich weiche Knie.

Frau Geiger deutet mahnend auf einen der alten Herren in der ersten Reihe, der mit seinen stechend blauen Augen und den eisgrauen Haaren frech grinsend dasitzt.

»Und dass mir ja keine Beschwerden kommen, Herr Bollinger.«

Der hebt ahnungslos die Schultern, grinst dabei aber weiter.

»Frau Gettelmann, es wird endlich wieder gesungen!«

Damit wendet sich die Heimleiterin an eine alte Dame, die etwas abseits sitzt und lächelt, dabei aber nicht so aussieht, als würde es sie groß interessieren.

»Das wird ganz wunderbar«, fährt Frau Geiger fort und dreht sich zu mir um. »Ich bin mir sicher, dass Sie das toll machen werden, Frau Waller.«

Natürlich. Weil ich immer alles ganz wunderbar mache. Und ich bin vorbereitet. Bei meiner ausgiebigen Recherche zum Thema Demenz würde es mich nicht wundern, wenn man mir spontan einen Doktortitel verleiht, auch wenn ich mir jetzt in der hellen Bluse und dem karierten Rock fast schon overdressed vorkomme. Sogar den Rotton meines Lippenstifts habe ich auf mein übriges Outfit abgestimmt.

Nur nichts dem Zufall überlassen. Nichts, außer meiner Zukunft.

»Falls Sie Unterstützung brauchen ...«

Frau Geiger deutet auf eine Pflegerin, die in der letzten Reihe sitzt und mir zuwinkt. Gut zu wissen, auch wenn ich davon ausgehe, dass ich ihre Unterstützung nicht brauchen werde. Die Pflegerin lächelt mir aufmunternd zu, und ich stelle fest, dass ich tatsächlich richtig nervös bin. Auch die Dame im Hintergrund wirkt alles andere als entspannt, geht unaufhörlich hin und her, wird dabei von allen außer mir ignoriert.

Aha, Bewegungsdrang. Ein typisches Verhalten von Demenzkranken. So viel weiß ich dank meiner Recherche schon. Nur ist es doch ganz anders, realen Menschen zu begegnen, mit Gesichtern und Stimmen. In der Theorie und meiner Vorstellung klang das alles irgendwie leichter.

Nachdem Frau Geiger den Raum verlassen hat, atme ich tief durch und fange noch mal an.

»Hallo. Ich bin Antonia Waller und ...«

Die Tür, durch die Frau Geiger eben verschwunden ist, öffnet sich erneut, und kurz spüre ich einen Anflug von Verärgerung. Zum Chor kommt man einfach nicht zu spät.

Ein Paar betritt den Raum. Sie hochgewachsen, graue feste Locken, er ein Stück kleiner, das Haar nicht mehr ganz so voll, der Gesichtsausdruck grimmig.

»Sind wir zu spät für die Chorprobe?«

»Nein, nein. Wir wollten allerdings gerade angefangen.«

»Siehst du, Ulrich, von wegen, es lohnt sich gar nicht mehr.«

Die Frau schiebt ihren Mann vor sich her in Richtung der freien Stühle, wo er – übrigens noch immer grimmig dreinblickend – Platz nimmt und die Arme verschränkt.

»Sind wir denn nun vollzählig?« Meine Frage stelle ich in den Raum, weil ich nicht genau weiß, wen ich ansprechen soll oder kann.

»Mehr oder weniger. Die Besetzung schwankt, je nach Tagesform«, antwortet der Mann mit den blauen Augen – Herr Bollinger – und lächelt dabei charmant.

In meiner nagelneuen Tasche befinden sich ausgedruckte Liedtexte, Tonfolgen zum Aufwärmen und Einsingübungen, abgestimmt auf die Möglichkeiten der Chormitglieder.

»Wer von Ihnen hat denn schon mal in einem Chor gesungen?«

»Alle. Sonst wären wir ja wohl kaum hier«, antwortet ein Mann aus der zweiten Reihe mit einer tiefen Bassstimme. Er steht auf und funkelt mich aus dunklen Augen unter buschigen, grauen Brauen an. Mit dem blütenweißen Hemd, der gelben Krawatte und dem perfekt gestutzten Bart macht er auf mich nicht den Eindruck, als wäre er hier am richtigen Ort. Doch bevor ich meine Zweifel diesbezüglich zum Ausdruck bringen kann, schüttelt er genervt den Kopf.

»Vielleicht sind Sie hier ja falsch. Wir sind ein Chor ohne Leitung, aber Sie …«

Wieder dieser musternde Blick.

»… kommen mir nicht wie eine Chorleitung vor.«

Wenn er wüsste. Stolz recke ich das Kinn vor.

»Ich habe Musikpädagogik studiert.«

Sein warmes Lachen klingt ebenso tief und voll wie seine Stimme. Mit einem solchen Bass könnte man sicher etwas anfangen.

»Deswegen sind Sie also hier. Weil wir für Sie so etwas wie Laborratten sind, oder? Gut für Ihr Studium.«

»Nein. Wie erwähnt, habe ich mein Studium bereits beendet.«

Mir gefällt zwar seine Stimme, aber nicht der Ton, in dem er mit mir spricht.

»Ich bin hier, weil ich Musik liebe und eine Vorliebe für Laienchöre habe!«

»Dann stehen Sie nicht so rum, sondern bringen Sie uns was bei, Frau Musikpädagogin.«

»Waller. Ich heiße Waller. Und Sie sind?«

»Valentin Meerbach.«

Ich nicke, halte dem Starrduell stand und spüre, wie meine Lippen sich langsam zu einem Lächeln formen.

»Sie singen Bass.«

»Schon immer, ja. Wollen Sie was hören?«

Gerade als ich antworten will, dreht sich Herr Bollinger genervt zu ihm um.

»Hör mal, Valentin, wir wissen alle, dass du nur ganz knapp nicht mit Frank Sinatra zusammen auf der Bühne standest, aber könntest du uns mit der sich immer wiederholenden Geschichte heute verschonen?«

»Wieso? Manche von euch glauben sowieso, sie hören sie zum ersten Mal.«

Zuerst denke ich, er spricht von mir, weil ich seine Geschichte – und die von Frank Sinatra – noch nicht kenne, aber dann bricht Bollinger in schallendes Gelächter aus, und Valentin Meerbach nimmt wieder Platz, die Strenge in seinem Gesicht bleibt allerdings unverändert.

Bollinger dreht sich zu mir.

»Verzeihung, aber wenn man schon in einem Demenzchor singt, will man zumindest den Humor nicht ganz vergessen.«

Demenzchor.

Genau deswegen bin ich hier. Eine flotte Zwischenstation, gut fürs Karma – und auf dem Lebenslauf macht sich das auch gut. Außerdem passt es gut in meinen Berufsalltag, da ich nur drei Vormittage pro Woche in einem privaten Kindergarten als Musikpädagogin arbeite. So viel Spaß mir mein Job auch macht, eine Abwechslung hat ja bekanntlich nie geschadet. Dass diese Abwechslung aber eine solche Herausforderung wird, damit habe ich nicht gerechnet.

Jetzt sehe ich in Gesichter, die mir nicht verraten, ob sie sich morgen oder nachher noch an mich, meine Einsingübungen oder die Liedtexte erinnern werden.

Mit diesem Valentin habe ich zumindest schon mal einen Bass.

»Fangen wir jetzt an, oder sitzt man hier nur rum?«, erkundigt sich ausgerechnet Ulrich, der doch eigentlich gar nicht hier sein will.

»Natürlich. Vielleicht wollen wir unsere Stimmbänder kurz aufwärmen?«

Doch meine Idee wird nicht ganz so begeistert aufgenommen wie erhofft. Eigentlich reagiert niemand wirklich darauf, und mir wird klar, dass dieser Chor offenbar auf Einsingübungen verzichtet.

»Nun gut, dann legen wir eben so los. Welches Lied haben Sie denn zuletzt gesungen?«

Die meisten blicken ahnungslos drein, und mir wird klar, dass nicht alle hier im gleichen Stadium der Krankheit gefangen sind. Valentin Meerbach und Herr Bollinger wirken klarer, Ulrich sicherlich auch, aber die Dame ganz außen, die nur lächelnd dasitzt und an uns allen vorbeisieht, die weiß nicht, was sie zuletzt gesungen haben. Und unsere Spaziergängerin trainiert vielleicht für einen Marathon, aber ich bezweifle, dass sie wirklich wegen der Musik hier ist.

»*Mit siebzehn*. Von Peter Kraus.«

Herr Meerbach sieht mich süffisant lächelnd an, wartet

ab, wie ich mit dieser Information umgehe, und wedelt mit einem Zettel in der Hand.

»Brauchen Sie den Text?«

Peter Kraus kenne ich natürlich, auch das Lied, aber aus der Erinnerung könnte ich es nicht spielen. Was Meerbach natürlich ahnt.

»Vermutlich nicht so Ihre Zeit, Frau Waller, was?«

»Nicht so ganz, nein.«

Sein Lächeln verwandelt sich in ein waschechtes Grinsen.

»Tja. Und nun?«

Das hier ist ein Test. Meerbach fordert mich heraus, und ich lächele zurück, bevor ich in meine Tasche greife und mein Handy herausziehe.

Er weiß nicht, dass ich solche Situationen gewöhnt bin.

»Nun mischen wir unsere Zeiten doch mal ein bisschen.«

Schnell eine Googleanfrage abgeschickt, und schon tauchen die Noten zu dem erwähnten Lied auf meinem Display auf. Entschlossen gehe ich zum Klavier, werfe ein Lächeln in den Raum, ohne festen Empfänger, und nehme auf der kleinen gepolsterten Bank Platz.

»Singen Sie einfach mit.«

Meine ersten Klavierstunden hatte ich mit vier. Insofern ist das hier eine leichte Übung für mich.

Sobald ich loslege, muss auch Meerbach einsehen, dass dieser Punkt an mich geht. Die Senioren vor mir setzen ein, einige zu früh, andere zu spät und die meisten sehr schräg. In ihren Händen halten sie das Textblatt, das schon vor ihrem Auftauchen auf ihren Stühlen verteilt wurde, und wirken dabei sehr angestrengt. Gut, nicht alle. Sogar unsere Spaziergängerin singt mit, ohne ihr Gehen zu unterbrechen. Dann steht die kleine, alte Frau neben der Pflegerin auch noch auf und beginnt durch den Raum zu tanzen – wenn man es denn so nennen will. Sofort sehe ich Hilfe suchend zu der Pflegerin, die aber nur freundlich lächelnd dasitzt und in den Refrain einstimmt, was den Chorklang nicht zwingend harmonischer macht.

Meine Finger auf den Tasten geben mir das Gefühl, als hätte ich alles unter Kontrolle. Solange ich keine falsche Note erwische, ist alles gut, so einfach ist das. Doch je länger ich spiele, je schräger die meisten Chormitglieder singen, desto stärker werden die Zweifel in meinem Inneren.

Das hier ist kein Chor, sondern eine musikalische Katastrophe, mit der ich tatsächlich nur auf dem Papier jemanden beeindrucken kann, aber sicher nicht in einem Konzertraum.

Nur eines steht unumstößlich fest: Valentin Meerbach hat eine Stimme, die auf die Bühne gehört hätte – und zwar ganz ohne Frank Sinatra.

2

»Das war doch gar nicht so schlimm, oder?«

Schon will ich auf diese Frage am Ende der Chorprobe antworten, als ich bemerke, dass sie gar nicht mir, sondern Ulrich gestellt wurde, und zwar von seiner Frau, die ihn ganz aufmunternd anlächelt, was an ihm aber vollkommen abprallt.

»Na ja, besonders angenehm war es aber auch nicht.«

»Jetzt stell dich nicht so an, ein Chor ist eine tolle Sache, Ulrich.«

Dann erst bemerkt sie, dass ich die Unterhaltung mit anhöre, und sofort taucht eine Spur Hoffnung auf ihrem Gesicht auf.

»Manchmal muss man meinen Mann erst zu seinem Glück zwingen.«

Sie tätschelt liebevoll seine Hand, was ihm deutlich unangenehm ist.

»Ich gehöre hier nicht hin. Meine Frau denkt, ich könnte hier schon mal Anschluss finden. Für später.«

Den letzten Satz bringt er mit einer ordentlichen Portion Vorwurf über die Lippen und sieht sich dann kopfschüttelnd um, betrachtet die kindlich bunten Malereien an den Wänden. In seinem Blick ist pure Angst zu erkennen, auch wenn er das nicht weiß und es ihm sicher peinlich wäre.

»Meine Frau sieht keine besonders positive Zukunft für mich.«

Er lacht, aber es klingt nicht amüsiert. Dann erhebt er sich von seinem Stuhl und nickt mir knapp zu.

»Nichts für ungut, Sie haben das ja ganz ordentlich gemacht, aber ich werde sicher nicht wiederkommen.«

Ganz ordentlich? Das ist kein Lob.

»Moment, lag es an der Musikauswahl?«

Er sieht mich an, als hätte ich eine unglaublich dumme Frage gestellt.

»Nein. Es lag daran, dass ich nicht hierhergehöre. Da könnten Sie auch Songs von Udo Jürgens oder den Rolling Stones singen, das würde die Sache nicht besser machen.«

»Ich verstehe.«

Eigentlich verstehe ich es nicht, mache mir aber sofort eine gedankliche Notiz, dass unter Umständen auch englischsprachige Songs möglich wären.

»Ich warte am Auto«, sagt er zu seiner Frau. Damit stapft er in Richtung Ausgang und macht nicht einmal Anstalten, auf sie zu warten. Seine Frau sieht entschuldigend zu mir, und ich lächele verständnisvoll.

»Mein Mann hat die Diagnose noch nicht so recht verarbeitet. Er glaubt, es wäre nur seine Schusseligkeit, die er schon immer hatte.«

»Aber das ist es nicht?«

»Leider nein.«

Sie lächelt tapfer weiter, während sie mich aufklärt.

»Demenz kommt, wie ich jetzt weiß, nicht mit einem großen Werbeplakat und einer Mariachi-Band ins Leben geplatzt.«

Das hat auch meine Recherche ergeben.

»Sie schleicht sich an, versteckt sich in den Ecken, wo man schon lange nicht mehr durchgewischt hat, und macht es sich dann auf dem Sofa bequem. Bevor man es merkt, hat man eine ungewollte Untermieterin.«

»Verstehe.«

Sie sieht mich zweifelnd an, und ich wittere meine Chance, hole Luft und lege los.

»Als Vorbereitung für diesen Job habe ich mich mit dem Thema befasst. Viele Studien beweisen, dass Musik helfen kann. Vertraute Lieder aus der Jugend können Erinnerungen wachrufen, und es hilft natürlich auch der Mobilität, im Takt klatschen und all das.«

Ulrichs Frau nickt, wenn auch nicht so beeindruckt, wie ich erhofft habe. Sie sieht mich nur müde an und zuckt schließlich die Schultern.

»Wenn ich noch ein paar Erinnerungen mit meinem Ulrich sammeln kann, bevor …«

Ihr Lächeln bleibt weiterhin tapfer, verliert aber deutlich an Glanz, und ganz kurz meine ich, auch in ihrem Blick, der sehnsüchtig zur Tür wandert, einen Anflug von Angst zu erkennen.

»Na ja, ich sehe mal lieber nach ihm, bevor er etwas Dummes anstellt.«

»Natürlich.«

»Vielen Dank, Frau Waller.«

»Wofür denn?«

»Na, ohne Sie wäre der Chor eingestellt worden, weil man keine Chorleitung gefunden hat.«

»Wirklich?«

Sie greift ganz spontan nach meiner Hand und drückt sie kurz. Ich bin von der Geste etwas überrumpelt und verharre stocksteif vor ihr.

»Ich bin übrigens Dorothea Schüble, meinen Mann Ulrich haben Sie ja jetzt ein bisschen kennengelernt.«

Habe ich. Und besonders viel Begeisterung fürs Singen hat er nicht mitgebracht.

»Bis zum nächsten Mal.«

»Ja, bis zum nächsten Mal.«

Ich sehe ihr hinterher, wie auch sie den Raum verlässt, groß und schlank wie eine Zypresse, der auch der größte Sturm kaum etwas anhaben kann.

»Sieh einer an, Sie haben mich überrascht.«

Den Bass kenne ich inzwischen, sammele aber noch einen Moment meine Gedanken, bevor ich mich umdrehe und in das Gesicht von Valentin Meerbach blicke.

»Freut mich.«

»Als Sie hier reingestolpert sind, dachte ich noch, das wird eine Katastrophe.«

Genau genommen war es das auch.

»Aber Sie haben sich gar nicht so dämlich angestellt.«

»Wow, Sie sind ja wirklich ein Gentleman der alten Schule, Herr Meerbach.«

Kurz zucken seine Mundwinkel, aber er bemüht sich, ernst zu bleiben. »Sie wissen ja, was man über die Demenz sagt.«

»Was sagt man denn?«

»Zuerst vergisst man seine guten Manieren.«

Dann deutet er eine kleine Verbeugung an, reicht mir die Hand und wartet mein kurzes Zögern ab, bis ich sie annehme.

»Willkommen bei den Goldkehlchen, Frau Waller.«

»Goldkehlchen?«

Meerbach nickt und deutet auf das große, rot-goldene Banner an der Wand, vor der ich während der Probe gestanden habe.

»So heißt unser Chor.«

Die Goldkehlchen. Das gefällt mir.

»Sie gewöhnen sich schon noch dran, Frau Waller.«

Augenzwinkernd winkt er mir zum Abschied.

»Ich muss los, bevor ich vergesse, wo mein Zimmer ist.«

Darf ich lachen? Soll ich lachen? Darüber habe ich wenig im Internet gefunden. Kein Verhaltenskodex, wie man mit Betroffenen spricht. Doch für eine Reaktion ist es ohnehin zu spät, weil er bereits in Richtung Ausgang verschwunden ist.

»Lassen Sie sich vom alten Valentin nicht ärgern. Der ist etwas speziell.«

Eine Frau mit grauen kurzen Haaren in einem weinroten Jogginganzug taucht vor mir auf. Sofort erkenne ich in ihr unsere Spaziergängerin, die auch jetzt unruhig mit den Fingern gegen die Lehne des Stuhls neben sich trommelt.

»Valentin glaubt, wir wären so was wie die Supremes und er sei Diana Ross.«

Sie lacht, verstummt und legt dann die Hand an den Mund, als hätte sie etwas Falsches gesagt. Dann schüttelt sie irritiert den Kopf, wirft einen Blick auf ihre hochmoderne Fitnessuhr und sieht mich aus großen Augen an.

»Verzeihung. Ich muss los.«

Noch bevor ich fragen kann, wie sie heißt und was genau sie meint, ist sie auch schon verschwunden und ich um einiges verwirrter. Der Probenraum leert sich, nur die alte Dame, die vorhin getanzt hat, sitzt wieder auf ihrem Platz und lächelt vor sich hin. Die Pflegerin kommt zu mir, als sie meinen Blick bemerkt. Auf ihrem Namensschild steht der Name *A. Henke.*

So viele Namen. So viele Gesichter.

Und anders als von den Senioren wird von mir erwartet, dass ich mir all das merke.

»Frau Gettelmann ist schon ziemlich lange bei uns in der Schattigen Pinie.«

»Wie lange denn schon?«

»Nach dem Tod ihres Mannes kam sie in unser Seniorenheim, vor einigen Jahren ist sie dann an Demenz erkrankt.«

Wie lange aber ist *lange*, wenn einem die Erinnerungen immer weiter entgleiten? Verliert man das Zeitgefühl, oder weiß man genau, wie lange man schon in einem Seniorenheim lebt?

»Seitdem ist sie oft *so*.«

Einen Moment beobachte ich Frau Gettelmann, die lächelnd dasitzt. Wie eine nette Oma, die darauf wartet, dass der Bus kommt und sie nach Hause bringt.

»Der Chor ist ihre einzige Abwechslung.«

»Bekommt sie denn keinen Besuch?«

»Es gibt nur noch ihren Enkel, und Sie wissen ja, wie das ist, solche Besuche können anstrengend und aufreibend sein.«

Sie zuckt die Schultern, als wäre das eben so und damit eine legitime Ausrede, um die Verwandten nicht mehr so häufig zu besuchen.

Langsam beschleicht mich das Gefühl, dass die schiefen Töne nicht mein einziges Problem sein werden.

»Es ist sehr schön, dass es den Chor wieder gibt«, fährt Frau Henke fort. »Es ist immer toll zu sehen, wie die Senioren zumindest ein bisschen aufblühen. Das Singen macht vielen Spaß.«

»Fragt sich, ob man das als Singen bezeichnen sollte.«

Frau Henke wartet ab, ob mein Kommentar als Scherz gemeint war, aber ich sehe sie nur an, und ihr wird klar, dass es mein Ernst ist.

»Ist Ihnen unser Chor etwa nicht gut genug?«

Fast muss ich lachen. Außer Herrn Meerbach hat eigentlich nur noch Herr Bollinger die richtigen Töne getroffen, das muss doch auch ihr aufgefallen sein.

»Ehrlich gesagt bin ich mir nicht mal sicher, ob man wirklich von einem Chor sprechen kann.«

Was ganz offensichtlich die falsche Antwort ist, denn Frau Henke verschränkt die Arme vor ihrer Brust und funkelt mich wütend an.

»Verstehe. Sie sind zu Höherem berufen.«

Sie klingt wie mein Vater.

»So habe ich das nicht gemeint …«

»Und eine Handvoll dementer Senioren sind Ihnen nicht anspruchsvoll genug, da verschwenden Sie nur Ihr Talent und schämen sich, wenn Freunde fragen, was genau Sie machen, ja?«

»Nein. Es ist nur … Ich bin anderes gewöhnt.«

Ausgesprochen klingt es so überheblich, dass ich mich sofort schäme.

»Ich verrate Ihnen mal was, Frau Waller.«

Sie macht einen kleinen, wenn auch sehr bedrohlichen Schritt auf mich zu. Ich weiche instinktiv zurück.

»Diese Menschen hier haben noch immer ein Leben. Sie kommen nicht in unser Heim und lösen sich hier in Luft auf. Sie haben noch immer Bedürfnisse, Hoffnungen und Wünsche. Manche können diese vielleicht nicht mehr so genau artikulieren, aber wenn man sich die Mühe macht und genau hinsieht, dann versteht man es.«

Plötzlich fühle ich mich sehr klein.

»Aber davon haben Sie keine Ahnung, Frau Musikpädagogin.«

Gerade als ich mich verteidigen will, schaltet sich Frau Gettelmann ins Gespräch.

»Sylvia, hör auf, so mit Gerda zu schimpfen!«

Keine Ahnung, wer Sylvia oder Gerda sind. Einen kurzen Moment sagt niemand etwas, dann drehen wir uns zu der alten Dame, die mit einem strengen Gesichtsausdruck und mahnend erhobenem Zeigefinger dasitzt und zu uns herübersieht.

»Sonst geht ihr beide heute ohne Nachtisch ins Bett!«

3

Mein Blick ist fest auf den polierten Linoleumboden vor mir gerichtet, als ich mich auf den Weg zum Ausgang mache.

»Frau Waller?«

Überrascht bleibe ich stehen und drehe mich um. Herr Bollinger lehnt am Türrahmen, eine Zigarette in der Hand.

»Wie hat Ihnen Ihr erster Tag gefallen?«

Er nimmt einen tiefen Zug und schnippt die Zigarette dann in den roten Aschenbecher, was irgendwie lässig aussieht, lässt mich dabei aber nicht aus den Augen.

»Es war ... interessant.«

»Interessant also. Aber ich verstehe schon, Sie haben diesen Blick.«

Er deutet auf mein Gesicht, und ich spüre, wie meine Wangen glühen.

»Welchen Blick denn?«

»Wissen Sie, Frau Waller, ich bin schon eine Weile hier. Als meine Frau verstorben ist und ich gemerkt habe, dass ich mit dem ganzen Leben ohne sie überfordert bin, da habe ich hier eingecheckt.«

»Mhm.«

»Viele Bewohner bekommen noch Besuch von ihren Familien, und jedes Mal, wenn die wieder gehen, sehe ich diesen Blick. Sie sind keine Ausnahme.«

»Ich verstehe nicht.«

»Sie wollen nicht hier sein. Sie finden das hier bedrückend und schlimm, nicht wahr?«

»Nein.«

Ich finde nur, dass der Chor nicht besonders gut ist.

»Sie glauben, weil Sie jung sind, haben Sie hier nichts zu suchen. Aber das ist wie eine Vorschau auf ein Leben, das in einigen Jahrzehnten auch Ihres sein könnte. Und das schreckt Sie ab.«

Bollinger schiebt die Hände in die Hosentaschen.

»Das ist es gar nicht«, entgegne ich. »Aber das heute, das war kein Chor. Die meisten Mitglieder haben ja nicht mal richtig mitgesungen.«

»Wir sind demenzkrank, Frau Waller, und keine Starsänger. Aber Sie haben bestimmt schon mal etwas gemacht, was Sie nicht besonders gut können, Ihnen aber viel Spaß bringt, oder?«

Sofort durchsuche ich mein Gehirn nach einer passenden Erinnerung und gehe im Archiv ziemlich weit zurück. Aber selbst mein sechsjähriges Ich war schon immer ziemlich gut in vielen Dingen. Außerdem klingt die Vorstellung, Spaß bei einer Sache zu empfinden, in der man nicht besonders gut oder gar sehr schlecht ist, ziemlich absurd für mich. Aber

Bollinger sieht mich seelenruhig und abwartend an. Also gebe ich ihm die Antwort auf seine Frage.

»Nein.«

»Ich verstehe. Wissen Sie, nicht jeder von uns ist ein Valentin, dessen Stimme ihn daran erinnert, dass er mal semiprofessionell gesungen hat. Manche, so wie ich, singen einfach gerne. Manchmal sind es Lieder, die mich an meine Frau erinnern.«

Zum ersten Mal kann er meinen Blick nicht mehr halten und sieht knapp an meiner Schulter vorbei, fast so, als würde er damit rechnen, dass seine Frau gleich hinter mir auftaucht.

»Und ich weiß, dass ich schon bald Dinge, die sie so außergewöhnlich gemacht haben, vergessen werde. Wie ihr Lächeln aussah, wie ihre Stimme klang, was für eine Haarfarbe sie hatte und wie ihre Umarmungen sich angefühlt haben.«

Ich muss schlucken, und das Blau seiner Augen schimmert verdächtig, als er mich wieder anblickt.

»Verzeihen Sie also, wenn wir den Ton nicht perfekt treffen, weil wir dabei eigentlich an unsere Liebsten denken.«

Er lächelt, und ich ahne, dass unsere Unterhaltung beendet ist.

»Auf Wiedersehen, Frau Waller?«

Er lässt es wie eine Frage klingen, weil er sich nicht sicher ist, ob ich wiederkomme.

»Auf Wiedersehen, Herr Bollinger!«

Kopfschüttelnd drehe ich mich um und gehe zu meinem Wagen, der treu auf mich gewartet hat und mich jetzt nach Hause bringen wird.

Zu blöd nur, dass ich vom Typ her einfach eine Grüblerin bin und noch immer die Gedanken an die Senioren im Gepäck habe, als ich eine Viertelstunde später meine Wohnung betrete. Die Idee, einen Demenzchor zu leiten, klang einfach gut, und ich war mir sicher, dass ich mit der Wahl meiner Jobs im Freundeskreis anerkennende Blicke ernten würde.

Schau mal, die Toni, die macht was richtig Tolles.

So oder so ähnlich hatte ich mir das alles vorgestellt.

Aber in meiner Vorstellung war es eben auch ein echter Chor gewesen, natürlich mit einem gewissen Verbesserungspotenzial, aber doch immerhin so gut, dass er nach Auftritten eine Menge Beifall geerntet hätte.

Erschöpft lasse ich mich auf die Couch fallen, wo sich meine Katze Milo genüsslich rekelt. Zu Ablenkung schalte ich den Fernseher ein, zappe mich durch das Programm und gebe schließlich gelangweilt auf, greife nach meinem Handy und google erneut den Begriff *Demenz*.

Die Zahlen, die mir entgegenspringen, habe ich in den letzten Wochen oft gesehen. Nach einer aktuellen Studie wird die Zahl der demenziell Erkrankten in den nächsten Jahren weiter ansteigen. Ich lese etwas von »rund 40 Prozent mehr Betroffenen« und »weltweit etwa 55 Millionen Menschen«. Immer wieder muss ich an die Bewohner der Schattigen Pinie denken. Es heißt, dass allein in Deutschland fast 1,8 Millionen Menschen mit Demenz leben.

Einige davon habe ich heute kennengelernt.

Und nur einer von ihnen kann singen.

Ein Projekt, das zum Scheitern verurteilt ist.

Oder?

Das Nächste, was ich bei Google eingebe, ist ein Name: Richard Waller.

Sofort tauchen jede Menge Treffer auf, seine größten Erfolge, Interviews, Gerüchte, Fotos, einfach alles, was ein Mensch gerne über ihn wissen möchte. Doch ich klicke keinen einzigen Beitrag an, scrolle nur durch die Seiten mit den Suchergebnissen und schließe dann alle Fenster, bevor ich das Handy zur Seite lege.

»Alexa, spiel meine Lieblingsplayliste.«

Weil Musik hilft, wenn nichts anderes mehr hilft.

4

Die Schattige Pinie will jedem Besucher auf den ersten Blick vorgaukeln, nichts weiter als eine schicke kleine Pension zu sein. Buchsbäume säumen die kleine Kiesauffahrt, Holzbänke vor der Tür, ein Schild mit dem Hinweis, dass das hauseigene Café täglich ab 9 Uhr geöffnet hat.

Doch sobald ich das Senioren- und Pflegeheim betrete, ändert sich alles.

Es riecht steril, als hätte das Putzteam gerade noch den Flur desinfiziert. Ich bin zu früh, aber Überpünktlichkeit ist eine meiner Superkräfte.

»Frau Waller.«

Man kennt mich also schon, und so bleibe ich stehen und drehe mich um. Vor mir steht Dorothea Schüble. Ohne ihren Mann.

»Hallo.« Sie lächelt mich an, aber das kann die Augenringe in ihrem Gesicht ebenso wenig eliminieren wie den müden Blick.

»Alles in Ordnung, Frau Schüble?«

»Jaja, es war nur keine so gute Nacht.«

Sie macht eine wegwerfende Handbewegung und zuckt die Schultern.

»Wobei ich mich nicht mehr so genau an meine letzte gute Nacht erinnern kann.« Dabei lacht sie leise.

»Ich verstehe.« Allerdings sage ich das nur, um irgendetwas zu sagen.

»Das hoffe ich nicht.«

Obwohl ihr Lächeln von Herzen kommt, jagt es mir eine Gänsehaut über den Rücken, und ich nicke etwas unsicher.

»Wo ist denn eigentlich Ihr Mann?«

»Beim Arzt. Ich habe die Chance genutzt, um ein paar Dinge mit der Heimleitung zu klären.«

Sie wirft einen Blick auf ihre Armbanduhr.

»Aber jetzt habe ich noch etwas Zeit und … Haben Sie vielleicht Lust auf einen Kaffee und ein Stück Kuchen?«

Es klingt ganz so, als wollte sie noch nicht zurück in ihren Alltag, zurück zu den Problemen, die dort warten, und da noch Zeit bis zur Chorprobe ist, nicke ich.

»Sehr gerne.«

Wir gehen gemeinsam zu dem kleinen Café und suchen uns draußen einen Platz im Schatten.

»Wissen Sie, Frau Waller, mein Ulrich scheint Sie zu mögen.«

»Ach, wirklich?«

»Würde er nie zugeben, aber der Chor, der hat ihm Spaß gemacht.«

»Also kommt er wieder?«

»Nein.«

»Nein?«

»Nein. Aber das hat rein gar nichts mit Ihnen zu tun. Oder mit diesem wunderschönen Seniorenheim, aber er wird nicht wiederkommen, sagt er.«

»Aber … was machen Sie dann hier?«

»Wie erwähnt, ich habe alles geklärt. Das Zimmer und die Kosten, all das.«

»Sie hatten es schon gebucht?«

»Gebucht?«

»Das Zimmer für Ihren Mann.«

Sie bricht, ganz ohne Vorwarnung, in schallendes Gelächter aus, was die Blicke der Gäste an den anderen Tischen auf uns zieht und mir schrecklich peinlich ist.

»Entschuldigung, Frau Waller, aber so, wie Sie es sagen, klingt es wie eine Hotelbuchung für ein Erholungswochenende.«

Noch immer lacht sie, wenn auch etwas leiser und kopfschüttelnd.

»Vermutlich die Naivität der jungen Leute«, bemerke ich.

Frau Schüble sieht mich wieder an, nicht ernst und nicht amüsiert, sondern irgendwas dazwischen.

»Bewahren Sie sich diese Naivität, solange Sie können. Es ist nicht leicht, alt zu werden.«

Es kommt mir so vor, als wollte sie ihre Hand auf meine legen, aber dann entscheidet sie sich im letzten Moment dagegen und platziert sie auf der kleinen Kuchenkarte, die wir bisher beide ignoriert haben.

»Und es ist noch schwerer, alt und krank zu werden. Oder jemandem dabei zusehen zu müssen.«

»Ihr Mann machte gestern einen ziemlich gesunden Eindruck.«

»Ja, nicht wahr? Darauf ist er besonders stolz. Keiner unserer Freunde weiß davon, niemand darf es erfahren, weil es ihm schrecklich peinlich wäre und wir dann vielleicht nicht mehr zu Abendessen oder Geburtstagsfeiern eingeladen würden.«

Sie lässt ihren Blick über die anderen Gäste des Cafés wandern, verharrt hier und da bei einem Gesicht, bevor sie zu meinem zurückkehrt.

»Wobei das gar keine Rolle spielen würde, weil Ulrich

ohnehin alle Einladungen absagt mit den fadenscheinigsten Ausreden. Würden wir hingehen, könnte schließlich jemand bemerken, dass er krank ist.«

»Ein Teufelskreis.«

»Also bleibt er so gut wie nur noch zu Hause, dabei spielt er leidenschaftlich gerne Boule mit seinen Freunden. *Spielte.*«

Wieder greift sie nach der Karte, studiert diesmal das Angebot, während ich sie studiere.

Ich habe keine Ahnung, wie es sich anfühlen mag, jemanden, den man liebt, an eine solche Krankheit zu verlieren, aber Frau Schüble scheint einen Plan zu haben, das verraten ihre aufmerksamen Augen, egal wie müde sie heute auch sein mögen.

»Sie haben ihm hier trotzdem ein Zimmer reserviert, nicht wahr?«

Sie nickt, ohne mich anzusehen.

»Es wird die Zeit kommen, da kann ich mich nicht mehr anständig um ihn kümmern. Das wissen wir beide, nur spricht er nicht darüber. Ich dachte, wenn er hier schon mal Anschluss findet, vielleicht sogar Freunde, wäre der Umzug – wenn es dann so weit ist – nicht mehr so unangenehm für ihn.«

»Es sollte ihm gar nicht unangenehm sein müssen.«

»Sagen Sie das mal meinem Mann, dem Herrn Bankkaufmann, der alle Kontonummern auswendig und jeden Kunden sofort einer Nummer zuordnen kann.«

Kurz zögert sie.

»Zuordnen *konnte*.«

»Das tut mir sehr leid.«

»Ja. Mir auch. Deswegen bewundere ich Sie so sehr, dass Sie diesen Chor leiten.«

»Na ja.«

»Nein, wirklich. Ulrich hat auf der Heimfahrt die ganze

Zeit diese Melodie gesummt. Aber verraten Sie ihm ja nicht, dass ich Ihnen das erzählt habe.«

»Niemals.«

Als hätten wir gerade nur über einen verpassten Urlaub gesprochen, schaltet sie ihr Lächeln wieder ein und deutet auf die Karte in ihrer Hand.

»Was halten Sie von Käsekuchen? Ich liebe Käsekuchen.«

»Käsekuchen klingt gut.«

»Perfekt, ich lade Sie ein.«

Doch bevor sie aufsteht und unsere Bestellung an der Kuchentheke abgibt, verharrt sie einen Moment, sieht wieder zu mir.

»Erinnern Sie ihn daran, wenn er es vergisst?«

»Woran?«

»Dass ich Käsekuchen liebe.«

Dorothea Schüble ist so felsenfest davon überzeugt, dass ihr Mann eines Tages wirklich hier in der Schattigen Pinie landen wird, und ich nicke schnell.

»Natürlich.«

5

»Wenn das mal nicht Frau Waller ist.«

Kaum habe ich mich von Frau Schüble verabschiedet, taucht auch schon das nächste bekannte Gesicht vor mir auf.

»Ach, guten Tag, Herr Meerbach.«

Doch statt mich in ein Gespräch verwickeln zu lassen, gehe ich weiter, was ihn nicht davon abhält, mir zu folgen.

»Kein Lob?«

Seine Frage erreicht mich, als ich in Richtung Rezeption abbiegen will.

»Lob wofür?«

Nur weil ich nicht unhöflich sein will, verlangsame ich meine Schritte und lasse den älteren Herrn zu mir aufschließen.

»Ich erinnere mich an Ihren Namen. Dafür gibt es sonst doch immer stehende Ovationen.«

Unsicher, ob er nur einen Scherz macht oder nicht, sehe ich mich kurz Hilfe suchend auf dem Flur um, bevor ich mich zu einem Lächeln hinreißen lasse.

»Gratuliere. Wirklich toll.«

»Sie haben wirklich keine Ahnung, oder?«

Während er das sagt, verschränkt er die Arme vor der Brust, wobei sein kariertes Sakko etwas an den Schultern spannt.

»Kommt auf das Thema an, nehme ich an.«

»Demenz. Alzheimer. Parkinson.«

»Wollen Sie mich abfragen?«

Es imponiert ihm, dass ich ihm Kontra gebe, was er sich aber nicht anmerken lassen will.

»Entweder sind Sie mutiger, als ich geglaubt habe, oder aber …«

Er lächelt ein wenig süffisant, doch dann sieht er an mir vorbei den Gang entlang, als warte er auf irgendjemanden.

»Erwarten Sie Besuch?«

»Ja. Meine Tochter wollte mich besuchen kommen.«

»Nun, dann will ich Sie nicht länger aufhalten.«

»Bis später dann.«

Erst nach einigen Schritten bleibe ich etwas verdutzt wieder stehen, als seine Worte zeitverzögert zu mir durchdringen.

»Bis später?«

Er nickt, tippt auf seine Uhr am Handgelenk.

»Sechzehn Uhr. Chorprobe.«

»Ach, die Chorprobe.«

»Sie sollten sich einen Kalender zulegen, Frau Waller. Sie erscheinen mir etwas vergesslich.«

Valentin Meerbach zwinkert mir zu und setzt sich dann in Bewegung, geht den Flur entlang in Richtung Ausgang, wo er seine Tochter empfangen wird.

Mein Blick fällt auf einen kleinen gelben Zettel, der ihm aus der Sakkotasche gefallen sein muss.

»Herr Meerbach!«

Doch er ist schon aus der Tür verschwunden.

Ich bücke mich, hebe den Zettel auf und entdecke geschwungene Buchstaben, die am Wortende etwas zackiger werden.

Chorprobe 16 Uhr
Antonia Waller, Chorleitung
Beatrice, meine Tochter
Kaffee ohne Milch, laktoseintolerant

Ein Zettel mit einer alten Handschrift, ein Versuch, sich gegen das Vergessen zu wehren. Durch meine Recherche habe ich auch erfahren, dass zuerst das Kurzzeitgedächtnis nachlässt, dann kommen Wortfindungsstörungen und eine leichte Orientierungslosigkeit.

Wie aufs Stichwort taucht Meerbach wieder vor mir auf.

»Sie haben da was, das mir gehört.«

Sein tiefer Bass vibriert entweder vor Wut oder vor Scham, und weil ich nicht gewillt bin, das herauszufinden, reiche ich ihm den Zettel wortlos zurück und versuche seinem Blick auszuweichen, allerdings nur mit mäßigem Erfolg.

»Lektion Nummer eins: Machen Sie sich Notizen, damit die anderen nicht merken, dass Ihr Gedächtnis schlechter wird.«

Dann räuspert er sich.

»Lektion Nummer zwei: Behalten Sie dieses Wissen bitte für sich. Es ist auch so peinlich genug, dass mir der Name meiner Tochter nicht mehr sofort einfällt.«

Damit zerknüllt er den Zettel in seiner Hand und lässt ihn dann in seiner Hosentasche verschwinden.

»Heute sechzehn Uhr konnte ich mir allerdings ganz ohne Spickzettel merken.«

Ein Lächeln, vielleicht das erste echte, und ich nicke langsam.

»Ich werde da sein«, sage ich.

»Das habe ich befürchtet.«

Dann geht er los und lässt mich diesmal endgültig stehen, bemerkt sicher meinen Blick in seinem Rücken, während er diesmal in die andere Richtung geht, ohne sich noch mal umzudrehen.

Keine Ahnung, wie lange kleine Zettel helfen und wann auch ein Valentin Meerbach nur noch lächelnd dasitzen wird wie die alte Frau Gettelmann. Wie schnell schreitet die Krankheit voran? Hilft Singen wirklich gegen das Vergessen?

»Frau Waller?«

Ohne Zweifel haben sich hier einige Bewohner meinen Namen auf einen Zettel geschrieben, aber diesmal ist es Frau Geiger, die etwas irritiert neben mir auftaucht.

»Sie sind ein bisschen früh dran. Die Chorprobe ist erst um …«

»Um sechzehn Uhr, ich weiß schon.«

Bei Frau Geiger weiß man nie, was sie denkt, ob sie lächelt oder grübelt, ob sie jemanden mag oder nicht, und mit solchen Menschen tue ich mich schwer.

»Sie sind doch nicht etwa hier, um Ihre Kündigung abzugeben, oder?«

Zwischen ihren scherzhaft vorgetragenen Worten höre ich einen Anflug von Panik und schüttele schnell den Kopf.

»Nein, keine Sorge. Ich wollte mich nur in aller Ruhe vorbereiten.«

»Da bin ich aber erleichtert. Nachdem die Seniorenresidenz Sonnige Palme Ihre Vorgängerin abgeworben hatte, konnten wir lange niemanden finden. Einige Kandidaten vor Ihnen haben schon nach dem ersten Tag hingeschmissen.«

»Hinschmeißen liegt mir nicht.«

»Ein angenehmer Charakterzug.«

Liegt in der Familie.

»Außerdem wollte ich fragen, ob es möglich wäre, mehr über die Chorteilnehmer zu erfahren, damit ich die Lieder besser auf sie abstimmen kann.«

Frau Geiger will sich ihre Verblüffung nicht anmerken lassen, aber mir entgeht sie nicht. Dann fängt sie sich und deutet auf den Empfangsbereich.

»Das lässt sich bestimmt arrangieren. Vielleicht wollen Sie auch etwas mehr Zeit mit unseren Bewohnern verbringen, wenn das Ihr Tagesplan zulässt.«

»Sicher, wieso nicht? Meine musikpädagogische Tätigkeit im Kindergarten findet nur an drei Vormittagen pro Woche statt.«

»Gut. Sie haben ja auch noch ein bisschen Zeit, bevor es ernst wird.«

»Es wird ernst?«

»Ja. Der Wettbewerb.«

»Wettbewerb?«

»Ja. Ein Chorwettbewerb, an dem die Goldkehlchen teilnehmen.«

6

»Haben Sie denn noch nie von der Sonnigen Palme in Stuttgart-Ost gehört?«

Frau Geiger hat einen sehr schnellen Gang, und ich muss mich anstrengen, um mit ihr durch die Flure des Seniorenheims Schritt zu halten.

»Nein?«

»Eine schicke Seniorenresidenz, die es sich zur Aufgabe gemacht hat, die Schattige Pinie in ihren Schatten zu stellen. Bei der Boule-Meisterschaft haben sie uns knapp geschlagen. Und wenn Herr Kabitzke sich nicht am Tag vor dem Finale das Knie verdreht hätte, wären wir jetzt die Sieger.«

»Aha?«

»Und letztes Jahr klauen sie uns erst die Chorleiterin! Und dann haben sie beim Chorwettbewerb sogar eine Choreografie einstudiert.«

Sie bleibt ohne Vorwarnung oder ersichtlichen Grund stehen und zwingt mich zu einer Vollbremsung. Ihr Blick macht mir Angst.

»Ich glaube, nur deshalb haben sie gewonnen. Aber mit Ihnen, Frau Waller, haben wir eine echte Chance, das habe ich im Gefühl.«

Sie klopft mir mit beiden Händen auf die Schultern, als würde sie mich gleich bei einem wahnsinnig wichtigen Fußballspiel in letzter Minute einwechseln und auf ein Torwunder hoffen.

»Ich fürchte, ich kann Ihnen nicht so ganz folgen.«

»Nun, Sie als Profi werden unseren Chor schon fit kriegen, und dann ist der Rest ein Klacks.«

»Ich bin nicht Whoopi Goldberg in *Sister Act*.«

»Gut, ich bin nämlich auch keine Nonne.«

»Die Goldkehlchen sind ein Demenzchor.«

»Es mag Sie überraschen, Frau Waller, aber das ist mir nicht entgangen.«

Frau Geiger wird sichtlich ungeduldig.

»Ich meine nur, ich weiß nichts von einem Chorwettbewerb«, erkläre ich.

»Sie fahren mit den Goldkehlchen nach Hamburg und gewinnen dort den Chorwettbewerb für Seniorenchöre. Machen Sie sich keine Sorgen, vor Ort wird genug qualifiziertes Personal für die Betreuung unserer Senioren sein. Nicht nur Pflegekräfte, sondern auch ehrenamtliche Helferinnen und Helfer. Sie alle übernachten in einem seniorenfreundlichen Hotel. Die Finanzierung ist auch schon gesichert. Wir veranstalten jedes Jahr einen Basar, mit dessen Erlös die Reise bezahlt wird.«

Sie mustert mich und vergewissert sich, dass ich nicht gleich in Ohnmacht falle, denn gerade fühlt es sich verdächtig danach an. Doch ich nicke nur, weil ich mir keine Blöße geben will, und zwinge mich zu einem Lächeln.

»Okay.«

»Wunderbar. Wenden Sie sich für weitere Informationen an Frau Henke.«

Und schon marschiert sie weiter, während mir nichts anderes übrig bleibt, als den Infodump zu verdauen, dem ich gerade ausgesetzt war.

Hamburg, das zumindest klingt verlockend. Nur die Tatsache, dass ich die Hansestadt mit einer Busladung demenzkranker Senioren besuchen werde, ist genau der Haken, den man im Kleingedruckten schnell überliest.

Erschöpft nehme ich in einem Korbsessel im Empfangsbereich Platz und atme erst mal durch. Heute Morgen bin ich mit der Einsicht aufgewacht, dass es nicht um getroffene Töne und Taktgefühl, sondern um Musik und Erinnerungen geht. Kein Stress, kein Druck, kein Wettbewerb – und jetzt sitze ich hier und gehe im Geiste meine Packliste für einen Trip zu einem Chorwettbewerb durch.

»Sie sehen so aus, als ob Sie einen Schnaps brauchen.«

Herr Bollinger taucht neben mir auf, die Augenbrauen besorgt zusammengezogen, was seine blauen Augen nur noch besser zur Geltung bringt.

»Verraten Sie es Frau Geiger nicht, aber ich würde zu einem Schnaps nicht Nein sagen«, entgegne ich.

Er nickt verständnisvoll.

»Dann leisten Sie mir doch bei einem kleinen Spaziergang durch den Park Gesellschaft.«

Verschwörerisch klopft er auf die Tasche seiner Strickjacke, in der ich meine, den Umriss eines Flachmanns zu erkennen.

»Sehr gerne, Herr Bollinger.«

»Bitte, nennen Sie mich Bolle.«

»Bolle?«

Er nickt, während ich aufstehe.

»So nennen mich meine Freunde.«

Zwar sind wir sicher keine Freunde, aber gerade ist sein freundliches Gesicht mein einziger Halt.

»Also gut. Dann nennen Sie mich bitte Toni.«

Wie sehr meine Eltern es gehasst haben, wenn Freundinnen mich Toni statt Antonia nannten, als würden sie damit den Namen, den meine Eltern für mich ausgesucht hatten, nicht ausreichend wertschätzen.

»Frau Waller, bringen Sie mich bitte nicht durcheinander.«

»Ich Sie?«

Wir setzen uns in Bewegung, und ich überlasse ihm das Vorangehen, weil ich keine Ahnung habe, wo genau der Park liegt, von dem er gesprochen hat.

»Ja. Gestern Frau Waller, heute Toni. Morgen weiß ich gar nicht mehr, wie ich Sie nennen soll.«

Statt darauf zu antworten, nicke ich nur stumm und spüre seinen Ellenbogen sanft in meiner Seite.

»Das war ein Scherz, Toni, entspannen Sie sich.«

»Entschuldigen Sie bitte, aber ich muss gerade so viele Dinge verarbeiten, das fordert mich ziemlich.«

»Willkommen in meiner Welt.«

Er öffnet die Terrassentür und lässt mir diesmal den Vortritt nach draußen, wo der Garten des Seniorenheims liegt.

»Schön haben Sie es hier.«

»Allerdings. Kommen Sie, dahinten gibt es ein Gewächshaus, da sind wir ungestört.«

Wieder klopft er auf die Tasche, und ich folge ihm über den feinen Kiesweg, vorbei an einem Zierteich, wunderschönen Rosenbüschen und einer großzügigen Rasenanlage. Uns kommt die Spaziergängerin aus der Chorprobe entgegen, ihre Schritte wirken etwas fahrig, aber ihr Gesicht zeigt höchste Konzentration. Sie nickt uns im Vorbeigehen zu, und ich will sie gerade grüßen, als sie auch schon verschwunden ist.

»Keine Sorge, Sie werden Elena Fängele noch öfter begegnen.«

»Ist sie immer so sportlich unterwegs?«

»Bewegungsdrang.«

Er sieht der Frau hinterher, die bereits die nächste Runde um den kleinen Teich hinlegt.

»Darf ich fragen, wie lange Sie schon hier wohnen, Bolle?«

»Nächsten Monat sind es drei Jahre.«

Das kommt mir unheimlich lange vor.

»Und wie lange …«

Wie um alles in der Welt fragt man nach der Krankenakte eines fast Fremden?

»Wie lange ich schon krank bin? Die Erstdiagnose habe ich vor einem halben Jahr bekommen.«

Das erklärt, wieso ich den Eindruck habe, er sei noch so fit.

»Seitdem bin ich zweimal die Woche in Therapie.«

»Therapie?«

»Gespräche sollen mir helfen, besser mit der Diagnose umzugehen. Gegen die Angstgefühle und die Unruhe bekomme ich Tabletten, und dann habe ich gemerkt, dass das Singen hilft. Vielleicht nicht gegen die Demenz, aber ein bisschen gegen die Angst.«

Ein schüchternes Lächeln taucht auf seinen Lippen auf, als wir das Gewächshaus erreichen.

»Und seit der Diagnose bekomme ich immer häufiger Besuch von Robert. Ich glaube manchmal, er denkt, seine Besuche würden die Erinnerung an ihn frisch halten.«

Sein Lachen klingt kehlig, als er den silbernen Flachmann aus der Tasche zieht und den Schraubverschluss löst, bevor er mir die Flasche reicht. Ich nehme sie entgegen, ohne weiter darüber nachzudenken. Während ich einen Schluck trinke, klärt Bolle mich weiter auf.

»Robert ist mein bester Freund und größter Rivale. Er schmuggelt mir das gute Zeug immer hier rein, die Pflegerinnen dürfen davon nichts mitkriegen.«

»Ich werde schweigen.«

Sobald ich ihm den Flachmann zurückgegeben habe, lässt er ihn wieder in der Jackentasche verschwinden.

»Wie meinten Sie das mit dem Rivalen?«

»Ach, Robert war in meine Frau verliebt, bevor sie meine Frau wurde, und auch danach.«

Er bemerkt meinen Blick und nickt.

»Ich weiß. Manchmal frage ich mich, ob sie sich nicht besser für ihn hätte entscheiden sollen. Johanna und ich, wir wollten die ganze Welt sehen, und manche Ecken haben wir sogar erwischt. Sie war Fotografin und hat alles mit diesem besonderen Blick wahrgenommen.«

Die Erinnerungen an seine Frau verändern sein Lächeln, machen es ehrlicher, aber auch traurig.

»Deswegen bin ich so wütend.«

Dabei kommt er mir nicht mal besonders wütend vor, ganz im Gegenteil, er spricht sehr abgeklärt über seine Erkrankung, was sicherlich der regelmäßigen Therapie geschuldet ist.

»Wütend worauf?«

»Wenn es nach mir ginge, könnte ich ruhig alles vergessen. Die guten Zeiten, die schlechten Zeiten, unser Gespräch hier und, wenn es sein muss, sogar Robert.«

Jetzt greift er doch wieder nach dem kleinen Flachmann, spielt mit dem Verschluss, ohne ihn zu öffnen, und mir entgeht das Zittern seiner Hände nicht.

»Aber Johanna, die will ich behalten.«

Als er zu mir sieht, erkenne ich die Tränen in seinen Augen. Nur mit viel Mühe unterdrücke ich das Bedürfnis, ihn fest zu umarmen. Da knackt hinter uns ein Ast, und wir fahren herum wie zwei ertappte Kinder. Der Flachmann fällt scheppernd auf die Erde.

»Verdammt«, murmelt Bolle.

Doch statt Frau Geiger oder jemand anderem vom Pflegepersonal taucht Frau Gettelmann vor uns auf. Blätter sind in ihren Haaren hängen geblieben, und Bolle atmet erleichtert auf.

»Sophia, Mensch, hast du uns erschreckt!«

Doch die alte Dame erweckt nicht den Eindruck, als hätte sie im Gegenzug ihren Chorkollegen Bollinger erkannt. Verloren sieht sie von ihm zu mir.

»Haben Sie meine Katze Mimi gesehen?«

Bolle wirft mir einen kurzen Blick zu, wohl ein Zeichen, ich solle mitmachen.

»Ich fürchte, nein.«

»Sie muss hier irgendwo sein.«

Vorsichtig mache ich einen Schritt auf die Frau zu und versuche mich an einem harmlosen Lächeln.

»Wie sieht Ihre Katze denn aus?«

Frau Gettelmann öffnet den Mund, um zu antworten, bleibt aber stumm und sieht an mir vorbei. Bolle nimmt sie sanft an der Hand und nickt in Richtung Seniorenheim.

»Ich bringe Sie mal lieber wieder zurück auf Ihr Zimmer, Sophia. Die suchen bestimmt schon nach Ihnen.«

»Aber ich habe zu Mama gesagt, dass ich Mimi suchen gehe.« Damit sieht sie wieder zu mir. »Ich suche meine Katze.«

Und ich nicke, obwohl mir klar ist, dass es Mimi wohl schon sehr, sehr lange gar nicht mehr gibt.

7

»Ist Mimi wieder da?«

Die Pflegerin Frau Henke nimmt uns Sophia Gettelmann ab, als wir sie nach einem sehr langsamen Spaziergang vom Gewächshaus wieder zurück zum Hauptgebäude gebracht haben.

»Da schauen wir gleich mal, Frau Gettelmann. Sie ist bestimmt in Ihrem Zimmer.«

Dann sieht Frau Henke zu mir, mustert mich etwas kritisch, als würde sie mir nicht so recht trauen.

»Manchmal ist sie etwas verwirrt«, erklärt sie. »Aber keine Sorge, um sechzehn Uhr bringe ich sie zur Probe.«

Kurz zieht sie eine Augenbraue fragend nach oben.

»Die findet doch statt?«

»Natürlich.«

Dann taucht tatsächlich der Anflug eines Lächelns auf ihrem Gesicht auf.

»Gut. Es ist jedes Mal ein Highlight für Frau Gettelmann.«

Und als hätte sie Angst, ich könnte sie darauf hinweisen, dass ihr Schützling gar nicht mitsingt, spricht sie schnell weiter.

»Glauben Sie mir einfach, Frau Waller, ich bin fast jeden Tag mit ihr zusammen, aber so wie beim Chor, so erlebe ich sie sonst nicht.«

»Bekommt sie denn gar keinen Besuch?«

Valentin Meerbach bekommt offensichtlich Besuch von seiner Tochter Beatrice, Bolle von seinem besten Freund und Frau Gettelmann hoffentlich von ihrer Familie.

»Sehr, sehr selten. Da muss schon Neujahr, Weihnachten und Ostern auf einen Tag fallen, bis sich ihr feiner Enkel mal in die Pinie verirrt.«

Dann lächelt Frau Henke die alte, winzige Frau an ihrer Hand liebevoll an.

»Jetzt bringen wir Sie mal zurück auf Ihr Zimmer, Frau Gettelmann.«

Die alte Dame nickt und sieht sich noch immer suchend um.

»Ich suche meine Katze. Die junge Frau hat mir geholfen.«

Dabei deutet sie auf mich, die sie gestern noch Gerda genannt hat, und ich lächele einfach nur dümmlich, weil ich nicht weiß, was ich sagen soll. Muss ich zum Glück auch gar nicht, weil Frau Henke schon übernommen hat.

»Das ist Frau Waller, die Chorleiterin.«

»Chor?«

»Ja. Wir singen heute wieder.«

»Oh, wie schön.«

Und schon gehen sie über den Flur in Richtung der Fahrstühle davon und lassen Bolle und mich zurück.

»Ihr Enkel sollte wirklich öfter nach ihr sehen«, meint Bolle. »Man weiß schließlich nie, wie viel Zeit noch bleibt.«

Doch bevor ich nachfragen kann, was er damit meint, sieht er auf seine Uhr.

»Entschuldigen Sie mich bitte, Frau Waller, Robert müsste jeden Moment hier sein.«

»Aber wir sehen uns bei der Chorprobe?«

Bolle nickt und winkt.

»Wenn ich es bis dahin nicht vergessen habe, werde ich da sein.«

Er bemerkt meine Unsicherheit und sieht mich fast mitleidig an.

»Lachen Sie mal wieder, Frau Waller. Wäre doch schade, wenn Sie Ihren Humor verlieren.«

»Ich werde es mir merken.«

»Wenigstens einer von uns beiden.«

Abwartend zieht er die Augenbrauen nach oben, und ich erlaube mir tatsächlich ein kurzes Lachen.

Das scheint ihm zu gefallen. »Schon viel besser. Es wird noch früh genug ernst.«

Und obwohl er das wie einen weiteren Scherz klingen lässt, höre ich doch die Schwere, die er nicht ganz verbergen kann. Erst als Bolle verschwunden ist und ich keinen weiteren Chorteilnehmer mehr entdecke, wage ich einen zweiten Anlauf mit dem Durchatmen und nehme wieder in einem der Korbsessel Platz. Um sechzehn Uhr habe ich also meine nächste Chorprobe mit einem Demenzchor, und so langsam brauche ich einen Plan.

Ein Chorwettbewerb in Hamburg. Den wir auch noch gewinnen sollen.

Wieder lache ich, weil Bolle recht hat und es noch schnell genug ernst wird.

»Frau Waller.«

Wie oft werde ich meinen Namen heute wohl noch hören?

Als ich aufblicke, sehe ich das ernste Gesicht von meinem Starsänger mit dem tiefen Bass vor mir.

»Ach, ist Ihre Tochter schon wieder weg, Herr Meerbach?«

»Meine Tochter?«

»Ja. Beatrice.«

Das zumindest stand auf dem Zettel, den er vorhin verloren hat.

»Beatrice lebt in Malmö, die wird mich wohl kaum hier besuchen kommen. Die hat genug mit ihrer Arbeit an der Universität und ihrer Familie zu tun.«

Das klingt etwas gereizt, als stünde es mir nicht zu, ihn nach etwas Persönlichem zu fragen, und ich bin etwas irritiert.

»Vorhin aber haben Sie doch gesagt, Ihre Tochter würde Sie heute besuchen.«

»Das habe ich ganz sicher nicht gesagt.«

Mein Herz klopft etwas schneller, und ich versuche mich durch dieses Gespräch zu tasten, ohne zu wissen, wo die nächsten Landminen liegen.

»Dann muss ich Sie missverstanden haben.«

»Allerdings. Was machen Sie überhaupt hier? Die Chorprobe ist doch erst um sechzehn Uhr.«

Ein Déjà-vu, wenn auch nur für mich.

»Nun ja, ich bin etwas überpünktlich.«

»Scheint so.«

Ob er wie Bolle darauf wartet, dass ich in schallendes Gelächter ausbreche, weil er sich ganz offensichtlich einen Scherz mit mir erlaubt?

»Wenn ich einen Musikwunsch für heute anbringen dürfte?«

»Nur zu.«

»Wie wäre es mit einem Song von Frank Sinatra?«

»Ich weiß nicht, wie gut das Englisch der anderen Chormitglieder ist.«

»Was interessiert mich das denn? Die singen doch sowieso nie den richtigen Text. Mit solchen Amateuren zu arbeiten, das ist schlimmer als die unbequemen Betten hier.«

»Verstehe. Ich werde mal sehen, was sich machen lässt.«

»Gut.«

Dann steht er einfach so vor mir, groß und gut gekleidet, den Bart perfekt gestutzt und die Krawatte mit einem ordentlichen Knoten gebunden. Ich wette, er würde noch immer in jeder Bank einen Kredit bekommen, und doch huscht etwas durch seinen Blick und lässt ihn für den Bruchteil einer Sekunde fast kindlich wirken.

»Entschuldigen Sie mich, ich muss los, meine Tochter kommt heute zu Besuch.«

»Beatrice.«

»Ganz richtig.«

Er nickt, und sein Lächeln wird weicher.

»Birdie.«

»Birdie?«

»So nenne ich sie, weil sie als Kind immer geträllert hat wie ein Vögelchen. Sie hat noch viel mehr gesungen als ich, nur leider fehlt ihr das Talent. Und dann zieht sie auch noch der Liebe wegen nach Malmö.«

Ob ihm wieder einfällt, dass sie ihn dann heute wohl doch nicht besuchen kommen wird?

»Frank Sinatra.«

Dabei deutet er auf mich, was irgendwie drohend aussieht, und ich salutiere im Affekt.

»Ist notiert.«

Einen kurzen Moment scheint er sich nicht entscheiden zu können, wohin er als Nächstes gehen soll, gibt sich dann aber doch einen Ruck und marschiert entschlossen in Richtung Ausgang.

»Das haben Sie ganz gut gemacht, Frau Waller.«

Frau Henke ist neben meinen Korbsessel aufgetaucht und lächelt mich aufmunternd an.

»Ich gebe mir Mühe. Geht es Frau Gettelmann besser?«

»Ja, sie ist von ihrem kleinen Spaziergang ziemlich erschöpft und hat sich hingelegt.«

Frau Henke nimmt neben mir Platz und gönnt sich ebenfalls eine kurze Verschnaufpause.

»Wissen Sie, ich vergleiche die Krankheit gerne mit einem wehenden Vorhang, der meistens zugezogen ist. Nur manchmal, für einen kurzen Moment, ist er einen kleinen Spalt offen, und wir erkennen den Menschen, der mal da war. Und irgendwie noch immer da ist.«

»Ich hoffe, ich kann mir das alles merken.«

»Merken Sie sich einfach eine Sache: Wenn Sie einen Demenzkranken kennen, kennen Sie nicht alle. Es bleiben verschiedene Menschen, die vielleicht eine ähnliche Diagnose bekommen haben, aber noch immer unterschiedliche Charaktere sind. Und genau so sollten wir sie behandeln.«

»Aber ich weiß ja rein gar nichts über die Goldkehlchen.«

»Da kann ich Ihnen sicher helfen und ein bisschen was erzählen. Und falls Sie etwas recherchieren wollen – das WLAN-Passwort lautet: Goldengirls.«

»Es gibt hier WLAN?«

»Natürlich. Unsere Bewohner sind alt, nicht tot.«

8

Der Probenraum füllt sich langsam.

Und wenn ich sage langsam, meine ich schleichend.

Pünktlich ist nur Sophia Gettelmann an der Hand der Pflegerin Frau Henke, die ich jetzt zu meinen Verbündeten zähle. Ich hoffe, dass das auch so bleibt.

Von Valentin Meerbach fehlt jede Spur, und auch Bolle ist noch nicht da.

»Keine Sorge, die kommen schon noch. Hier dauert alles etwas länger. Gewöhnen Sie sich lieber schnell daran.«

Okay. Pünktlichkeit ist eines der Dinge, von denen ich mich jetzt verabschiede. Alleine der Gedanke daran macht mich nervös. Bevor ich allerdings mein Ticket für das Gedankenkarussell einlösen kann, kommt Herr Bollinger – Verzeihung, Bolle – in Begleitung eines anderen Mannes in den Raum und deutet auf mich.

»Das ist Frau Waller, du siehst, ich habe sie mir nicht ausgedacht.«

Sein Begleiter hat volles blondes Haupthaar, das an den Schläfen allerdings schon grau wird. Er lächelt charmant, während er kopfschüttelnd neben Bolle weiter in den Raum kommt.

»Und ich dachte, sie wäre nur wieder eines deiner Hirngespinste.«

»Du irrst dich, mein Freund. Mit ihr haben wir richtig gute Chancen gegen die Sonnige Palme.«

Als sie in der ersten Reihe angekommen sind, sieht Bolle mich fast stolz an.

»Toni, das hier ist Robert Kolb, mein bester Freund.«

»Ich dachte, er sei Ihr größter Rivale.«

Robert tut gespielt entsetzt und macht einen kleinen Schritt von Bolle weg.

»Das hast du behauptet?«

»Ich spreche nur die Wahrheit. Zumindest, solange ich es noch kann.«

»Nun, Frau Waller, glauben Sie nicht alles, was dieser Komiker so von sich gibt.«

Stille breitet sich zwischen den Männern aus, und ich weiß nicht so recht, was ich sagen soll. Mal wieder.

»Wird hier gequatscht oder gesungen?«

Seine Stimme werde ich nie wieder vergessen. Tief und voll und meine einzige Hoffnung für diesen Chor.

Valentin Meerbach taucht im Probenraum auf und sieht mich herausfordernd an. Inzwischen hat er das Sakko abgelegt und trägt dafür eine schicke Weste mit passender Krawatte.

»Das hier ist schließlich ein Chor und kein Kaffeeklatsch.«

Bolle verdreht die Augen und wendet sich wieder seinem Freund zu.

»Das ist dieser Typ, von dem ich dir erzählt habe.«

»Der Frank-Sinatra-Verschnitt?«

»Genau der. Du siehst, ich habe niemanden erfunden.«

Und während sich der Raum weiter füllt, kommt mir eine Idee, die ich ausspreche, ohne darüber nachzudenken, ob das überhaupt so clever ist.

»Wollen Sie nicht bleiben, Herr Kolb?«

»Ich kann nicht besonders gut singen.«

»Na und?«

Wow. Das habe ich gerade wirklich gesagt? Frau Henke nickt anerkennend, was mich dazu anspornt weiterzusprechen.

»Darum geht es doch gar nicht. Wir haben vor allem Freude am Singen. Und Bolle freut sich sicher, wenn Sie bleiben.«

Robert Kolb entscheidet sich nicht sofort, was für Valentin Meerbachs sehr kurzen Geduldsfaden zu lange dauert.

»Bleiben oder gehen – können wir endlich loslegen?«

Bolle dreht sich zu Valentin. »Wieso hast du es denn so eilig? Ist ja nicht so, als würde ach so viel auf deiner To-do-Liste stehen.«

»Du hast doch keine Ahnung.«

»Hat Sinatra angerufen?«

Bevor das Geplänkel zwischen den beiden Männern noch zu einem tatsächlichen Streit ausarten kann, räuspere ich mich und lächele so souverän wie möglich.

»Stichwort Frank Sinatra ...« Ich greife nach einem kleinen Papierstapel, den ich eben noch sortiert habe. »Wir lernen heute ein neues Lied.«

»Sinatra?«

»So was in der Art.«

Unsere Spaziergängerin Frau Fängele betritt den Probenraum. Sie setzt sich auf einen Stuhl in der letzten Reihe, nur um dann sofort wieder aufzustehen und sich wieder hinzusetzen.

»Sagen Sie bloß, wir singen ernsthaft Sinatra.« Bolle wirkt nicht gerade begeistert, ebenso wenig wie Elena Fängele, die gerade die Hand hebt.

»Ich kann gar kein Englisch.«

»Frau Fängele, ich verspreche Ihnen, diesmal werden Sie gar kein Englisch brauchen.«

Um weiteren Fragen oder Einwänden zuvorzukommen, reiche ich Robert Kolb die Liederblätter.

»Wären Sie so nett und würden die Texte verteilen?«

Bis alle Chormitglieder ihren Text haben, gönne ich mir einen Schluck Wasser und gehe in Richtung Klavier, das für mich immer ein Anker sein wird. Hier fühle ich mich sicher und weiß, was ich tue. Oder kann es mir zumindest überzeugend genug einreden.

»*My Way*?«

Bolle sieht mich überrascht an, aber vor allem spüre ich den Blick von Valentin Meerbach.

»Ja. Allerdings in der Version von Harald Juhnke. Deutscher Text, englischer Refrain – und den kann ja Herr Meerbach übernehmen.«

Dieser nickt nur knapp, aber das aufgeregte Funkeln in seinen Augen, das kann er nicht verheimlichen.

Wenn ich diesen Chor ohne Gegenwind steuern will, dann muss ich mich auf ihre Seite stellen, und das gelingt mir vielleicht mit der Hilfe des wohl bekanntesten Berliner Entertainers.

»Die Melodie kennen wir wohl alle.«

Kaum ausgesprochen, wird mir klar, dass das nicht zwingend so sein muss und wie deplatziert mein Kommentar ist. Ich lasse meine Finger schnell über die weißen und schwarzen Tasten fliegen, spiele die ersten Takte an und beobachte im Chor das eine oder andere Nicken.

»Herr Meerbach, singen Sie es doch einmal für den Chor, damit wir wissen, wovon ich spreche.«

Eine Aufforderung, der Valentin Meerbach nur allzu gerne nachkommt. Er steht dafür sogar auf, räuspert sich kurz und sieht dann zu mir, wartet, bis ich loslege.

Sobald ich das Lied spiele, schließt Valentin die Augen,

sein Gesicht entspannt sich, verliert etwas an Härte, und als er den Mund öffnet und auswendig lossingt, verändert sich etwas.

Die Senioren sehen nicht auf ihren Zettel, sie sehen auch nicht zu mir, sie sehen nur zu Valentin, der die Zeilen singt, als hätte er nie etwas anderes getan.

Natürlich wusste ich, dass seine Stimme zu dem Lied passen würde, und ich bin auch davon ausgegangen, dass er es richtig gut machen würde, aber ich habe nicht mit der Gänsehaut gerechnet, die mich hinterrücks überfällt und sich dann auf meinem ganzen Körper ausbreitet.

Für die Dauer des Liedes vergesse ich sogar, dass die Senioren vor mir krank sind. Für diesen Moment gibt es nur Valentin und den Song, den er so überzeugend darbringt, dass man glauben könnte, er wäre gar nicht durch Frank Sinatra oder Harald Juhnke so bekannt geworden, sondern allein durch Valentin.

Sogar Sophia Gettelmann sieht ganz verzückt zu unserem Star und schunkelt mit Frau Henke zur Musik. Nur Frau Fängele geht im Hintergrund auf und ab. Mir fällt auf, dass ihre Schritte sich dem Takt der Musik anpassen.

Sein letztes *I Did it my Way* klingt fast etwas erstickt, und Valentin hält die Augen einen Moment länger geschlossen als nötig. So lange, bis der Applaus einsetzt und er ganz überrascht blinzelt.

Robert Kolb pfeift anerkennend durch die Zähne, und als sogar ich applaudiere, verneigt sich Valentin vor uns und nimmt wieder Platz. Obwohl ich mir nicht vorstellen kann, dass ihm das eben unangenehm war, wirkt er doch fast etwas schüchtern.

»So, nun haben wir alle mal gehört, wie das Lied klingen kann. Das war schön, oder?«

Alle nicken, und Sophia Gettelmann applaudiert schon wieder.

»Und jetzt werden wir versuchen, es zusammen zu singen. Erst mal nur die ersten paar Zeilen, ja?«

Die Blicke meiner Chorsänger wandern auf den Zettel in ihren Händen, und ich spiele immer wieder die gleichen Noten, während sie sich an der Melodie versuchen – schief, falsch und komplett daneben. Doch anders als gestern stört das weder mich noch Valentin, der meinen Blick auffängt und lächelt.

Zwar hat er heute keinen Besuch von seiner Tochter Beatrice-Birdie bekommen, und er mag seinen kleinen gelben Zettel brauchen, um sich an die Uhrzeit für die Chorprobe zu erinnern, aber dieses Lied kann er auswendig, und ich werde das Gefühl nicht los, dass das auch noch ganz lange so bleiben wird.

9

Am Ende der Stunde fühle ich mich so, als wäre ich einen Marathon in Bestzeit gerannt, und außerdem ist da so was wie eine wohlige Wärme, obwohl sich meine Arme und Beine schlapp anfühlen. Leider ist Valentin Meerbach direkt nach dem Ende der Probe geflüchtet, dabei hätte ich so gerne noch mal mit ihm gesprochen, aber dafür baut sich Elena Fängele jetzt vor mir auf. Unruhig tippt sie mit ihren Fingern auf ihren Unterarm.

»Frau Waller, wenn ich etwas sagen dürfte?«

»Natürlich.«

»Ich kannte den Text von dem Lied nicht und habe nie verstanden, wieso alle immer davon geschwärmt haben. Aber so, wie Valentin ihn heute gesungen hat, da fand ich ihn sehr schön.«

Und ich erst.

»Das freut mich.«

»Ich wollte mich dafür bedanken. Es ist schön, wenn man sich nicht mehr so ausgegrenzt fühlt.«

Die letzten Worte sagt sie bereits wieder im Gehen, schiebt Stühle in andere Positionen, und ich folge ihr durch den Raum.

»Wenn Sie wollen, kann ich noch mehr solche Lieder heraussuchen.«

»Das wäre wirklich toll.« Sie nickt und verdreht die Augen. »Ich muss los.«

»Haben Sie noch einen Termin?«

Frau Fängele mustert mich einen Moment, irgendwie unsicher, ob sie mir trauen kann und will, dann lächelt sie langsam, fast wie in Zeitlupe.

»Natürlich, die Kinder kommen ja gleich von der Schule.«

Und ohne sich zu verabschieden, dreht sie sich um, marschiert davon, und ich werde das Gefühl nicht los, dass ich mal wieder etwas Falsches gesagt habe.

»Eine tolle Sache, Frau Waller.«

Robert Kolb steht neben mir und lächelt wieder mal charmant.

»Finden Sie wirklich?«

»Jedes Mal, wenn ich mit Bolle rede, spricht er über den Chor. Als sie ihn letztes Jahres eingestellt haben, war er wirklich traurig.«

»Sie finden das also nicht albern?«

»Freude bereiten ist doch nicht albern.«

»Wissen Sie, ich komme mir hier wie eine blutige Anfängerin vor.«

Robert grinst breit und nickt in Richtung Bolle, der gerade mit einer der Pflegerinnen im Gespräch ist.

»Ging mir auch so«, sagt er. »Inzwischen habe ich eine halbe Bibliothek daheim. Bücher, die mir erklären sollen, wie es für ihn ist, wie es für mich ist und wie ich mit der Diagnose umgehen soll.«

»Hilft es denn?«

»Wenig. Das meiste lerne ich, wenn ich Zeit mit ihm verbringe.«

»Es ist schön, dass Sie ihn so oft besuchen.«

»Er ist mein Freund. Ich habe keine Erinnerung an ein Leben ohne diesen Spinner.«

Fast liebevoll betrachtet er Bolle.

»Dabei sollte ich wohl sauer auf ihn sein.«

»Weil er am Ende die Frau gekriegt hat?«

»Weil er mich vergessen wird.«

Autsch.

»Aber er macht es ja nicht absichtlich.«

Ich merke sofort, dass mein Versuch, seinen Schmerz irgendwie zu lindern, schrecklich albern klingt.

»Ich weiß. Manchmal unterhalten wir uns über früher, und er wirkt so klar, als wüsste er noch jedes Detail. Aber was ich ihm vorgestern erzählt habe, das entgleitet ihm immer schneller. Und ein Teil von mir wird dann ungehalten, als könnte meine Sturheit ihn davon überzeugen, dass ich ihm das doch erzählt habe.«

Hilflos zuckt er die Schultern.

»Aber je mehr ich darauf bestehe, dass er sich daran zu erinnern hat, desto mehr blockt er ab, und dann streiten wir.«

»Aber Sie kommen immer wieder.«

»Natürlich. Er muss ja nicht wissen, wie schwer es mir fällt.«

Bevor er sich verabschiedet, fällt ihm noch etwas ein.

»Ich habe in einem der vielen schlauen Büchern übrigens gelesen, dass Namensschilder helfen können.«

Darauf hätte ich tatsächlich auch selbst kommen können.

»Danke für den Tipp.«

»Jederzeit.«

»Ärgert er Sie, Toni?«

Unbemerkt hat sich Bolle genähert und sieht jetzt lächelnd von seinem Freund zu mir.

»Ganz im Gegenteil, er benimmt sich sehr vorbildlich.«

»Noch schlimmer.«

Dabei klopft er Robert auf die Schulter und nickt in Richtung Tür.

»Komm, ein kurzer Abstecher zum Gewächshaus, dann kannst du gehen.«

»Ist das Gewächshaus so was wie der geheime Treffpunkt der Coolen?«

»Und ob. Sie glauben gar nicht, was man sich für Geschichten über dieses harmlose Gewächshaus erzählt.«

»Das klingt spannend. Vielleicht erzählen Sie mir ja bei Gelegenheit mehr davon, Bolle.«

Denn wie es scheint, werde ich ab jetzt sehr viel Zeit hier verbringen, wenn ich meinen Job gut machen will.

»Wenn Sie nichts zu tun haben, kommen Sie doch mit, Toni. Dann erzähle ich Ihnen auch, was dieser Mann hier und ich früher gemeinsam erlebt haben.«

»Sehr gerne.«

Robert reicht mir den Arm.

»Allerdings sollten Sie wissen, Frau Waller, dass wir nicht müde werden, über unsere Vergangenheit zu sprechen.«

10

Paul Bollinger
1972

»Festhalten, hab ich gesagt!«

»Wieso? Bei dem Tempo passiert schon nichts.« Von hinten erreicht mich Roberts Stimme trotz Jethelm und Fahrtwind klar und deutlich. »Die Verletzungsgefahr wäre größer, wenn ich neben diesem Ding herrennen und stolpern würde.«

»Den Berg runter macht das Ding fünfundzwanzig Stundenkilometer.«

»Ach ja? Wann denn?«, fragt er amüsiert.

»Wenn du nebenherrennst.«

Sein Lachen übertönt das ratternde Geräusch des Motors. Ich würde sein Lachen immer erkennen, egal wie viele Menschen im Raum sind.

»Im Ernst, du solltest froh sein, dass ich dich überhaupt mitnehme.«

»Klar, und wie. Hätte ich die Bahn genommen, wäre ich schon da.«

»Und hättest warten müssen.«

Er klopft mir auf den Helm. Ganz offenbar hält er sich nicht, wie besprochen, mit beiden Händen fest.

»Wieso hast du dir so ein Ding überhaupt gekauft?«

»Weil es den Mädels gefällt.«

»Sagt wer?«

»Sag ich! Achtung, ich biege ab!«

»Alles klar, ich informiere die Presse.«

»Idiot.«

Aber zumindest legt er sich mit mir in die Kurve, was mir das Gefühl gibt, Marlon Brando auf seiner Triumph-Thunderbird-Maschine zu sein. Auch wenn ich mir sicher bin, dass meine nagelneue blaue Zündapp neben seiner Maschine keine Chance hätte.

»Wenn wir die Werbung verpassen, bin ich richtig sauer.«

»Wer geht ins Kino, um die Werbung zu sehen?«

»Ich.«

»Also, ich dachte, du gehst ins Kino, um Eis zu essen.«

»Eiskonfekt.«

»Dann eben Eiskonfekt. Hör mal, du bist siebzehn, keine siebzig.«

»Ich mag Eiskonfekt.«

»Das könntest du günstiger an jedem Kiosk haben.«

»Eiskonfekt schmeckt aber nur im Kino.«

Robert ist mit Abstand der schrägste Typ, den ich kenne, und gleichzeitig der beste Freund, den man sich wünschen kann. Vielleicht hängt das irgendwie zusammen, vielleicht sind die schrägsten Typen immer die besten Freunde. Ich weiß es nicht, weil ich außer Robert keine echten Freunde habe. Auf dem Fußballplatz ist man vielleicht eine Mannschaft, aber von meinen Teamkollegen geht keiner mit mir ins Kino. Schon gar nicht in die Mittagsvorstellung, weil sie billiger ist. Aber irgendwo muss ich sparen, sonst hätte ich mir dieses Mofa niemals leisten können. Selbst wenn Robert der einzige Freund sein sollte, den ich in meinem Leben je haben werde, habe ich verdammt viel Glück.

»Da vorne kannst du parken.«

Sein Arm taucht über meiner linken Schulter auf und schiebt sich in mein Sichtfeld.

»Du sollst dich festhalten, verdammt.«

»Ich denke doch nur für dich mit.«

»Das kann ich noch ganz gut alleine.«

»Wenn du das sagst.«

Aber natürlich nehme ich den Parkplatz, den er für uns entdeckt hat, und stelle den Motor ab. Die bewundernden Blicke der anderen Jugendlichen vor dem Metropol-Kino entgehen mir nicht, und ich lasse mir beim Abnehmen des Helms bewusst ein wenig Zeit. Meine Haare trage ich etwas länger, als es meinen Eltern lieb ist, aber ich bin stolz darauf. Roberts sind deutlich kürzer. Er meint, das spare Zeit und komme bei den Mädchen besser an. Aber da bin ich mir gar nicht so sicher, denn bisher habe ich noch nichts von einer Freundin gehört.

»Müssen wir diese albernen Dinger jetzt echt den ganzen Tag mitschleppen?«

Er deutet auf den Helm in seiner Hand, und ich nicke.

»Müssen wir.«

»Glaubst du echt, Brando trägt einen Helm?«

»Brando nicht, aber wir.«

»Ist dir eigentlich nicht warm in der Lederjacke?«

Robert selbst trägt eine Jeansjacke, die perfekt zu seiner Jeanshose passt, dazu weiße Turnschuhe, die reichlich ausgelatscht aussehen, was ihn aber nicht stört und eher zu seinem lässigen Erscheinungsbild beiträgt. Ich hingegen habe mich etwas in Schale geworfen, meine Cordhose passt zum T-Shirt und der Lederjacke, die für das sonnige Wetter allerdings wirklich etwas zu warm ist.

»Die gehört eben dazu.«

»Wozu?«

»Brando würde eine Lederjacke tragen.«

Im Gegensatz zu mir schwitzt Brando darin sicher nicht.

Ich deute an Robert vorbei zum Kino, in dem heute *Der Pate* läuft – mit Marlon Brando. Deswegen sind wir hier.

»Brando trägt einen Anzug«, bemerkt Robert.

»Ja, jetzt. Aber früher, da hat er eine Lederjacke getragen.«

»Ich bin dein bester Freund, Bolle, ich muss es dir sagen.«

»Mir was sagen?«

»Dein Mofa ist kein Triumph-Bike, und du bist nicht der junge Brando.«

»Das weiß ich.«

Aber ich bilde mir ein, mit etwas Fantasie könnte man sich den Rest irgendwie zusammenträumen.

»Irgendwann wird es aber eine Triumph-Maschine«, versichere ich.

»Wie willst du dir das denn leisten?«

»Arbeiten.«

»Du wirst Kfz-Schlosser.«

»Was soll das denn heißen?«

»Na ja ...«

Er sieht auf seine durchgelatschten Turnschuhe und weicht meinem Blick aus. Seine kurzen blonden Haare sehen im Sonnenlicht fast rötlich aus, und sein Gesicht ist blass, was sicher daran liegt, dass er nicht besonders oft draußen ist.

»Kann ja nicht jeder so ein Schlaufuchs sein und studieren!«, rufe ich und merke selbst, wie verbittert das klingt.

»Ist ja gut.« Robert hebt die Hände, als wolle er sich ergeben, das tut er immer, wenn wir über dieses Thema sprechen.

Unbewusst balle ich meine Hände zu Fäusten. »Du bist doch der, der weggeht.«

»Ich gehe nicht weg.«

»Klar gehst du weg. Zum Studium. Nach Heidelberg.«

»Das wollen meine Eltern.«

»Schon klar. Du haust ab, und ich bleibe hier.«

Die letzten Wochen hat es sich anders angefühlt als sonst, wenn wir zusammen Zeit verbracht haben, irgendwie angespannter. Manchmal entwickelt man sich in unterschiedliche Richtungen, aber ich war mir sicher, dass das bei uns beiden nie der Fall sein würde. Immerhin kennen wir uns seit dem Kindergarten, und bisher hat nichts und niemand etwas an unserer Freundschaft verändert.

»Willst du dich immer mit mir streiten, bis ich mein Abitur in der Tasche habe?«

»Nein.«

»Gut, ich nämlich auch nicht.«

Sein freches Grinsen kehrt zurück, und er kann mir auch wieder in die Augen sehen.

»Hör auf, dir Sorgen zu machen«, fährt er fort. »Selbst wenn ich weggehe, komme ich wieder. Da kommt nichts zwischen uns.«

Er legt mir die Hand auf die Schulter, was ich selbst durch die zu dicke Lederjacke spüre.

»Wem gehört denn das Mofa da?«

Niemals werde ich ihre Stimme vergessen und wie aufgeregt sie klang, als sie die Frage stellte. Gleichzeitig drehen Robert und ich uns um, und da steht sie. In einem rot-weiß gestreiften T-Shirt und einer perfekt sitzenden Schlaghose. Die Haare trägt sie zu einem hohen Pferdeschwanz, Sommersprossen auf der Nase und ein Lächeln auf den Lippen.

»Das ist meine.«

Obwohl ich längst im Stimmbruch war, scheint meine Stimme das gerade vergessen zu haben. Aber das Mädchen, das sich mein Mofa ansieht, lächelt einfach weiter.

»Die sieht neu aus.«

»Ist sie auch.«

Als sie sich wieder zu uns dreht, ruckelt mein Herz ein bisschen. So wie wenn ich das Mofa nicht direkt beim ersten Mal ankriege.

»Wenn man damit den Berg runterfährt, schafft das Mofa sogar etwas mehr als fünfundzwanzig Stundenkilometer.«

Das stimmt, es wundert mich nur, dass Robert das sagt, während er an mir vorbei auf das Mädchen und mein Mofa zugeht. Ich habe ihm diese Tatsache verraten, und er hat nur gelacht, jetzt nutzt er sie, um bei ihr zu trumpfen.

»Das klingt ziemlich schnell.«

»Ist es auch. Ich heiße übrigens Robert.«

Er reicht ihr einfach so die Hand, lächelt dabei und setzt seinen Welpenblick auf, der immer funktioniert. Auch ich will mich ihr vorstellen, doch meine Beine hören nicht mehr auf mich, und auch mein Sprachzentrum funktioniert nicht ganz.

»Johanna.«

Sie lächelt und ergreift seine Hand.

»Schön, dich kennenzulernen.«

Mit einem Nicken in meine Richtung stellt Robert jetzt auch mich vor.

»Das ist mein Kumpel Bolle.«

Noch nie klang mein Spitzname so kindisch und blöd wie in diesem Moment. Und Johanna, das kann ich sehen, denkt das auch. Sie zieht die Nase etwas kraus und sieht von Robert zu mir.

»Bolle?«

Jetzt sag was!

»Paul.«

Das kriege ich ganz gut über die Lippen, und nach einem kurzen Räuspern bewege ich mich sogar ein bisschen auf sie zu.

»Paul Bollinger, Spitzname Bolle.«

»Ach so. Verstehe.«

Noch immer hält sie Roberts Hand in ihrer, und das stört mich. Trotzdem mache ich keine Anstalten, ihr jetzt meine

Hand zu reichen, weil sie nämlich viel zu feucht ist, so wie auch mein T-Shirt, das am Rücken klebt, weil diese Lederjacke viel zu schwer ist und ich in der prallen Sonne gerade das schönste Mädchen der ganzen Welt getroffen habe.

Johanna.

11

»Sie trug dieses weiß-rot gestreifte T-Shirt«, erzählt Bolle.

»Nein, es war gelb«, entgegnet Robert.

Bolle schüttelt entschlossen den Kopf.

Wir sitzen im Schatten des Gewächshauses auf klapprigen Holzstühlen, von denen die Farbe schon längst abgesplittert ist und die alle keinen besonders stabilen Eindruck mehr machen.

»Es war rot-weiß gestreift. Und es saß perfekt.«

»Es war gelb«, beharrt Robert.

»Du hast doch keine Ahnung, du hast dich damals schließlich nicht sofort in sie verliebt.«

»Aber ich habe sie gesehen. Und ihr T-Shirt war gelb.«

Bolles Blick wird etwas grimmiger. »Du magst in vielen Dingen recht haben, und sicherlich ist dein Gehirn fitter als meines, aber diesen Tag, den werde ich in meinem ganzen Leben nicht vergessen.«

Keiner sagt etwas, niemand weist ihn darauf hin, dass er sich diesbezüglich vielleicht irren mag, wir sitzen einfach nur da.

»Ich kann dir sogar sagen, wonach sie gerochen hat und wie viele Sommersprossen auf ihrer Nase waren.«

Jetzt klingt er trotzig wie ein Teenager, der gleich auf sein Zimmer verschwindet und die Tür hinter sich zuknallt.

»Wenn du das sagst.«

Robert schickt ein versöhnliches Lächeln hinterher, aber davon will Bolle nichts mehr wissen.

»Du wirst dich vielleicht in Jahren noch an sie erinnern, während ich sie auf Fotos nicht mehr erkennen werde. Aber, verdammt noch mal, ihr T-Shirt war rot-weiß gestreift!«

Seine Stimme zittert, und Robert legt ihm sanft die Hand auf die Schulter.

»Du hast recht. Ich habe mich geirrt.«

Auch das beruhigt seinen Freund nicht mehr. Wütend wischt er Roberts Hand beiseite und steht auf.

»Ich bin müde und gehe zurück. Toni, wir sehen uns bei der nächsten Chorprobe. Robert, bis bald.«

Mein erster Impuls ist es, ihn aufzuhalten, eine Versöhnung herbeizuführen, damit die beiden Freunde nicht im Streit auseinandergehen, aber Robert wirft mir einen beruhigenden Blick zu und schüttelt kaum merklich den Kopf.

»Bis bald, Bolle.«

Erst als dieser sicher außer Hörweite ist, dreht Robert sich wieder zu mir.

»So ist es immer häufiger. Er wird schneller wütend und macht zu, da hat es keinen Sinn, mit ihm zu diskutieren. Vor allem, wenn es um Johanna geht, wird er sehr emotional.«

»Sie war wohl wirklich seine große Liebe.«

Robert nickt gedankenverloren.

»Das ist sie noch immer.«

»Sie waren damals auch richtig verknallt?«

Er lacht leise und schüttelt den Kopf.

»Ich war nicht verknallt. Ich war zu der Zeit ernsthaft verliebt. Bis über beide Ohren und darüber hinaus.«

»Woran ist sie gestorben?«

»Krebs. Es ging viel zu schnell.«

»Das tut mir alles so leid.«

»Mir auch. Aber die beiden hatten ein Leben voller Liebe und Abenteuer und ...« Wieder lächelt er. »Es war beneidenswert.«

»Haben Sie geheiratet?«

»Nein. Das wäre nicht fair gewesen.«

»Warum nicht?«

»Weil ich niemals eine Frau so sehr geliebt hätte, wie Bolle Johanna geliebt hat. Bolle hat sie sehr glücklich gemacht, das war schön zu sehen.«

»Und Sie und Johanna ...?«

Er erhebt sich schwer von seinem Stuhl und wartet, bis ich es ihm gleichtue.

»Sie war seine große Liebe, doch jetzt werde ich sie für ihn in Erinnerung behalten müssen.«

Langsam gehen wir über den Kiesweg zurück zum Hauptgebäude des Seniorenheims, unterwegs nicken wir anderen Bewohnern zu, die den lauen Sommerabend im Garten ausklingen lassen.

»Gibt es ein bestimmtes Lied, das Bolle vielleicht mit seiner Frau verbindet?«

»Da müsste ich mal schauen. Ich habe all seine Schallplatten daheim im Keller.«

»Würden Sie das machen?«

»Natürlich, wenn Sie wollen.«

»Und bringen Sie die Schallplatten gerne zur Chorprobe mit.«

»Dann werde ich mich mal in den Keller begeben. Wir sehen uns wieder, Frau Waller.«

»Nennen Sie mich ruhig Toni.«

»Toni. Ich bin Robert.«

Als Robert das Seniorenheim wieder verlässt, packe ich

meine Sachen zusammen und habe plötzlich diese Idee, die sich leicht in die Tat umsetzen ließe, wenn ich ein bisschen Hilfe bekommen könnte. Nur bleibt meine Suche nach Frau Henke erfolglos, und ich beschließe, bis zur nächsten Chorprobe meinen Plan zu verfeinern und ihn dann vorzutragen.

Gerade als ich den Laptop in meine Tasche verschwinden lasse, höre ich aufgeregte Schritte hinter mir.

»Toni! Zum Glück sind Sie noch da.«

Alarmiert drehe ich mich um und erkenne Bolle, wie er außer Atem auf mich zukommt. Seine Augen sehen leicht gerötet aus, aber sein Lächeln verdrängt die aufkommende Panik in meinem Hals.

»Ist alles in Ordnung?«

Er nickt und bleibt direkt vor mir stehen. In seiner zitternden Hand hält er einen Fotostreifen.

»Rot-weiß gestreift.«

Er reicht mir den Fotostreifen, den man früher bekam, wenn man sich im Passfotoautomaten fotografieren ließ. Zögerlich nehme ich ihn in Empfang und betrachte die jungen Gesichter, die strahlend in die Kamera schauen. Bolle erkenne ich sofort an seinen blauen Augen. Neben ihm in der engen Fotokabine sitzt ein Mädchen, die Haare in einem hohen Pferdeschwanz, das Gesicht voller Sommersprossen, in einem rot-weiß gestreiften T-Shirt.

»Das ist meine Johanna.«

12

Nur zur Sicherheit streiche ich den Aufkleber auf meinem T-Shirt noch mal glatt, dabei habe ich das in den letzten dreißig Minuten bereits vier Mal überprüft.

Alles ist aufgebaut, alles vorbereitet, jetzt warte ich nur darauf, dass der Chor eintrudelt, und mit jeder Minute, die verstreicht, klopft mein Herz aufgeregter.

»Pünktlich wie immer.«

Valentin, in Krawatte und Weste, taucht auf, seine Augen wirken heute etwas müder als gestern.

»Das Kompliment kann ich zurückgeben.«

Er steuert auf seinen angestammten Platz zu und wird langsamer, sobald er sieht, was ich darauf abgelegt habe. Dort und auf jedem anderen Stuhl.

»Was ist das?«

»Der Liedtext für heute und ein selbstklebendes Namensschildchen.«

»Das kann ich sehen.«

Er hebt es mit zwei spitzen Fingern an, als wäre es verseucht, bevor er mir einen merkwürdigen Blick zuwirft.

»Ist das hier wirklich Ihr Ernst?«

Robert hat gesagt, dass Namensschilder helfen können, und auch meine Internetrecherche hat ergeben, dass sich manche Patienten dadurch sicherer fühlen könnten. Bei Valentin kommt meine Idee offensichtlich nicht so gut an. Mit einem entwaffnenden Lächeln tippe ich auf mein eigenes Namensschild, das ich über meinem Herzen angebracht habe.

»Ich trage auch eines«, sage ich.

»Toni?«

»So nennen mich meine Freunde.«

»Hören Sie, Frau Waller, das hier ist kein Schulchor. Wir wissen alle, wie wir heißen.«

»Nun, ich habe Probleme, mir alle Namen zu merken.«

Stimmt nicht, ist aber gerade unwichtig.

»Mir würde es auch helfen.«

Unbemerkt ist Robert in den Raum getreten und steht, die Hände in die Hüften gestemmt, zwischen den von mir aufgestellten Stühlen. Keine Ahnung, wie viel er von unserer Unterhaltung mitbekommen hat, aber gerade bin ich sehr froh, dass er sein Wort gehalten hat und hier ist.

»Wo finde ich mein Namensschild, Toni?«

Sein Lächeln ist freundlich und genau das, was ich jetzt brauche.

»Gleich hier vorne, neben Bolles Platz.«

Valentin schnaubt verächtlich und nimmt, ohne sich das Namensschild anzukleben, auf seinem Stuhl Platz, den Zettel mit dem Liedtext in der Hand.

»Lächerlich. Wir sind hier nicht bei einem Kindergeburtstag.«

Doch Robert zeigt sich davon reichlich unbeeindruckt, bringt das Schild mit seinem Vornamen gut sichtbar auf seiner Brust an und reicht mir dann die Jutetasche, die mir bis eben nicht aufgefallen ist.

»Ich habe meine Hausaufgaben gemacht. Das ist die Ausbeute.«

»Perfektes Timing.«

Mit einem Schritt zur Seite gebe ich den Blick auf den kleinen Plattenspieler frei, den ich auf den Tisch neben dem Klavier gestellt habe.

»Ich wusste doch, es lohnt sich, heute wiederzukommen«, meint Robert.

»Sie haben sich übrigens tatsächlich geirrt.«

»Wobei?«

»Es war ein rot-weißes T-Shirt.«

Robert zögert einen Moment, und ich spreche schnell weiter. »Bolle hat ein Foto von damals.«

»Dann muss ich mich wohl geirrt haben. Und wissen Sie

was? Ich bin sogar ganz froh darüber, dass es nicht Bolle war, der sich geirrt hat.«

Als Nächstes kommt Sophia Gettelmann herein, wieder in Begleitung von Frau Henke, und wieder lächelt sie.

»Frau Gettelmann, sehen Sie, Frau Waller ist …«

Dann fällt Frau Henkes Blick auf mein Namensschild, und sie nickt.

»Toni ist wieder da.«

»Ah, dann singen wir?«

»Ganz richtig.«

Vorsichtig bringt Frau Henke Sophias Schild an ihrer Strickjacke an, was diese eher skeptisch beobachtet.

»Auf dem Schild steht Ihr Vorname, Sophia.«

Frau Gettelmann nickt, aber scheint nicht gerade überzeugt zu sein, dabei habe ich extra meine Schönschrift ausgepackt, damit alle Namen gut lesbar sind.

»Damit die anderen im Chor wissen, wie Sie heißen.«

Sophia nimmt auf ihrem Stuhl Platz und sieht zum Klavier, als würde das Konzert jeden Moment losgehen können.

Langsam füllt sich der Probenraum, Namensschilder werden angebracht, es herrscht diesmal keine erdrückende Stille, weil alle in ihre eigenen Gedanken und Gespräche vertieft sind. Bolle nickt mir zu, bevor er Robert umarmt – als wäre ihr kleiner Streit gestern nie passiert – und sich neben ihn setzt. Als alle auf ihren Plätzen angekommen sind, alle außer Elena Fängele, die sich schon mal warm läuft, räuspere ich mich geräuschvoll und warte, bis ich die Aufmerksamkeit aller habe.

»Schön, dass der Chor komplett ist. Ich dachte, wir könnten heute die Aufwärmübungen mal etwas variieren.«

Gerade als ich auf den Plattenspieler hinter mir deuten will, öffnet sich die Tür erneut, und alle Köpfe drehen sich zu unseren Neuankömmlingen.

»Sind wir schon wieder zu spät?«

Dorothea und Ulrich Schüble stehen im Türrahmen, und mein Lächeln wird noch eine Spur breiter.

»Nein, gar nicht, kommen Sie ruhig rein.«

Es sind ausreichend Aufkleber da, um auch für die beiden Schübles Namensschilder herzustellen. Ulrich ist davon nicht besonders angetan und behält sein Namensschild, das Dorothea beschriftet hat, lieber erst mal in der Hand, während seine Frau sich den eigenen Aufkleber gut sichtbar an ihren Pullover drückt.

»Wir waren gerade dabei, uns ein bisschen aufzuwärmen.«

»Wird jetzt auch noch getanzt, ja?«

Ulrichs sonore Stimme würde vom Klang her ganz gut zu der von Valentin passen.

»Jetzt wird getanzt«, erwidere ich. »Ganz richtig.«

Nur nicht anmerken lassen, dass sich meine Idee gleich als blöder Nonsens entpuppen könnte. Meine Hoffnung ist, dass sich in Roberts Jutetasche eine passende Schallplatte findet.

»Wenn wir also die Stühle etwas aus dem Weg räumen könnten …«

Bevor jemand meine Anweisung kommentieren kann, ist Frau Henke schon aufgestanden und fordert die Chormitglieder dazu auf, ihr zu helfen. Dorothea lässt sich das nicht zweimal sagen und ist bereits in ihrem Element. Ulrich und Valentin wechseln einen Blick. Es ist nicht zu übersehen, dass sie nichts von meiner Idee halten. Aber Bolle und Robert sind Feuer und Flamme, und sobald ich die *Voulez-vous*-Platte von ABBA in der Tasche entdecke, atme ich hörbar auf. Eine Platte, die meine Mutter gerne gehört hat, die Trackliste ist mir bestens vertraut.

»Heute werden wir ein bisschen zur Musik der Band ABBA die Hüften schwingen.«

Meine Euphorie lässt mich Dinge sagen, die ich im normalen Zustand niemals sagen würde, und es ist mir im ersten Moment etwas unangenehm, aber als ich mich umdrehe, sieht mich der Großteil des Chors lächelnd an.

»Wir lockern damit unseren Klangkörper, damit wir ihn zu unserem Vorteil nutzen können.«

Valentin kann sich einen bissigen Kommentar natürlich nicht verkneifen.

»Frank Sinatra hat sicher keine Hampelmänner gemacht, um seine Stimme aufzuwärmen.«

Langsam geht mir seine schlechte Laune auf die Nerven.

»Zum Glück ist Frank Sinatra nicht hier. Also?«

Einen Moment sieht er mich an, dann nickt er schließlich, und ich lege die Platte auf, wähle das letzte Stück auf der B-Seite, senke den Plattenarm – und sofort ist Leben im Raum. Als ich aufsehe, bewegen sich die ersten bereits im Takt, Beine, Arme, der Kopf wippt mit, und ich steige mit ein. Ulrich und Valentin zögern, bewegen sich minimal, nur einer von beiden im Takt.

Dorothea greift nach der Hand ihres Mannes und fordert ihn zu einem Paartanz auf, was ihm sichtlich unangenehm ist. Doch ein Blick zu Bolle und Robert, die gefühlt noch mal siebzehn sind und denen rein gar nichts an ihren staksigen Bewegungen peinlich ist, scheint ihn zu animieren, und so beginnt Ulrich, langsam und sanft lächelnd mit seiner Frau zu tanzen. Zu langsam für den Beat und nicht so schnell wie die anderen, aber das spielt gar keine Rolle. Dorothea legt ihr Kinn auf seiner Schulter ab, die Augen geschlossen, und überlässt ihm die Führung. Mich berührt der Anblick der beiden.

Während Valentin Meerbach die Hüften kaum bewegt, tanzen die meisten anderen ungeniert und ausgelassen. Lachen erfüllt den Raum, und sogar Sophia tanzt, an der Hand von Frau Henke. Ihre Bewegungen wirken nicht so fahrig wie sonst. Ganz im Gegenteil, es scheint so, als wüsste sie überraschend gut, was sie zu tun hat. Selbst Frau Henke wirft mir einen überraschten Blick zu, den ich nur mit einem Schulterzucken kommentieren kann.

Frau Fängele unterbricht ihren Spaziergang nicht, aber wieder passen sich Geschwindigkeit und Schritte der Musik an, fast könnte man meinen, sie geht genau im Takt des Songs.

Wenn ich an die erste Chorprobe zurückdenke, sehe ich schon jetzt eine erste Veränderung, und wie immer spornen mich Erfolge fast automatisch an. Mir kommt es so vor, als hätte jemand die Tür zu einem weiteren, helleren Raum aufgeschubst.

Als das Lied endet und die Stille zurückkehrt, ist noch immer vereinzelt hier und da ein Lachen zu hören. Dorothea öffnet die Augen wieder, sieht Ulrich liebevoll an und küsst sanft seine Wange.

Es war ein und dasselbe Lied. Für Valentin war es kein Sinatra, für Dorothea und Ulrich vielleicht ein langsames Liebeslied zu ihrem innigen Tanz, für Bolle und Robert eine Erinnerung an ihre Teenagerzeit, für Elena Fängele der Soundtrack für ihre Schritte und für Sophia einfach ein Grund zum Lächeln.

Musik, das verstehe ich endlich, bietet für die Mitglieder dieses Chors eine Fluchttür aus ihrer aktuellen Situation – genau das, was es damals auch für mich war. Und das ist gerade wichtiger als eine perfekt gesungene Note.

»Jetzt, da wir den Kinderkram hinter uns haben, singen wir endlich?«

Valentin nimmt wieder Platz, den sturen Blick direkt auf

mich gerichtet. Ich nicke und greife nach dem kleinen Plattenstapel aus der Jutetasche.

»Ja. Jetzt singen wir. Und heute hat Robert ein Lied mitgebracht, das Bolle besonders mag.«

13

Paul Bollinger
1972

»Und du hast das Mofa ganz allein bezahlt?«

Sie lächelt mich über ihre Cola hinweg an, und ich nicke, während ich immer wieder von dem Lied im Hintergrund abgelenkt werde. Don McLean hat mit diesem Song, der erst vor Kurzem erschienen ist, wirklich einen Hit gelandet. Ich werde mir die Platte auf jeden Fall kaufen.

Vor allem jetzt, da ich das Lied nie mehr hören kann, ohne dabei an Johanna zu denken, wie sie mich lächelnd ansieht und mir Fragen zu meinem Mofa stellt.

Ich traue mich nicht, die zu dicke Lederjacke auszuziehen, weil man bestimmt die Schweißflecken auf meinem T-Shirt sehen würde, und komme mir albern vor. Johanna wirkt um einiges entspannter, wippt mit ihrem Fuß unter dem Tisch, stößt immer mal wieder gegen das Tischbein, entschuldigt sich dann und fängt doch wieder an.

»Glaubst du, ich kann es mal fahren?«

»Das Mofa?«

»Ja.«

Möglich, dass ich noch nie ein hübscheres Mädchen gesehen habe. Robert und ich waren schon oft zusammen im Calypso in Tübingen, da gehen auch viele Studentinnen hin, und trotzdem war da nie eine wie Johanna.

»Ich weiß nicht. Willst du denn den Mofa-Führerschein machen?«

Sie reckt das Kinn vor und sieht mich mit diesem versteckten Lächeln an.

»Ich will sogar mal den Motorradführerschein machen.«

»Im Ernst?«

»Klar. Und dann fahre ich mit meinem Motorrad bis nach Konstanz und einmal um den ganzen Bodensee.«

Wieder stößt sie mit dem Fuß an den Tisch.

»Entschuldigung.«

»Kannst du eigentlich gar nicht still sitzen?«

»Können schon. Aber das muss ich daheim schon immer. Wenn ich draußen bin, dann will ich einfach ...« Sie macht eine komische Handbewegung und lacht. »Dann will ich was erleben!«

»Verstehe.«

»Als ich das Mofa gesehen habe, da musste ich euch einfach ansprechen.«

»Uns?«

»Dich und deinen Freund.«

Robert. Der ist mir tatsächlich einen kurzen Moment entfallen. Der sitzt jetzt nämlich in Saal vier des Metropol-Kinos und sieht Marlon Brando dabei zu, wie er als Pate ein ganzes Mafia-Imperium regiert. Seit Wochen spreche ich von nichts anderem als von diesem Film, von Marlon Brando und meiner Vorfreude, ihn als Vito Corleone auf der großen Leinwand zu sehen.

Und dann kam Johanna.

»Ich wusste ja nicht, wem von euch das Mofa gehört.«

»Und bist du enttäuscht, dass es nicht seines ist?«

Einen kurzen Moment zögert sie, und mir rutscht das Herz bis fast in die Unterhose.

»Er hat schöne Augen, dein Freund.«

»Hat er das?«

»Mhm.«

Wieder nimmt sie einen Schluck Cola, ganz nebenbei, als wüsste sie gar nicht, dass sie mir gerade das Herz gebrochen hat.

»Aber deine sind schöner.«

Auch das sagt sie ganz nebenbei.

»Grins nicht so, das hörst du sicher ständig.«

Ab und an vielleicht. Meistens allerdings von den Freundinnen meiner Mutter, die alle behaupten, ich würde nach ihr kommen und eines Tages ein fescher Mann werden. Aber noch nie hat es jemand so gesagt wie Johanna jetzt. Und ganz sicher habe ich mich nie so sehr über ein Kompliment zu meinen Augen gefreut.

»Und wenn das Mofa nun Robert gehört hätte?«

»Dann würde ich wohl jetzt mit ihm hier sitzen und mich von ihm auf diese Cola einladen lassen.«

Sie grinst.

»Wirklich?«

»Nein. Dann würde ich jetzt mit dir im Kino sitzen und mir diesen Streifen ansehen, den du unbedingt schauen wolltest.«

Ein lässiges Schulterzucken folgt.

»Und dann hätten wir uns nicht unterhalten können, weil man im Kino nicht quatscht.«

»Dann hätte ich dich danach eben noch auf eine Cola eingeladen.«

»Und ich hätte die Einladung angenommen.«

Bleibt nur noch eine Sache zu klären.

»Sag mal, wenn du mit deinem Motorrad diese Tour um den Bodensee machst …?«

»Ja?«

»Ist da in deinem Plan vielleicht noch Platz für einen Mitfahrer?«

»Kommt ganz darauf an.«

»Worauf denn?«

Sie lehnt sich über den Tisch zu mir rüber, ihr Grinsen ist verschwunden, aber dafür ist ein ehrliches Lächeln auf ihr Gesicht getreten. Don McLean hat einfach so den Soundtrack zu ihrem Lächeln geschrieben, ohne es zu wissen.

»Ob dein Mofa mithalten kann.«

14

Die Strophen klingen sehr holprig, was vor allem am englischen Text liegt, aber beim Refrain singen alle mit, vielleicht nicht jedes Wort, aber das spielt keine Rolle mehr. Und als das Lied zu Ende ist, sehe ich viele strahlende Gesichter und einen selig dreinblickenden Bolle, der sich unbemerkt über die noch immer feuchten Augen streicht.

»Das war *American Pie* von Don McLean, ein Song, den sich Bolle gewünscht hat.«

Robert applaudiert, was die anderen ihm sofort nachtun, und sogar ich steige in den Applaus mit ein, obwohl es genau genommen gar keinen Grund dafür gibt.

»Und jetzt kommt meine kleine Hausaufgabe an Sie alle.«

Valentin verdreht die Augen, bevor ich überhaupt sagen kann, was ich mir ausgedacht habe, und es ärgert mich, dass er es mir so schwer macht. Noch mehr ärgert mich, dass ich auf seine Meinung auch noch so viel Wert lege.

»Wir werden jetzt immer zum Aufwärmen ein besonderes Lied hören. Und jedes Mal darf ein anderes Chormitglied dieses Lied aussuchen. Eines, das Sie früher gerne gehört haben.«

Mein Blick fällt auf Sophia, die zwar zu mir sieht, aber irgendwie auch durch mich hindurch, und mir wird bewusst, dass vielleicht nicht alle Mitglieder sich so einfach an ein Musikstück aus ihrer Vergangenheit erinnern können.

»Das wäre eine Möglichkeit, auch Ihre Familie oder Ihre Freunde einzubinden.«

Immerhin war es Robert, der uns die Musikerinnerungen seines Freundes Bolle mitgebracht hat.

»Es wäre schön, wenn Ihre Familien oder Ihre Freunde uns mit Musik versorgen könnten, egal ob Schallplatte, CD, Kassette oder MP3-Spieler.«

Zumindest meine neue Verbündete Frau Henke nickt zustimmend und tätschelt Sophias Hand.

»Ja, und dann sollten wir uns so langsam mal Gedanken zu unserem großen Wettbewerb machen«, fahre ich fort.

»Fahren wir wirklich nach Hamburg?«, will Bolle wissen.

»Im Moment sieht es so aus, ja. Aber wir müssen gut vorbereitet sein, wenn wir gegen unsere Konkurrenz gewinnen wollen, den Chor von der Sonnigen Palme. Soweit ich weiß, haben die ja nicht zuletzt durch ihre Choreografie gepunktet.«

»Und dank Ihrer Vorgängerin.«

Ausgerechnet daran muss sich Valentin Meerbach erinnern. Seinen Einwand übergehe ich und sehe zu den anderen.

»Wir werden uns also auch etwas einfallen lassen.«

Vorbereitung, das weiß ich schon seit meiner Kindheit, ist das A und O, wenn man gewinnen oder begeistern will.

Valentins kehliges Lachen unterbricht mich erneut, und diesmal feuere ich einen wütenden Blick in seine Richtung ab.

»Choreografie – dass ich nicht lache! Wir können doch noch kein einziges Lied!«, ruft er.

Die anderen nicken zustimmend und scheinen eine Lösung oder ein unumstößliches Gegenargument von mir zu erwarten.

»Das mag schon sein …«

»Wie um alles in der Welt sollen wir also eine Chance gegen unsere Konkurrenz haben, Frau Waller?«

Um etwas mehr Zeit zu gewinnen, tippe ich auf mein deutlich sichtbares Namensschild.

»Bitte nennen Sie mich doch Toni.«

»Wie um alles in der Welt sollen wir also eine Chance haben, *Toni*?«

Eine gute Frage. Ein Blick in die Gesichter meiner Chormitglieder zeigt, dass auch sie berechtigte Zweifel an einer realistischen Chance auf einen Gewinn haben.

Valentin lehnt sich zufrieden zurück, die Arme vor der Brust verschränkt.

»Da reichen wohl einige Aufwärmübungen und lächerliche Namensschilder nicht. Also?«

Ob er mich blamieren oder einfach nur seine miese Laune an mir auslassen will? Beides wäre möglich, und vielleicht hängt auch beides zusammen. Also gehe ich zum Gegenangriff über.

»Wir haben eine Geheimwaffe, über die der Chor der Sonnigen Palme nicht verfügt.«

Jetzt habe ich die Aufmerksamkeit aller Anwesenden wieder, und Valentin Meerbach sieht meine Antwort offenbar als Provokation.

»Die da wäre?«

Mein Lächeln wird größer und größer, während ich mir Zeit lasse und fast dabei zusehen kann, wie sein Unmut wächst. Er ist wie ein Ballon, in den man immer mehr Luft pumpt, und wenn man nicht im richtigen Moment aufhört, wird er platzen. Aber so weit lasse ich es nicht kommen.

»Wir haben Sie, Herr Meerbach. Sie und Ihre einzigartige Stimme, die im Soloteil dafür sorgen wird, dass die Sonnige Palme einpacken kann.«

Jetzt sehen alle von mir zu ihm, was ihm merkwürdigerweise sehr unangenehm ist, was ich jedoch als minimalen Triumph werte.

»Wir haben immer noch kein Lied ausgesucht«, gibt er zu bedenken.

»Bringen Sie doch beim nächsten Mal einen Vorschlag mit.«

Das ist nicht besonders fair, aber schließlich fühle ich mich immer wieder von ihm in die Ecke gedrängt.

»Dann werde ich wohl mal in meiner Sammlung stöbern müssen«, murmelt Valentin Meerbach.

Jetzt ist es Bolle, der genervt die Augen verdreht.

»Wenn das mal kein Frank-Sinatra-Song wird«, kommentiert er.

»Und wenn?«

»Du bist einfach nicht Frank Sinatra, Valentin. Hör auf, einem uralten Traum nachzurennen, den du sowieso nicht mehr einholen kannst.«

»Du bist doch nur neidisch, dass ich mal einen Traum hatte!«

Bolle sieht ihn über die Schulter an. »Und du bist doch nur neidisch, dass meine Frau bei mir geblieben ist.«

Dann passiert alles so schnell, dass ich kaum hinterherkomme. Beide Männer richten sich auf und gehen aufeinander los, aber Robert reagiert geistesgegenwärtig und stellt sich zwischen Valentin und Bolle. Stühle kippen nach hinten, eine Frau lässt einen panischen Schrei los, und Sophia reißt die Augen auf, greift nach Frau Henkes Hand. Sogar Elena Fängele bleibt kurz stehen, schüttelt den Kopf und verlässt dann unverzüglich den Raum.

Ich bin mit der Situation kurz überfordert, aber Robert regelt das zum Glück für mich, mit tatkräftiger Unterstützung von Dorothea, die mit ihrer lauten Stimme alle zur Ruhe auffordert.

»Das reicht jetzt wirklich! Ihr benehmt euch ja wie Halbstarke, das ist lächerlich in eurem Alter!«

Valentin Meerbach, etwas außer Atem, deutet mit ausgestrecktem Arm auf Bolle, der von Robert auf Abstand gehalten wird.

»Er hat angefangen!«, ruft Bolle.

»Du wurdest zuerst giftig!«, gibt Valentin schwer atmend zurück.

»Unsinn! Ich habe nur die Wahrheit ausgesprochen.«

»Wenn ich mich nicht irre, ist deine Frau auch nicht mehr hier, oder?«

Bolle will sofort etwas erwidern, zögert dann aber und atmet erst kurz durch, bevor er sein Gegenüber ruhig ansieht.

»Meine Frau ist gestorben, Valentin, sie hat mich nicht verlassen.«

»Besser so. Spätestens jetzt wäre sie ohnehin gegangen.«

Kurz befürchte ich, Bolle könnte erneut auf Meerbach losgehen wollen, aber stattdessen nickt er nur langsam.

»Wie recht du doch hast, Valentin.«

Damit löst er sich aus dem Griff seines Freundes und geht, ohne sich zu verabschieden, zum Ausgang. Robert sieht Valentin an.

»Musste das wirklich sein?«

Doch Meerbach antwortet nicht, streift seine Weste wieder

glatt, überprüft seine Krawatte, bevor er das Namensschild abreißt und auf den Boden fallen lässt.

»Das war es dann für heute, oder?«

Zu meiner Überraschung wartet er auf mein Nicken, bevor er den Saal verlässt.

Ulrich, der sich bisher aus allem rausgehalten hat, sieht zu seiner Frau und kann sich ein Grinsen nicht verkneifen.

»Also wenn jede Chorprobe so abläuft, komme ich gerne wieder.«

»Vergessen Sie nicht, einen Musikwunsch mitzubringen.«

Ulrichs Gesicht verändert sich, dabei wollte ich die lockere Stimmung eigentlich nur auffangen.

»Ich dachte, genau deswegen bin ich hier: weil ich es vergessen werde.«

Tröstende Worte fallen mir viele ein, aber alle wären Lügen, und das weiß er. Das wissen vermutlich auch alle anderen hier im Raum, selbst die, die es nicht mehr wirklich wissen. Dorothea berührt sanft seine Schulter und schenkt ihm ein warmes Lächeln.

»Aber jetzt nicht, mein Schatz. Noch nicht. Auch deswegen bist du hier.«

15

»Lassen Sie sich von den beiden Streithähnen nicht den Tag vermiesen, Toni.«

Es sind, wie sollte es auch anders sein, die tröstenden Worte der Pflegerin Frau Henke, die neben mir auftaucht und meinen zerknirschten Blick bemerkt hat.

»Das mit dem Tanzen als Aufwärmübung war genau richtig«, fährt sie fort.

»Da habe ich jahrelang Musikpädagogik studiert, und plötzlich habe ich das Gefühl, als wüsste ich gar nicht mehr, wie man einen Chor leitet.«

»Sie wissen nur noch nicht, wie Sie *diesen* Chor leiten sollen. Aber Sie sind da auf einem sehr guten Weg.«

»Ich hoffe es.«

»Nur nicht aufgeben.«

Sie zwinkert mir zu und will schon weiter, als ich noch eine Frage habe.

»Frau Henke?«

»Nennen Sie mich bitte Anja. Wir werden ja jetzt mehr miteinander zu tun haben.«

»Gern. Glauben Sie, wir kommen irgendwie an Musik aus Sophias Vergangenheit?«

Anja denkt einen kurzen Moment nach, bevor sie die Schultern zuckt. Ich erahne schon die Antwort.

»Ich weiß nicht. Auf die letzten Kontaktversuche hat ihr Enkel nicht reagiert.«

»Wie heißt er denn?«

»Alexander Gettelmann. Sehr beschäftigter Typ, hat immer Ausreden parat.«

»Kann ich ihn vielleicht mal kontaktieren?«

»Sicher. Wenn Sie glauben, dass Sie mehr Glück haben. Ich suche Ihnen die Nummer heraus.«

»Danke.«

Bevor Anja weitergeht, bleibt sie noch mal kurz stehen, ihr Blick hat einen fast verträumten Ausdruck.

»Bei mir wäre es wohl ein Song von Take That.«

»Wie bitte?«

»Ich würde einen Song von Take That mitbringen. Die habe ich in meiner Jugend wirklich gerne gehört. Sollte ich mal wieder machen.«

Dann sieht sie mich an.

»Und bei Ihnen, Toni?«

»*Schwanensee* von Tschaikowski.«

Mir entgeht ihre Überraschung natürlich nicht, und ich schiebe schnell ein entschuldigendes Lächeln hinterher.

»Es war das erste Stück, bei dem ich meinen Vater als Dirigenten erlebt habe.«

»Ach, Ihr Vater ist Dirigent?«

Mein Vater ist nicht nur Dirigent, sondern Stardirigent. Oder er war es zumindest mal. Während in anderen Haushalten Regale voller Bücher standen, hatte Papa seine Plattensammlung so aufgestellt, dass jeder nur vor Neid erblassen konnte. Alles war dabei. Rock, Oper, Pop, Klassik, Jazz, Country und Punk. Es gab für ihn keine gute oder schlechte Musik. Man musste für bestimmte Stücke nur in der passenden Stimmung sein.

»Wir sehen uns bei der nächsten Probe«, meint Anja und reißt mich aus meinen Erinnerungen.

»Ja. Mal schauen, ob sie wieder in einem Boxkampf endet.«

»Selbst wenn, länger als eine Runde dauert er hier sicherlich nicht.«

Wie sehr ich sie um ihre Ruhe und Zuversicht beneide.

»Sieh an, Richard Waller ist Ihr Vater?«

Man sollte meinen, ältere Menschen machen beim Anschleichen deutlich mehr Lärm, aber irgendwie gelingt es ihnen immer, sich so anzuschleichen, dass sie mir einen halben Herzinfarkt verpassen. Diesmal steht Valentin Meerbach vor mir.

»Ja«, beantworte ich seine Frage. »Kennen Sie ihn?«

»Nicht persönlich.«

Valentin muss sich den Namen seiner Tochter aufschreiben, aber meinen Vater kennt er ganz ohne Spickzettel. Wieso macht mich das traurig und ihn nicht?

»Nun, man kann Ihnen ein gewisses Talent nicht absprechen, Frau Waller.«

»Toni.«

»Toni ist kein schöner Name.«

»Das hat mein Vater auch immer gesagt.«

»Ihr Vater hat offensichtlich Geschmack. Und Talent. Nun weiß ich, woher Sie Ihres haben.«

Natürlich. Nicht mein Engagement, sondern die Nennung des Namens meines Vaters überzeugt ihn davon, dass ich gar nicht so schrecklich unbegabt bin.

»Sie brauchen nur einen besseren Spitznamen«, fährt er fort.

»Und Sie bessere Laune, Herr Meerbach.«

Kurz lacht er, was ihm sofort unangenehm ist, aber zu spät. Mir ist es nicht entgangen. Der alte Miesepeter wird doch nicht etwa so was wie Humor haben?

»Wäre es wirklich schlimm, wenn ich einen Frank-Sinatra-Song wähle?«

»Das ist allein Ihre Entscheidung.«

Einen kurzen Moment wirkt sein Blick abwesend oder aber nur verträumt, da bin ich mir nicht ganz sicher, und dann passiert etwas, von dem ich nie gedacht hätte, dass ich es je erleben werde.

»Nennen Sie mich ruhig Valentin.«

Er reicht mir die Hand, einfach so.

»Nur wenn Sie mich Toni nennen.«

Kurz zögert er, nickt dann aber, und ich nehme seine Hand schließlich an.

»Aber bei diesen lächerlichen Aufwärmtänzen, da mache ich nicht mit. Nur damit wir uns richtig verstehen, Toni.«

»Ganz wie Sie wollen, Valentin.«

Zufrieden wendet er sich zum Gehen.

»Dann werde ich mal schauen, welche Sinatra-Platte ich auswähle.«

»Haben Sie wirklich mal mit ihm gesungen?«

Er bleibt so abrupt stehen, als hätte ich ihm einen Pfeil direkt zwischen die Schulterblätter in den Rücken geschossen und ihn dabei lebensgefährlich verletzt. Ohne sich umzudrehen, antwortet er auf meine Frage.

»Das weiß ich nicht mehr so genau. Aber offensichtlich habe ich es wohl öfter als nötig rumerzählt.«

Dann räuspert er sich, vielleicht, um seiner Stimme wieder mehr Halt zu geben.

»Aber ich möchte gerne glauben, dass es so war.«

Es folgt keine weitere Erklärung oder Verabschiedung, er geht einfach davon, und ich warte, bis er hinter der nächsten Ecke verschwunden ist, bevor auch ich mich auf den Weg nach draußen zu meinem Wagen mache. Den Plattenspieler lasse ich in der Schattigen Pinie, ich werde ihn schließlich öfter hier brauchen. Daheim kann ich immer auf die bekannten Streamingdienste zurückgreifen, aber für die Bewohner hier finde ich es eine ganz schöne Idee, Platten aufzulegen.

Vielleicht auch einfach nur, weil es für mich eine schöne Erinnerung ist.

16

Auf dem Parkplatz vor der Pinie stehen um diese Uhrzeit nicht mehr besonders viele Autos, meines wie immer ganz außen, weil mich jederzeit dieses vertraute Gefühl von Flucht überfallen kann. Auch wenn mir meine Schritte heute um einiges leichter und weniger gehetzt vorkommen.

An einem dunkelroten Ford erkenne ich Dorothea, die aufgrund ihrer Größe wirklich nicht zu übersehen ist. Sie lehnt am Wagen, die Arme vor der Brust verschränkt, die müden Augen halb geschlossen. Als ich näher komme, entdecke ich Ulrich, der hinter dem Lenkrad sitzt, den Blick trotzig durch die Windschutzscheibe in die Ferne gerichtet.

»Alles okay bei Ihnen?«

Ulrich kann mich aus dem Auto nicht hören, aber Dorothea schlägt die Augen auf und sieht zu mir.

»Er will fahren.«

»Und Sie wollen das nicht?«

»Das letzte Mal haben wir zwei Mülleimer überfahren.«

Sie deutet auf die Vorderseite des Autos, wo eine deutliche Delle und ein kaputter Scheinwerfer zu sehen sind.

»Seine Reaktionen lassen nach, und an Verkehrsregeln hält er sich nach Lust und Laune.«

Doch statt Wut höre ich nur Erschöpfung in ihrer Stimme und bleibe stehen.

»Und er weigert sich auszusteigen?«

»Ja.«

»Aber er fährt auch nicht ohne Sie?«

»Nein. Weil er Angst hat, den Weg nicht mehr zu kennen.«

»Verstehe.«

»Sie müssen wissen, mein Mann kann so stur wie ein Esel sein, und da hilft es auch nicht, mit Engelszungen auf ihn einzureden.«

»Also warten Sie einfach?«

»Ja. Irgendwann muss er auf die Toilette, und dann wird er von ganz alleine rauskommen.«

»Und wieso warten Sie nicht im Auto?«

»Weil mein überaus erwachsen und vernünftig handelnder Mann die Zentralverriegelung betätigt hat und sich weigert, mich einsteigen zu lassen, weil ich dann den Schlüssel aus dem Schloss ziehe. Wie beim letzten Mal.«

»Brauchen Sie vielleicht etwas Gesellschaft?«

Ein Lächeln huscht über ihr Gesicht.

»Ich bin ehrlich, ich bräuchte einen Stuhl, aber ich freue mich auch über Gesellschaft, Toni.«

Und weil ich auf die Schnelle keinen Stuhl auftreiben kann, lehne ich mich einfach gegen das Autoheck neben Dorothea und betrachte das Gebäude der Schattigen Pinie vor mir.

»Alles gar nicht so einfach, hm?«

»Ulrich war schon immer sehr stur und wusste, was er wollte und was nicht. Die Krankheit macht das nun noch etwas anstrengender für mich.«

»Sie sehen sehr müde aus, wenn ich das sagen darf.«

Jetzt lacht sie, nur klingt es nicht besonders erfreut.

»Ich *bin* sehr müde.«

Kurz wirft sie einen Blick ins Innere des Wagens, wo Ulrich unverändert das Lenkrad umklammert und sich nicht rührt.

»Er schläft schlecht, und manchmal nimmt er seine Tabletten, manchmal nicht. Dann wandert er durch das ganze Haus, öffnet und schließt Türen, schaltet das Licht an und aus. Natürlich streitet er es am nächsten Morgen ab. Deswegen sind wir auch so oft beim Arzt.«

»Was für Tabletten bekommt er denn?«

»Antidepressiva und Neuroleptika, die gegen die Begleitsymptome der Demenz helfen sollen.«

»Und tun sie das?«

»Wenn er sie regelmäßig nehmen würde, vielleicht. Es fühlt sich manchmal an, als hätte ich einen bockigen Teenager zu Hause, der einfach nicht hören will. Ulrich hasst es, bemuttert zu werden. Er hat immer alles selber erledigt. Reparaturen am Haus, am Auto, die Steuererklärung, die Urlaubsplanung, die Autofahrten. Und jetzt will ich ihm das alles wegnehmen. Weil ich ihm nicht mehr traue.«

Dabei schüttelt sie langsam den Kopf.

»Glauben Sie mir, wenn es nach mir ginge, würde ich ihm das alles liebend gerne überlassen. Aber alles geht nun mal nicht mehr.«

Sie sucht und findet meinen Blick.

»Für uns beide.«

»Haben Sie denn Hilfe?«

»Ulrich möchte keine fremde Person in unserem Haus. Er traut niemandem mehr. Nicht einmal mir. Er behauptet auch, ich hätte eine Affäre, weil ich manchmal für ein paar Stunden außer Haus bin.«

Sie fährt sich über das Gesicht, aber die Augenringe und Falten bleiben.

»Kann ich irgendwas tun?«

»Das tun Sie schon, Toni. Früher waren Ulrich und ich jeden Freitagabend tanzen. Ein kleines Lokal, von außen würde man es für eine Kaschemme halten, aber im Inneren war es einfach nur herzig.«

»Auf was für Lieder haben Sie denn so getanzt?«

»Ulrich und ich, wir schätzen die Musik von Udo Jürgens sehr. Oh, und er mag Country. Das hat angefangen, als wir in den Achtzigerjahren mal in Amerika waren.«

Bei dieser Erinnerung klingt ihr Lachen auf einmal warm und weich.

»Er hat sich einen dieser Cowboyhüte gekauft und ihn für den Rest des Urlaubs nicht mehr abgenommen. Für einen der Ewings aus Dallas hat er sich gehalten.«

Das Seitenfenster neben uns wird heruntergelassen, und Ulrich lehnt sich zu uns nach draußen.

»Es war ein echter Stetson. Gekauft habe ich ihn in Red Rock, in diesem kleinen Laden neben unserem Motel.«

Er hat also unser Gespräch mitgehört.

»Erinnerst du dich, Doro?«

Liebevoll sieht er zu seiner Frau, die nickt.

»Natürlich. Es war ein traumhafter Urlaub, ich habe jede Meile genossen, die wir gefahren sind.«

»Das sollten wir wieder machen, findest du nicht? Die Route 66 vielleicht?«

Dorothea legt ihre Hand auf seinen Arm, drückt ihn kurz und lächelt.

»Das wäre schön.«

»Eine Reise noch.«

Ich sollte nicht hier sein, nicht in diesem Moment, und doch kann ich nicht wegsehen.

»Was hältst du davon, wenn wir erst mal nach Hause fahren, du und ich, hm? Wir können uns die Fotos von damals ansehen.«

Ulrich sieht sie lange und ernst an, für einen Moment befürchte ich, er wird das Fenster wieder nach oben fahren und uns aussperren, aber stattdessen öffnet er die Tür und steigt aus.

»Fahr du, Schatz. Ich bin müde.«

Als wäre nichts gewesen, geht er um den Wagen zur Beifahrerseite und sieht mich über das Autodach an. Sein Lächeln ist aufgeschlossen, fast freundlich, und ich bin ganz überrascht, diese Seite an ihm kennenzulernen. So war Ulrich also früher, als er und seine Doro durch die USA gebrettert sind.

»War eine schöne Probe heute, Toni. Vielleicht singen wir mal was von Udo Jürgens.«

17

Valentin Meerbach, der schwäbische Frank Sinatra

Auch wenn Markgröningen nicht Las Vegas ist, brachte Valentin Meerbach (42) gestern zumindest das Flair der Glücksspielerstadt und des weltbekannten Rat Pack in die schwäbische Kleinstadt – zusammen mit seinem Partner Norbert Eckhard, der wie immer einen perfekten Dean Martin abgegeben hat. Doch Meerbach war auch heute Abend wieder der eindeutige Star. Den Look hat er ohne Zweifel, das Lächeln auch, allein die blauen Augen von »Ol' Blue Eyes« fehlen ihm. Was der Stimmung des Abends allerdings keinen Abbruch tat.

Der Artikel ist von 1982, und ich erkenne auf dem Schwarz-Weiß-Foto einen großen dunkelhaarigen Mann in einem Smoking mit einem Mikrofon in der Hand, der charmant lächelnd ins Publikum und die Kamera schaut. Kaum zu glauben, dass dieser Mann der grimmige Valentin Meerbach aus meinem Chor sein soll.

Auf einem etwas kleineren Bild erkenne ich ihn zusammen mit einem Mann in seinem Alter, ebenfalls im Smoking und mit Mikrofon. Offenbar haben sie gemeinsam durch den Abend geführt.

Neben den Klassikern von Frank Sinatra gab das Duo auch die Lieder von Dean Martin und Sammy Davis jr. zum Besten. Besonders mit seiner Interpretation von »My Way« konnte der schwäbische Sinatra vor allem beim weiblichen

Publikum punkten. Man fragt sich schon, wieso ein Mann mit so einer Stimme nicht auf den wirklich großen Bühnen steht, sondern in Markgröningen die Zuschauer begeistert. Was sein größter Traum sei, haben wir Meerbach zum Abschied gefragt. Seine Antwort hätten wir uns eigentlich denken können.

»Frank Sinatra einmal live zu erleben. Das wäre schon fantastisch.«

Valentin war also tatsächlich mal so was wie ein kleiner Star. Das erklärt natürlich einiges, nicht nur seine Stimme. Wenn man einmal als Solokünstler auf der Bühne gestanden hat, ist es sicher nicht so einfach, sich in einen Chor einzugliedern. Vor allem, wenn es sich dabei um die Goldkehlchen handelt.

Bei den anderen Teilnehmern habe ich weniger Erfolg mit meiner Internetrecherche, aber das wundert mich nicht. Es kann schließlich nicht jeder ein schwäbischer Sinatra sein.

Was Alexander Gettelmann betrifft, habe ich allerdings Glück. LinkedIn spuckt einige sehr interessante Informationen inklusive Foto über Sophias Enkel aus. Es zeigt ihn in einem grauen Strickpullover, wie er mit leicht trotzigem Blick in die Kamera starrt. Vermutlich lässt er sich nicht gern fotografieren. Er trägt die dunklen Haare kurz und irgendwie zerzaust, und das Lächeln, das er auf diesem Foto nur knapp andeutet, hebt er sich wohl für seine Frau auf, denn laut Familienstand ist er verheiratet. Alexander Gettelmann ist nicht nur Sophias Enkel, sondern auch Architekt und anscheinend viel beschäftigt. Aber zumindest kriege ich so ein Gesicht zu der Telefonnummer, die mir Anja Henke heute noch in die Hand gedrückt hat. Ich solle mich einfach als Angestellte der Schattigen Pinie ausgeben, hat sie mir geraten – was ich genau genommen ja auch bin.

Jetzt wähle ich die Nummer und hoffe, dass ein viel beschäftigter Architekt ein paar Minuten für mich und mein Anliegen hat. Es klingelt und klingelt, von einer Mailbox hält Herr Gettelmann also schon mal nichts, und ich werfe einen Blick auf die Uhr. Es ist noch nicht zu spät für einen solchen Anruf. Zwar habe ich nicht mitgezählt, aber ich habe es bestimmt schon fünfzehnmal klingeln lassen, als mein Anruf endlich angenommen wird.

»Gettelmann?«

Seine Stimme ist tief und irgendwie rauchig.

»Ja, hallo, mein Name ist Antonia Waller, ich arbeite in der Schattigen Pinie.«

Darauf entgegnet er nichts, und ich setze zu einem Lächeln an, das er gar nicht sehen kann.

»Es geht um Ihre Großmutter, Sophia Gettelmann.«

»Ich weiß, wie meine Großmutter heißt.« Das klingt gehetzt, obwohl er leise spricht. »Worum geht es genau?«

»Wir versuchen einen Angehörigen zu finden, und Sie scheinen der Einzige zu sein, den wir erreichen können.«

»Ja. Meine Eltern sind verstorben.«

Oh. Das wusste ich nicht. »Beide?«

»Ja. Steht das nicht irgendwo in der Akte?«

Sicher, aber in die Akte darf ich nicht schauen.

»Dann können Sie uns vielleicht weiterhelfen«, sage ich.

»Wie denn?«

Er klingt misstrauisch, und ich frage mich, wie oft ihn schon Menschen um einen Gefallen gebeten haben müssen, dass er so reagiert.

»Es wäre schön, wenn Sie vielleicht nächste Woche mal so gegen sechzehn Uhr im Seniorenheim vorbeischauen könnten und …«

»Um sechzehn Uhr arbeite ich, das geht nicht.«

»Nun, vielleicht können Sie ja mal etwas früher Schluss machen und Ihre Großmutter –«

»Ist was passiert?«

»Nein, nein, es ist nur –«

»Also geht es ihr gut?«

Das klingt nicht so besorgt, wie ich erwartet habe, und kurz stutze ich über die Art und Weise, wie er mich ganz offensichtlich abwimmeln will.

»Wie definieren Sie *gut*, Herr Gettelmann?«

»Hatte sie einen Schlaganfall, oder ist sie gestürzt?«

»Nein, nichts dergleichen.«

»Also geht es ihr gut.«

»Sie ist einsam.«

»Sie wohnt in einem Seniorenheim, da sind viele Menschen.«

An der Art, wie er einatmet, weiß ich, dass er zur Verabschiedung übergehen will, und grätsche schnell dazwischen.

»Wie Sie wissen, leidet sie an Demenz, vieles fällt ihr schwer, und sie vermisst sicher ein vertrautes Gesicht. Also nein, es geht ihr nicht gut.«

»Ich verstehe nicht, wie ich ihr da helfen soll. Gibt es keine Medikamente, die sie nehmen kann?«

Einen kurzen Moment bin ich tatsächlich sprachlos und starre zu Milo, die meinen Blick erwidert, als wolle sie mir aus tiefstem Herzen zustimmen.

»Hören Sie, Ihre Großmutter würde sich über einen Besuch freuen und –«

»Nichts für ungut, Frau Dr. Waller, aber ich habe wahnsinnig viel zu tun.«

Frau Dr. Waller. Ich habe mich nicht als Ärztin vorgestellt und bin von einem solchen Titel so weit entfernt wie Herr Gettelmann davon, charmant zu sein.

»Es wäre wichtig für den Gesundheitszustand Ihrer Großmutter.«

Wow, das ist eine gewagte Lüge, die er eigentlich durchschauen müsste, aber jetzt habe ich sie bereits ausgesprochen und kann sie nicht mehr so leicht zurücknehmen. Er atmet schwer aus, es klingt so, als würde er in einem Terminkalender blättern.

»Gut, Dr. Waller, mal sehen, was sich machen lässt.«

»Fragen Sie einfach nach den Goldkehlchen.«

Und bevor er womöglich nachfragt und ich zugeben müsste, dass ich gar keine Ärztin bin, lege ich auf und sehe auf das Smartphone in meiner Hand. Jetzt muss ich nur noch irgendwo einen Doktortitel herkriegen.

18

Mein Outfit ist heute seriöser, auch wenn ich genau weiß, dass ich niemanden davon überzeugen kann, eine Ärztin zu sein. Allerdings habe ich mir gestern Nacht ein paar, wie ich finde, valide Argumente für meine Notlüge überlegt, die genau genommen ja nur auf einem Irrtum seinerseits beruht, den ich nicht korrigiert habe.

Doch zu meiner Erleichterung ist bisher nur Valentin anwesend. Wie immer hat er sich auch heute wieder in Schale geworfen, selbst wenn die Krawatte etwas lockerer als sonst sitzt. Davon lenkt sein Lächeln ab, als er mich sieht.

»Da sind Sie ja.«

Auf dem Platz neben sich hat er einen kleinen Stapel Schallplatten aufgebaut.

»Ich habe hier einiges herausgesucht. Nicht alles Sinatra, wie ich betonen möchte. Einige Platten sind eher *modern*.«

Das sagt er nicht ohne Stolz und bemerkt meinen fragenden Blick.

»Meine Tochter hat einen sehr eigenen Musikgeschmack, und sie hat immer wieder versucht, mich davon zu überzeugen. Es ist nicht ganz mein Stil, aber manche Lieder mag ich dennoch.«

»Was hat Birdie denn so gehört?«

Wie vom Blitz getroffen verharrt er in seiner Bewegung und dreht den Kopf ganz langsam in meine Richtung.

»Woher kennen Sie diesen Namen?«

»Sie haben ihn mir verraten.«

Er schüttelt energisch den Kopf und richtet sich wieder zu seiner vollen Größe auf.

»Das habe ich nicht.«

»Doch, wir haben uns unterhalten, als –«

»Hören Sie, Frau …«

Er will meinen Namen sagen, aber ich bemerke, wie sein Blick schnell zu meinem Namensschild huscht, das ich auch heute trage.

»Also, Toni, ich weiß nicht, woher Sie manche Informationen herholen, aber es gefällt mir nicht.«

»Verzeihen Sie, Valentin.«

Er nickt, noch immer erbost, und ich erinnere mich daran, dass es manchmal leichter ist, das Spiel mitzuspielen, als demenzkranke Menschen vom tatsächlichen Ablauf der Geschichte überzeugen zu wollen. Valentin sieht wieder auf seine Platten.

»Meine Tochter Beatrice hat lieber Rockmusik gehört. Nicht nur dieses schlimme Zeug. Eher die Klassiker. Besonders gern mochte sie Fleetwood Mac. Sie war ganz hin und weg, dass eine Frau die Sängerin war. Das hat ihr unglaublich imponiert.«

»Stevie Nicks.«

»Ja, genau. Meine Tochter war damals wahrlich ganz vernarrt in ihre Musik.«

Er nimmt die Platte aus dem Stapel und reicht sie mir.

»Damit sich niemand von den anderen beschwert, sollten wir heute zum Aufwärmen vielleicht ein Lied von dieser Platte nehmen.«

Es fällt ihm schwer, mir dabei in die Augen zu sehen, aber das muss er gar nicht, seine Stimme verrät ihn auch so.

»Ein bestimmtes Lied?«

»Das fünfte soll ganz gut sein.«

Bevor ich fragen kann, ob es das Lieblingslied seiner Tochter war, öffnet sich die Tür, und ich spüre, wie mein Körper sich anspannt, als ich aufsehe.

»Entschuldigung, mir wurde gesagt, ich würde hier die Goldkehlchen finden.«

Alexander Gettelmann lässt seinen Blick durch den fast leeren Raum wandern. Ich erkenne ihn sofort von dem Foto auf seinem Internet-Profil. Die Haare wieder etwas wirr, derselbe grimmige Blick.

»Da sind Sie hier ganz richtig, kommen Sie ruhig herein.«

Aber er bleibt im Türrahmen stehen, sieht zu Valentin, dann zu mir.

»Ich suche eine Frau *Dr.* Waller …«

Offenbar weiß er inzwischen auch, dass ich das nicht bin. Obwohl ich es bin. Alles kompliziert.

»Wie gesagt, kommen Sie doch bitte herein.«

»Aber wie mir gesagt wurde, gibt es hier gar keine Ärztin, die so heißt«, fährt er mit einem süffisanten Lächeln fort, »aber dafür eine *Chorleiterin* mit diesem Namen, die sich allerdings in ihrer Freizeit wohl als Ärztin ausgibt und Familienangehörige in dieses Seniorenheim lockt …«

Gerade als ich Luft holen und etwas erwidern will, fällt Valentin mir ins unausgesprochene Wort.

»Ist es nicht traurig, dass man sich offensichtlich solcher Tricks bedienen muss, um Sie hierherzulocken, Herr …?«

Die Ansage hat Herrn Gettelmann überrascht, und kurz verrutscht ihm das Lächeln.

»Alexander Gettelmann.«

»Aha. Sie sind also Sophias Enkel, von dem man immer hört, den man aber nie sieht.«

»Ich habe eben viel zu tun.«

»Hören Sie, Herr Gettelmann, ich habe diese lächerliche Ausrede auch immer benutzt«, entgegnet Valentin.

»Bei allem Respekt, in meinem Fall ist das keine Ausrede.«

»Auch diese Ausrede habe ich benutzt.«

Statt sich weiter mit Valentin auseinanderzusetzen, wendet sich Herr Gettelmann wieder an mich.

»Wo ist denn nun meine Großmutter?«

»Unterwegs hierher.«

»Gut. Ich habe nämlich nicht viel Zeit.«

Und fast so, als müsse er diesen Umstand betonen, wirft er einen nervösen Blick auf die Uhr, bevor er sich im Raum umsieht, während weitere Senioren dazukommen.

»Was ist das hier überhaupt?«

»Der Raum für Bewegungs- und Musiktherapie.«

»Kostet das hier extra oder so was?«

Alexander ist mit seinem Rundblick wieder bei mir gelandet, und ich muss fast lächeln, wenn auch nicht aus Sympathie.

»Ja. Es kostet etwas von Ihrer Zeit.«

»Die ist allerdings teuer.«

»Natürlich. Das dachte ich mir schon.«

»Nichts für ungut, Frau Waller, aber ich habe in meinem Leben keinen Platz für so etwas.«

Seine Geste soll sicher mehr als nur unseren Chor oder seine Großmutter umfassen.

»Ich bitte Sie nur um eine Stunde in der Woche.«

»Eine Stunde?«

Sein Blick zeigt, dass er mich nicht nur für komplett verrückt, sondern auch für ziemlich unverschämt hält, aber ich nicke entschlossen.

»Das ist unmöglich«, erklärt er.

»Vielleicht kommen Sie einfach einmal wöchentlich zu einer unserer Proben. Ihre Großmutter singt in unserem Chor.«

Eigentlich wippt sie nur im Takt mit und tanzt hier und da, manchmal bewegt sie sogar den Mund, aber von singen kann keine Rede sein.

»Meine Großmutter weiß nicht mal mehr, wer ich bin. Ist es dann nicht egal, ob ich da bin oder nicht?«

»Wir bräuchten ein bisschen Musik aus der Jugend Ihrer Oma.«

»Sie wissen doch, wann sie geboren ist. Nehmen Sie einfach ein Lied aus dieser Zeit.«

»Herr Gettelmann –«

»Hören Sie, wenn ich nicht von Baustelle zu Baustelle hetze, zerrt mich meine bald Ex-Frau vor Gericht, und wenn ich dazwischen mal eine Stunde Luft habe, würde ich gerne mal durchschnaufen und nicht …«

Er deutet wieder indifferent in den Raum und zuckt fast entschuldigend die Schultern.

»Das hier bringt doch ohnehin nichts.«

Was er da sagt, macht mich nicht mal mehr wütend, es macht mich traurig. Weil ich in seinen Augen sehen kann, dass er wirklich glaubt, dieser Chor wäre verschwendete Zeit.

»Ich verstehe.«

Das überrascht ihn, führt aber auch zu einem erleichterten Lächeln.

»Danke. Und jetzt entschuldigen Sie mich bitte …«

Er wendet sich zum Gehen, doch gerade als er losmarschieren will, betritt Sophia den Raum, wie immer an der Hand von Pflegerin Anja Henke. Ihre Blicke treffen sich, und wenn ich es nicht besser wüsste, würde ich meinen, Alexander Gettelmann zögert einen Augenblick. Sophias Gesicht wird weicher, als sie ihren Enkel sieht, wenn auch nicht erkennt, dafür bleiben ihre Augen zu trüb und unberührt.

»Sie könnten wenigstens Hallo sagen.«

Es ist nicht mehr als ein Flüstern, das ich Alexander Gettelmann noch mitgebe, aber er hört es nicht – oder will es nicht hören – und geht an seiner Oma vorbei. Sophia dreht sich zu ihm um, und als er fast an der Tür ist, wird ihr Lächeln breiter, und ihre Stimme klingt ganz klar, als sie spricht.

»Grüß Sylvia bitte von mir, wenn du sie siehst.«

Wie vom Blitz getroffen bleibt Alexander Gettelmann an der Tür stehen, die Klinke bereits in der Hand. Doch seine Großmutter ist bereits weitergegangen und hat ihren Platz in der ersten Reihe erreicht. Anja Henke sieht fragend zu mir, und ich nehme mir vor, sie nach der Probe auf den aktuellen Stand zu bringen.

Als ich einen Blick zur Tür werfe, ist Sophias Enkel schon verschwunden, stattdessen tauchen Bolle und Robert auf, Seite an Seite, wie ich es inzwischen von den beiden Freunden gewöhnt bin. Hinter ihnen betritt Elena Fängele den Raum, heute in einem schicken türkisfarbenen Jogginganzug. Sie dreht eine Runde durch den Raum, ehe sie, sehr zu meiner Verblüffung, Platz nimmt. Nur um sofort wieder aufzustehen, eine weitere Runde zu drehen und dann einen anderen Stuhl zu wählen.

Am Ende fehlen nur noch Ulrich und Dorothea, wobei ich nicht weiß, ob die beiden sich einigen konnten, wer fährt. Da Ulrich kein Bewohner der Schattigen Pinie ist, wäre es denkbar, dass sie auch mal eine Probe ausfallen lassen.

»Herzlich willkommen, liebe Goldkehlchen.«

Ich klinge wie eine Lehrerin, die ihre Schüler begrüßt, und nehme mir vor, an einer besseren Begrüßung für die kommenden Proben zu arbeiten.

»Wir werden auch heute mit einem kleinen Tanz beginnen, damit wir alle etwas lockerer werden.«

So langsam gewöhne ich mich daran, dass ich Dinge immer wieder zum ersten Mal erkläre und nicht einfach auf die letzte Probe verweise.

»Und heute hat Valentin die Musik dafür ausgesucht.«

Bolle schießt sofort einen Blick in Valentins Richtung, der ganz ruhig dasitzt.

»Und es ist *kein* Lied von Frank Sinatra«, fahre ich fort.

Obwohl ich die Platte noch gar nicht aufgelegt habe, steht Bolle schon mal auf und sagt:

»Ich hoffe, es ist ein tanzbares Lied.«

19

Valentin Meerbach
1989

»Wir kommen zu spät!«

Norbert hat seinen Koffer schon in der Hand und deutet ungeduldig auf das Taxi vor unserem Haus. Selbst Heike ist fertig zum Aufbruch. Nur von Beatrice fehlt noch immer jede Spur. Das sieht ihr mal wieder ähnlich. Mit sechzehn hat sie beschlossen, sich zu einer Rebellin zu wandeln. Ihr Musikgeschmack hat sich verändert, ebenso ihr Freundeskreis, der Ton, wenn sie mit mir spricht, und ihre Haarfarbe. Gestern war ihre Mähne noch rötlich, heute Morgen lief mir eine schlecht gelaunte blondierte Version meiner Tochter über den Weg.

»Beatrice!«

Meine Stimme hallt von den Wänden im Flur wider, weswegen Heike mir beschwichtigend die Hand auf die Schulter legt.

»Sie wird schon noch kommen, Schatz.«

»Das sollte sie auch langsam, wir kommen sonst noch zu spät!«

Norbert tippt auf seine Armbanduhr, die er sich erst letzte Woche gekauft hat. Finanziert von der Gage eines Auftritts, den er ohne mich absolviert hat. Was er immer wieder betonen muss.

»Ich warte am Taxi, bis du deine Tochter eingefangen hast.«

Heike sieht zwischen mir und Norbert kurz hin und her, atmet dann schwer aus.

»Rede doch noch mal mit ihr, Valentin.«

Beatrice hat Heikes Augen, das lässt sich nicht abstreiten. Überhaupt sieht unsere Tochter ihrer Mutter sehr ähnlich, vor allem, wenn sie lacht. Nicht, dass sie in letzter Zeit viel gelacht hätte, und wenn, dann hat sie penibelst darauf geachtet, dass wir es nicht sehen oder hören. Vor uns gibt sie den mürrischen Teenager, der von allem, was wir sagen, äußerst genervt ist.

Musik dringt aus dem oberen Stockwerk zu mir herunter. Und weil ich weiß, dass Beatrice bei der Lautstärke mein

Rufen nicht hören wird, gehe ich nach oben und steuere zielsicher auf ihre – natürlich geschlossene – Zimmertür zu. Bei Beatrice ist das keine Bitte um Privatsphäre, sondern eher ein lauter Appell, dass wir sie bitte ignorieren sollen. So wie sie uns ignoriert.

Die raue Stimme des Sängers wird durch die uns trennende Zimmertür kaum gedämpft.

»Beatrice?«

Ich klopfe, weil Heike mir gesagt hat, dass ich nicht mehr unangemeldet in das Zimmer unserer Tochter stürmen kann. Natürlich kommt keine Antwort, vermutlich, weil sie lieber dem Sänger lauscht als meiner Aufforderung.

»Beatrice!«

Offenbar hört sie mich doch und dreht die Musik auf ihrer Seite der Tür noch etwas lauter.

Noch immer glaube ich, dass sie diese Musik nur hört, um ihrem aktuellen Freund zu gefallen. Es ist noch gar nicht so lange her, da haben wir uns über die Texte der Rockmusik aus den Siebzigern unterhalten. Eine Musik vor ihrer Zeit, die sie doch stets faszinierend fand und über die sie gerne und leidenschaftlich diskutiert hat.

»Beatrice, ich komme jetzt rein!«

Meine Tochter sitzt auf dem Bett, mit einem Buch in der Hand, während die Musik um uns hämmert und keinen klaren Gedanken zulässt. Ihr Koffer, den sie gestern Abend gepackt hat, liegt geöffnet neben ihr, die Klamotten, die sie ordentlich zusammengefaltet hatte, sind auf dem Boden verstreut.

»Das Taxi wartet.«

Doch sie reagiert nicht, und ich sehe mich gezwungen, die Musik leiser zu drehen, was mir einen bitterbösen Blick einbringt.

»Ich komme nicht mit.«

»Was soll das heißen, du kommst nicht mit? Wir haben diese Eintrittskarten seit über einem halben Jahr. Natürlich kommst du mit.«

»Nein.«

Ein Wort, nicht mehr, und doch trifft es mich wie eine schallende Ohrfeige. Zu genau erinnere ich mich an ihre leuchtenden Augen, als ich ihr vom Kauf der Konzertkarten erzählt habe.

»Beatrice, ich bitte dich, das Hotel ist gebucht, der Zug auch.«

Norbert und ich haben über eine Agentur sogar die Chance, Mr Frank Sinatra nach dem Konzert persönlich zu treffen. Eine Audienz beim Papst ist leichter zu bekommen, sagt man. Nichts davon scheint meine Tochter zu beeindrucken.

»Ich wünsche euch einen schönen, langweiligen Abend. Schreibt mir gerne eine Postkarte, aber ich komme nicht mit!«

Weil ihr Ausrufezeichen nicht deutlich genug war, schlägt sie jetzt das Buch in ihrer Hand mit einem lauten Knall zu und funkelt mich an.

»Ich wollte sowie nie mit. Ich finde seine Musik altbacken und öde.«

Sie deutet an mir vorbei auf die Schallplatte, die sich fleißig weiterdreht, wenn auch lautlos.

»Ich gehe lieber auf ein Konzert von den Hosen.«

»Von den was?«

»Den Toten Hosen. So heißt die Band.«

Junge Männer mit wilden bunten Haaren und noch bunteren Klamotten sehen mich von den Postern an den Wänden ihres Zimmers an, trotzig und überheblich, weil sie wissen, dass meine Tochter ihnen lieber zuhört als mir.

»Aha.«

»Die machen Punk-Mucke.«

»Und das hörst du jetzt lieber?«

»Ja. Tobi sagt, das sind die deutschen Sex Pistols.«

»Sagt Tobi das, ja?«

Tobi, ihr aktueller Freund.

»Ja. Und Tobi hat richtig Ahnung, was Musik angeht.«

Den Eindruck hat er bisher zwar noch nicht auf mich gemacht, wenn er die Treppen nach oben schlurft, kaum Blickkontakt halten kann und nuschelnd auf meine Fragen antwortet.

»Dann können wir uns mit Tobi ja mal über Musik unterhalten. *Nach* dem Konzert.«

Dabei nicke ich in Richtung Tür.

»Geht nicht«, murmelt Beatrice.

»Warum?«

Noch immer vermeidet sie es, mir in die Augen zu sehen, und so langsam beschleicht mich ein ungutes Gefühl.

»Weil Tobi jetzt in Hamburg ist. St. Pauli. Da geht wohl das echte Leben ab.«

Sie klingt so bitter, und ich komme einen weiteren Schritt auf das Bett zu.

»Tobi ist also weg.«

Und ich müsste lügen, wenn ich behaupten würde, darüber nicht höchst angetan zu sein.

»Ja. Er hat gefragt, ob ich mitwill. So eine Bonnie-and-Clyde-Nummer. Wir beide gegen den Rest der Welt.«

Vorsichtig schiebe ich ihren Koffer etwas zur Seite und setze mich auf die Bettkante.

Wenn der Fahrer unten das Taxameter bereits eingeschaltet hat, wird das ein verdammt teurer Ausflug zum Bahnhof. Und ich kenne Norbert gut genug, um zu wissen, dass er mit jeder verstreichenden Minute noch ungehaltener wird.

»Aber du bist nicht mitgegangen«, stelle ich fest.

»Was soll ich denn in Hamburg, Papa? Da kenne ich niemanden. Und die Schule geht nächste Woche wieder los.«

Unter all der Haarfarbe, den übergroßen Pullovern und den Jeans, die sie mit ihrer Mutter vollkommen intakt im Kaufhof gekauft hat, nur um sie dann zu Hause an den Knien mit einer Schere so zu bearbeiten, dass der Riss inzwischen bis zu ihrem Unterschenkel reicht, befindet sich noch immer meine Tochter, die mit mir Sinatra-Platten gehört und eifrig Fragen zur Besetzung des Rat Packs gestellt hat.

Nur kann sie mich noch immer nicht ansehen.

»Weißt du, Schatz, auch wenn du es vielleicht nicht glaubst, aber ich weiß, wie du dich fühlst.«

Sie gibt einen abschätzigen Ton von sich und verschränkt die Arme vor der Brust.

»Ja, dein alter Herr war auch mal jung.«

»Du bist doch mit Krawatte und perfekter Frisur auf die Welt gekommen.«

»Das mag sein, aber mir wurde auch schon mal das Herz gebrochen. Und das war schlimm.«

»Papa, nichts für ungut, aber ich glaube nicht, dass du weißt, wie ich mich fühle.« Sie sieht auf die Uhr. »Außerdem musst du los, wenn du deinen Frank Sinatra noch live erleben willst.«

Tatsächlich wird es langsam knapp.

»Kommst du denn mit?«

Frank Sinatra in der Münchner Olympiahalle. Und nicht nur das, er hat Liza Minnelli und Sammy Davis jr. als Unterstützung im Gepäck.

»Nee, lass mal.«

»Er wird nicht jünger. Wer weiß, ob er noch mal nach Deutschland kommt.«

»Und wenn schon.«

Sie sinkt in ihre Kissen, felsenfest davon überzeugt, dass ihr Liebeskummer nicht vorbeigehen und das gebrochene Herz nie mehr heilen wird.

»Du willst jetzt hier sitzen und schmollen? Du verpasst Frank Sinatra, während Tobi irgendwo auf St. Pauli feiert?«

Langsam wage ich mich wieder an ein Lächeln, während Beatrice noch immer wie ein Häufchen Elend aussieht und ihre Augen vor Tränen fast überlaufen.

»Du wirst jemand Besseren finden. Mit einem besseren Musikgeschmack.«

»Papa ...«

»Ich bin nicht traurig, dass dieser Tobi seinen ganzen Kram mitgenommen hat und über alle Berge ist.«

»Papa ...«

»Aber einen Abend mit Frank Sinatra, den lassen wir uns von ihm doch nicht verderben, oder?«

»Papa, Tobi hat nicht alles mitgenommen. Er hat sogar was hiergelassen.«

Die erste Träne kullert und zieht eine schwarze Spur verlaufender Wimperntusche über die Wange.

»Ich bin schwanger.«

20

»Toni?«

Inzwischen habe ich mich daran gewöhnt, dass mich die Leute in der Schattigen Pinie bei meinem Spitznamen rufen, immerhin habe ich es mir ja so gewünscht. Es allerdings aus Frau Geigers Mund zu hören, lässt mich etwas nervös werden.

»Ja?«

Der Probenraum ist leer, ich sortiere nur noch schnell ein paar Platten und wollte mich dann auf den Heimweg machen. Der heutige Tag ist, bis auf den Zwischenfall mit Alexander Gettelmann, eigentlich ziemlich gut verlaufen. Frau Geigers zerknirschtes Gesicht signalisiert jedoch, dass nicht alle meine Einschätzung teilen.

»Wir haben ein Problem.«

Natürlich hat sich Herr Gettelmann bei Frau Geiger beschwert. Vermutlich hat er sogar bei der Polizei Anzeige gegen mich erstattet, weil ich mich ihm gegenüber mit einer falschen Identität ausgegeben habe. Wobei ich ja eigentlich nur versäumt habe, ein Missverständnis aufzuklären.

»Hören Sie, Frau Geiger, es tut mir wirklich leid, es war auch keine Absicht.«

Könnte mich das alles meinen Job kosten? Und das jetzt, da ich das Gefühl habe, wenigstens minimale Fortschritte zu machen?

»Wovon reden Sie denn?«, erkundigt sich Frau Geiger ratlos.

»Von Alexander Gettelmann.«

»Was ist mit ihm?«

Er hat sich also nicht über mich beschwert?

»Er war heute hier.«

Sie gibt einen anerkennenden Pfiff von sich und zieht die Augenbrauen noch oben.

»Wie haben Sie das denn geschafft?«

»Gute Frage. Er ist allerdings nicht geblieben.«

»Natürlich nicht. Hätte mich auch gewundert.«

Sie sieht sich kurz im leeren Probenraum um, bevor ihr Blick am Plattenspieler hängen bleibt und ein kurzes Lächeln über ihre Lippen huscht.

»Ich sehe sehr viele lächelnde Gesichter, wenn die Senioren aus der Chorprobe kommen.«

Das klingt für mich fast wie ein Lob, und ein aufgeregtes Kribbeln breitet sich in mir aus.

»Aber Sie sagten eben, wir hätten ein Problem.«

»Oh. Ja, richtig. Der Chorwettbewerb.«

»Hamburg.«

»Korrekt. Nun, wie Sie sich denken können, wird das keine Kaffeefahrt.«

Um mir nicht anmerken zu lassen, dass ich mir über die Fahrt dorthin bislang kaum Gedanken gemacht habe, nicke ich mit einem ernsten Gesichtsausdruck, der das Gegenteil behaupten soll.

»Wir haben einen kleinen Reisebus organisiert und einen Fahrer, der bereits mehrfach mit uns kleine Trips unternommen hat.«

Das klingt doch alles sehr ordentlich.

»Allerdings können nur die Chormitglieder mitkommen, die eine Art Erlaubnis von ihren Angehörigen bekommen.«

»Oh.«

»Und ich kann nicht so viel Pflegepersonal mitschicken. Es wäre also gut, wenn einige Angehörige mitkämen.«

»Verstehe.«

»Bei den Chormitgliedern, die keine Verwandten mehr haben, muss der rechtliche Betreuer die Erlaubnis unterschreiben. Im Fall von Paul Bollinger zum Beispiel müsste sein Betreuer Robert Kolb zustimmen.«

Mir war gar nicht bewusst, dass Robert nicht nur Bolles bester Freund, sondern auch sein rechtlicher Betreuer ist. Er ist ja ohnehin bei fast jeder Probe dabei, vielleicht kann ich ihn überreden, auf die Reise mitzukommen.

»Und dann ist da natürlich noch Sophia Gettelmann«, fährt Frau Geiger fort und sieht mich vielsagend an.

Ich weiß genau, was sie denkt. Wenn ihr Enkel nicht einmal bei einer Probe anwesend sein kann, wie um alles in der Welt soll ich ihn davon überzeugen, dass ein kleiner Roadtrip nach Hamburg eine großartige Idee wäre?

»Ohne die Zustimmung ihres Enkels kann ich die alte Dame nicht mitfahren lassen.«

»Natürlich.«

»Falls Sie also irgendeine Chance sehen …«

Ja, klar. Das hat beim letzten Mal schon so wahnsinnig gut funktioniert.

»Ich will ehrlich mit Ihnen sein, Toni.«

Frau Geiger zieht einen Stuhl heran und nimmt Platz. Die Erschöpfung in ihrem Gesicht lässt mich vermuten, dass es die erste Pause ist, die sie sich am heutigen Tag gönnt.

»Sophia Gettelmann ist schon sehr, sehr lange hier. Und die letzten Jahre waren nicht die besten. Ich weiß nicht, wie viele Jahre ihr noch bleiben, aber ich befürchte, es werden nicht mehr sehr viele sein. Wenn ich mir für sie etwas wünschen könnte, dann vielleicht ein kleines Abenteuer. Noch mal etwas anderes sehen.«

Sie kann meine Frage erahnen, dabei habe ich nicht mal vorgehabt, sie auszusprechen.

»Hinter diesem Nebel sind noch immer Menschen. Und ich bin felsenfest davon überzeugt, dass ihnen schöne Dinge trotz allem im Gedächtnis bleiben.«

Frau Geiger muss schon eine ganze Weile hier im Seniorenheim arbeiten, sonst hätte sie nicht diese Erfahrung, die Leitungsposition und die dunklen Ringe unter den Augen. Ich bin erst wenige Woche hier, ein Greenhorn sozusagen, und habe noch viel zu lernen. Aber wenn jemand wie Frau

Geiger daran glaubt, dass schöne Dinge bleiben, dann bin ich gewillt, es auch zu glauben.

»Ich werde noch mal mit ihrem Enkel sprechen.«

Dabei habe ich keine Ahnung, was ich sagen soll und ob Alexander Gettelmann mir überhaupt zuhören würde, aber einen Versuch will ich starten.

»Wissen Sie, Toni, ich bin wirklich froh, dass Sie bei uns sind.«

Sie beendet ihre Pause, steht auf und deutet auf die LPs hinter mir.

»Ich habe schon von Ihrer Plattensammlung gehört. Das ist eine feine Idee. Sie werden noch ein Profi.«

»So weit würde ich nicht gehen.«

»Vielleicht bleiben Sie ja lange genug hier, um ein Profi zu werden.«

Die Hoffnung in ihrer Stimme rührt mich, und ich nicke einfach nur, warte, bis sie gegangen ist und ich den Raum wieder für mich habe. Inzwischen weiß ich genau, welches Goldkehlchen wo sitzt und wo ich bei jeder Probe welchen Namenssticker hinlegen muss.

Unter den Platten, die ich mitgebracht habe, ist die LP, die ich heute Morgen wohl versehentlich vom Stapel daheim mitgenommen habe und die hier eigentlich nichts zu suchen hat. Man kann vielleicht darauf tanzen, nach jahrelanger Ausbildung, aber sicher nicht singen.

Schwanensee.

Mit einer überraschenden Leichtigkeit nehme ich die dunkle Platte aus dem Cover und lege sie auf, drehe die Lautstärke runter und lasse den Plattenarm an der korrekten Stelle absinken. Dann schließe ich die Augen und warte ab, welche Erinnerung mich einholt. Die Überraschung bleibt aus. Es ist immer dieselbe Szene.

Ich sehe den Rücken meines Vaters in dem schwarzen Frack, die breiten Schultern, den Dirigentenstab, den er locker in der rechten Hand hält. Seine Bewegungen sind mal sanft und leicht, mal herausfordernd, ein Wechsel zwischen einem imaginären Fechtduell und einem federleichten Zeichnen. Das Orchester hört auf meinen Vater, lässt sich von ihm zu Höchstleistungen antreiben. Die anderen Menschen im Publikum achten bestimmt auf das ganze Orchester, auf die Oboen, die Klarinetten, die Geigen und Celli oder betrachten die Tänzer auf der Bühne. Nur ich sehe ausschließlich auf den dunklen Rücken meines Vaters. Nichts kann schiefgehen, solange er den Taktstock fest in der Hand hält.

Die erste Träne landet auf der sich drehenden Schallplatte und wird einfach mitgenommen, Runde um Runde, bis ich Tschaikowskis wunderbare Musik einfach abwürge.

21

Mir bietet sich ein bekanntes Bild.

Dorothea lehnt neben dem Auto, während Ulrich hinter dem Steuer sitzt, den Blick stur in die Ferne gerichtet. Aber Dorothea ist nicht alleine, neben ihr erkenne ich Robert Kolb, der sich mit ihr unterhält und mir zuwinkt, als ich an ihnen vorbei in Richtung meines eigenen Wagens gehe.

»Ich leiste Dorothea Gesellschaft, bis Ulrich endlich aufgibt.«

»Das ist sehr nett von Ihnen, Robert.«

»Ist nicht so, als hätte ich das nicht auch schon durchgemacht.«

Als er lächelt, verbirgt sich eine gewisse Melancholie in den Mundwinkeln.

»Aber wenn ich Sie schon mal hier habe ... Es geht um den Trip zum Chorwettbewerb nach Hamburg«, setze ich an.

Obwohl ich eigentlich nur Robert meine, bekomme ich auch Dorotheas Aufmerksamkeit.

»Hamburg?«

»Ja.«

Sie klopft gegen die Scheibe des Wagens. Ulrich lässt die Scheibe herunterfahren.

»Der Chor fährt nach Hamburg, Ulrich!« Ihre Stimme klingt ganz aufgeregt. »Erinnerst du dich?«

Es dauert eine Weile, bis Ulrich langsam nickt.

»Natürlich erinnere ich mich.«

»Es war unsere Hochzeitsreise.«

»Das weiß ich doch!«

Dorothea sieht wieder zu mir, und ihre Augen verraten, dass sie sich nicht sicher ist, ob er es wirklich noch weiß.

»Meinen Sie, wir könnten ebenfalls mitfahren? Also, mit dem Chor?«

»Das müsste ich erst abklären, aber von meiner Seite aus spricht nichts dagegen.«

»Da habe ich ja wohl auch noch ein Wörtchen mitzureden, wann und wohin wir unsere Hochzeitsreise machen!«, mischt sich Ulrich ein.

»Wir haben unsere Hochzeitsreise schon hinter uns, mein Schatz.«

»Hast du etwa schon gebucht?«

»Nein. Wir waren vor über vierzig Jahren auf Hochzeitsreise.«

Ulrich schiebt die Autotür so wuchtig auf, dass ich einen Schritt zurücktreten muss, um nicht erwischt zu werden.

»Erzähl keinen Unsinn. Gerade hast du gesagt, wir fahren auf Hochzeitsreise nach Hamburg!«

Er klingt wütend, seine Stimme zittert, und Dorothea sieht fast entschuldigend zu Robert und mir, wobei er viel entspannter mit der Situation umzugehen scheint als ich.

»Du verwechselst da was«, setzt Dorothea an.

»Belehre mich nicht vor unseren Freunden!«

Ulrich steigert sich so in seine Emotion hinein, dass er die Hände zu Fäusten ballt und seine Wangen sich rötlich färben.

»Du kannst nicht ohne Rücksprache mit mir buchen, das habe ich dir schon hundert Mal gesagt.« Er streckt die Hand aus. »Gib mir deine Kreditkarte.«

»Was?«

»Ich drehe dir den Geldhahn zu, wenn du so unbedacht Reisen buchst.«

»Ich habe doch gar nichts …«

Robert räuspert sich und stößt sich vom Wagen ab, tritt einen kleinen Schritt vor und lächelt Ulrich freundlich an. Seine Stimme klingt ruhig und gefasst, als wäre hier nicht gerade das Chaos ausgebrochen.

»Es wurde noch nichts gebucht, Herr Schüble. Allerdings würden wir uns sehr freuen, wenn Sie den Chor nach Hamburg begleiten würden.«

»Wird das nicht zu teuer?«

»Die Kosten sind überschaubar.«

Ob Robert früher mit diesem Lächeln einfach alles bekommen hat, was er wollte? Als junger Mann müssen ihm die Frauen zu Füßen gelegen haben – alle bis auf eine. Johanna hat sich ja letztlich für seinen besten Freund entschieden.

»Nun, wenn mein Chef mir den Urlaub genehmigt, dürfte das kein Problem sein.«

Niemand erinnert Ulrich daran, dass er schon längst in Rente ist. Auch nicht Dorothea, die die Szene beinahe stoisch mitverfolgt.

»Sehr gut, dann verbleiben wir so.«

Damit ist das Thema durch, und Ulrich sieht zu seiner Frau.

»Besser, du fährst. Ich bin jetzt doch sehr müde.«

Als wäre nichts gewesen, geht er um den Wagen herum und steigt auf der Beifahrerseite ein. Robert berührt sanft Dorotheas Schulter.

»Machen Sie sich nichts draus, so was passiert.«

Sie nickt, vielleicht weil sie das schon längst weiß.

»Danke. Wir würden sehr gerne auf die Chorreise mitkommen.«

Sie wirft Robert einen dankbaren Blick zu, dann steigt auch sie ein, startet den Motor und lenkt den Wagen langsam vom Parkplatz.

»Bolle hat irgendwann angefangen, auf Johanna zu warten, wenn wir loswollten«, sagt Robert plötzlich. »Dabei war sie schon längst nicht mehr bei uns. Manchmal muss man es einfach hinnehmen. Ich weiß, dass es jetzt öfter vorkommen wird. Das wird nicht leicht. Man redet sich erst mal alles schön. Denkt, es liegt an den Medikamenten oder an einer schlechten Nacht.«

Eine Weile schweigt er, kaut auf seiner Unterlippe, den Blick auf den Boden gerichtet.

»Je früher man es sich eingesteht, desto besser. Dann nimmt man jeden Moment so, wie er kommt. Genießt die guten Tage und hält an den schlechten einfach durch.«

»Darf ich Sie etwas Persönliches fragen, Robert?«

»Nur zu.«

»Wie konnten Sie noch mit Bolle und Johanna befreundet sein, als Sie ...?«

Er lacht leise, bevor ich meine Frage wirklich ausformulieren kann.

»Bolle und ich, das ist schwer zu erklären, aber ohne ihn will ich mir das alles gar nicht vorstellen. Und Johanna gehörte zu ihm. Wissen Sie, ich mache das alles hier auch ein bisschen für sie. Für Johanna.«

»Das mit dem Chor?«

»Das auch. Ich besuche ihn, erinnere ihn hier und da an sie und hoffe, dass er sie erst ganz zum Schluss vergisst. Außerdem habe ich die Betreuung für ihn übernommen, das heißt, ich besuche ihn nicht nur, sondern regele auch seine finanziellen Dinge und so.«

Er sieht mich an, und obwohl seine rotblonden Haare ihm noch immer einen gewissen jugendlichen Charme verleihen, wirkt er plötzlich viel älter. Einen kleinen Augenblick stehen wir stumm nebeneinander auf dem Parkplatz und hängen unseren Gedanken nach.

»Sie kommen also mit nach Hamburg?«, frage ich schließlich.

Sein Lächeln kehrt zurück.

»Das würde ich mir für nichts auf der Welt entgehen lassen.«

22

Milo liegt vollgefressen neben mir auf der Couch, während ich mir bei YouTube Clips vom Chorwettbewerb der Senioren aus dem letzten Jahr ansehe. Die Goldkehlchen haben sich ganz wacker geschlagen und nur knapp gegen den Chor der Sonnigen Palme verloren. Allerdings dauert es eine Weile, bis ich begreife, dass es nicht zwingend um die beste gesangliche Leistung geht. Den meisten Chören kann man nicht besonders lange zuhören. Doch statt auf die vielen schrägen Töne zu achten, sehe ich mir die Gesichter an, stelle mir die Geschichten dahinter vor, und irgendwann merke ich gar nicht mehr, wie schrecklich schief alles klingt.

Plötzlich sehe ich den missbilligenden Gesichtsausdruck meines Vaters vor mir, als würde er jetzt neben mir auf dieser Couch sitzen. Für ihn wäre das alles alberne Zeitverschwendung, vielleicht ein nettes Hobby, wenn man sein Karmakonto auffüllen will, aber keine ernst zu nehmende Aufgabe.

Allein die Tatsache, dass ich Musikpädagogik studieren wollte, war für ihn ein Affront. Er hatte sich für seine Tochter eine völlig andere Laufbahn gewünscht. Meine ganze Kindheit und Jugend hat er mich gefördert und gefordert, und ich habe mitgemacht, täglich stundenlang Klavier geübt, bei Musikwettbewerben einen Preis nach dem anderen abgeräumt. Wie selbstverständlich war er davon ausgegangen, dass auch ich eines Tages Berufsmusikerin werden würde, und sah mich als Pianistin auf den großen Bühnen der Welt. Meine Entscheidung dagegen hat Richard Waller, wie sollte es auch anders sein, persönlich genommen.

Dabei war das mit uns nicht immer so. Sobald Musik im Haus ertönte, blühte er auf. Er hatte zu jedem Musikstück eine interessante oder witzige Geschichte zu erzählen. Egal welches Genre, egal welche Epoche, seine Augen haben immer ganz aufgeregt gefunkelt, und mein Herz ging auf, wenn er mich ansah und sein Wissen an mich weitergab.

Es fällt mir schwer, meinen Weg weiterzugehen, wenn ich genau weiß, dass er ihn nicht gutheißt. Wie die nervige Stimme einer Navi-App höre ich meinen Vater, wie er mich immer wieder davon zu überzeugen versucht, dass ich nur meine Zeit verschwende.

Bei der nächsten Möglichkeit bitte wenden!

Dabei bin ich mir sicher, er würde es verstehen, wenn er

mal vorbeischauen würde. Bei einer Chorprobe, nur um zu sehen, was es den Senioren bedeutet und wie groß ihre Liebe zur Musik noch immer ist.

Während im Hintergrund die Goldkehlchen recht schief ihren Beitrag vom letzten Jahr trällern, öffne ich ein neues Browserfenster und gebe den Namen meines Vaters ein, nur weil es inzwischen eine Art Ritual geworden ist. Um zu sehen, ob ein neuer Beitrag dazugekommen ist oder jemand etwas Neues über meinen Vater geschrieben hat. Wie jedes Mal erscheinen viel zu viele Treffer, viel zu viele Konzertmitschnitte. Allerdings klicke ich sowieso immer ein und dasselbe Video eines Mitschnitts an. So auch heute.

Es zeigt nicht in erster Linie meinen Vater, sondern wie so oft vor allem die anderen Mitwirkenden – die Balletttänzer auf der Bühne, die Musiker im Orchestergraben, die berühmten Zuschauer in der ersten Reihe. Kaum jemand versteht, dass das alles nur funktionieren kann, wenn mein Vater alles richtig macht. Trotzdem stelle ich das Video auf stumm, während die Goldkehlchen im Hintergrund weitersingen. Jetzt wirkt es fast so, als würde mein Vater meinen Chor dirigieren. Es zaubert ein Lächeln auf meine Lippen, und ich stelle mir vor, wie es wäre, wenn er noch mal den Taktstock in die Hand nehmen würde, wenn es ihm egal wäre, wie gut oder schlecht der Chor singt.

Und dann ist da plötzlich Valentin, der gerade zu seinem Solo ansetzt. Ich klicke mich von meinem Vater zurück zu den Goldkehlchen. Valentins Stimme war vergangenes Jahr noch klarer als jetzt, die Töne kommen sicherer, und sein Gesicht zeigt keine Spur von Anstrengung. Es ist ihm anzusehen, wie sehr er die überraschte Reaktion des Publikums genießt.

Nimm das, Alzheimer!, denke ich. *Du kannst ihm die Erinnerungen nehmen, aber nicht die Stimme!*

Doch ich weiß, dass es nicht lange so bleiben wird. Etwas in Roberts Blick heute auf dem Parkplatz hat mir ein bisschen Angst gemacht. War es Traurigkeit oder Resignation? Oder das Wissen, dass es sich nicht aufhalten lässt?

Ich halte das Video vom Chorwettbewerb an und betrachte den Chor noch mal genauer. Nicht alle Teilnehmer kenne ich, manche fehlen. Auch Sophia ist nicht dabei.

Entschlossen greife ich nach meinem Handy und wähle die Nummer von Alexander Gettelmann, bereit für einen zweiten Versuch. Diesmal lässt er das Telefon auch nicht so lange klingeln, sondern meldet sich schon nach dem zweiten Signal.

»Gettelmann?«

»Herr Gettelmann, hallo, ich bin es noch mal, Antonia Waller.«

Ich versuche, besonders fröhlich zu klingen, was mir schon im nächsten Moment albern vorkommt.

»Ach. Frau Doktor. Wie kann ich Ihnen diesmal behilflich sein?«

Im Hintergrund klopft jemand auf einen Topf oder eine Metallschüssel, wenn ich die Geräuschkulisse korrekt interpretiere.

»Herr Gettelmann, ich habe den Eindruck, wir hatten einen schlechten Start, und ich würde gerne einen zweiten Anlauf –«

»Hannah, stell das bitte wieder hin, das ist Mamas Lieblingsvase! Nein! Pass auf!«

Dann ertönt ein Klirren, und ich ahne, dass Mamas Lieblingsvase gerade zu Bruch gegangen ist.

»Scheiße.«

Kinderlachen im Hintergrund.

»Du hast Scheiße gesagt, Papa!«

»Nein. Nein, das habe ich nicht. Und jetzt zieh deine Schuhe an, Dennis, wir müssen los, sonst kommen wir zu spät zum Training!«

»Herr Gettelmann …?«

»Hören Sie, Frau Doktor, ich habe gerade wirklich viel um die Ohren.«

»Das merke ich. Können wir uns vielleicht mal in Ruhe zu einem Gespräch treffen?«

»In Ruhe habe ich im Moment nicht im Angebot. Aber Sie könnten zum Trainingsgelände vom FV Lehen kommen, da werde ich in knapp einer halben Stunde sein.«

»Ähm.«

»Entschuldigen Sie bitte, Frau Doktor, ich muss meiner Tochter die Schuhe anziehen.«

Dann ertönt das Freizeichen des Telefons.

»Der Arsch hat einfach aufgelegt«, sage ich zu Milo.

Es ärgert mich, dass er mich nie so recht zu Wort kommen lässt, und wenn er es doch tut, dann hört er mir nicht zu. Das ist eine Kombination, die ich nicht besonders schätze.

»Du denkst also auch, dass ich ihn beim Fußballtraining stören soll, oder?«

Milo sieht aus, als würde sie nicken, und ich fühle mich ermutigt, diesen albernen Plan in die Tat umzusetzen. Also schnappe ich mir meine Schlüssel und mein Handy. Auf dem Weg zu meinem Auto suche ich mir die Route zum Trainingsgelände des FV Lehen auf. Stuttgart-Süd, das ist nicht besonders weit, und wenn ich erst mal dort bin, werden mir schon Argumente einfallen, die Herrn Gettelmann davon überzeugen, seine Großmutter nach Hamburg zu einem Chorwettbewerb zu begleiten.

Das kann ja nun nicht so schwer sein.

23

Jungs in weißen Trikots und kurzen blauen Hosen rennen recht ungeordnet einem Ball hinterher, der aussieht, als wäre er immer ein bisschen zu schnell für sie. Die Spieler können nicht älter als zehn, vielleicht elf sein, und alle scheinen sehr ernst bei der Sache zu sein. Für sie ist dieser kleine Bolzplatz vielleicht das Mercedes-Benz-Stadion.

Alexander Gettelmann erkenne ich sofort, an seiner Hand hängt ein kleines Mädchen, das reichlich gelangweilt wirkt.

»Hallo, Herr Gettelmann.«

Als wäre es das Normalste auf der Welt, trete ich neben ihn und konzentriere mich auf das bunte Treiben auf dem Fußballplatz. Obwohl ich ihn nicht ansehe, bemerke ich seine Überraschung.

»Was machen Sie denn hier?«

»Genau genommen haben Sie mich eingeladen.«

»Genau genommen habe ich genau das nicht getan.«

Mit einem breiten Lächeln drehe ich mich nun doch zu ihm.

»Wenn Sie sonst keine Zeit haben ...«

»Jetzt habe ich auch keine Zeit.«

Das kleine Mädchen sieht mich von unten neugierig an, etwas schüchtern steht sie neben ihrem Vater, und ich nehme an, dass es sich um Hannah handelt, die vorhin die Vase ruiniert hat.

»Ich hoffe, Ihre Frau macht wegen der Vase keinen zu großen Ärger.«

Alexanders Augen werden etwas größer. Ich vermute, dass er vergessen hat, wie viel ich beim Telefonat von seinem Privatleben mitgekriegt habe.

»Welcher ist denn Ihrer?«

Kurz deute ich auf die Jungs vor uns, die inzwischen wieder in die andere Richtung rennen.

»Der Freche.«

Wie aufs Stichwort grätscht ein Junge mit wilder Frisur und aufgeschürften Knien einen seiner Mitspieler um, kommt aber damit davon, weil er zuerst den Ball gespielt hat.

»Ganz der Papa, sehe ich.«

Das entlockt Gettelmann zumindest ein kurzes Lächeln, bevor er sich räuspert und wieder ernst wird, weil er glaubt, das stünde ihm besser.

»Es ist übrigens meine Ex-Frau. Die Scheidung ist zwar noch nicht ganz durch, aber sie hat keine Schwierigkeiten, mich jetzt schon als ihren Ex-Mann zu betiteln.«

»Verstehe.«

»Wieso? Sind Sie auch geschieden?«

»Nein. Haben Sie fünf Minuten für mich, Herr Gettelmann?«

»Wenn es Sie nicht stört, dass ich dazwischen immer wieder meinen Sohn anfeuere?«

»Nur zu.«

»Dann mal los, Frau Doktor.«

»Wie Sie sich denken können, geht es um Ihre Großmutter.«

»Das ist mir nach Ihrem Telefonterror nicht entgangen.«

»Sie ist ein wichtiger Teil unseres Chors.«

Er zieht nur zweifelnd eine Augenbraue nach oben, und ich revidiere meine Aussage.

»Okay, okay, der Chor ist ein wichtiger Teil ihres Alltags. Sie blüht wirklich auf und genießt es, wenn wir zusammen singen.«

»Das freut mich.«

Was ich ihm diesmal sogar glaube.

»Aber es wäre schön, wenn Sie ab und an bei den Proben anwesend sein könnten. Wir suchen immer Lieder aus, die für unsere Chormitglieder eine besondere Bedeutung haben. Und bei Sophia können nur Sie uns helfen.«

Die Tatsache, dass er mich bis hierhin hat ausreden lassen, werte ich als gutes Zeichen und schicke ein Lächeln hinterher, das aber an seinem Kopfschütteln abprallt.

»Ich fürchte, ich kann Ihnen da nicht helfen.«

»Wieso?«

»Ich war nur selten bei meinen Großeltern.«

»Und da haben Sie nie Musik gehört?«

»Liegt alles sehr lange zurück.« Er lächelt gezwungen. »Deswegen finde ich es auch reichlich albern, dass sie jetzt, wo sie mich nicht mal mehr erkennt, plötzlich auf Musik stehen soll.«

Ein Schulterzucken, dann sieht er zurück zum Spielfeld und schaltet sein väterliches Lächeln an.

»Sehr gut, Dennis! Weiter so! Immer weiter nach vorne!«

Immer weiter nach vorne. Das scheint sein heimliches Lebensmotto zu sein, denn jemand wie Alexander Gettelmann blickt sicher nicht zurück. Nicht mal, um seiner Großmutter zu helfen.

»Wissen Sie, Musik kann Demenzpatienten helfen, zum Beispiel kann das Fortschreiten der Erkrankung eingedämmt werden.«

»Bei meiner Großmutter kann nichts mehr fortschreiten und damit auch nichts mehr eingedämmt werden.«

Unbeeindruckt von seinem Einwand spreche ich weiter.

»Vor allem auf das psychische Wohlbefinden hat die Musik einen positiven Effekt. Auf manche wirkt sie beruhigend oder weckt Gefühle, die sie sonst kaum mehr wahrnehmen.«

»Dennis, pushen, wenn du am Ball bist!«

»Vor allem aber schenkt sie Freude und ruft manchmal sogar Erinnerungen wach.«

»Die Anwesenheit so vieler Minderjähriger hindert mich daran, Ihnen zu sagen, was ich von Ihrer Theorie tatsächlich halte, Frau Doktor.«

»Toni. Nennen Sie mich Toni.«

»Also, Toni, meine Großmutter soll sich an mich erinnern, nur weil Sie ein paar Oldies abspielen, ja?«

»Das habe ich nicht behauptet. Ich habe nur gesagt, dass Musik Demenzkranken helfen kann.«

»Und wenn ich das für Unsinn halte? Wie lange leiten Sie diesen Chor schon?«

»Einige Wochen.«

»Ich kenne meine Großmutter mein ganzes Leben, und eines weiß ich ganz sicher: Die Frau erinnert sich an nichts und niemanden mehr.«

Er sieht mich so überheblich an, dass ich ihm das Grinsen am liebsten aus dem Gesicht wischen würde. Aber die Anwesenheit so vieler Minderjähriger hindert mich daran, ihm zu sagen, was ich wirklich von ihm halte.

»Wer ist Sylvia, Herr Gettelmann?«

Eine Frage, mit der er nicht gerechnet hat und die sein Grinsen zumindest im Ansatz verrutschen lässt.

»Ihre Großmutter wollte, dass Sie eine Sylvia grüßen.«

Er nickt, dann sieht er weg, zurück zum Training, wo sein Sohn alles gibt, wohl in der Hoffnung, die Aufmerksamkeit seines Vaters auf sich zu ziehen.

»Sylvia ist meine Mutter«, sagt er schließlich.

So viel zu seiner These, Sophia würde sich an nichts und niemanden mehr erinnern.

»Und Sie wollen mir also weismachen, dass meine Großmutter sich beim Anblick meines Gesichts an meine Mutter erinnert hat, weil Sie vorher ein paar Liedchen mit ihr gesungen haben?«

Ganz so einfach ist es sicher nicht, das wissen wir beide.

»Keine Ahnung, Herr Gettelmann, aber ich würde es gerne herausfinden. Sie etwa nicht?«

Er sieht mich lange an, so lange, dass sich sein Sohn Dennis zu einem weiteren Foul gezwungen sieht und damit erfolgreich die Aufmerksamkeit seines Vaters wieder auf das Spielgeschehen und sich selbst lenkt.

»Kommen Sie einfach vorbei. Wir proben immer um 16 Uhr. Ja, ich weiß, Sie haben so wahnsinnig viel zu tun. Aber die Zeit könnte knapp werden.«

Dann verabschiede ich mich und gehe zurück zum Parkplatz. Ich habe alles in die Waagschale geworfen, jetzt liegt es alleine bei ihm und seinem frostigen Herzen, ob er sich einen Ruck gibt.

Gerade als ich meine Schritte beschleunigen will, höre ich sein Rufen.

»Frau Doktor?« Das wird er mir nicht verzeihen, wie es scheint. »Muss es eine Schallplatte sein, oder geht auch eine CD?«

Zum Glück kann er mein breites Grinsen nicht sehen, das gerade mein Gesicht sprengen will.

»Eine CD ist absolut in Ordnung!«, rufe ich ihm über die Schulter zu.

24

Meine Schritte versuchen, mit meinem Puls mitzuhalten, während ich auf den Eingang der Schattigen Pinie zusteuere. Die letzte Nacht habe ich kaum geschlafen, immer wieder bin ich das Gespräch mit Alexander Gettelmann noch mal im Geist durchgegangen. Die Kühle in seiner Stimme, der harte Blick und am Schluss dann eben doch der kleine Silberstreifen am Horizont. Nur um auf Nummer sicher zu gehen, habe ich meinen tragbaren CD-Player mitgebracht, der ziemlich verstaubt und ungenutzt im Schrank stand. Falls er wirklich eine CD mit Lieblingsliedern seiner Großmutter findet, will ich vorbereitet sein.

Doch bevor ich den Parkplatz zur Hälfte überquert habe, entdecke ich Elena Fängele, die ihre Runden dreht. Heute stimmt etwas nicht. Sie trägt einen blassrosa Bademantel und Hausschuhe und steuert auf die Straße zu. Einen Moment bleibe ich stehen, dann renne ich ihr hinterher.

»Frau Fängele? Elena?«

Zum Glück trage ich meinen Namensaufkleber bereits gut sichtbar an meinem T-Shirt. Frau Fängele dreht sich zu mir um, und ich winke ihr zu, aber sie lässt sich nicht aufhalten, geht mutig über den Zebrastreifen auf die andere Straßenseite. Ich beschleunige meine Schritte und hole sie schließlich ein.

»Wo wollen Sie denn hin?«

Sie muss unbemerkt rausgeschlichen sein, denn ich kann mir nicht vorstellen, dass man sie so weit alleine gehen lässt. Am Rücken des Bademantels hängt ein kleiner Zettel. Wie früher in der Schule, wenn man den anderen Schülern einen

Streich gespielt hat, nur dass es sich um keinen Streich handelt.

Senioren- und Pflegeheim Schattige Pinie.

Dann die Adresse, ihr Name und eine Telefonnummer.

»Ich brauche noch ein paar Dinge fürs Mittagessen.«

Sie nickt so selbstverständlich, dass ich kurz geneigt bin, ihr zu glauben.

»Oh. Verstehe. Nun …«

Ein Hilfe suchender Blick zurück zur Pinie, aber da ist niemand, der mir in dieser Situation helfen kann. Ich nehme meinen ganzen Mut zusammen und hake mich vorsichtig und möglich sanft bei Elena ein. Sie legt ihre Hand auf meinen Unterarm und trommelt in einem ganz eigenen Rhythmus mit ihren Fingern drauflos, vermutlich, weil ich nicht schnell genug gehe und sie dadurch ebenfalls ausbremse.

»Vielleicht können wir das ja zusammen erledigen«, schlage ich vor.

Eine gewisse Erleichterung huscht über ihr Gesicht. Sie nickt, und mir rutscht ein Stück Gebirgsmassiv vom Herzen.

»Was brauchen Sie denn alles?«

»Salat, Socken und Stifte für Claudia.«

Nicht gerade die idealen Zutaten für ein Mittagessen. Mir gelingt es, Frau Fängeles Schritte in eine andere Richtung zu lenken, und zwar zurück über den Zebrastreifen, wo die Autos artig warten.

»Verstehe. Ich weiß, wo die Stifte sind«, versichere ich ihr.

»Ach, gut. Wir brauchen auch unbedingt Bürsten.«

»Bürsten?«

»Ja. Für das Mittagessen.«

»Natürlich.«

Sie wirft einen Blick über die Schulter auf die Straße hinter uns.

»Kommt Claudia denn nicht mit?«

Bevor ich fragen kann, um wen es sich denn bei Claudia handelt, höre ich Frau Geigers aufgeregte Stimme.

»Frau Fängele, wo wollten Sie denn schon wieder hin?«

Noch nie habe ich mich so darüber gefreut, die Heimleiterin zu sehen, die mit einem Pfleger im Schlepptau auf uns zukommt. Mir wirft sie einen kurzen, dankbaren Blick zu.

»Einkaufen.«

Ich löse mich von Elena Fängele, die mich anlächelt und dann Frau Geiger in Richtung Pinie folgt. Mein Herz trommelt jetzt so hektisch wie eben noch Elenas Finger auf meinem Unterarm. Ich gehe langsamer und gebe meinem Puls die Chance, sich zu beruhigen, als Bolle aus der Pinie kommt, eine Schachtel Zigaretten in der Hand. Sobald er mich sieht, breitet sich ein Lächeln auf seinem Gesicht aus.

Er trägt eine graue Jogginghose und einen roten Strickpullover, dazu schlichte Turnschuhe. Ein bisschen sieht er so aus, als würde er gleich zum Sport oder zumindest zu einem ausgedehnten Spaziergang aufbrechen. Ich ertappe mich bei der Frage, ob er wohl auch so einen Zettel auf dem Rücken seiner Kleidung trägt.

»Ich dachte, vielleicht hat nicht jeder Schallplatten zu Verfügung«, sage ich und zeige auf den CD-Player in meiner Hand.

»Haben Sie schon mal was von MP3-Dateien gehört?«

Er lässt vielsagend die Augenbrauen wackeln und entlockt mir ein Lachen.

»Sie stecken voller Überraschungen, Bolle.«

»Das will ich schwer hoffen. Es ist doch absurd, wie das Gehirn funktioniert, finden Sie nicht, Toni? Ich weiß vielleicht morgen nicht mehr, was MP3-Dateien sind, aber ich weiß noch genau, wie meine Frau bei unserem ersten Treffen aussah.«

»Sie trug Jeans, einen hohen Pferdeschwanz und ein rot-weiß gestreiftes T-Shirt.«

Sein Blick zeigt pure Irritation, nicht die Reaktion, die ich mir erhofft habe.

»Woher wissen Sie das?«

»Sie haben es mir erzählt.«

Es sind die Augen, die verraten, ob sie solche Dinge noch wissen. Das habe ich inzwischen bemerkt. Bolles Blick ist ahnungslos, obwohl er sichtlich angestrengt nachdenkt. Ich wünschte mir, es würde ihm doch noch einfallen. Doch als er nickt und so tut, als wüsste er wieder, wie es damals gewesen ist, fehlt mir das Leuchten in seinen Augen, und er weiß, dass ich ihn durchschaut habe.

»Ach. Ja, sicher.«

Doch er weiß es nicht mehr. Dabei ist es gar nicht so lange her, dass wir zusammen mit Robert im Gewächshaus gesessen und darüber gesprochen haben.

»Gut zu wissen, dass ich im Notfall zu Ihnen kommen kann, wenn mir was entgleitet, Toni.«

Er will es wie einen Scherz klingen lassen, nimmt einen weiteren Zug von seiner Zigarette und deutet auf den CD-Player in meiner Hand. Ein Themenwechsel, bevor ich etwas sagen kann.

»Was haben Sie heute damit vor?«

»Ich hoffe auf eine ganz besondere CD.«

»Ein bestimmtes Lied?«

»Ja.«

»Welches denn?«

»Das weiß ich leider nicht.«

Paul Bollinger wirft die Zigarette in den Aschenbecher und sieht mich besorgt an. Langsam legt er mir die Hand auf die Schulter, eine tröstende Geste.

»Und dabei heißt es immer, Demenz sei nicht ansteckend.«

Da ist es. Das Funkeln in seinen Augen, das Grinsen in den Mundwinkeln und dann das Lachen, als er mein verdutztes Gesicht bemerkt.

»Ohne Humor wäre es verdammt traurig, nicht wahr?«

Ich verspüre den Drang, ihn zu umarmen, einfach, weil er ist, wie er ist. Zumindest noch.

»Kann ich Ihnen was abnehmen, Toni?«

Dabei wartet er meine Antwort nicht ab, schnappt sich den CD-Player und geht vor in die Pinie, während ich mich vom Wechselbad der Gefühle eben noch einen Moment erholen muss. Pauls Diagnose ist im Vergleich zu einigen anderen noch recht frisch. Vermutlich habe ich deshalb geglaubt, es würde eine Weile dauern, bis er vergesslich wird.

Und bis er mich vergisst.

»Alles okay, Toni?«

Robert taucht neben mir auf, weil er wirklich jeden Tag hier ist, weil er keine Chance verpasst, noch Zeit mit seinem besten Freund zu verbringen, und ich nicke so tapfer wie möglich.

»Sicher, alles super.«

Robert nickt wissend. »Es gibt gute und schlechte Tage. Daran können wir nichts ändern. Aber ich denke, wir können die guten Tage unvergesslich machen.«

Er bemerkt meinen verwirrten Blick und lächelt.

»Unvergesslich für uns, nicht für sie.«

Dabei deutet er auf die Pinie, meint nicht nur seinen besten Freund, sondern auch die anderen Bewohner, die früher oder später all diese kleinen Dinge vergessen werden.

»Es mag erst mal schrecklich klingen, aber wissen Sie, was eigentlich sehr tröstlich ist?«, fährt er fort.

»Hm?«

Er setzt sich in Bewegung und zieht mich mit sich aus meiner kleinen Starre.

»Sie werden uns nicht vermissen.«

»Und das soll tröstlich sein?«

Robert nickt entschlossen.

»Für mich schon. Ich kann damit umgehen, Paul zu vermissen. Aber vielleicht ist es ein Segen, dass sie uns nicht vermissen werden, wenn sie uns vergessen.«

Er drückt mich kurz an sich.

»Kommen Sie, versuchen wir, diesen Tag unvergesslich zu machen.«

25

Als wir den Probenraum betreten, hat Paul den CD-Player nicht nur aufgebaut, sondern sogar schon angeschlossen. Ganz stolz sieht er mich an, während er auf das Gerät deutet.

»Bereit zum Einsatz, Toni.«

»Vielen Dank, Bolle.«

Jetzt brauchen wir nur noch diese eine bestimmte CD, doch mit jeder Minute, jedem Türöffnen und jedem eingenommenen Platz schwindet meine Hoffnung, dass dieser alberne und verstaubte CD-Player überhaupt zum erwarteten Einsatz kommt. Valentin ist da, wenn auch schlecht gelaunt, Robert und Paul unterhalten sich flüsternd wie wohl damals schon in der Schule, Ulrich und Dorothea finden sich ein, beide sehen etwas zerknirscht aus, und als auch Sophia kommt, fällt die Tür ein letztes Mal ins Schloss, alle schauen zu mir, als würden sie eine fulminante Rede erwarten, aber ehrlich gesagt habe ich so viel Hoffnung an Alexanders Auftauchen geknüpft, dass ich mir für heute gar nichts anderes überlegt habe. Kein Lied zum Aufwärmen, keinen Text, den wir gemeinsam lernen und singen. So sicher war ich mir, dass mein Auftritt gestern Abend funktioniert und Alexanders Meinung geändert hat.

»Nun.«

Alle Augen sind auf mich gerichtet.

»Ich habe mir euren letzten Auftritt bei einem Chorwettbewerb angeschaut, und ich muss sagen, ihr wart richtig gut.«

»Wenn wir so gut gewesen wären, hätten wir gewonnen.«

Valentin lässt es sich nicht nehmen, seine offensichtlich schlechte Laune mit uns allen zu teilen.

»Wir müssen uns doch noch steigern können«, halte ich dagegen.

»Das klingt so, als würden wir von Jahr zu Jahr besser und nicht schlechter werden.«

»Deinen Optimismus muss man auch erst mal haben, Valentin«, bemerkt Paul Bollinger ironisch.

Gedanklich mache ich mir eine Notiz, Bolle und Valentin bei den nächsten Proben weiter auseinanderzusetzen, die beiden sind wie zickige Teenager.

»Es geht doch um den Spaß. Und den werden wir haben«, erkläre ich.

»Wir haben ja noch nicht mal ein Lied. Und wenn ich mir die Herrschaften hier so ansehe, werden wir uns nicht mal auf eine Musikrichtung einigen können«, klagt Valentin.

»Wieso? Nur weil wir keinen Swing singen wollen?«, entgegnet Bolle.

Die beiden Männer steigern sich immer weiter in ihre Diskussion, und ich spüre deutlich, wie mein Geduldsfaden dünner und dünner wird.

»Entschuldigen Sie bitte die Verspätung, aber um diese Uhrzeit ist der Verkehr die Hölle.«

Alle Köpfe drehen sich wie bei einer perfekten Choreografie zur Tür, wo Alexander Gettelmann steht. Mein Herz legt einen perfekten Flickflack hin. Frau Henke sieht mich fast schockiert an, was mir nur noch mal vor Augen führt, wie besonders sein Auftauchen ist.

»Kein Problem, Herr Gettelmann, wir haben noch nicht angefangen.«

Weil ich heimlich auf genau dieses kleine Wunder gehofft habe.

»Wir haben hier vorne noch einen Platz frei.«

Direkt neben Sophia, die ihn zwar anlächelt, aber offensichtlich nicht erkennt. Um ein Zögern oder gar einen Meinungswechsel zu verhindern, setze ich direkt nach.

»Haben Sie Musik für uns mitgebracht?«

Er geht auf den leeren Stuhl neben seiner Großmutter zu. Dass es ihm nicht leichtfällt, sehe ich an jedem seiner Schritte. Die neugierigen Blicke der Anwesenden machen es sicher nicht besser, aber als er schließlich vorne angekommen ist, zieht er eine CD aus seiner Umhängetasche.

»Bitte schön.« Jetzt erst sieht er mir in die Augen. »Ich hoffe, es ist die richtige.«

»Das werden wir gleich erfahren.«

Als ich die CD in Empfang nehme, berühren sich unsere Finger, und mein Lächeln will fast mein Gesicht sprengen. Ich kann gar nicht glauben, dass er wirklich hier ist.

»Es ist gleich das erste Lied.«

26

Sophia Gettelmann
1994

Ein letzter Blick auf die gedeckten Tische, die perfekt gefalteten Servietten, das Besteck – und obwohl ich an diesem Tag eigentlich gar nichts machen sollte, kann ich es mir nicht verkneifen, die letzten Gabeln in die korrekte Position zu rücken.

»Herzlichen Glückwunsch zum Geburtstag, Mama.«

Sylvia umarmt mich von hinten und legt ihr Kinn auf meiner Schulter ab.

Sechzig.

Die runde Zahl, die sie auf die Einladung hat drucken lassen und die man mir doch angeblich nicht ansieht. Das mag sogar stimmen, und die Komplimente, wenn ich mein tatsächliches Alter nenne, wirken ernst gemeint, aber ich weiß, dass es nicht immer so bleiben wird. Wenn ich abends im schonungslosen Licht des Badezimmers stehe und mein Spiegelbild betrachte, losgelöst von Make-up und Rouge, dann sehe ich es: die Fältchen an den Augen, die immer tiefer werden, die immer sichtbareren Altersflecken auf meinen Händen, die hängende Haut an meinen Armen. Sicher, ich gehe noch immer gerne wandern, und manchmal, wenn ich Helmut überreden kann, geht er sogar noch mit mir ins Tanzlokal, wobei diese Ausflüge immer seltener werden. Das liegt auch daran, dass sie dort nicht mehr unsere Musik spielen und Helmut das Schwofen zwischen all den jungen Leuten unangenehm ist.

»Du siehst übrigens toll aus.«

Sylvia mustert mich, und ich kann das Kompliment nur zurückgeben. Die Leute sagen immer, man würde uns ansehen, dass wir miteinander verwandt sind. Es folgen die üblichen versteckten Komplimente und die Nachfrage, ob ich ihre Schwester sei. Wir lachen dann und tun so, als fänden wir das tatsächlich amüsant und nicht ermüdend. Ich sehe nicht aus wie Sylvias Schwester. Sie hat nämlich eine Schwester, Gerda, die gerade die Platzkarten so verteilt, wie wir es besprochen haben. Ein Sitzplan musste her, damit Onkel Hans nicht zu nah an Cousine Stefanie sitzt und ihre unterschiedlichen politischen Meinungen zum Thema des Abends werden. Ebenso muss ich darauf achten, dass Helmut ein Stück von meinem Bruder Gerhard entfernt sitzt, denn die beiden sind Anhänger zweier verfeindeter Fußballvereine und sitzen bei den Spielen in gegenüberliegenden Fankurven.

»Sag mal, Mama, wo sitzen eigentlich die Kinder?«

»Kinder?«

»Ja. Bringen die denn ihre Kinder nicht mit?«

»Nein. Nur Alexander kommt.«

Mein Enkel, Sylvias Sohn, Frechdachs und Unruhestifter.

»Also gibt es keinen Kindertisch?«

»Das wäre eine sehr einsame Geschichte. Alex sitzt mit uns am Tisch.«

Während die beiden daran ganz offensichtlich ihre Zweifel haben, lasse ich sie mit der Verteilung der Platzkarten alleine und gehe durch den angemieteten Nebenraum des Restaurants in Richtung Terrasse, wo der eigentliche Empfang stattfinden soll. Zwei Kellnerinnen schenken Sekt ein, einige wenige Gläser mit Orangensaft stehen bereits fertig befüllt da. In knapp fünfzehn Minuten werden die ersten Gäste ankommen und mit mir auf mein Wohl anstoßen. Wobei ich das Gefühl nicht loswerde, dass es einigen von ihnen auch um das kostenlose Essen geht.

Auf den Stufen, die von der Terrasse in den Garten führen, sitzt Alexander in schicken schwarzen Hosen, die an den Knien bereits erste Flecken aufweisen, und einem weißen Hemd mit einer roten Fliege, die am Hals zu eng sitzt. Gelangweilt blickt er auf den kleinen See, auf dem sich Enten und ein Schwan tummeln. Die Trauerweide am Ufer lässt ihre Äste bis fast auf die Wasseroberfläche hängen. Es ist ein wunderbarer Julitag, und ich kann mir denken, dass der Kleine lieber mit seinen Freunden im Schwimmbad wäre.

»Na, Alex, freust du dich?«

Er sieht nicht mal auf, stützt das Kinn in die Hände und zuckt die Schultern.

»Ich habe gar kein Geschenk für dich, Oma.«

»Du bist sieben. Du musst mir nichts schenken.« Ich setze mich neben ihn. »Es freut mich einfach, dass du heute hier bist. Obwohl du lieber woanders wärst.«

»Woher weißt du das?«

»Das sehe ich in deinen Augen.«

Ertappt dreht er sich zu mir, fragt sich wohl, was ich sonst noch so von seinem Gesicht ablesen kann. Alexander kommt nach seinem Vater, aber die Augen, die hat er von seiner Mutter, und das freut mich ein bisschen. Wenn er lächelt, so wie jetzt, dann ist da diese kindliche Naivität, um die ich ihn beneide, und eine Wärme, die er hoffentlich bis ins Erwachsenenalter behält.

»Du siehst auch so aus, als wärst du lieber woanders, Oma.«

Kinder sagen oft, was sie denken, und beobachten ziemlich genau. So wie Alexander mich aus den großen Augen ansieht, kann ich nur zustimmend nicken.

»Da hast du recht, mein Lieber.«

»Wo wärst du denn gerne?«

»Irgendwo, wo es ruhiger ist. Und wo es wirklich um mich geht, an meinem angeblichen Ehrentag. Irgendwo, wo man tanzen kann.«

Es fällt mir leicht, vor ihm ehrlich zu sein, sicher auch deswegen, weil er es nicht versteht und ich mir keine Gedanken darüber machen muss, was er jetzt von mir denkt.

»Manchmal kann man eben nicht alles machen, was man will«, erkläre ich.

»Wieso eigentlich nicht? Du hast keine Lust, hier zu sein, und ich auch nicht.«

Seine Argumente sind so erschreckend gut, dass ich für den Bruchteil einer Sekunde darüber nachdenke, sein Angebot für eine rasante Flucht anzunehmen. Aber während er damit wohl durchkäme, weil man es auf sein Alter und die Flausen im Kopf schieben würde, erwartet man von mir Vernunft. Immerhin bin ich sechzig Jahre alt.

»Heute müssen wir hierbleiben, weil sonst die Gäste traurig sind.«

Wobei ich ehrlich gesagt nicht mal weiß, ob die es überhaupt merken würden, wenn ich weg wäre. Das Essen wäre dann noch immer gut und kostenlos, der Kaffee heiß und die Gespräche interessant.

»Sophia, da bist du ja! Wir wollten ein paar Fotos von dir und den Blumen machen, bevor die Gäste kommen.«

Mit der Kamera in der Hand taucht Helmut hinter uns auf.

»Du machst dir ja das Kleid ganz schmutzig.« Er reicht mir die Hand und hilft mir auf. »Alex, wie sehen denn deine Hosen aus? Such mal deine Mama, damit sie dich sauber machen kann.«

Helmut spricht mit Kindern immer so, als wären sie maximal vier Jahre alt. Alexander ist für sein Alter ein ziemlich schlauer Kopf und versteht schon sehr gut, was man von ihm erwartet. Etwas mürrisch steht er auf und klopft sich den Dreck von der Hose, bevor er weiterwill, aber von Helmut aufgehalten wird.

»Die Fliege sitzt ja ganz schief.«

Mit geübten Handgriffen richtet er sie und klopft ihm dann stolz auf die Schulter.

»Jetzt siehst du aus wie ein richtiger kleiner Mann.«

Dabei wäre Alexander viel lieber einfach nur ein ganz normaler Junge und kein kleiner Mann, der am wärmsten Tag des Jahres mit langweiligen Erwachsenen herumsitzen und still sein muss.

Kaum ist der Junge verschwunden, dreht sich Helmut zu mir und bemerkt meine Stimmung.

»Du machst dir Sorgen, dass Hans wieder über die Umstellung auf die neuen Postleitzahlen wettert?«

»Ehrlich gesagt mache ich mir mehr Sorgen, ob du wohl mit mir tanzen wirst.«

»Sophia, sei nicht albern ...«

»Ich bin gar nicht albern! Ich will an meinem Geburtstag mit meinem Mann tanzen, was ist daran bitte schön albern?«

»Wenn die ganzen jungen Leute tanzen ...«

»Wir sind doch auch noch jung!«

Aber er lacht nur, als hätte ich noch nie etwas Lächerlicheres gesagt. »Sophia, wir feiern heute deinen sechzigsten Geburtstag!«

Richtig – und alle haben es sich offenbar zum Ziel gemacht, mich bei jeder Gelegenheit daran zu erinnern.

»Sollte ich dann als Geburtstagskind nicht diesen einen Wunsch erfüllt bekommen?«

Helmut merkt, dass ich nicht besonders glücklich bin, zieht mich in eine Umarmung.

»Liebes, ich weiß, dass es nicht immer einfach ist, aber mit sechzig ändert sich einiges.«

Helmut ist immerhin schon zweiundsechzig, doch bisher hat sich für ihn noch nicht so wirklich viel verändert. Er führt sein Leben genauso, wie er es immer geführt hat.

»Du willst, dass ich ruhiger werde?«

»Wäre das nicht angebracht?«

»Weil ich alt werde?«

»Weil wir doch in Würde altern wollen. Du und ich.«

»Also hörst du auf, dir die Haare zu färben?«, bemerke ich lächelnd.

Helmut färbt sich die Haare noch immer so dunkel, wie er sie damals als Zwanzigjähriger getragen hat. Niemand kann ernsthaft glauben, dass er noch immer kein einziges graues Haar hat. Jetzt löst er sich aus der Umarmung, und ich erkenne an seinen Mundwinkeln, dass er meinen Scherz nicht besonders witzig fand.

»Du weißt, dass ich das für die Arbeit mache.«

»Weil die Bankkunden glauben sollen, dass du Mitte zwanzig bist?«

»Was hat das eine denn jetzt mit dem anderen zu tun?«

»Du erwartest von mir, dass ich mich alt fühle.«

»Das habe ich doch gar nicht gesagt.«

Richtig. Gesagt hat es keiner so direkt, aber allen ist daran gelegen, dass ich mich doch bitte meinem Alter entsprechend fühle und verhalte.

»Ich bin noch nicht alt, Helmut. Ich habe noch einige Jahre vor mir. Und so Gott will, werde ich diese auch noch genießen.«

»Halte ich dich etwa davon ab?«

»Nein! Um Himmels willen, nein. Ich will mit dir zusammen alt werden. Aber dafür haben wir noch Zeit. Jetzt will ich noch nicht alt sein. Und ich will tanzen.«

Aus Helmuts Blick spricht die Angst, ich könnte verrückt geworden sein, aber auch der Zweifel, ich könnte das alles ernst meinen. Doch bevor er dazu kommt zu antworten, taucht Sylvia hinter uns auf.

»Papa! Es gibt Probleme mit der Eisskulptur, kannst du kurz kommen?«

Eine Eisskulptur musste natürlich auch sein, obwohl ich das schrecklich albern finde.

»Ich komme sofort.«

Dann sieht er wieder zu mir. Anstelle von Angst und Zweifel ist da so was wie Mitleid, und das trifft mich wie ein Schlag in die Magengrube.

»Wir besprechen das zu Hause. Heute genießen wir erst mal deinen Geburtstag.«

Damit dreht er sich um und geht mit entschlossenen Schritten zurück zum Restaurant. Erst jetzt bemerke ich Alexander, der sich hinter einem der Tische versteckt hat. Ich weiß nicht, wie viel er mitgehört und wie viel davon er verstanden hat, aber jetzt breitet sich ein aufmunterndes Lächeln auf seinem Gesicht aus.

»Nicht traurig sein, Oma.«

27

Während die letzten Streicher verstummen, betrachte ich meine Goldkehlchen, die dastehen und Streckübungen durchführen, manche sogar im Takt der Musik. Sophia wiegt sich noch immer hin und her, ein zartes Lächeln auf den

Lippen. Alexander starrt abwesend an die Wand hinter mir. Selbst als alle wieder Platz nehmen, scheint er noch nicht ganz bei uns angekommen zu sein.

»*Für mich soll's rote Rosen regnen* – das war ein Lied für Sophia.«

Die Pflegerin Henke stößt Sophia sachte mit dem Ellenbogen an, eine Erinnerung, dass ich über sie spreche, aber die alte Dame lächelt unbeeindruckt weiter.

»Eigentlich dachte ich, das hier sei ein Chor«, beschwert sich Valentin, »aber Sie verwandeln uns Stück für Stück in eine Tanzformation, Toni.«

»Bewegung ist gut für uns.«

»Sprechen Sie da mal nur von sich.«

»Nun, wenn wir eine Chance gegen die Sonnige Palme haben wollen ...«

Damit kriege ich Valentin natürlich, und das weiß ich. Er lehnt sich nach vorne, sein Blick ist ehrgeizig.

»Ein bisschen Bewegung auf der Bühne schadet sicher nicht«, fahre ich fort. »Deswegen schlage ich vor, wir singen bei dem Wettbewerb *Mamma Mia* von ABBA.«

Dazu ließe sich leicht eine kleine Choreografie mit zwei, drei Drehungen und ein paar Armbewegungen einstudieren. Den Text gibt es ja, dank der Musicalversion, auch auf Deutsch, was also kein Problem sein sollte, und wie meine gestrige Recherche bewiesen hat, geht es ohnehin nicht wirklich um den Gesang. Zumindest nicht ausschließlich.

Mein Blick gleitet über die Gesichter der Chormitglieder, von denen einige nicken. Alexander sieht mich so perplex an, dass ich für einen Moment befürchte, er werde gleich aufstehen und gehen, weil das hier für ihn eben doch alles Unsinn ist. Doch dann sehe ich, dass Sophia seine Hand in ihrer hält, während sie weiter zu mir oder durch mich hindurch sieht.

Fast kommt es mir so vor, als wollte Alexander lächeln, auch wenn er offensichtlich versucht, genau das zu verhindern. Regungslos sitzt er da, wagt es nicht, sich zu bewegen, und ich kann mich kaum von diesem Anblick losreißen, bis Valentin meinen Namen sagt, und das offensichtlich nicht zum ersten Mal.

»Hm?«

»Ob wir dann mal anfangen wollen. Mit dem Üben.« Er deutet auf seine Mitstreiter. »Mit diesem Haufen sollten wir besser keine Zeit verlieren.«

»Hört, hört, der Maestro höchstpersönlich hat gesprochen.«

Sosehr mir die Keiferei zwischen Valentin und Bolle auch auf die Nerven gehen mag, es ist beruhigend zu sehen, dass sie zumindest das noch immer begeistert tun.

»Ich bin kein Maestro. Da musst du dich schon an Toni wenden.«

»Also, ich bin ja auch nicht gerade ein Maestro, aber danke für die Blumen, Valentin.«

»Ich meinte auch eigentlich Ihren Vater.«

Mein Vater.

Der plötzlich den ganzen Probenraum einnimmt, obwohl er gar nicht anwesend ist. Ich spüre einen solchen Druck auf der Brust, dass ich kaum atmen kann.

Wenn Valentin über ihn spricht, nimmt sein Gesicht ganz andere Züge an, er lächelt wärmer und weicher und sieht auch mich in einem anderen Licht. Weil ich dann nicht mehr nur Toni mit dem falschen Spitznamen, sondern die Tochter des großartigen Richard Waller bin.

»Wollen Sie den eigentlich nicht mal mitbringen?«, schlägt Valentin vor. »Vielleicht kann er dem Chor in Sachen Rhythmus und Takt noch etwas beibringen.«

Das glaube ich nicht. In diesem Raum ist ja selbst jetzt kaum genug Platz für uns beide.

»Er ist sehr beschäftigt. Und zurück zu *Mamma Mia* …«

»Aber er ist doch bereits in Rente, oder nicht?«

Um dem Gespräch und den neugierigen Blicken zu entgehen, wende ich mich meiner Plattensammlung zu und fische die ABBA-Platte hervor, die Robert neulich aus Bolles Sammlung mitgebracht hat.

»Ich würde sagen, jeder sucht sich schon mal einen Partner oder eine Partnerin für die nächste Aufwärmübung.«

Hinter mir werden Stühle gerückt, Gesprächsfetzen erreichen mich, Frau Henke hilft bei der Vermittlung, und ich lege die LP auf, wähle das richtig Lied aus und sehe dem Plattenspieler dabei zu, wie er langsam den Arm sinken lässt.

Der typische ABBA-Sound ertönt aus den Boxen, und ich konzentriere mich auf den Beat, gebe mir noch einige Sekunden, um mich zu sammeln, und drehe mich dann wieder zu meinem Chor.

Alle sind bereit, einige haben schon angefangen zu tanzen, mit oder ohne Partner. Bolle und Robert stehen sich wie bei einem Duell gegenüber, bewegen die Hüften, so gut es ihr Alter noch zulässt, Henke schnappt sich Valentin – sehr zu dessen Unmut –, Dorothea und ihr Ulrich tanzen wieder eng zusammen, wenn auch offensichtlich auf ein ganz anderes Stück, und Sophia … tanzt mit ihrem Enkel, der diesmal zumindest den Anflug eines Lächelns nicht verbergen kann.

Als er meinen Blick bemerkt, zuckt er die Schultern, als wolle er zugeben, dass er sich geirrt hat, ohne es verbal kommunizieren zu müssen. Ich nicke nur und spüre, wie ich selbst anfange, mich im Takt der Musik zu bewegen.

Beim Refrain singen alle irgendwas mit. Was für mich vor einigen Wochen noch der reinste Albtraum gewesen wäre, erfüllt mich jetzt mit einer ordentlichen Portion Stolz. Paul und Bolle, die wild mitgrölen und immer wieder lachen, oder Valentin, der jeden Ton erwischt und mit Frau Henke eine recht flotte Sohle aufs Parkett legt.

Nur Dorothea sieht heute gar nicht so glücklich aus, obwohl Ulrich ohne Murren hier aufgetaucht ist und jetzt mit geschlossenen Augen seine Frau in den Armen hält. Auch er scheint langsam Gefallen an den Goldkehlchen zu finden, und obwohl er sich zu Beginn gegen all das hier gewehrt hat, sehe ich deutlich, wie sich seine Lippen synchron zum Text bewegen.

Dorothea versucht, die Tränen, die jetzt über ihre Wangen laufen, hinter Ulrichs Rücken wegzuwischen, doch mir entgeht es nicht. Ihr trauriger Blick passt so gar nicht zu der gelösten Stimmung des restlichen Chores. Ich kann nur erahnen, wie schwer es für sie sein muss mitzuerleben, wie ihr Mann ihr mehr und mehr entgleitet. Wie lange wird sie wohl noch in der Lage sein, sich allein um Ulrich zu kümmern? Sein Zimmer hier ist bereits reserviert, die Frage ist nur, wann er einziehen wird.

Und so traurig, wie sie mich jetzt ansieht, werde ich das Gefühl nicht los, dass es früher passieren wird, als es ihr lieb ist.

28

»Ich danke Ihnen sehr fürs Kommen.«

Das klingt ein bisschen so, als hätte ich ihn zu einer Hochzeit eingeladen, die nicht mal meine ist. Aber Alexander nickt nur und wirft einen Blick auf die Uhr, in Gedanken ist er wohl schon bei seinem nächsten Termin.

»Sie sind wirklich sehr hartnäckig, Frau Doktor.«

»Das verzeihen Sie mir wirklich nicht mehr, oder?«

Wenn er so lächelt wie jetzt, könnte man fast meinen, die Stunde heute hat auch ihm zumindest ein bisschen Spaß gemacht.

»Ich glaube trotzdem nicht, dass sie mich erkannt hat.«

»Das vielleicht nicht, aber sie hat Ihre Anwesenheit sehr genossen. Das hat man gesehen.«

Und das kann nicht mal er abstreiten. Sophia hat ihn immer wieder angelächelt und seine Hand gehalten.

»Werden Sie mich jetzt bitten, öfter vorbeizukommen?«

»Das werde ich tatsächlich. Vielleicht irre ich mich, aber Sie haben bei *Mamma Mia* auch ganz schön laut mitgesungen.«

»Nach gefühlt dreißigmal habe sogar ich aufgegeben. Es ist ein Ohrwurm.«

»Allerdings.«

»Sind eigentlich alle hier im Chor krank, ich meine, dement?«

»Ja. Bis auf die Begleitpersonen.«

»Aber einige wirken richtig fit, wenn Sie wissen, was ich meine.«

»Sie befinden sich in unterschiedlichen Stadien der Krankheit.«

»Jetzt klingen Sie wirklich ein bisschen wie eine Ärztin.«

»Aber nur ein bisschen, oder?«

»Mich haben Sie ja schon erfolgreich getäuscht.«

Dann schnappt er sich seine Tasche. Sein Lächeln verblasst, er wirkt wieder distanzierter.

»Es freut mich, wenn ich tatsächlich irgendwie behilflich sein konnte.«

Er will schon wieder gehen, was sein gutes Recht ist, aber

ich habe noch ein paar Fragen – und die Hoffnung, dass er wiederkommen wird.

»Herr Gettelmann …«

»Kommt jetzt der Part, in dem Sie mich davon überzeugen, dass ich regelmäßig herkommen soll?«, fragt er, ohne mich anzusehen.

»Eigentlich wollte ich nur wissen, wieso Sie ausgerechnet dieses Lied ausgesucht haben.«

»Weil sie es gemocht hat. Früher.«

Regungslos steht er vor mir, die Schultern angespannt, den Griff seiner Tasche viel zu fest umklammert.

»Es ist eine Ewigkeit her. Ich habe es seit damals nicht mehr gehört.«

Er kratzt sich am Hinterkopf, und ich warte, ob er weiterspricht, mir mehr erzählen will, aber Herr Gettelmann ist so einfach nicht zu kriegen. Schon gar nicht von einer falschen Ärztin.

»Entschuldigen Sie mich, Toni, ich muss wirklich los.«

Nicht Frau Doktor, nicht Frau Waller. Er hat mich Toni genannt, und mein Herz wagt wieder einen kleinen Sprung. Nicht weil da eine plötzliche Vertrautheit wäre, sondern weil Alexander vielleicht, wenn die Sterne günstig stehen, tatsächlich noch einmal wiederkommt. Aber jetzt geht er erst mal, ohne sich umzudrehen, und lässt die Tür ins Schloss fallen.

Die CD hat er hiergelassen.

29

Als ich mich auf den Heimweg machen will, empfängt mich auf dem Parkplatz ein inzwischen vertrautes Bild.

Wenn auch heute mit vertauschten Rollen.

Dorothea sitzt am Steuer, Ulrich lehnt am Auto, die Arme vor der Brust verschränkt. Das ist neu und weckt meine Neugier, weswegen ich direkt auf ihn zusteuere.

»Ulrich? Was ist denn hier los?«

Doch er schüttelt nur den Kopf, nickt in Richtung Fahrersitz.

»Meine Frau stellt sich quer und ist mal wieder stur!«

Tatsächlich sieht mich Dorothea nicht einmal an, als ich ihr einen Blick durch die Scheibe zuwerfe.

»Ich habe nur gesagt, dass ich sie jetzt zum Arzt fahre, weil es ihr nicht gut geht, und da ist sie ganz hysterisch geworden.«

»Zum Arzt?«

Er nickt und sieht mich ernst an.

»Was hat sie denn?«

»Das wissen wir nicht, deswegen will ich sie ja zum Arzt bringen. Aber sie lässt mich nicht.«

»Und Sie sind sicher, dass Ihre Frau zum Arzt muss?«

So, wie ich die beiden bisher erlebt habe, beschleicht mich das Gefühl, dass es wohl eher andersrum war und Ulrich etwas verwechselt hat.

»Soll ich mal mit ihr reden?«, biete ich an.

»Sicher, vielleicht kriegen Sie ja eine Sprechstunde.«

Sein leicht gerötetes Gesicht verrät mir, dass ihn diese Situation ganz schön aufregt, und so klopfe ich leicht gegen die Scheibe, bis Dorothea meinen Blick erwidert. Doch statt die Scheibe runterzulassen, deutet sie auf den Beifahrersitz und gibt mir zu verstehen, dass ich mich zu ihr setzen soll. Ich warte, bis sie die Zentralverriegelung aufhebt und ich einsteigen kann. Sobald ich neben ihr Platz genommen habe, schließt sie die Türen wieder ab.

»Was ist denn vorgefallen?«

»Ach, Toni. Es wird immer schwerer.«

»Er sagt, er will Sie zum Arzt fahren.«

»Natürlich sagt er das.« Erschöpft lässt sie den Kopf gegen die Lehne sinken und schließt die Augen. »All die Jahre habe ich mich immer auf ihn verlassen. Obwohl er nicht immer alle Antworten parat hatte, wusste er trotzdem immer, was zu tun war. Jedes Problem hat er aus der Welt geräumt oder zumindest zur Seite gerollt, damit wir weitermachen konnten.«

Sie atmet lange aus und dann ebenso lange wieder ein, bevor sie sich zu einem Lächeln durchringt. Dann sieht sie mich an.

»Jetzt wäre ich an der Reihe, mal einige Probleme für ihn aus dem Weg zu räumen, doch ich scheitere an den kleinsten Dingen.«

»Aber das stimmt doch gar nicht. Sie haben schon vorgesorgt, sie haben ihn zum Chor gebracht und tun es noch immer.«

»Es wird immer schlimmer. Und zwar schneller, als ich gedacht habe.«

Wir fallen nur platte Floskeln ein, die eigentlich nicht sie trösten, sondern nur mir helfen, mit meinem eigenen Unbehagen zurechtzukommen.

»Was ist, wenn Sie sich Hilfe holen? Daheim, meine ich. Einen Pflegedienst vielleicht, der Ihnen unter die Arme greift.«

Dorotheas Blick erinnert mich ein bisschen an meine Großmutter, als ich noch ein kleines Kind war. Es hat mich immer überrascht, wie viel Weisheit manche Menschen ausstrahlen, ganz so, als hätten sie nicht erst ein Leben gelebt.

»Das würde Ulrich nicht dulden. Er hat doch noch immer alles unter Kontrolle.«

»Aber es ist doch niemandem geholfen, wenn Sie dabei kaputtgehen, Dorothea.«

Sie legt sanft ihre Hand auf meine.

»Ich gehe so oder so daran kaputt, meine Liebe.«

Ulrich klopft unvermittelt ans Autofenster, und Dorothea lässt die Scheibe ein wenig herunter.

»Erzähl ihr, dass dir heute im Bad wieder schwindelig war!« Dabei nickt er so entschlossen, dass ich ihm glauben will, obwohl Dorothea den Kopf schüttelt.

»Das war nicht heute, mein Schatz.« Mit einem kurzen Seitenblick fährt sie leise fort: »Er bringt Tage und Ereignisse durcheinander. Immer häufiger. Heute Nacht ist er wieder durchs Haus gewandert.«

»Licht an und aus?«

»Ja. Wenn ich ihn darauf anspreche, behauptet er, ich hätte das Licht brennen lassen.«

»Ich verstehe.«

»Uns rennt die Zeit davon.«

Das klingt nicht gerade optimistisch, doch obwohl ich keine Ärztin bin, schüttele ich den Kopf.

»Unsinn. Selbst wenn er in die Pinie zieht, können Sie ihn immer noch besuchen. Valentin hält sich doch sehr wacker. Das schafft Ihr Ulrich sicher auch.«

»Er vergisst, seine Medikamente zu nehmen, wenn ich nicht aufpasse. Und er weigert sich, seine Krankheit zu akzeptieren.«

»Erzähl ihr, wie dir schwindelig wurde!«, mischt sich Ulrich wieder ein.

Ich gebe mir einen Ruck und hake stellvertretend für ihn nach. »Ist Ihnen denn schwindelig gewesen?«

Dorotheas Gesichtsausdruck verhärtet sich.

»Wenn Sie so wenig schlafen würden wie ich, weil Sie jede

Nacht über die Bettseite tasten, in der Hoffnung, Ihr Mann liegt schlafend neben Ihnen und geistert nicht durchs Haus oder in die Garage, um mit dem Auto einen kleinen Ausflug zu machen, dann wäre Ihnen morgens doch auch etwas schwindelig, oder?«

»Ich bin nur zur Tankstelle gefahren, um Zigaretten zu kaufen!«, erklärt Ulrich.

Jetzt dreht sie sich zu ihm, wütend und verloren schlägt sie mit der flachen Hand auf das Lenkrad.

»Du rauchst doch gar nicht, verdammt noch mal!«

30

Die nächsten Tage verlaufen ohne größere Höhepunkte oder Zwischenfälle. Inzwischen haben die Goldkehlchen und ich so was wie eine Routine aufgebaut. Zuerst tanzen wir, dann machen wir Einsingübungen, anschließend üben wir unser Stück für den Auftritt beim Chorwettbewerb. Am Ende sind die meisten müde, die wenigsten aufgekratzt.

Alexander Gettelmann kommt nicht mehr, und ich ignoriere den Impuls, ihn anzurufen und zu fragen, wo er bleibt und ob es ihm nichts bedeutet hat. Ich will schließlich nicht wie ein zurückgelassener One-Night-Stand klingen. Zweimal habe ich ihn bereits mit meiner Bitte überfallen, und ich weiß, dass ich mein Glück damit vielleicht schon überstrapaziert habe.

Trotzdem fällt es mir schwer, nicht ein bisschen geknickt zu sein, wenn mein Blick auf Sophia fällt, die auf ihrem angestammten Platz sitzt. Sie nimmt zwar noch immer begeistert an den Aufwärmübungen teil, aber das aufgeregte Leuchten in ihren Augen fehlt, es bleibt alles neblig-trüb.

Also versuche ich mich damit abzufinden, dass Alexander Gettelmann die Gesundheit seiner Oma wohl nicht so am Herzen liegt und ich daran nichts ändern kann.

Auf dem Weg zum Probenraum fängt Valentin mich ab.

»Frau Waller?«

»Toni.«

Er winkt ab, wirkt etwas gehetzt, selbst die Krawatte sitzt heute nicht so ordentlich wie sonst.

»Meine Tochter vermisst eine Platte.«

Sein eindringlicher Blick lässt mich einen Moment rätseln, ob seine Tochter vielleicht wirklich hier ist und tatsächlich eine bestimmte Schallplatte zurückverlangt.

»Oh. Welche denn?«

Er öffnet den Mund, um mir den Titel zu nennen, dann greift er sich kurz an die Stirn, als müsse er bei sich selbst Fieber messen, und lächelt schließlich.

»Ihre Lieblingsplatte.«

»Verstehe.«

Er beugt sich etwas zu mir.

»Ich glaube, sie wurde entwendet.«

»Entwendet?«

»Ja. Aus meinem Zimmer. Da kommen ja ständig Leute rein.«

»Das Pflegepersonal.«

»Nicht nur. Ich habe diesen Bolle auf meiner Etage erwischt.«

»Ich bin mir sicher, dass Bolle nicht einfach so eine Platte aus Ihrer Sammlung entwenden würde.«

»Na, wer soll es denn sonst gewesen sein?«

Sanft berühre ich seinen Arm und gehe einen Schritt zur Seite, damit wir nicht im Weg herumstehen.

»Vielleicht haben Sie die Platte ja auch einfach nur verlegt.«

»Ich verlege nichts. Ich schreibe mir alles auf. Immer.«

Als müsse er mir Beweise für diese Behauptung vorlegen, greift er in die Tasche seiner Weste, die heute falsch zusammengeknöpft ist, und zieht einen gefalteten Zettel hervor. »Sehen Sie?«

Nicht ohne sich vorher umgeschaut zu haben, drückt er mir den Zettel in die Hand. Ich weiß nicht so recht, was ich von dieser Situation halten soll.

»Wenn Sie wollen, schaue ich mal, ob die Platte vielleicht bei mir gelandet ist«, schlage ich vor.

Sofort ziehen sich seine Augenbrauen zusammen.

»Wieso denn bei Ihnen?«

»Sie haben mir doch einige Platten gegeben. Für den Chor.«

»Aber wieso haben Sie mir diese Platte weggenommen? Birdie sucht sie schon die ganze Zeit!«

»Vielleicht kann ich es Birdie ja erklären?«

»Na gut. Sie kommt heute Nachmittag, dann erklären Sie ihr das mit der Platte.«

»Das mache ich gerne.«

Er nickt erleichtert, bevor er mir den Zettel wieder abnimmt und über den Flur eilt, als wäre er auf der Flucht. So wie heute habe ich ihn noch nie erlebt, und sofort stellt sich eine Enge in meinem Hals ein, die mir das Atmen erschwert.

»Bevor Sie mich jetzt ausschimpfen, meine Tochter war krank.«

Ich habe ihn gar nicht kommen hören.

»Aber heute bin ich da, also können Sie gar nicht böse auf mich sein, Frau Doktor.«

Langsam hebe ich den Blick und sehe in das lächelnde Gesicht von Alexander, der zwar müde, aber erstaunlich gut gelaunt wirkt. Sein Lächeln verrutscht allerdings, als er meinen Blick auffängt, und ich ärgere mich mal wieder, dass man mir meine Gefühle immer sofort ansieht.

»Ist was passiert?«

»Nein«, behaupte ich.

»Sie sind eine mittelmäßige Lügnerin, Frau Doktor.«

»Was hatte Ihre Tochter denn?«

»Eine Lebensmittelvergiftung. Soll ich Ihnen das Attest vom Arzt vorlegen?«

»Nein, nein. Ich glaube Ihnen ja.«

»Meine Tochter hatte übrigens eine ganz ähnliche Gesichtsfarbe wie Sie jetzt, kurz bevor sie sich auf meine Schuhe übergeben hat.«

»Sie sind ein wahrer Meister der Komplimente.«

Er greift nach meinem Arm und nickt in Richtung Probenraum. Dann setzt er sich mit mir zusammen in Bewegung.

»Vielleicht bringe ich Sie erst mal sicher an Ihren Arbeitsplatz.«

Als wir losgehen, merke ich, wie wackelig meine Schritte tatsächlich sind, doch zum Glück fange ich mich schnell wieder.

»Geht es Ihrer Tochter denn inzwischen besser?«

»Ja, sie ist auch wieder bei ihrer Mutter.«

»Hat sie den Unfall mit der Vase einigermaßen überstanden?«

»Wer von beiden?«

»Ihre Frau.«

Nachdenklich wiegt er den Kopf, als er mir den Vortritt durch die Tür lässt.

»Keine Ahnung, vermutlich setzt sie den Vorfall auf die Liste der Dinge, die ich in unserer Ehe vermasselt habe.«

»Lange Liste?«

»Allerdings.« Er lächelt schief. »Ich glaube, Sie würden sich blendend mit meiner Frau verstehen.«

»Und Sie sich mit meinem Vater.«

Er mustert mich kurz, prüfend.

»Wieso werde ich das Gefühl nicht los, dass es sich dabei nicht zwingend um ein Kompliment handelt?«

»Weil Sie ein cleveres Kerlchen sind.«

»Und wieso werde ich das Gefühl schon wieder nicht los…?«

»Danke, dass Sie mich zu meinem Arbeitsplatz begleitet haben, aber von hier aus schaffe ich es dann ganz gut alleine.«

Er hebt sofort beide Hände und geht langsam rückwärts, bis er einen Stuhl findet und Platz nimmt. So lässig er eben noch wirkte, so angespannt ist er jetzt, da die Chorprobe näher rückt.

»Bringen Sie Ihr Namensschild bitte gut sichtbar an.«

Er nimmt mir den kleinen Aufkleber ab, auf den ich schon vor einer Weile seinen Namen geschrieben habe.

»Sie waren sich also sicher, dass ich wiederkommen werde?«

»Nennen Sie mich ruhig eine unverbesserliche Optimistin, wenn Sie wollen.«

»Kann ich Sie auch *dezent verrückt* nennen?«

»Falls Sie sich dann besser fühlen.«

»Sie waren ganz schön nachdrücklich. Manche würden es als *aufdringlich* bezeichnen.«

»Aber nur, weil ich wirklich glaube, Ihre Anwesenheit tut Ihrer Großmutter gut.«

Er zögert, weil er nicht daran glaubt, weil er noch immer zweifelt.

»Und falls nicht, dann tut Ihnen vielleicht die Anwesenheit Ihrer Großmutter gut.«

Alexander sieht aus, als wollte er gleich wieder einen Kommentar loslassen, irgendwas, damit ich ja nicht sehe, was er wirklich denkt oder fühlt.

»Sie haben wirklich auf alles eine Antwort, oder?«, sagt er schließlich.

»Nein, Herr Gettelmann, ganz und gar nicht. Ich habe zum Beispiel keine Ahnung, ob wir gut genug sind für diesen Chorwettbewerb für Senioren in Hamburg. Und die Heimleitung erwartet, dass wir gewinnen.«

»Hamburg gleich, ja?«

Um ihn nicht ansehen zu müssen, fange ich an, die Platten zu sortieren. »Richtig, der Chor muss nach Hamburg.«

Er nickt nachdenklich. Ich weiß, dass er keine Zeit hat für irgendwelche albernen Roadtrips. Schon gar nicht mit seiner Großmutter, einem schief singenden Chor – und mir.

»Meinen Sie, meine Oma könnte mitfahren?«

So gut wie nie nennt er sie *Oma*. Plötzlich bilde ich mir ein, eine Chance zu haben.

»Ja.«

»Ich höre ein Aber?«

»Sie müssten ebenfalls mitkommen.«

Alexander atmet schwer aus. Ich kenne seine Antwort und sein Argument.

»Aber sie wird sich hinterher nicht mal an diese Reise oder den Wettbewerb erinnern.«

»Vermutlich nicht.«

Langsam lehnt er sich zurück, verschränkt die Arme vor der Brust und sieht wieder zu mir.

»Genau genommen ist es also verschwendete Zeit.«

»Nein.«

Da ist sie. Die Platte, die Valentin vermisst und die seine Tochter Birdie so gerne gehört hat. *Rumors* von Fleetwood

Mac. Mit der Platte in der Hand drehe ich mich zu Alexander, der mich abwartend ansieht. Ich versuche mich an einem optimistischen Lächeln.

»Es ist keine verschwendete Zeit, weil *Sie* sich an diese Reise erinnern werden, Herr Gettelmann.«

31

Sophia, heute in einem schicken sonnengelben Hausanzug, hält die Hand ihres Enkels in ihrer, und dieses Mal scheint es ihm gar nicht so unangenehm zu sein, auch wenn seine Körperhaltung nicht gerade entspannt wirkt. Aber ehrlich gesagt, habe ich ihn bei all unseren Begegnungen noch nie wirklich entspannt erlebt. Er erweckt den Eindruck, als wäre er nie so richtig an dem Ort, an dem er sich gerade befindet, sondern geistig schon auf dem Sprung zum nächsten Termin, wo auch immer dieser sein mag.

Dorothea kommt zu mir nach vorne, als Ulrich bereits Platz genommen hat, und reicht mir ein ziemlich mitgenommenes Plattencover.

»Wir dachten, vielleicht können wir ja auch ein Lied beisteuern.«

»Aber natürlich. Sehr gerne.«

Ich nehme die LP entgegen. Vermutlich ist sie schon eine ganze Weile nicht mehr gehört worden. Sie ist sogar etwas gewellt, was dem Klang sicher nicht guttun wird. Dorothea bemerkt meinen kritischen Blick und zuckt sofort entschuldigend die Schultern.

»Wir haben keinen Plattenspieler mehr, und die alten Scheiben stehen im Keller, wo es immer feucht ist, egal, was wir machen.«

»Keine Sorge, ich bin mir sicher, die Platte klingt noch immer gut.«

Dorothea nickt. »Auch Platten werden alt – wie wir alle.«

»Aber nur äußerlich. Die Lieder funktionieren noch immer. Sie werden schon sehen. Notfalls müssen wir die Schallplatte noch ein paar Tage pressen.«

»Ich hoffe es.«

»Welches Lied soll ich spielen?«

»Gleich das erste. Ulrich hat den ganzen Keller auf den Kopf gestellt, alles durchsucht. Er war sich so sicher, dass wir diese Platte noch irgendwo haben. Dabei war ich überzeugt, dass sie eine Entrümplung im Laufe der Jahre nicht überlebt hat. Sie hätten Ulrichs Gesicht sehen sollen, als er sie gefunden hat. Das wird ihn sicher die nächsten Tage lächeln lassen.« Sie nimmt meine Hand und drückt sie. »Danke, Toni.«

»Ich habe doch gar nichts gemacht.«

»Aber der ganze Chor, der tut so einiges. Vor allem tut er Ulrich gut.«

Während ihr Mann tatsächlich mehr und mehr aufblüht, wirkt Dorothea von Tag zu Tag abgeschlagener.

»Und wie geht es Ihnen?«, erkundige ich mich.

Sie lacht leise. »Wissen Sie, dass Sie eine der wenigen sind, die nach meinem Befinden fragen? Die Nachbarn und Freunde fragen meistens nach Ulrich, wie er sich hält, wie es aussieht, was die Ärzte sagen.«

»Dann werde ich Sie jetzt öfter fragen, wie es Ihnen geht.«

»Und Sie werden immer die gleiche Antwort bekommen.«

»Und wie lautet die?«

Dorothea setzt zu einem Lächeln an, das sie sicherlich vor dem Badezimmerspiegel geübt hat und jeden überzeugen soll, dass sie alles unter Kontrolle hat. »Heute ist ein guter Tag, wir sind zufrieden und wollen uns nicht beschweren.«

Damit beantwortet sie auch gleich die Frage nach Ulrichs Befinden mit, ohne auf ihre Verfassung eingehen zu müssen. Ein cleverer Schachzug, den ich dennoch sofort durchschaue.

»Und wenn Sie ehrlich sein müssten?«

»Muss ich das denn?«

Augenzwinkernd umgeht sie meine Frage und nimmt neben ihrem Mann Platz.

Elena Fängele, die eher sporadisch an unseren Proben teilnimmt, kommt ein bisschen gehetzt herein, geht ein paar Schritte durch den Raum und dann zielsicher wieder hinaus, noch bevor ich sie begrüßen kann.

Dafür bekomme ich schon wenige Sekunden später wieder die Chance, als sie erneut auftaucht, ganz so, als hätte sie jetzt den richtigen Einsatz gefunden, doch dann überlegt sie es sich wieder anders und verlässt uns erneut.

Auch von Valentin fehlt jede Spur. Der Stuhl neben Bolle, auf dem bisher immer Robert saß, bleibt ebenfalls leer, was Bolle aber nicht allzu sehr zu verunsichern scheint. Vielleicht verspäten sich die beiden Herren aber auch nur.

»Das Lied, das wir heute zum Aufwärmen hören, hat Ulrich ausgesucht und mitgebracht«, verkünde ich.

»Es ist ein gutes Lied. Man kann dazu tanzen, auch wenn man gar nicht tanzen kann.« Ulrichs Stimme klingt beinahe selbstsicher, der Groll ist zumindest für heute daraus verschwunden.

Sophia drückt die Hand ihres Enkels. »Wir tanzen«, sagt sie.

Unsicher erwidert er ihr Lächeln und nickt.

Gerade als ich die Platte aus dem Cover ziehe, öffnet sich die Tür zum Probenraum, und Valentin erscheint mit einem Koffer in der Hand, den er polternd abstellt, bevor er etwas irritiert in die Runde blickt.

»Wo sind eure Koffer?«

Er stemmt die Hände in die Hüften, erinnert ein bisschen an einen strengen Lehrer, der mit der Gesamtleistung seiner Klasse nicht so recht zufrieden ist.

»Wieso? Ziehen wir um?«

Sophia sieht ihren Enkel ängstlich an. Alexander wirft mir einen Hilfe suchenden Blick zu, den ich mit einem leichten Kopfschütteln abwehre. Ich stecke Ulrichs Platte zurück in das Cover.

»Valentin, da müssen Sie etwas missverstanden haben.«

Ausgerechnet heute ist Pflegerin Henke nicht da, und ich muss so tun, als wüsste ich, wie ich mit dieser Situation umgehen soll.

»Missverstanden? Wir fahren nach Hamburg!«

»Das ist richtig.«

Langsam gehe ich auf Valentin zu, der mich wütend ansieht.

»Wir verpassen den Flug, Birdie!«

Birdie?

»Aber wir fahren doch mit dem Bus«, entgegne ich.

»Nein, ich habe doch schon die Flugtickets gekauft. Hier.«

Er greift in seine Tasche und zieht den Zettel hervor, den er mir schon vorhin auf dem Flur in die Hand gedrückt hat, bei dem es sich aber nicht um ein Flugticket, sondern um ein gelbes Post-it handelt.

»Es dauert noch, bis wir nach Hamburg fahren.«

»Sprich nicht so mit mir, Birdie. Ich weiß doch, wann ich gebucht habe!«

Ich spüre die Blicke des gesamten Chores in meinem Rücken und ganz besonders den von Alexander.

»Vielleicht wollen wir das draußen besprechen?«

Mein Versuch, nach Valentins Arm zu greifen, scheitert, weil er mich brüsk von sich weist.

»Nicht in dem Ton, junge Dame!«

Wenn ich solche Gespräche nicht schon während meiner Teenagerzeit mit meinem Vater geführt hätte, wäre ich jetzt vielleicht wirklich überrascht. Aber ich kann auf ein ganzes Portfolio solcher Momente zurückgreifen.

»Okay«, sage ich langsam, um Zeit zu gewinnen.

»Ich will nicht umziehen! Ich mag es hier!« Sophias Stimme klingt panisch.

Ich versuche, so souverän wie nur möglich auszusehen, und sehe doch nur in betretene Gesichter. Nicht einmal Robert ist hier. Bestimmt wüsste er, was zu tun ist. Zu meiner Verwunderung lächelt Alexander seine Großmutter sanft an.

»Keine Sorge, Oma. Du ziehst nicht um. Wir machen nur eine kleine Reise. Du und ich.« Dabei weiß sie nicht mal, wer der Mann ist, der gerade mit ihr spricht.

Valentin schüttelt entschlossen den Kopf und bringt Abstand zwischen uns.

»Sie sind gar nicht Birdie«, stellt er fest.

»Nein, ich bin Toni.«

»Das ist ein schrecklicher Name.«

»Ja, ich weiß. Das sagt mein Vater auch immer.«

Als wäre er aus einem Nebel herausgetreten, mustert er mich von oben herab.

»Ihr Vater hat ja auch Ahnung.«

Mich verwechselt er, aber ich wette, er weiß selbst jetzt ganz genau, wer mein Vater ist, und obwohl es mich treffen sollte, bin ich froh, dass wir zumindest diesen Anker gefunden haben.

»Wollen Sie mit uns im Chor singen, Valentin? Ich habe Ihre Schallplatte gefunden. Fleetwood Mac. Die könnten wir uns doch heute anhören. Dann warten wir mit Ulrichs Lied bis zum nächsten Mal.«

»Natürlich will ich mitsingen. Warum wäre ich sonst wohl hier? Sie wissen ja, welches Lied es ist.«

Als wäre ich und nicht er gerade verwirrt in den Raum getreten, schüttelt er den Kopf und geht an mir vorbei zu seinem Platz, ohne sich noch mal umzudrehen. Den Koffer lässt er stehen. Wenn ich könnte, würde ich jetzt vor die Tür gehen, tief durchatmen und vielleicht wegrennen, aber der Raum ist voller Goldkehlchen, die darauf warten, dass wir jetzt weitermachen.

Immerhin sind sie jetzt *meine* Goldkehlchen.

32

Valentin Meerbach
1989

Beatrice sitzt auf dem Beifahrersitz, den Kopf an die Scheibe gelehnt, die Augen geschlossen, während wir auf der Autobahn Kilometer machen. Im Radio läuft Musik, die mir nicht gefällt, aber immerhin kommentiert Beatrice sie nicht, also lasse ich den voreingestellten Sender einfach drin und konzentriere mich auf den hektischen Verkehr vor uns.

»Was hast du zu Mama gesagt?«

Ihre Frage klingt nuschelnd, weil sie sich nicht zu mir dreht und ihren Arm als Kissen benutzt.

»Nur dass wir einen kleinen Ausflug machen. In einen Plattenladen.«

Es ertönt ihr ersticktes, leises Lachen.

»Also müssen wir in einen Plattenladen?«

»Wir müssen gar nichts.«

Sie dreht ihren Kopf zu mir, die Augen gerötet, sie hat geweint, das tut sie schon seit Tagen, und immer behauptet sie – zumindest vor ihrer Mutter –, es sei wegen der Trennung von Tobi.

»Papa, ich kann das Baby nicht behalten.«

»Ich weiß.«

»Ich stecke mitten im Abschluss, Tobi ist irgendwo auf St. Pauli und meldet sich nicht mehr bei mir und …«

Wieder füllen sich ihre Augen mit Tränen, und ich greife schnell nach ihrer Hand, drücke sie kurz.

»Ich weiß doch.«

Dabei weiß ich nur, dass meine Tochter panische Angst hat. Vor dem Termin heute, vor ihrer Mutter, vor dem, was auf sie wartet, vollkommen egal, wie sie sich entscheidet. Und ich kann nichts tun, außer ihre Hand zu halten.

»Du hast meinetwegen Sinatra verpasst, Papa.«

»Ach, der kommt sicher noch mal nach Deutschland auf Tour.«

»Aber Norbert hat ihn gesehen. Und das reibt er dir immer unter die Nase, oder?«

Norbert genießt es tatsächlich, mich bei jeder Gelegenheit daran zu erinnern, dass er Frank Sinatra live erlebt und dann auch noch im Hotel auf einen Plausch getroffen hat.

»Es tut mir total leid, Papa.«

»Muss es nicht. Es war nur ein Konzert.«

Natürlich hätte ich ihn gerne einmal im Leben live erlebt. Die Kritik in der Zeitung war großartig.

»Du singst sowieso besser als er«, meint Beatrice.

Das entlockt mir ein lautes Lachen. An meinen guten Tagen, wenn der Größenwahn einsetzt, da glaube ich das auch. Oder zumindest glaube ich, gut genug für einen Plattenvertrag zu sein. Aber bisher stehe ich mit meiner Meinung alleine da, und so singe ich auf Hochzeiten oder Firmenfeiern. Das bringt zwar nicht genug Geld ein, um eine Familie zu versorgen, doch so habe ich die Möglichkeit, meine Liebe zur Musik mit anderen zu teilen.

»Im Ernst, Papa. Du bist für mich der beste Sänger.«

»Aber vor deinen Freundinnen ist es dir peinlich.«

»Nein. Da ist es mir nur peinlich, dass du so alte Schinken singst.«

»Du nennst die Songs von Frank Sinatra alte Schinken?«

»Na ja, es klingt eben so altmodisch.«

»Soll ich was von deinen Toten Hosen singen?«

Jetzt lacht sie, wenn auch nur kurz. Es ist das erste echte Lachen, das ich seit Wochen von ihr gehört habe. Erst jetzt wird mir bewusst, wie sehr ich es vermisst habe.

»Bitte nicht. Außerdem mag ich deren Musik gar nicht mehr so sehr.« Sie verdreht die Augen, als wäre sie von sich selbst genervt. »Tobi hat die immer gehört.«

»Verstehe.«

»Dumm von mir, ich weiß.«

Dabei war die Übernahme seines Musikgeschmacks die kleinste Dummheit, die Beatrice begangen hat.

»Was für Musik magst *du* denn am liebsten?«

Meine Frage soll sie nur ablenken. Von Tobi, dem Baby, dem Termin und allem anderen, das gerade schwer auf ihren Schultern lastet.

»Ich mag Fleetwood Mac!«

Kurz löse ich meinen Blick von der Autobahn vor uns und sehe zu Beatrice, die inzwischen etwas aufrechter neben mir sitzt.

»Du weißt schon, dass Fleetwood Mac auch alte Schinken singt, oder? Die Band hatte Ende der Siebziger ihre größten Erfolge.«

»Ja, aber die sind halt irgendwie immer noch cool.«

»Sieh einer an, meine Tochter hört Fleetwood Mac.«

»Na ja, die Plattensammlung meines Vaters gibt sonst nicht so viel Rock her.«

»Aber dafür jede Menge alter Schinken.«

»Coole alte Schinken.«

»Ja, ja, ich verstehe schon.«

Mit der Hand deute ich auf das Handschuhfach.

»Dann schau mal, ob ich da nicht eine Kassette von ihnen habe.«

Neugierig beugt Beatrice sich nach vorne und wirft einen Blick in das Handschuhfach. Neben Straßenkarten unserer bevorzugten Urlaubsländer, einigen Erfrischungstüchern für heiße Tage und Kaugummis für frischen Atem liegen drei Kassetten von mir. Frank Sinatra, Miles Davis und Fleetwood Mac.

»Du bist immer für eine Überraschung gut«, meint Beatrice.

Ohne auf Anweisungen zu warten, schiebt sie die Kassette mit Fleetwood Mac ins Deck und dreht sofort die Lautstärke auf, obwohl noch gar nichts zu hören ist. Bevor ich etwas dazu sagen kann, sieht sie zu mir, den Zeigefinger erhoben.

»Nein, Papa, das ist nicht Frank Sinatra, das muss man laut hören!«

Und weil meine Frau nicht hier ist und auch sonst niemand, vor dem ich so tun muss, als würde mich laute Musik tatsächlich stören, nicke ich und lausche den ersten Takten des Liedes, das aus den Boxen in meinem Wagen wummert.

Beatrice kurbelt das Fenster auf ihrer Seite herunter und lässt den Fahrtwind ins Innere, der erst ihre und dann meine Frisur durcheinanderbringt. Der Gesang von Lindsey Buckingham gefällt mir bei *Go Your Own Way* ganz besonders, weil ich glaube, all seine Emotionen spüren zu können, die er mit diesem Song verarbeitet.

Zum Refrain lehnt Beatrice ihren Kopf etwas aus dem Fenster und singt ihn aus vollem Hals mit. Vielleicht eine Botschaft an Tobi, der weit entfernt in Hamburg sein Leben weiterführt, während Beatrice hier mit den Sorgen und Problemen alleine klarkommen muss.

Sie zieht den Kopf zurück ins Wageninnere und sieht mich überrascht an, wobei mir erst jetzt auffällt, dass auch ich mitsinge. Lauter und mit mehr Emotion, als ich gedacht hätte. In Beatrice' Augen funkeln Tränen, und sie greift nach meiner Hand.

»Nicht weinen, Papa.«

Dabei weine ich gar nicht. Zumindest nicht richtig. Nur ein bisschen. Und nur, weil ich sehe, wie meine Tochter kämpft, während Lindsey Buckingham sich den Schmerz von der Seele brüllt.

»Weißt du, für mich bist du einfach noch immer meine kleine Birdie, und es bricht mir das Herz, dass du da durchmusst und ich nichts tun kann.«

»Du hast mich ewig nicht mehr Birdie genannt.«

»Weil ich dachte, es wäre dir peinlich.«

»Nicht peinlicher als Beatrice.« Sie lächelt. »Irgendwie hatte ich Angst, dass ich gar nicht mehr deine Birdie bin.«

»Jetzt hörst du mir mal zu ...«

Die Autobahn muss kurz mal ohne meine Aufmerksamkeit auskommen, weil ich mich zu Beatrice drehe.

»Was auch passieren mag, wohin es dich im Leben spült, welche Fehler du machst oder welche ich mache – du bist und bleibst für immer meine Birdie.«

33

Obwohl es sich bei dem heutigen Aufwärmstück angeblich um einen von Valentins Lieblingssongs handelt, sitzt er nur still da, die Hände im Schoß, die Krawatte etwas gelockert, und zum ersten Mal, seitdem ich die Goldkehlchen übernommen habe, macht er auf mich den Eindruck, als würde ihm das Ganze entgleiten. Die anderen hingegen bewegen sich zur Musik, denn der Song *Go Your Own Way* von Fleetwood Mac lädt wirklich zum Tanzen ein.

Während Sophia in Alexanders Anwesenheit aufblüht und beim Tanzen fast mehr Freude als beim Singen hat, verliere ich Valentin Stück für Stück. Dabei brauchen wir ihn so dringend für Hamburg.

»Valentin hat einen echten Rockklassiker ausgesucht«, sage ich, nachdem die letzten Töne verklungen sind.

»Ein alter Schinken«, brummt Valentin.

Ich sehe ihn an. »Ein Klassiker.«

Bolle dreht sich zu Valentin, und ich erwarte bereits den nächsten Hahnenkampf.

Doch Bolle bleibt ganz ruhig. »So wie wir alle hier. Wir sind auch Klassiker. Vielleicht hier und da ein bisschen aus der Mode gefallen, aber noch immer da.«

Valentin ist offenbar auch nicht in Kampflaune und nickt nur zustimmend. »Platten, die springen, wenn man sie abspielt.«

Bolle zuckt die Schultern. »Wenn das Lied an der schönsten Stelle springt, ist das für mich in Ordnung.«

»Was wäre denn die schönste Stelle für dich?«

Bolle lässt sich Zeit, aber schließlich räuspert er sich. »Ich glaube, jeder Moment mit meiner Johanna wäre ein guter Moment für eine Wiederholung. Egal welcher.«

»Auch der am Schluss?«

Diesmal zögert Bolle keine Sekunde. »Ich würde selbst den allerletzten Moment mit ihr noch einmal erleben wollen. Den ersten, den zweiten, alle dazwischen oder den letzten. Ich würde alles geben für einen weiteren Augenblick mit ihr.« Dann blickt er Valentin an. »Und bei dir, Herr Sinatra? Was wäre bei dir die schönste Stelle?«

Valentin muss erst mal nachdenken, vielleicht hat er in seinem Leben so viele Highlights erlebt, dass er sich nicht entscheiden kann, aber dann wirkt er plötzlich alt, müde und abgeschlagen.

»Ich weiß es nicht.«

»Kannst dich wohl nicht entscheiden.«

»Ich erinnere mich nicht mehr an alles. Ich weiß, dass es schöne Momente mit meiner Tochter gab, aber ich ...« Er bricht ab und sieht Bolle ehrlich an. »Ich erinnere mich nicht mehr so recht.«

Mein Blick wandert zu Alexander, der wie gebannt zu Valentin und Bolle sieht. Ich hoffe, er hat verstanden, wie wichtig seine Anwesenheit ist, auch wenn Sophia ihn nicht erkennt. Die Stimmung ist gedämpft, fast traurig, und ich suche verzweifelt ein Thema, mit dem ich die Kurve für die heutige Probe kriegen kann.

»*Mamma mia!*« Damit habe ich zumindest die Aufmerksamkeit der Anwesenden. »Wir haben ein Lied, wir haben einen Wettbewerb, und wir haben noch ein bisschen Zeit, unser Stück zu lernen, damit die Sonnige Palme diesmal keine Chance hat.«

Einige Chormitglieder lächeln.

»Dieses Jahr ist das Jahr der Goldkehlchen.«

»Glauben Sie wirklich, dass wir eine Chance haben?«

Da meldet sich ausgerechnet Herr Gettelmann zu Wort. »Wenn jemand weiß, wie man einen Sieg einfährt, dann ja wohl Antonia Waller, Tochter des Stardirigenten Richard Waller.«

Sein Wissen bringt mich so sehr aus der Spur, dass ich kurz den Faden verliere.

Er grinst nur frech. »Ich musste doch recherchieren, mit wem ich es hier wirklich zu tun habe, Frau Doktor.«

»Sie kommen also mit nach Hamburg?«

Denn dazu hat er sich bisher noch nicht geäußert, und wenn ich an seinen vollen Terminkalender denke …

»Möglich.«

»Das würde mich freuen«, versichere ich.

Wegen Sophia natürlich. Ausschließlich deswegen.

»Mein Terminkalender ist ziemlich voll«, gibt er zu bedenken.

»Es wären nur ein paar Tage.«

»Das müsste sich einrichten lassen.«

Er lächelt. Ich lächele. Bolle atmet schwer aus.

»Könnt ihr euer Geflirte vielleicht auf später verschieben? Wir müssen nämlich noch ein bisschen üben, wenn wir uns nicht blamieren wollen.«

»Wir flirten gar nicht!«

Aber Bolle zeigt sich von meiner Aussage wenig überzeugt und schüttelt nur lächelnd den Kopf.

»Ich habe Demenz, Toni, aber ich bin nicht blind. Das nennt man Flirten.«

Zu meinem Erstaunen nicken auch die anderen Chormitglieder, und meine Wangen beginnen zu glühen.

»Wie dem auch sei. Jetzt kommt *Mamma mia!*«

Schnell drehe ich mich zum Plattenspieler und suche hektisch nach der passenden LP. Ich habe nicht mit Alexander geflirtet. Dafür ist das nicht nur der falsche Rahmen, sondern auch definitiv der falsche Mann – mit zwei Kindern, einem übervollen Terminkalender und einer komplizierten Scheidung. Man stelle sich nur meinen Vater vor, wenn ich ihm erzähle, dass ich bei meinem Demenzchor einen Mann kennengelernt habe. Sein Lachen höre ich selbst über die ersten Takte des ABBA-Klassikers hinweg.

Als ich mich umdrehe, wippen die meisten Senioren schon im Takt der Musik mit. Ich wünschte mir, mein Vater würde verstehen, dass mein Job hier vielleicht niemandem seiner geschätzten Musikerkollegen imponiert, er deswegen aber nicht weniger wichtig ist.

34

Nachdem ich die Platte der heutigen Session aufgeräumt und die benutzten Namensschildchen weggeworfen habe, trete ich etwas erschöpft nach draußen auf den Parkplatz. Dorothea und Ulrich sind entweder schon weg, oder sie haben noch etwas mit der Heimleitung zu besprechen. Jedenfalls kann ich sie nirgends sehen. Umso überraschter bin ich, als ich ausgerechnet Alexander entdecke, der an meinem Auto lehnt. Als er mich kommen sieht, huscht so was wie ein Lächeln über seine Lippen.

»Ich habe auf Sie gewartet, Frau Doktor.«

»Was habe ich diesmal angestellt?«

»Meine Großmutter hat sich hingelegt. Der Chor strengt sie wohl immer sehr an.«

Ach, daher weht der Wind. Sofort verschränke ich meine Arme vor der Brust. »Das mag sein, liegt natürlich auch an ihrem Alter. Aber ich bin nach wie vor fest davon überzeugt, dass es Ihrer Großmutter guttut, wenn sie –«

»Toni.« Er unterbricht mich mit einem Lächeln, das ich so noch nicht an ihm gesehen habe. »Das war keine Kritik. Nur eine Feststellung. Und ich will auch nicht, dass sie mit dem Chor aufhört, nur weil ich der Sache skeptisch gegenüberstehe.«

»Nicht?«

»Nein. Ich habe gerade mit der Heimleitung gesprochen. Ein paar Termine muss ich noch verschieben, aber ich fahre mit nach Hamburg. Zusammen mit meiner Oma.«

Das hatte ich so sehr gehofft, dass ich ihm spontan um den Hals falle und ihn damit gegen meinen Wagen drücke.

»Sie können sich nicht vorstellen, wie glücklich mich das gerade macht!«

Er ist von meinem Gefühlsausbruch ebenso überrascht wie ich selbst. Zögerlich legt er die Arme um mich und drückt mich kurz.

»Wenn es so einfach ist, Sie glücklich zu machen …«

Schnell löse ich mich von ihm, stelle den nötigen Abstand wieder her und hoffe, er sieht mir nicht an, wie peinlich mir mein Ausbruch im Nachhinein ist.

»Sie tun Ihrer Großmutter damit einen großen Gefallen.«

»Ich hoffe es. Meine Ex-Frau wird mir ziemliche Vorhaltungen machen, aber es gibt da eine Ärztin, die behauptet, es würde mir guttun.«

»Muss eine tolle Ärztin sein.«

»Zwar frage ich mich, wie sie zu ihrem Titel gekommen ist, aber ja, sie macht ihren Job sehr ordentlich.«

Da ist ein Lächeln auf seinen Lippen. Wenn er wüsste, wie gut es ihm steht, würde er vielleicht öfter lächeln. Bevor die Stille zwischen uns unangenehm werden oder ich etwas Dummes sagen könnte, räuspert er sich schnell.

»Wie dem auch sei. Ich wollte Sie nur wissen lassen, dass Sie mich so schnell wohl nicht loswerden.«

Wer hat gesagt, dass ich das will?

»Ihre Großmutter.«

»Wie bitte?«

»Sophia wird Sie so schnell nicht los. Sie sind schließlich nicht meinetwegen hier.«

Er antwortet nicht sofort, sieht mich diese kurze und doch unendlich lange Sekunde an und nickt dann.

»Natürlich. Ich bin wegen meiner Großmutter hier. Wir sehen uns, Frau Doktor.«

»Toni.«

»Alex.«

Statt Hände zu schütteln, nicken wir uns zu, was mir nach der Umarmung eben ziemlich distanziert vorkommt, und er geht zu seinem Auto, das nur wenige Plätze von meinem entfernt steht. Ich sehe ihm dabei zu, wie er vom Parkplatz rollt und kurz hupt, was ich mit einem Winken quittiere.

»Das nennt man übrigens auch Flirten.«

Bolle tritt neben mich, ein Grinsen auf den Lippen, und bevor ich fragen kann, wie viel er von unserer Unterhaltung mitbekommen hat, klopft er auf das Autodach.

»Wir können los.«

Inzwischen trägt er Jeans, weiße Turnschuhe und ein kariertes Hemd. Seine grauen Haare hat er mit etwas Pomade zurückgegelt, und wenn ich mich nicht irre, hängt ein Duft von herbem Aftershave in der Luft. Ohne weiter auf mich zu achten, geht er um mich herum auf mein Auto zu und bleibt erst an der Beifahrertür stehen.

Ich sehe ihn etwas ratlos an. »Wie bitte?«

»Keine Sorge, ich habe uns abgemeldet.«

»Ich verstehe nicht ...«

»Wir zwei besuchen Robert. Sie haben ein Auto, Toni, und ich weiß, wo es hingeht. Wir sind ein tolles Team.«

»Ich kann Sie doch nicht einfach mitnehmen.«

»Natürlich können Sie das. Es wäre nur nett, wenn Sie mich danach wieder nach Hause fahren würden.«

»Aber ...«

Unsicher deute ich auf das Senioren- und Pflegeheim hinter uns, wo er sicher erwartet und vermisst wird, aber Bolle sieht mich nur weiter abwartend an.

»Wenn wir vielleicht einen kleinen Umweg machen könnten, wäre das super«, sagt er schließlich.

»Ich glaube nicht, dass das erlaubt ist.«

»Toni. Es ist nicht so, als ob ich Sie dazu zwinge, mich bis nach Osteuropa zu kutschieren. Wir sehen nur nach Robert, und dann bringen Sie mich wieder heim. Das ist doch wohl möglich.«

»Müssen wir uns nicht abmelden?«

»Das habe ich doch schon erledigt.«

Wieder klopft er aufs Autodach, und in seinen Augen erkenne ich ein jugendliches Funkeln, das ich schon ein paarmal bei ihm gesehen habe. Meistens, wenn er und Robert zusammen waren.

»Sie werden es nicht glauben, Toni, aber wir Heimbewohner dürfen durchaus das Gelände verlassen.«

Er sieht mich verschwörerisch an.

»Gerüchte besagen, dass einige von uns sogar Spaziergänge machen.«

Obwohl ich mir noch immer nicht sicher bin, ob unser Vorhaben wirklich legal ist, schließe ich mein Auto auf. Bolle öffnet sofort die Beifahrertür und nimmt Platz. Als ich ebenfalls einsteige, ist er bereits angeschnallt und lächelt zufrieden.

»Ich sage Ihnen, wo wir hinmüssen.«

35

Paul Bollinger
2002

»Was ist denn hier los?«

Johanna sitzt mit verweinten Augen auf der Couch, als ich von der Arbeit nach Hause komme, und starrt auf den gepackten Koffer, der neben ihr steht.

»Johanna?«

Der Koffer hat uns in unseren gemeinsamen Urlauben und auf unseren Reisen zu Freunden begleitet, die inzwischen verstreut in ganz Deutschland wohnen.

»Würdest du mich bitte aufklären?«

Mein Herz rast, und meine Fingerkuppen kribbeln unangenehm. Eigentlich müsste ich mich setzen, aber stattdessen bleibe ich wie angewurzelt stehen.

Johanna schluchzt und schüttelt langsam, viel zu langsam den Kopf.

»Ich verlasse dich.«

Drei Worte, die das Fundament meines ganzen Lebens einfach so wegpusten.

»Du verlässt mich?«

»Ja.«

»Einfach so?«

»Nein. Nicht einfach so. Aber es geht nicht mehr. Wir sind noch keine fünfzig, Paul, und doch ist alles schon so … festgefahren. Als wäre das Leben vorbei.«

»Aber ...«

Festgefahren oder gemütlich. Je nachdem, wie man es sehen will.

»Ich wollte so viel erleben, und jetzt habe ich das Gefühl, wir erleben gar nichts mehr. Du gehst arbeiten, ich gehe arbeiten, und wenn wir nach Hause kommen, sind wir müde, geschafft. Wir reden nicht mal mehr.«

»Natürlich reden wir.«

Jeden Tag frage ich, wie es ihr geht, was passiert ist und ob sie mich noch immer liebt. Jeden Tag erhalte ich dieselbe Antwort.

»Ja, wir reden, aber wir hören nicht mehr zu.«

Wie sehr meine Hand zittert, bemerke ich erst, als ich auf den Koffer deute.

»Und das ist deine Lösung?«

»Ja.«

Der leise Anflug von Angst verwandelt sich rasend schnell in Panik.

»Gibt es einen anderen?«

»Ach, Paul ...«

»Wer ist es?«

Die meisten ihrer männlichen Arbeitskollegen kenne ich von Weihnachtsfeiern oder gemeinsamen Ausflügen, aber keiner von ihnen schien je ihr Interesse geweckt zu haben.

»Darum geht es doch gar nicht«, sagt sie.

»Ich komme nach Hause, und meine Frau offenbart mir, dass sie mich verlassen will und sich wohl schon länger mit diesem Gedanken trägt. Und dann findest du meine Frage nach einem anderen Mann unberechtigt?«

Weil meine Beine sich wie Gelee anfühlen, setze ich mich in den Fernsehsessel.

»Wir sind seit dreißig Jahren zusammen«, sage ich.

Und ich habe sie jeden Tag davon geliebt. Trotzdem sitzt sie mir jetzt mit einem gepackten Koffer gegenüber und wird mich verlassen.

»Ich liebe dich, Johanna.«

Ein lächerlicher Versuch, sie zum Bleiben zu bewegen, aber zumindest lächelt sie. So wie sie immer gelächelt hat, wann immer ich ihr ein Kompliment gemacht habe. Liegt es daran? Habe ich ihr in letzter Zeit zu wenig Komplimente gemacht?

Plötzlich schießt mir ein Gesicht durch den Kopf. Es war nie ein Geheimnis, dass Johanna Robert sehr mag. Sie hält ihn für charmant, unterhaltsam und witzig. Ein Mann von Welt. Und mein bester Freund. Das hat mich beruhigt, weil er mir so was nie antun würde. Nie habe ich mir Sorgen gemacht, wenn Johanna und er gemeinsam unterwegs waren. Manchmal habe ich mir sogar weniger Sorgen gemacht, wenn sie mit ihm zusammen war. Weil ich dann wusste, dass es ihr gut ging.

»Das tust du mir an, Johanna?«

»Paul, ich tue das doch nicht, um dir wehzutun.«

»Weißt du, was ich jeden Tag denke? Was für ein Glück ich habe, dass sich eine Frau wie du in einen Kerl wie mich verliebt hat. Einfach so. Und das, obwohl damals so viele Jungs in dich verknallt waren. Jeden Tag freue ich mich darauf, nach Hause zu kommen. Weil du hier bist. Weil du dieses Haus überhaupt erst zu einem Zuhause gemacht hast.«

»Paul ...«

»Du fehlst mir jetzt schon, dabei bist du noch hier.«

»Ich liebe dich noch immer, Paul, aber das Leben ist mehr als eine endlose Wiederholung.«

Alles hätte ich darauf verwettet, dass wir zusammen alt werden. Sie und ich, grau und faltig, irgendwo in einem Seniorenheim, mit Blick auf ein gemeinsames Leben voller Abenteuer.

Ich habe keinen Tag mit ihr bereut, aber sie hat recht, große Abenteuer haben wir nicht erlebt. Hier und da eine Reise nach Italien, sogar mal nach Spanien, aber all die Dinge, die sie sich gewünscht hat, die haben wir unterwegs ausgelassen. Zu beschäftigt waren wir damit, einen Alltag aufzubauen, der funktioniert, und haben dabei die Dinge auf später verschoben.

Jetzt ist später, und Johanna ist weg. Zumindest fast.

Sie steht auf und greift nach dem Koffer. Mein Herz droht stehen zu bleiben. Keine Ahnung, ob es weiterschlagen wird, wenn sie jetzt geht. Da sind so viele Gedanken und Gefühle, die ich nicht in Worte fassen kann.

Johanna steht neben mir, in einer schlichten schwarzen Hose und einem roten Pullover. Gut sieht sie aus, wenn man von den verweinten Augen einmal absieht.

»Pass auf dich auf, ja?«, sagt sie leise.

Als sie sich zu mir beugt und mir einen sanften Kuss auf die Wange drückt, fühlt sich alles in mir eiskalt an.

Wenig später fällt die Tür ins Schloss.

36

»Möglichst bunt, bitte.«

Paul gibt seine Bestellung mit einem Lächeln auf, kann aber die Traurigkeit in seinem Blick nicht verstecken. Ich wüsste so gerne, wie seine Geschichte mit Johanna weitergeht. Oder weiterging. Allerdings habe ich auf der Fahrt hierher auch gemerkt, dass er sich nicht zum Reden drängen lässt. Er spricht in seiner Geschwindigkeit, wenn ihm danach ist.

»Haben Sie Geld dabei, Toni?«

»Natürlich.«

»Meinen Geldbeutel habe ich leider in der Pinie vergessen.«

»Kein Problem.«

Er scheint noch etwas sagen zu wollen, aber dann überlegt er es sich anders und sieht sich stattdessen etwas um. Wir stehen in einem Blumenladen, umgeben von unterschiedlichsten Blüten und Düften, aber wenn ich mir Bolle jetzt so ansehe, glaube ich nicht, dass er wirklich hier bei mir ist. Man muss kein Genie sein, um zu wissen, wem seine Gedanken gelten.

»Welche Blumen mochte sie denn am liebsten?«, erkundige ich mich.

»Das war ihr egal, nur bunt sollten sie sein. Manchmal hat sie sich selbst welche gekauft. Vielleicht, weil ich es verbummelt habe.«

Dann schleicht sich so was wie Stolz in seinen Blick.

»Aber inzwischen schenke ich ihr jedes Jahr Blumen.«

»Das freut sie sicher.«

»Hoffentlich.«

Ein Blumenladen ist nicht der richtige Ort, um zu fragen, ob seine Johanna zu ihm zurückgekommen ist oder wie er sie zurückerobert hat, aber die Frage brennt mir so auf der Zunge, als hätte ich zu viel Wasabi erwischt. Nur komme ich nicht dazu, meine Neugier zu befriedigen, weil die Floristin aus dem Binderaum zu uns zurückkehrt, einen farbenprächtigen Blumenstrauß in der Hand.

»Ist der so recht?«

Bolles Augen glitzern, als er mich prüfend ansieht. »Was meinen Sie, Toni? Würde der Johanna gefallen?«

»Ganz sicher.«

»Dann nehmen wir ihn.«

An der Kasse ist es ihm dann doch kurz peinlich, dass ich den Strauß bezahle und nicht er. Obwohl ich ihm mehrmals versichere, dass es mir rein gar nichts ausmacht, verspricht er mir, die knapp fünfzehn Euro bei der nächsten Probe zu bezahlen.

Draußen will ich zurück zum Auto, während Bolle auf den Zebrastreifen zusteuert.

»Es ist gleich da vorne.«

Er deutet auf die moosbewachsene Mauer, die den Friedhof vom Rest der Welt trennt.

»Kommen Sie, Toni. Friedhöfe tun nicht weh.«

Als wäre es das Selbstverständlichste auf der Welt, greift er nach meiner Hand und führt mich über die Straße und an der Mauer entlang zum Eingang, wo er in die Brusttasche seines Hemdes greift und einen kleinen Zettel herausfischt. Entschuldigend sieht er zu mir, faltet ihn auseinander und wirft einen Blick auf die kleine Zeichnung, die ihm den Weg deutet.

»Sonst verlaufe ich mich hier noch.«

Wir gehen über den schmalen Kiesweg, vorbei an mal schlichten, mal auffälligeren Grabstätten. An einigen brennt eine Kerze, andere sind mit frischen Blumen versorgt, nur wenige sind mit den Jahren verwahrlost. Bolle hält noch immer meine Hand, macht auch keine Anstalten, sie loszulassen, und ich glaube zu wissen, wieso.

Als wir auf einen kleineren Kiesweg abbiegen, entdecke ich Johannas letzte Ruhestätte sofort, und das nicht, weil sie besonders auffällig oder pompös wäre. Nein, es liegt an dem Mann, der mit gesenktem Kopf vor dem Grab steht. Bolle ist kein bisschen überrascht, seinen besten Freund hier anzutreffen, auch wenn er meine Verwunderung sicher bemerkt.

»Ich wusste, dass er hier ist, Toni. Er ist an diesem Tag immer hier.«

Mit einem Blick auf den Grabstein aus Granit stelle ich fest, dass heute nicht Johannas Todestag ist, sondern ihr Geburtstag. Robert ist von unserem Erscheinen offenbar nicht überrascht, aber zum ersten Mal bemerke ich eine Veränderung in der Beziehung der beiden Männer. Die Begrüßung zwischen ihnen fällt etwas kühler aus, als ich erwartet hätte, und so stehe ich etwas unsicher zwischen ihnen, den Blumenstrauß für Johanna noch immer in der Hand.

»Du bist heute nicht bei der Probe aufgetaucht«, meint Paul.

»Ich weiß. Ich musste doch…« Robert deutet auf das brennende Grablicht.

»Verstehe. Wir haben Blumen besorgt.«

Ich halte Robert den Strauß hin.

»Sehr schön. Den hätte sie gemocht«, sagt er.

Paul nimmt ihn mir ab, bevor er vor dem Grabstein etwas schwerfällig in die Hocke geht. Ich entferne mich ein Stück vom Grab, und Robert folgt mir, die Hände in den Hosentaschen. Er wirkt älter und nachdenklicher als sonst.

»Wir haben Sie heute beim Chor vermisst, Robert.«

Der Chor, immer ein gutes und unverfängliches Thema.

»Morgen wäre ich wieder wie üblich gekommen, aber heute wollte ich mich ums Grab kümmern.«

»Verstehe.«

»Danke, dass Sie ihn hergebracht haben. Das bedeutet ihm viel.«

»Kein Problem.«

Auch wenn ich noch immer befürchte, dass Frau Geiger schon einen Suchtrupp losgeschickt und meine Kündigung gleich in doppelter Ausführung ausgedruckt hat.

Wir sehen zu Bolle hinüber, der am Grab seiner Frau kniet und leise mit sich selbst und ihr spricht.

»Er hat keinen ihrer Geburtstage verpasst«, sagt Robert leise.

Und doch hat Paul mir auf der Fahrt hierher erzählt, dass sie ihn einmal vorübergehend verlassen hat. Ich ahne, dass nicht alles immer so einfach gewesen ist zwischen ihm und Johanna.

»Wie haben Sie das eigentlich geschafft, Robert?«

Meine Frage verwirrt ihn. »Was genau?«

»Ihre Freundschaft über all die Jahre aufrechtzuerhalten. Bei allem, was passiert ist.«

»Irgendwie war immer klar, dass wir uns die schlimmsten Dinge an den Kopf werfen können. Am Ende ist und bleibt er mein bester Freund.«

»Einfach so?«

»Sie klingen so überrascht.«

»Vermutlich bin ich nur etwas eifersüchtig.«

»Falls es Sie tröstet, Sie sind meine liebste Chorleiterin.«

Robert lächelt, und ich lasse mich anstecken.

Als Bolle fertig ist, erhebt er sich, lässt den Blumenstrauß neben dem brennenden Grablicht auf dem Granitstein zurück und deutet mit einem Nicken an, dass wir nicht mehr stören. Je näher wir kommen, desto mehr habe ich das Gefühl, zu verstehen, wie sehr ihre Geschichten ineinander verwoben sind.

»Genau hier.«

Er deutet auf den Platz neben dem Grab seiner Frau, und Robert nickt wissend, als hätte er das schon mehrmals gehört.

»Ich weiß schon.«

»Kein Brimborium.«

»Schon klar.«

»Keine Tränen oder so was. Erzähl was Lustiges.«

»Mache ich.«

»Gut«, meint Paul. »Toni, wir sollten zurück, bevor ich noch Ärger bekomme.« Dann wendet er sich an Robert und hebt mahnend den Zeigefinger. »Und du kommst morgen wieder zur Probe, verstanden?«

»Versprochen.«

Bolle hakt sich bei mir unter und überlässt mir die Führung zurück zum Auto. Als wir das Gelände verlassen haben, atmet er tief durch.

»Ich mag eigentlich keine Friedhöfe«, sagt er leise. »Sie kommen mir manchmal vor wie eine Art Vorschau auf das Ende des Films.«

»Ein Spoiler.«

Fragend sieht er mich an, doch ich winke ab. Ich fühle mich gerade nicht so recht in der Stimmung, ihm den Begriff zu erklären, und so spricht er weiter, während wir an der Mauer entlanggehen.

»Wissen Sie, Toni, der Gedanke daran, wieder neben ihr zu liegen, so wie früher, der gefällt mir schon.«

Er klingt so ernst. Mir fehlt die Leichtigkeit, die ich sonst so an ihm schätze, und ich drücke seine Hand.

»Würden Sie mir einen Gefallen tun, Bolle?«

»Mhm?«

»Bleiben Sie noch ein bisschen bei uns, bevor Sie sich zu Ihrer Frau legen?«

Bolle wiegt den Kopf, so als würde er über meine Bitte erst angestrengt nachdenken müssen, aber dann nickt er, sein schelmisches Lächeln ist zurück.

»Also gut. Aber erzählen Sie das ja nicht Johanna.«

»Niemals.«

»Glauben Sie, der Blumenstrauß hat ihr gefallen?«

»Da bin ich mir ganz sicher.«

»Wenn Sie mich dann mal besuchen kommen ...«

Sein Lächeln nimmt dem Thema ein bisschen die Schwere, und ich versuche angestrengt, mir nicht anmerken zu lassen, wie sehr mir vor dieser Zukunft graust.

»Bringen Sie Johanna dann auch ab und an einen Strauß mit?«

»Natürlich.«

»Schön bunt, ja?«

37

Der Text sitzt immer besser, zumindest bei manchen. Inzwischen habe ich mich daran gewöhnt, dass wir immer wieder Textpatzer und Aussetzer haben. Vielleicht habe ich verstanden, dass es nicht um die Fortschritte, sondern um alles drum herum geht. Die Chorprobe ist für die Teilnehmer immer wieder eine neue Überraschung, die sie aus dem Alltag reißt.

So zumindest stelle ich es mir vor.

An manchen Tagen kommt Alexander nicht, vermutlich haben ihm hier und da Termine einen Strich durch die Rechnung gemacht, aber jedes Mal spüre ich eine gewisse Enttäuschung. Und jedes Mal rede ich mir ein, das hätte einzig und allein mit Sophia zu tun, die an den Tagen ohne ihren Enkel tatsächlich etwas unbeteiligter wirkt, aber noch immer ihren Spaß mit den Goldkehlchen zu haben scheint. Spaß ist natürlich reine Auslegungssache – ein Lächeln hier, ein Nicken da oder auch einfach nur ein wacher Blick.

Robert ist wieder regelmäßig hier, und Bolles Laune ist

immer dann besonders gut, wenn er mit seinem Freund ein bisschen herumalbern kann.

Valentin grummelt sich mehr und mehr durch die Proben, lässt uns alle wissen, wann es schief klingt und wo der Chor den Text vergessen hat. Doch ich ertappe ihn immer öfter dabei, wie er nur mitsummt, sich scheinbar in Gedanken verliert.

»Wenn wir dann alle vollzählig sind, kommen wir endlich zur Platte, die Ulrich uns neulich mitgebracht hat.«

Ich habe sie die letzten Tage zwischen zwei dicken Büchern ein bisschen platt gepresst. Ein schwacher Versuch, die Wellen aus den Jahren im Keller auszubügeln, aber besser als nichts.

»Ich glaube, das Lied eignet sich hervorragend zum Aufwärmen.«

»Was ist es denn?«

Valentin, der dazu neigt, alle Musikvorschläge zu kommentieren, zu bewerten und mit einer Anekdote aus seinem Leben zu schmücken, sieht mich fast missmutig an.

»*Griechischer Wein* von Udo Jürgens.«

»Ach, der Udo. Das war ein feiner Kerl.«

Bolle verdreht die Augen. »Hast du mit dem auch fast mal zusammen auf der Bühne gesungen?«

»Nein. Aber nach einem seiner Konzerte habe ich einen Wein mit ihm in der Hotelbar getrunken. Feiner Kerl.«

»Ach ja, wann war das denn?«

Inzwischen habe ich mich an ihre lächerlichen Streitereien gewöhnt und lasse sie gewähren. Valentin und Bolle kabbeln sich in regelmäßigen Abstanden, und häufig haben sie dabei am Ende ein freches Grinsen im Gesicht, als wäre dieser Schlagabtausch für beide dringend nötig.

»Damals eben.«

»Wann damals?«

»Nach einem seiner Konzerte.«

»Du weißt es nicht mehr, oder?«

»Vermutlich nicht.«

»Passiert dir inzwischen ja recht häufig.«

Die Platte liegt sicher auf dem Spieler, bereit zum Einsatz, als ich mich zu den Männern umdrehe.

»Wenn ihr dieses Wer-vergisst-mehr-Spiel hinter euch habt, könnten wir dann vielleicht aufstehen und mit dem Aufwärmen beginnen?«

Doch Valentin denkt gar nicht daran.

»Er gibt doch immer damit an, dass sein Gedächtnis ihn noch nicht so im Stich lässt«, meint er und deutet auf Bolle.

»Ja, und du erzählst ständig irgendwelche Märchen, die wir glauben sollen.«

»Das sind keine Märchen.«

»Du hast nie mit Sinatra gesungen und auch nie mit Udo einen Wein getrunken.«

»Woher willst du das wissen? Nur weil ich mich hier und da nicht mehr so genau an alles erinnern kann?« Valentins Blick dürfte Brandlöcher auf Bolles T-Shirt hinterlassen, so wie er ihn anfunkelt.

»Weil du dich größer machst, als du es je warst«, erwidert Bolle.

Mir steht der Sinn nicht nach Streit, schon gar nicht nach einem so unnötigen.

»So, genug jetzt. Können wir bitte anfangen? Ulrich hat dieses Lied mitgebracht und …«

Meistens kriegen wir die Kurve, aber heute nicht. Valentin steht auf. Ihn scheint wirklich aufzuregen, was Bolle gesagt hat.

»Mag sein, dass ich irgendwelche Details durcheinanderbringe und vergesse, aber das stört mich nicht. Es zählt doch das Große und Ganze. Wann und wo genau ich mit Udo Wein getrunken habe, ist doch scheißegal.«

Oha. Solche Ausdrücke habe ich Valentin bisher noch nicht sagen hören, und auch der Rest des Chors sieht ihn sprachlos, fast schockiert an.

»Du blätterst jeden Abend in deinem Fotoalbum, Bolle. Glaub ja nicht, dass wir das nicht merken. So groß ist deine Angst, dass Robert sich eines Tages besser an deine Frau erinnert als du!«

»Das geht dich rein gar nichts an!«

»Aber du hast wenigstens einen Freund, der dir dann auf die Sprünge helfen kann. Mit Erinnerungsstückchen, die dir abhandenkommen werden. Nicht jeder hat dieses Glück.«

Ulrich sieht zu seiner Frau, die ihn fast beruhigend anlächelt, weil sie ihm an den richtigen Stellen aushelfen kann. Selbst Sophia hat jetzt Alexander, nur Valentin hat tatsächlich niemanden an seiner Seite. Seine Tochter wohnt in Schweden und ist für ihn maximal telefonisch zu erreichen.

»Vielleicht solltest du also nicht so arrogant tun, wenn andere mal Jahreszahlen oder Namen verwechseln. Das blüht uns nämlich allen.« Er deutet auf mich. »Sogar ihr!«

Zuerst will ich das abstreiten, aber er könnte recht haben.

Die Stille legt sich wie eine schwere Decke über uns alle, niemand sagt etwas. Ich weiß beim besten Willen nicht, was die Stimmung jetzt noch retten kann. Valentin nimmt wieder Platz. Er sieht müde aus.

Auf einmal ertönt Sophias Stimme und zerreißt die Stille. »Tanzen wir jetzt?«

Anja Henke sitzt heute an Alexanders Stelle neben ihr und nickt.

»Wir können wohl alle ein bisschen griechischen Wein gebrauchen.«

Dankbar über das Stichwort drehe ich mich wieder zum Plattenspieler und lasse den Plattenarm langsam sinken, bis der Diamant das Vinyl trifft. Ein kurzes Knistern, dann erklingen die ersten fast fröhlichen Töne des Klassikers von Udo Jürgens.

Dorothea erhebt sich, greift nach Ulrichs Hand und zieht ihn ebenfalls auf die Füße. Kurz danach folgen Robert und Bolle – der nach dem Streit noch etwas geknickt wirkt – und schließlich auch Sophia und Frau Henke. Nur Valentin sitzt noch immer auf seinem Stuhl. Das lasse ich ihm nicht durchgehen.

»Hören Sie auf, Trübsal zu blasen, Valentin.«

»Ach, Birdie, manchmal werde ich wirklich sauer, wenn Bolle so mit mir spricht.«

Diesmal korrigiere ich ihn nicht, als er mich beim Spitznamen seiner Tochter nennt, sondern halte ihm nur die Hand entgegen. Endlich steht er auf.

»Du weißt doch, dass ich Udo wirklich getroffen habe. Es gibt Fotos von uns zusammen. Du erinnerst dich für mich, ja?«

»Natürlich.«

Vielleicht kann ich mich für ihn nicht an die Dinge erinnern, die er mit Beatrice erlebt hat, aber dafür erinnere ich mich an die Momente mit den Goldkehlchen, falls er sie schon bald vergessen sollte.

Valentin singt leise mit, ein Lächeln versteckt sich in seinen Mundwinkeln, vielleicht auch, weil er doch mehr weiß als wir anderen.

38

Nur noch schnell auf die Toilette und dann ab nach Hause. So sieht zumindest mein Plan aus, wenn ich alle Platten und CDs verstaut habe und die Goldkehlchen wieder auf ihren Zimmern sind.

Inzwischen bewege auch ich mich in der Schattigen Pinie, als wäre ich hier zu Hause, und auf absurde Art fühle ich mich sogar ganz wohl. Das Pflegepersonal grüßt mich, und auch wenn ich mir nicht immer sicher bin, dass sie wissen, was genau ich hier eigentlich mache, bin ich doch anscheinend Teil des Inventars. Inzwischen freue ich mich vormittags im Kindergarten schon auf meine »Schicht« in der Pinie.

»Antonia?«

Manche Stimmen passen nicht hierher, sondern gehören in ein anderes Leben, in eine andere Welt, und deswegen brauche ich etwas länger, bis ich sie zuordnen kann. Doch als ich mich umdrehe, weiß ich genau, wer vor mir steht.

Frau Vogler, die Nachbarin meiner Eltern. Ihr Gesicht ist mit den Jahren noch quadratischer geworden, ihre dünnen Lippen sehen aus wie mit einem Stabilo-Stift gezeichnet, und sie zupft sich die Augenbrauen immer noch zu schmalen Bögen. Inzwischen sind aus den ehemals feinen Linien an den Augen und am Mund waschechte Lebensfalten geworden.

»Ich wusste doch, dass du es bist, Antonia.«

Einen Moment stehen wir uns etwas unsicher gegenüber, als hätte ich nicht als Kind unzählige Sommertage in ihrem kleinen Pool im Garten verbracht. Als hätte ich nicht für eine sehr kurze, sehr unangenehme Zeit den Cousin ihres Sohnes gedatet.

»Ich habe dich neulich hier gesehen, als ich meine Tante besucht habe, aber ich dachte, das kannst du nicht sein.«

Klar, weil ich mich in den letzten Jahren so wahnsinnig verändert habe. Sogar meine Haare trage ich immer auf der gleichen Länge, weil ich mal gelesen habe, dass man den Look nicht verändern soll, wenn man sich wohlfühlt.

»Aber ich bin es wirklich.«

»Als ich deine Mutter darauf angesprochen habe, hatte sie keine Ahnung.«

Ein bisschen besorgt sieht sie aus, aber ich ahne, dass es ihr eher um etwas Gossip geht. Familiengeschichten verkaufen sich auf dem Markt der Gerüchte immer besonders gut. Vor allem, wenn eine beteiligte Person so was wie eine lokale Berühmtheit ist.

»Ich bin noch in der Probezeit und wollte erst sicher sein, dass ich den Job habe, ehe ich meinen Eltern davon erzähle.«

Sie nickt wenig überzeugt, dabei bin ich ziemlich stolz auf meine spontane Ausrede.

»Man sieht dich ja nur noch selten daheim.«

»Tja, ich habe einiges zu tun. Ich arbeite ja auch noch im Kindergarten und bin häufig in der Schattigen Pinie.«

»Es ist schrecklich hier, nicht wahr?« Sie sieht sich unsicher auf dem Flur um, was ich fast als persönliche Beleidigung auffasse.

»Ich finde es hier gar nicht schrecklich.«

»Na ja, die ganzen Alten ...«

Jetzt streckt sie auch noch ihre Hand aus und legt sie mit einer mütterlichen Geste auf meine Schulter. Schlimmer noch, sie lässt ihre Hand dort ruhen.

»Wir haben ja immer gedacht, aus dir wird mal eine große Musikerin. Deinen Vater hat es sicher schwer getroffen, dass du hier als Altenpflegerin arbeitest, oder?«

»Ich arbeite nicht als Pflegerin, sondern leite den Chor«, erkläre ich voller Stolz, aber ihr Blick bleibt mitfühlend, als erholte ich mich gerade von einer grausamen Krankheit.

»Nun, der Chor hier soll ja eine Katastrophe sein«, erwidert sie.

Ihre Hand auf meiner Schulter wiegt inzwischen sicherlich schon eine halbe Tonne, und ich habe Mühe, noch immer so aufrecht dazustehen.

»Der Chor tritt bald bei einem Wettbewerb in Hamburg auf. Er ist großartig«, versichere ich, aber sie glaubt mir kein Wort. Ich schüttele ihre Hand ab und lächele sie eisig an.

»Es war wirklich nett, Sie getroffen zu haben, Frau Vogler.«

»Ich werde deine Eltern von dir grüßen. Immerhin sehe ich sie öfter als du.«

Fast hatte ich vergessen, dass ich sie nie besonders gemocht habe. Ich bringe zwei Schritte Abstand zwischen uns, nicke höflich und trete dann die Flucht auf die Toilette an. Erst als ich durch die Tür ins Innere gestürmt bin, wage ich, wieder zu atmen.

Mein Herz trommelt in einem Rhythmus, den nicht mal Maurice Ravel hätte besser komponieren können. Auch meine Atmung klingt anders als sonst, zu schnell, zu flach. Wenigstens das Spiegelbild erinnert entfernt an mich, obwohl die Tränen in meinen Augen nicht so recht passen.

Wieso um alles in der Welt heulst du jetzt?, denke ich.

Mein Vater hat gar nicht gesagt, dass er enttäuscht ist. Was natürlich daran liegt, dass ich ihn über meinen aktuellen Job noch immer nicht informiert habe. Allerdings ahne ich schon, wie er reagieren wird.

Ein Geräusch aus der Kabine hinter mir macht mir bewusst, dass ich nicht alleine hier bin. Es klingt so, als würde jemand würgen, dann bin ich mir sogar sicher, dass sich jemand übergibt, und ich spüre, wie mein Magen sich mitdrehen will.

Die Spülung wird betätigt, und ich sollte gehen, mich verstecken oder zumindest in Luft auflösen, aber stattdessen bleibe ich stehen und warte, bis die Tür sich öffnet.

»Dorothea?«

Aschfahl sieht sie aus und ist unsicher auf den Beinen. Trotzdem erkämpft sie sich ein Lächeln und nickt mir zu.

»Hallo, Toni.«

Automatisch mache ich einen Schritt vom Waschbecken weg und überlasse es ihr. Zuerst wäscht sie sich die Hände, dann den Mund, schließlich dreht sie das Wasser noch kälter und wäscht sich vorsichtig das Gesicht. Um nicht wie eine ungeladene Zuschauerin zu wirken, zupfe ich einige Papiertücher aus dem Spender und reiche sie ihr, sobald sie sich wieder aufrichtet.

»Danke.«

»Geht es Ihnen nicht gut?«

»Ach, Sie meinen, weil ich mir gerade die Seele aus dem Leib gekotzt habe?«

Mit dieser Antwort hätte ich ebenso wenig gerechnet wie mit ihrer Wortwahl, dennoch nicke ich.

»Heute ist kein guter Tag«, entgegnet Dorothea, tupft sich das Gesicht trocken und lehnt sich gegen das Waschbecken. Ihr Lächeln bricht mir das Herz, dabei weiß ich gar nicht, wieso.

»Er weiß es noch nicht.« Offenbar geht sie fälschlicherweise davon aus, dass ich ihr Geheimnis kenne. »Eine Weile sah es so aus, als ob es klappen würde, als ob ich eine Chance hätte. Aber die letzten Untersuchungen …«

Langsam schüttelt sie den Kopf.

»Der Krebs ist zurück.«

Wenn man manche Dinge erahnt, vielleicht sogar schon längst weiß, tut es doch weh, wenn man die Gewissheit bekommt, dass man sich nicht irrt. Dorothea wirft die zusammengeknüllten Tücher in den Mülleimer zwischen uns.

»Vor einigen Jahren dachten wir, ihn besiegt zu haben. Also haben wir Pläne gemacht. Was wir noch unbedingt erleben, welche Filme wir schauen und welche Städte wir besuchen wollten. Es wurde eine lange Liste, wir hatten ja Zeit.«

Wieder dieses Lächeln.

»Die Liste hängt noch immer am Kühlschrank daheim.«

Wie gerne wüsste ich, was sie davon schon alles erledigt haben, aber auch das frage ich nicht, weil ich befürchte, die Antwort zu kennen.

»Ich kann es ihm nicht sagen«, fährt sie fort. »Er würde sich noch mehr Sorgen machen, und das wäre nicht gut. Wenn er bei seiner Bewegungstherapie ist, bin ich im Krankenhaus zur Bestrahlung.«

»Aber …«

Mir fehlen die Worte, um meine Gefühle in einen vernünftigen Satz zu packen, trotzdem versteht sie mich.

»Ich weiß. Aber viel Zeit habe ich wohl nicht mehr.«

Ich denke an unsere Gespräche. An die Dinge, die sie für Ulrich vorbereitet hat, das Zimmer in der Pinie, die Planung für die Zeit, *wenn es nicht mehr geht*, und immer dachte ich, es ginge um Ulrich, um seine Krankheit. Dabei ging es immer um sie.

Um ihre Zeit.

»Wie schlimm ist es?«

Sie sieht mich eingehend, fast prüfend an.

»Versprechen Sie mir etwas, Toni?«

Ich nicke, weil ich meiner Stimme nicht mehr traue.

»Lassen Sie die Goldkehlchen auf meiner Beerdigung singen, ja?«

»So schlimm?«

»So schlimm.«

»Und Hamburg?«

Die Krankheit mag ihr die Kraft nehmen, aber Dorothea ist stärker, und ihr Lächeln ist es auch – zumindest noch. Es ist sogar so täuschend echt, dass ich es ihr für den Moment abkaufe.

»Ein Abenteuer geht noch.«

39

Ulrich sitzt, wie sollte es auch anders sein, am Steuer des Autos, das Lenkrad umklammert, den Blick stur geradeaus gerichtet. Dorothea schüttelt den Kopf.

»Er will einfach nicht einsehen, dass er kein Auto mehr fahren sollte.«

»Aber er ist zumindest nicht ohne Sie losgefahren.«

Dorothea kichert leise und zieht einen schlichten Schlüsselbund aus ihrer Handtasche.

»Sie glauben doch nicht wirklich, dass ich nicht vorausgedacht habe.«

»Ein Profi.«

»Man lernt schnell, wenn man muss. Aber wem sage ich das?«

Sie sieht mich verschwörerisch an. Ich habe fast das Gefühl, Mitglied einer ganz besonderen Girl-Gang zu sein, und lächele zurück. Dorothea überzeuge ich mit meiner Bemühung aber nicht.

»Schauen Sie nicht so traurig, sonst wird Ulrich noch misstrauisch. Lächeln Sie mal.«

»Ich lächele doch.«

»Lächeln Sie mal richtig.«

»Wie lächelt man denn richtig?«

Dorothea bleibt stehen und sieht mich direkt an, vergessen ist ihr Mann im Auto.

»Denken Sie mal an was Schönes, Toni.«

Fieberhaft denke ich nach, aber ausgerechnet jetzt will mir einfach nichts einfallen. Offenbar merkt Dorothea mir meine Ratlosigkeit an.

»Jetzt entspannen Sie sich«, sagt sie ganz ruhig. »Und dann schauen Sie mal dort rüber. Vielleicht hilft das ja.«

Sie sieht in Richtung Ulrich, doch als ich ihrem Blick folge, stelle ich fest, dass sie gar nicht ihren Ehemann gemeint hat, sondern Alexander, der an der Fahrertür meines Wagens lehnt, den ich direkt hinter dem Auto der Schübles geparkt habe. Heute trägt er schwarze Jeans und ein schwarzes T-Shirt, die Uniform der Architekten, wie mein Vater immer zu sagen pflegte.

Kurz winkt er zu uns rüber, und Dorothea schubst mich sanft in die Seite.

»Na, sehen Sie, da ist doch ein schönes Lächeln, mit dem wir arbeiten können.«

»Er ist nur leider zu spät für die Probe.«

»Aber er ist hergekommen. Und das zählt.«

Bevor sie sich von mir löst, wird ihr Blick allerdings noch mal ernst.

»Toni, ich kann mich doch auf Ihre Verschwiegenheit verlassen, oder? Kein Wort zu niemandem.«

»Kein Wort.«

»Machen Sie sich wegen Hamburg keine Sorgen, ich habe

alles geklärt, meine Ärzte wissen Bescheid. Und jetzt lächeln Sie mal ein bisschen.«

Sie beugt sich zu mir herunter, weil sie trotz allem noch eine große, imposante Frau ist, und drückt mir einen Kuss auf die Wange.

»Es tat gut, mal darüber zu sprechen.«

Dann geht sie auf ihren Wagen zu, klopft energisch gegen die Scheibe und wartet, bis Ulrich unter Protesten aussteigt.

»Das hat ja wieder ewig gedauert«, grummelt er.

»Ja, ich habe mich mit Toni verquatscht.«

Dabei wirft sie mir einen betont sorglosen Blick zu, und ich muss den Kloß in meinem Hals schnell herunterschlucken, wenn ich mein Versprechen halten will, nichts zu verraten.

Kaum ist der Wagen der Schübles vom Parkplatz gerollt, gehe ich auf Alexander zu, der artig auf mich gewartet hat.

»Was verschafft mir die Ehre, Alexander?«

»Zwei Dinge, um genau zu sein. Erstens, ich wollte nicht, dass Sie denken, ich kneife oder tauche nicht mehr auf. Also wollte ich mich blicken lassen und erklären, dass ich gerade sehr viel um die Ohren habe.«

»Wieso sind Sie dann jetzt hier?«

»Ah! Gut, dass Sie mich daran erinnern.«

Er öffnet seine Tasche und wühlt einen Moment darin herum. Schließlich zieht er eine kleine Tüte daraus hervor.

»Zweitens habe ich Ihnen was mitgebracht, was Ihnen ein bisschen Arbeit ersparen dürfte.«

Mit einer feierlichen Geste reicht er mir die Tüte.

»Was ist das?«

»Buttons. Anstecker. Ich habe mir erlaubt, die Namen aller Goldkehlchen auf Buttons zu drucken. Dann müssen Sie nicht vor jeder Probe neue Aufkleber beschriften.«

Alexander grinst mich zufrieden an, fast ein bisschen stolz.

»Sie haben Buttons für die Goldkehlchen drucken lassen?«

»Ja.«

»Das ist ja der Wahnsinn, dass Sie so viel Aufwand betrieben haben.«

»Damit Sie mehr Zeit für die eigentliche Chorarbeit haben.«

»Gute Ausrede.«

»Okay, vielleicht wollte ich Ihnen auch einfach eine kleine Freude machen.«

»Mir?«

»Ja. Ihnen. Tun Sie nicht so überrascht. Wenn Sie da drinnen stehen und mit dem Chor proben, dann sind Sie so in Ihrem Element, und es macht Ihnen sichtlich Spaß. Da dachte ich, es wäre doch eine ganz nette Geste.«

»Sie überraschen mich, Alexander.«

»Ist das gut oder schlecht?«

»Weiß ich noch nicht.«

»Sie haben ja noch etwas Zeit, darüber nachzudenken.«

Lässig stößt er sich vom Wagen ab, schnappt sich seine Tasche und will sich auf den Weg zu seinem Auto machen.

»Besuchen Sie Ihre Großmutter nicht, wenn Sie schon mal hier sind?«

»Ich habe noch einen Termin.«

»Nicht mal fünf Minuten?«

»Ich komme ohnehin schon zu spät.«

»Alles andere hätte mich auch gewundert.«

Jetzt dreht er sich doch um. Sein Lächeln ist verschwunden, er ist wieder ganz der toughe und viel beschäftigte Architekt, der mit seinem Leben genug zu tun hat, als dass er sich auch noch mit dem seiner Großmutter beschäftigen könnte.

»Ich komme zu den Proben, ich fahre mit nach Hamburg,

ich bringe Ihnen Anstecker vorbei. Was wollen Sie denn noch, Toni?«

Er hat es noch immer nicht begriffen.

»Darum geht es nicht, Alexander. Sie kriegen für Ihre Anwesenheit kein Sternchen im Klassenbuch. Und das hier …« Heftiger als nötig schüttele ich die Tüte mit den Buttons in meiner Hand. »… ist eine nette Geste, keine Frage. Aber Ihre Großmutter –«

»Hören Sie auf damit, Toni. Ich mache alles, was Sie von mir erwarten. Aber verlangen Sie nicht, dass ich jetzt jede freie Minute mit ihr verbringe und mir ihren ganzen Unsinn anhöre.«

»Unsinn?«

»Ja, sie bringt alles durcheinander.«

»Sie hat Demenz. Natürlich bringt sie alles durcheinander.«

Alexander schüttelt den Kopf, als hätte nicht er, sondern ich das alles nicht verstanden.

»Tut mir leid, Toni, aber Sie verlangen zu viel.«

»Ich verlange fünf Minuten.«

»Hören Sie mal, ich strenge mich hier wirklich an. Diese Chor-Nummer ist sogar ganz unterhaltsam, aber Sie wissen nichts über meine Beziehung zu meiner Großmutter und meiner übrigen Familie. Nur weil Sie jeden Sonntag zu Kaffee und Kuchen bei Ihren Verwandten einfallen, muss es der Rest der Welt nicht auch tun.«

»Wow. Was für eine psychologische Analyse!«

»Nicht schlecht für einen Architekten, oder?«

»Und meilenweit an der Wahrheit vorbei.«

Sein Gesichtsausdruck verrutscht, so sicher war er sich seiner Sache, und jetzt weiß er nicht so recht, wohin mit seinen Händen.

»Bleiben Sie bei Ihren Grundrissen und Entwürfen, und überlassen Sie die Psychologie denen, die Ahnung davon haben.«

»Leuten wie Ihnen?«

»Nein. Ich habe keine Ahnung, welche Lieder ich aussuchen soll, damit der Nebel sich für manche Chormitglieder zumindest ein bisschen lichtet. Wenn auch nur für die Dauer eines Songs oder des Refrains. Ich weiß nicht mal, wieso ich unbedingt wollte, dass Sie kommen. Aber ich weiß zumindest, dass es Menschen gibt, denen die Zeit davonrennt.«

Dorotheas traurige Augen, als sie mir ihre Geschichte gebeichtet hat, dazu ihr tapferer Versuch, so viel Leben und Erinnerungen wie möglich in die noch verbleibende Zeit zu packen.

Mit einem Mal bin ich unglaublich müde.

»Wissen Sie was, Alexander? Wenn Sie Ihre Großmutter nicht besuchen wollen, dann lassen Sie es einfach.«

Wortlos drehe ich mich um und gehe zurück zu meinem Wagen. Ich rette mich ins Innere und schleudere die Tür hinter mir zu, als könnte sie irgendwas für die Wut und die Traurigkeit, die sich in meinem Brustkorb festkrallen.

Als ich den Motor starte, steht Alexander noch immer auf dem Parkplatz und starrt hinüber zur Schattigen Pinie, aber ich werde nicht warten, bis er seine Entscheidung getroffen hat.

Für heute habe ich wirklich genug.

40

»Buttons?«

Robert dreht den kleinen weißen Anstecker mit seinem Namen amüsiert zwischen den Fingern.

»Ist das nicht ein bisschen ... Achtziger?«

»Die Achtziger waren angeblich nicht das schlechteste Jahrzehnt.«

Er schmunzelt und steckt sich den Button an die Brusttasche seines blauen Poloshirts und sieht dann zu mir.

»Ist es so richtig?«

»Perfekt.«

»Das letzte Mal, dass ich solche Buttons getragen habe, war während meiner rebellischen Phase, als ich die Welt verändern wollte. Gegen Atomkraft, gegen Tierleid, gegen zu viele Autos in der Stadt, gegen die Abholzung des Regenwaldes.«

»Na ja, die Themen sind nicht aus der Mode gekommen. Waren Sie denn auf vielen Demos?«

»Schon. Wir haben viele selber organisiert.«

»Bolle und Sie?«

»Nein, Bolle war kein so politischer Mensch. Im Gegensatz zu Johanna. Sie war häufig auf Demos und hat als Fotografin jede Menge Bilder dort geschossen. So hatten wir recht viel miteinander zu tun.«

»Verstehe. Da kommt man sich bestimmt näher, wenn man gemeinsame Interessen hat«, bemerke ich gespielt gleichgültig, dabei interessiert es mich inzwischen sehr, ob meine Vermutung stimmt, dass Robert und Johanna mal eine Affäre miteinander hatten, damals, als sie Bolle vorübergehend verlassen hat. Doch Robert geht auf meinen Versuch, die gewünschten Infos von ihm zu erschleichen, gar nicht ein.

»Wo haben Sie die Buttons denn her, Toni?«

Bolle, der seinen bereits stolz an der Brust trägt, stellt die Frage so laut, als wäre er das Sprachrohr des ganzen Chores.

»Alexander hat sie uns geschenkt.« Kurz sehe ich zu Sophia, die mithilfe von Frau Henke ihren Button anbringt und stolz betrachtet.

»Der Kerl hat ja tatsächlich eine charmante Seite«, bemerkt Robert und wechselt einen Blick mit seinem besten Freund. Bolle nickt, scheint aber nicht gänzlich überzeugt zu sein.

»Sie mögen ihn nicht, Bolle?«, stelle ich fest.

»Ich kenne ihn ja nicht mal.«

»Er ist Sophias Enkel.«

»Dann sollte er sie auch mal besuchen kommen«, meint Paul.

»Er war doch schon einige Male hier«, erinnere ich ihn. »Bei der Chorprobe.«

»Ja, aber er kann gerne öfter kommen, da hat Bolle schon recht«, mischt sich Robert ein.

Bolle hat schon kein Interesse mehr an unserem Gespräch, sondern widmet sich dem Text von *Mamma Mia*. Robert nutzt die Gelegenheit und stellt sich neben mich.

»Lassen Sie ihn einfach, Toni.«

»Aber er kennt doch Alexander Gettelmann.«

»Heute eben nicht. Und morgen vielleicht gar nicht mehr.«

»Ja, aber –«

»Nein, Toni, kein Aber. Sie müssen es irgendwann akzeptieren.« Robert legt den Arm tröstend um meine Schultern. »Das ist nicht einfach. Glauben Sie mir, das weiß ich zu genau.«

Er muss die Tränen in meinen Augen sehen, denn sein Themenwechsel kommt ein bisschen zu rasant.

»Dieser Alexander, der scheint Sie zu mögen.«

»Ich habe den Eindruck, er mag niemanden.«

»Unsinn. Er hat Ihnen Buttons geschenkt.«

»Aber keine Blumen.«

Ich meine es als Scherz, weil ich gar nicht weiß, wie ich damit umgehen würde, wenn Alexander tatsächlich mit einem Blumenstrauß auftauchen würde.

»Wenn man jemanden mag, müssen es nicht immer Blumen sein. Manchmal sind es die Kleinigkeiten, man muss nur genau hinschauen.«

»Wie gemeinsam auf Demos zu gehen?«

Robert nickt langsam. »Genau solche Dinge.«

»Woran merkt man, welche Kleinigkeiten wichtig sind?«

Robert muss gar nicht antworten, weil sich die Tür öffnet und ein ziemlich zerknirscht wirkender Alexander eintritt, kurz die Lage sondiert und sichtlich erfreut feststellt, dass alle ihre Buttons tragen. Mir nickt er nur knapp zu, und Robert drückt mich kurz.

»Solche Kleinigkeiten habe ich gemeint, Toni.«

»Er ist wegen seiner Großmutter hier.«

»Natürlich. Aber das meine ich nicht.«

Er tippt sich an den Button. Ich sehe, dass Alexander sein Namensschild bereits trägt, als er sich neben seine Großmutter setzt.

»Kleinigkeiten, Toni. Sie müssen nur hinschauen.«

Ein Augenzwinkern – und schon nimmt Robert seinen Arm von meiner Schulter und begibt sich zu seinem Platz, an der Seite seines besten Freundes.

»Okay, dann schlage ich vor, dass wir anfangen.«

»Was ist mit Ulrich?«

In der Mitte sind zwei Plätze frei geblieben, und die leise Sorge um Dorothea schleicht sich wieder an.

»Ulrich und Dorothea sind entschuldigt«, behaupte ich.

Schließlich habe ich ihr versprochen, ihr kleines großes Geheimnis für mich zu behalten. Außer mir muss und soll sich niemand Sorgen machen. Inzwischen gelingt es mir, ihnen direkt ins Gesicht zu schauen, dabei zu lächeln und so zu tun, als wäre für die nächsten knapp sechzig Minuten wirklich alles in Ordnung.

»Da ja bald der Chorwettbewerb ansteht, sollten wir die Sache langsam wirklich ernst nehmen.«

»Na endlich!«

Valentin gelingt es nicht, seinen Kommentar für sich zu behalten, und ich bin ziemlich froh darüber.

»Hat jemand einen Wunsch für das heutige Aufwärmlied?«

Niemand antwortet, sie sehen mich einfach nur an. Schließlich zerreißt Alexanders Räuspern die Stille.

»Vielleicht wollen Sie ja das heutige Lied wählen, Toni.«

Die anderen Goldkehlchen nicken zustimmend, und ich durchsuche mein Gehirn nach einem passenden Lied. Etwas, das schön klingt, mir etwas bedeutet und kein klassisches Stück ist.

»Mal sehen.«

In den letzten Wochen habe ich immer mehr Platten und CDs hierhergebracht, sogar meine Lieblingsscheiben sind hier, und ich muss daheim immer häufiger auf Spotify zurückgreifen, wenn ich einen bestimmten Song hören will.

Zwischen Harald Juhnke, Peter Kraus, Fleetwood Mac und Don McLean entdecke ich dann die Fab Four, und meine Nackenhaare stellen sich auf. Es ist eine Gänsehaut von der guten Sorge, weil das Plattencover ausreicht, um einen Refrain in unserem Musikgedächtnis loszutreten.

»Wie wäre es mit den Beatles?«

Jeder mag die Beatles, und die, die es nicht tun, trauen sich selten, das zuzugeben – oder sie sind Fans der Rolling Stones.

»Die Beatles sind langweilige, weichgespülte Pilzköpfe, die total überbewertet sind.« Als ich mich zu Valentin umdrehe, erkenne ich ein freches Lächeln auf seinen Lippen.

»Mein Vater würde Ihnen da heftig widersprechen.«

41

»Ich habe meine Großmutter gestern übrigens noch kurz besucht.«

Alexander wartet auf dem Flur auf mich, ein stolzes Lächeln auf den Lippen.

»Wow. Erwarten Sie jetzt ein Fleißsternchen?«

»Zumindest eine kleine Anerkennung, ja.«

Er folgt mir, da ich nicht stehen bleibe. Mein Kopf ist zu voll für eine ausgedehnte Unterhaltung.

»Kommen Sie, Toni, ich strenge mich echt an!«

»Ach, wenn das so ist.«

Ohne stehen zu bleiben, applaudiere ich ihm für seine selbstlose Leistung, seine Großmutter besucht zu haben.

»Was soll das denn?«

Offensichtlich war meine Reaktion nicht die, die er hören wollte.

»Walking Ovations.«

»Was?«

»So was wie Standing Ovations, nur eben, wenn man es eilig hat.«

An der Tür weichen wir einem Pfleger aus, der einen älteren Herrn im Rollstuhl ans uns vorbeischiebt.

»Ich dachte, Sie freuen sich?«

»Gleich mache ich einen Purzelbaum vor lauter Freude.«

»Man kann es Ihnen wirklich nicht recht machen, oder?«

Wir überqueren den Parkplatz, wo ich wider besseres Wissen Ausschau nach Ulrich und Dorothea halte, von denen aber natürlich jede Spur fehlt.

»Doch«, entgegne ich. »Das ist sogar ganz einfach.«

»Soll ich mir Notizen machen?«

»Wäre vielleicht gar nicht schlecht.«

Zum Glück finde ich meinen Autoschlüssel ausnahmsweise beim ersten Griff in meine vollgestopfte Handtasche.

»Machen Sie das hier, verdammt noch mal, nicht für mich.«

Erst jetzt werfe ich ihm einen Blick zu, aber natürlich versteht er mich nicht und hofft darauf, dass ich ihn aufkläre.

»Machen Sie das entweder für sich oder für Ihre Großmutter, aber bitte nicht für mich. Mit mir hat das hier nämlich rein gar nichts zu tun.«

»Hat es doch.«

»Nein. Ich stehe nur vorne und lege Platten auf. Ich bin die DJane der Schattigen Pinie. Sophia ist Ihre Großmutter, und mit der sollten Sie Zeit verbringen wollen.«

»Wieso nicht zwei Fliegen mit einer Klappe erwischen?«

»Wie bitte?«

»Ich bin einfach gerne hier.«

»Aber es geht nicht um Sie!«

Fast will ich es ihm ins Gesicht schreien, reiße mich aber im letzten Moment zusammen und drücke stattdessen meine Tasche an mich. Alex sieht sich um, bevor er spricht.

»Sie haben gesagt, ich solle noch ein paar Erinnerungen mit meiner Großmutter sammeln. Und das tue ich. Nur eben auf meine Weise. Aber wenn meine Oma dann eines Tages weg ist und mit ihr auch die Erinnerungen, die sie irgendwo in sich hat, dann bin ich noch immer hier.«

Es klingt erschreckend logisch und schlüssig, was er da sagt, und ich schlucke mein Aber erst mal wieder runter.

»Sie weiß vielleicht jetzt schon nicht mehr, wie viel Spaß ihr das alles heute gemacht hat. Aber *ich* weiß es noch.«

Sein Lächeln ist halbseitig, aber ehrlich.

»Sie irren sich also, Toni. Hier geht es auch um mich. Und ich bin relativ gerne hier. Nicht nur wegen meiner Oma. Vielleicht auch ein bisschen, weil ich Ihnen gerne dabei zuschaue, wie Sie Platten auflegen. Schönen Abend noch, Toni.«

Er geht auf sein Auto zu.

Irgendwas Schlaues will ich sagen, irgendwas, damit er nicht das letzte Wort hat, aber mir fällt nichts Schlaues ein. Also sage ich irgendwas.

»Hat Dennis heute wieder Fußballtraining?«

Meine Frage muss ihn so unerwartet getroffen haben, dass er tatsächlich fast Schlagseite bekommt und einen Schritt zur Seite macht, als müsse er sich erst wieder fangen.

»Das haben Sie sich gemerkt?«

»Ich habe ein ziemlich gutes Gedächtnis.«

»Ja, er hat heute Training.«

»Werden Sie dort sein?«

Zögernd nickt er.

»Wann haben Sie denn mal Feierabend?«

»Meistens dann, wenn mir die Augen zufallen und ich auf der Couch voll bekleidet einschlafe.«

»Wow.«

»Wie sieht denn Ihre Abendplanung aus?«

»Milo wartet auf mich.«

Sofort schießen seine Augenbrauen in die Höhe.

»Ist Milo Ihr Freund?«

»Nein.«

»Ihr Kind?«

»Eine Katze.«

»Ach.«

»Sagen Sie mal, Alexander, hatte Ihre Großmutter mal eine Katze?«

»Ja, immer mal wieder. Sie war ein sehr tierlieber Mensch und hatte schon als Kind welche. Leider war mein Großvater allergisch gegen Katzen, daher hatte sie später keine mehr.«

Mir fällt auf, dass er schon in der Vergangenheitsform über sie spricht. Vielleicht fällt der Abschied auf Raten leichter als der plötzliche Verlust eines Menschen.

»Verstehe«, sage ich langsam.

»Kommen Sie ja nicht auf dumme Gedanken, Toni.«

»Ich weiß nicht, wovon Sie sprechen.«

»Doch, Sie sind eine Meisterin der dummen Gedanken.«

»Das ist ein sehr zweifelhaftes Kompliment.«

»Ganz und gar nicht, Frau Doktor. Ich wünschte mir, mehr Menschen hätten den Mut für vermeintlich dumme Gedanken.«

42

Milo sieht mich durch die engen Gitter der Transportbox etwas unsicher an, obwohl ich ihr gut zurede und sie an jeder roten Ampel davon überzeugen will, dass ich sie am Abend auch ganz sicher wieder mit nach Hause nehme. Niemals würde ich sie zurücklassen.

Doch wenn ich den skeptischen Blick aus ihren grünen Katzenaugen richtig deute, glaubt sie mir nicht.

»Es ist nur ein Besuch. Du bist heute eine Art Therapiekatze.«

Dabei weiß ich gar nicht, ob es erlaubt ist, eine Katze mit in die Pinie zu bringen.

»Du wirst das ganz großartig machen, Milo. Sophia ist wirklich sehr nett. Ein bisschen verwirrt vielleicht, aber sie wird dich mögen.«

Als ich sie vom Beifahrersitz hieve und auf den Eingang des Seniorenheims zugehe, erkenne ich Dorotheas Auto auf dem Parkplatz und spüre einen mittelgroßen Felsen vom Herzen rutschen. Noch immer folge ich ihrer Anweisung, mir nichts anmerken zu lassen oder gar auszuplaudern, aber ich darf mich freuen, weil sie heute wieder hier sind, oder nicht?

Im Flur bekomme ich einige merkwürdige Blicke, als ich Milo in der Box in Richtung Probenraum trage und gar nicht daran denke, stehen zu bleiben. Falls es nämlich nicht erlaubt ist, muss es ja niemand so genau sehen.

Schnell schlüpfe ich durch die Tür ins Innere und erkenne Dorothea und Ulrich auf ihren Plätzen, von den anderen fehlt noch jede Spur.

»Schön, dass Sie da sind«, begrüße ich die beiden. »Sie wurden gestern schmerzlich vermisst.«

Meine betonte Fröhlichkeit soll eigentlich nur Dorothea davon überzeugen, dass ihr Geheimnis bei mir sicher ist.

»Ja, wir hatten noch einen Termin.«

Sie lächelt, und ich ertappe mich dabei, wie ich versuche zu erkennen, ob sie Schmerzen hat oder ihr das Lächeln heute besonders schwerfällt. Doch ein Blick auf Ulrich, der mit verschränkten Armen dasitzt, reicht, um zu wissen, dass es bei dem Termin wohl eher um ihn als um seine Frau ging. Möglichst unauffällig stelle ich Milos Transportbox ab und wende mich wieder mit meiner vollen Aufmerksamkeit Ulrich und seiner Frau zu.

»Ich bekomme jetzt neue Tabletten«, erklärt er und sieht fast vorwurfsvoll zu seiner Frau. »Und jetzt darf ich ganz offiziell nicht mehr Auto fahren.«

Dorothea hebt abwehrend die Hände.

»Das hat der Arzt gesagt, dafür kann ich nichts.«

»Unsinn, du hast dich mit ihm abgesprochen.«

»Das stimmt doch gar nicht.«

»Ihr telefoniert hinter meinem Rücken.«

»Ulrich, mein Liebling, das ist nicht wahr.«

»Doch! Du nimmst das Telefon dann immer mit in den Flur und flüsterst. Ihr wollt an mein Geld!«

Dorothea lacht diese Anschuldigung einfach nur weg, streichelt sanft Ulrichs Hand, aber ihm ist anzumerken, dass er es vollkommen ernst meint. Beunruhigt sieht er zu mir.

»Sie weiß, wie viel Geld ich auf dem Konto habe, und jetzt wollen sie mich mit diesen Tabletten ruhigstellen. Die denken wohl, ich merke das nicht. Eine Reise nach Hamburg planen sie, mit meinem Geld!«

»Ulrich, das ist nicht wahr.«

»Ich traue niemandem mehr!«

»Ich bin mir sicher, Ihre Frau hat nur das Beste für Sie im Sinn, Ulrich.«

Mein Versuch, ihn zu beruhigen, trägt leider nicht die erhofften Früchte, und er beugt sich etwas zu mir rüber.

»Sie hat sich sogar mit meinem Anwalt getroffen.«

Dorotheas Augen weiten sich ein bisschen, als sie überrascht zu ihrem Mann sieht.

»Woher weißt du das?«

»Ich habe in deinem Kalender nachgesehen. Du hattest einen Termin bei ihm, als ich nicht da war.«

Es scheint zu stimmen, sonst würde Dorothea nicht so blass aussehen. Wobei ich ja inzwischen weiß, dass es auch andere Gründe für ihr Unwohlsein gibt. Gründe, die rein gar nichts mit Ulrichs Vermögen zu tun haben.

»Liebling, wir mussten nur ein paar Dinge klären«, meint Dorothea beruhigend.

»Ja. Ihr musstet klären, wie du schneller an mein Geld kommst.«

»Das ist lächerlich! Wir sind ein ganzes Leben verheiratet, und du denkst, ich habe es jetzt auf unser Erspartes abgesehen?«

»Wenn ihr mich erst mal ruhiggestellt habt, kannst du es ausgeben!«

Keine Ahnung, ob ihm das verräterische Schimmern in ihren Augen auffällt, aber mir entgeht es nicht.

»Wo soll ich es denn ohne dich ausgeben?«

»In Hamburg.«

Das scheint er vollkommen ernst zu meinen, sein Blick durchbohrt Dorothea förmlich, und ich möchte so gerne etwas sagen, aber mein Kopf ist vollkommen leer. In die Rolle der stummen Beobachterin gedrängt, starre ich die beiden Eheleute an.

»Wir fahren gemeinsam nach Hamburg, Ulrich. Du und ich. Gemeinsam.«

»Anscheinend fährst du lieber mit Dr. Segelhorst dorthin.«

»Nein.«

»Du machst mir ständig Vorwürfe, was wir doch alles verpassen, was wir nicht mehr erleben werden.«

Dorotheas Mund öffnet und schließt sich einige Mal wie bei einem Goldfisch, dann erhebt sie sich von ihrem Stuhl und geht wortlos aus dem Raum, lässt Ulrich einfach bei mir zurück.

An der Tür prallt sie gegen Robert, der gerade den Probenraum betreten wollte. Er wirft mir einen kurzen Blick zu, nickt kurz und folgt dann Dorothea.

Ulrich sieht auf den Platz neben sich, wo eben noch seine Frau saß, dann wendet er sich zu mir.

»Wir wollten noch mal nach Hamburg. Ins Musical. Dann bin ich krank geworden.«

Ob er bemerkt, dass er die Lehne des Stuhls neben sich streichelt, als würde Dorothea noch neben ihm sitzen?

»Ich sollte immer auf sie aufpassen. Das war immer so. Jetzt muss sie auf mich aufpassen. Das sollte nicht so sein.«

Solange wir noch alleine sind, nutze ich die Chance, rutsche auf den freien Platz neben ihn und sehe ihn so aufmunternd wie möglich an.

»Ulrich, es geht doch darum, dass Sie einander unterstützen, immer. Und wenn Sie jetzt ein bisschen Hilfe brauchen …«

Ein scharfer Blick wird in meine Richtung gefeuert, den ich mit einem Lächeln pariere.

»… dann ist das absolut okay. Sie waren doch auch immer für Ihre Frau da.«

»Aber das muss ja auch so sein. Ich habe damals versprochen, immer auf sie aufzupassen. In guten wie in schlechten Zeiten.«

»Hat Dorothea das auch versprochen?«

Er antwortet nicht sofort, als müsste er nachdenken, dann schüttelt er den Kopf.

»In guten wie in schlechten Zeiten. Das hat Ihre Frau Ihnen damals doch auch versprochen.«

»Ja. Aber so sollte es doch nicht sein.«

»So ist es jetzt aber. Und das macht eine gute Ehe doch aus.«

Er betrachtet mich so eingehend, als wollte er sich mein Gesicht einprägen, doch noch bevor er etwas sagen kann, öffnet sich die Tür, und Bolle betritt den Probenraum.

»Hey, Ulrich, mein Freund Robert flirtet gerade ordentlich mit deiner Frau.«

Zwar grinst Bolle dabei, aber ich bilde mir ein, auch eine Spur Verbitterung in seinem Blick zu erkennen.

Ulrich erhebt sich und sieht zu mir.

»Entschuldigen Sie mich einen Moment.«

43

Es ist keine richtige Schlägerei, eher ein wildes Handgemenge inklusive viel Geschubse. Es erinnert mich an einen Boxkampf aus den Achtzigerjahren in Zeitlupe. Als Bolle und ich auf den Flur treten, versucht Dorothea gerade, die beiden Männer zu trennen, was ihr aber nur so mittelmäßig gelingen will.

»Genug jetzt, Ulrich!«

Aber Ulrich ist so schön in Fahrt, dass er gar nicht daran denkt, auf seine Frau zu hören. Wieder versucht er, Robert anzugreifen, doch Robert weicht den angetäuschten Schlägen seines Angreifers aus, torkelt dabei rückwärts und prallt gegen Alexander, der heute kein besseres Timing haben könnte. Er sieht aus wie der Ringrichter, den wir gerade brauchen. Ihm reicht ein Blick, um die Szene zu durchschauen, schon greift er Robert am Arm und zieht ihn aus Ulrichs Reichweite. Doch der holt just in diesem Moment zu seinem wohl besten Schlag seit Jahren aus und trifft sogar.

Nur leider nicht Robert, sondern Alexander.

Zielsicher direkt ans rechte Auge.

»Autsch!«

»Oh, Entschuldigung! Der Schlag galt nicht Ihnen.«

Alex hält sich das Auge und blinzelt seinen Angreifer etwas benommen an. »Wie tröstlich.«

Vorsichtig befühlt er sein Gesicht.

»Ich blute«, stellt er erstaunt fest.

Ulrich versucht noch, sich seinen Anflug von Stolz nicht anmerken zu lassen.

»Ja, ich war früher für meinen rechten Haken bekannt«, berichtet er.

Dorothea packt ihren Mann an der Hand und zieht ihn von Alexander weg.

»Unsinn. Du bist Bankkaufmann. Du bist bekannt für gute Zinsangebote und deine ehrliche Art, aber doch nicht für so was.«

Alexander will es locker abwinken, aber die aufgeplatzte Augenbraue lässt ihn wie das Opfer dieser Schlägerei aussehen, die gar keine war.

»Halb so wild«, meint er.

Ulrich feuert einen warnenden Blick in Roberts Richtung. »Das blüht Ihnen auch, wenn Sie sich noch mal an meine Frau heranmachen!«

Robert hebt nur abwehrend die Hände, als hätte er mit der ganzen Sache hier gar nichts zu tun. Was genau genommen auch stimmt.

Kurz sehe ich zu Bolle, der deutlich amüsiert von dieser unerwarteten Abwechslung neben mir steht.

»Vor dem Kampf hätte ich mein Geld noch auf Robert gesetzt.«

»Wieso, hat er denn Kampferfahrung?«

Bolle lässt vielsagend die Augenbrauen tanzen, ohne zu antworten. Valentin tritt auf die Gruppe zu. Das große Highlight hat er leider verpasst, und jetzt macht er sich wohl selber gerade ein Bild der Situation. Vom blutenden Alexander sieht er zu mir.

»Was haben Sie denn mit ihm angestellt?«

»Wieso ich?«

»Wer denn sonst? Seitdem Sie hier aufgetaucht sind, geht es nur noch drunter und drüber.«

Ulrich reckt das Kinn nach vorne und nimmt eine aufrechte Haltung ein, bevor er sich an Valentin wendet.

»Sie hat nichts damit zu tun. Das war meine Wenigkeit.«

»Genug jetzt. Komm.« Dorothea führt ihren Mann kopfschüttelnd in Richtung Probenraum. »Das alles sollte dir peinlich sein, Ulrich Schüble!«

Valentin folgt den beiden, wenn auch nur mit dem Blick, und in meinem Kopf hallen noch immer seine Worte wider.

»Sie finden, ich bringe alles durcheinander?«

Valentin nickt fast schon begeistert.

»Natürlich. Eine Schlägerei, die hätte es sonst doch nie gegeben.«

In seiner Stimme versteckt sich ein Lächeln, das nun auch auf sein Gesicht tritt.

»Und ich bin dankbar, dass hier endlich wieder was los ist.«

Mir dämmert, dass er das alles als Lob und nicht als Vorwurf meint. Ein Lob von Valentin – und schon strahle ich ein bisschen mehr.

»Valentin, würden Sie mir einen Gefallen tun?«

In den letzten Wochen ist mir bei Valentin immer häufiger dieses Misstrauen aufgefallen. Ständig überprüft er Dinge doppelt, zweifelt an Aussagen und fühlt sich offenbar von allen beobachtet. Daher ist es kein Wunder, dass er nicht sofort antwortet.

»Was wollen Sie?«, fragt er schließlich.

»Würden Sie die Chorleitung übernehmen? Nur für einen Moment. Ich muss mich um unseren Rocky hier kümmern.«

Irritiert sieht Valentin zu Alex, der noch immer leicht benommen auf dem Flur steht.

»Der junge Mann heißt Alexander«, korrigiert Valentin. »Steht doch auf seinem Namensschild.«

Manche Witze funktionieren nicht mehr so gut, daran muss ich wohl noch arbeiten.

Ich nicke. »Sie haben recht. Ich lasse ihn schnell verarzten, dann komme ich wieder.«

»Gut. Irgendwelche Wünsche?«

»Üben Sie einfach unser Lied.«

Valentin nickt ernst.

Bei ihm werden die Goldkehlchen in den besten Händen sein, und ich kann mich darum kümmern, dass unser Herr Architekt nicht gleich die Schattige Pinie wegen Körperverletzung verklagt.

»Kommen Sie, kümmern wir uns mal um Ihr Auge.«

»Wirklich halb so wild. Nur ein Kratzer.«

»Aus meiner Perspektive sieht es nach mehr aus als nur einem Kratzer.«

»Pfft.«

»Geknickt, weil Sie von einem Rentner erwischt wurden?«

»*Erwischt*? Ich bitte Sie, Toni, das war ein Lucky Punch.«

Aber er folgt mir dennoch über den Flur auf der Suche nach jemandem, der uns zumindest ein Pflaster leihen kann. Auf einmal sind hinter uns Schritte zu hören, und ein leicht gehetzter Valentin stellt sich uns in den Weg. Alex ignoriert er komplett, konzentriert sich nur auf mich.

»Entschuldigung …«

Wir bleiben stehen.

»Ja?«

Er stellt sich so hin, dass er Alex den Rücken zuwendet.

»Welches Lied ist denn noch mal *unser* Lied?« Seine Stimme ist nur ein Flüstern, aber ich verstehe ihn trotzdem.

»*Mamma Mia*.«

»Ach, natürlich. Ja. Dann wusste ich es doch.«

Wusste er nicht, tut aber nichts zur Sache, und so lächele ich ihn dankbar an.

»Vielen Dank, dass Sie das für mich übernehmen.«

Ohne Vorwarnung lehnt sich Valentin zu mir und drückt mir einen kurzen Kuss auf die Wange.

»Aber das ist doch eine Selbstverständlichkeit, Birdie.«

Bevor ihm seine Verwechslung auffallen kann, geht er auch schon zurück zum Probenraum.

Alex sieht ratlos aus. »Birdie?«

»Lange Geschichte.«

»Ich wusste nicht, dass Sie noch einen Spitznamen haben.«

Erst als Valentin im Probenraum verschwunden ist, kläre ich Alex auf. »Das ist der Spitzname seiner Tochter.«

Kurz stehen wir einfach nur auf dem Flur und betrachten die geschlossene Tür, hinter der die Goldkehlchen jetzt ohne uns singen.

»Kommen Sie, Florence Nightingale, helfen Sie mir, diese Blutung zu stoppen.«

Als er sich bei mir einhakt, ist mir seine plötzliche Nähe und Vertrautheit gar nicht so unangenehm, wie sie es vielleicht sein sollte, und ich kann mir ein Grinsen kaum verkneifen.

»Ich dachte, es ist nur ein Kratzer.«

»Na ja, immerhin blute ich. Das gibt sicher eine Narbe.«

»Glück gehabt, das macht Männer ja angeblich immer interessanter.«

Eng nebeneinander gehen wir weiter, und ich spüre seinen Blick auf mir.

»Ist das denn so?«

»Was jetzt genau?«

»Machen Narben uns Männer interessanter?«

»Hm, weiß noch nicht. Müsste das dann komplett abgeheilt noch mal sehen.«

»Bitten Sie mich etwa gerade um ein Date, Toni?«

Unnötigerweise werde ich rot. Das spüre ich immer deswegen so genau, weil meine Wangen dann heiß werden. Bis sie glühen und ich dringend irgendwo ein Fenster aufreißen will.

»Nun. Ähm. Also ...«

»Entspannen Sie sich, das war ein Scherz.«

»Weiß ich doch.«

In diesem Moment biegt Anja Henke, mit Sophia am Arm, um die Ecke.

»Was ist denn mit Ihnen passiert?«

Sie scannt sofort fachmännisch Alexanders Gesicht.

»Ein kleiner Zwischenfall, aber nichts Schlimmes«, murmelt Alexander.

Sophia scheint das anders zu sehen, sie lässt Frau Henke einfach stehen und kommt auf ihren Enkel zu. Vorsichtig legt sie ihre Hände auf Alexanders Arme und schüttelt den Kopf.

»Du sollst dich doch nicht prügeln, Alex.«

44

Sophia Gettelmann
2003

Das Polizeiauto parkt direkt vor unserem Haus, so zielsicher, dass mir das Herz bis in den Keller rutscht. Ich sehe durchs Küchenfenster, wie zwei Polizisten aussteigen, groß, breit und irgendwie quadratisch.

Machen wir uns nichts vor, die Polizei kommt nie mit guten Nachrichten. Sie informiert uns nicht, wenn wir im Lotto gewonnen haben oder irgendwo eine Geburt oder eine Hochzeit in der Familie ansteht. Sie kommt immer nur dann, wenn es schlechte Nachrichten gibt.

Die Polizisten unterhalten sich kurz und sehen dann zum Haus. Einer von ihnen öffnet die Tür zur Rückbank, und ich sehe den dunklen Haarschopf auftauchen, erkenne die wilde Frisur sofort. Alexander trägt seinen Schulrucksack in der Hand, die Haare sind ihm tief in die Stirn gerutscht.

Erst als es an der Tür klingelt, löse ich mich aus meiner Schockstarre und eile zur Tür, die ich mit klopfendem Herzen aufmache.

»Frau Gettelmann, wir bringen Ihnen Ihren Enkel.«

»Was ist denn passiert?«

Mein Blick fällt auf das Veilchen an Alexanders Auge und die aufgeplatzte Lippe, an der sich eine blutige Kruste gebildet hat.

»Er war in eine Schlägerei verwickelt, eine besorgte Bürgerin hat schließlich die Polizei alarmiert, und jetzt sind wir hier.«

Alexanders Knöchel färben sich schon langsam weiß, so fest hält er seinen Schulrucksack umklammert.

»Wir wollten ihn zu seinen Eltern bringen, aber er wollte, dass wir ihn hierherfahren. Zu Ihnen.«

Jetzt erst blickt Alexander auf. Seinen Augen fehlt der schelmische Ausdruck, den ich so an ihm mag.

»Außerdem wurde Anzeige gegen ihn erstattet. Wegen Körperverletzung. Er ist auf einen anderen jungen Mann losgegangen und hat ihm die Nase gebrochen. In seinem Rucksack haben wir eine Flasche Wodka gefunden.«

»Wodka?«

»Da er minderjährig ist, kann er sie ja nicht im Supermarkt gekauft haben.«

Der uniformierte Polizist wirft einen Blick an mir vorbei in den Flur, als würde er dort ein ganzes Lager hochprozentiger Getränke erwarten.

»Sie wissen nicht zufällig, wo er das herhaben könnte?«, erkundigt er sich.

»Nein. Haben Sie ihn denn schon befragt?«

»Er sagt, es sei nicht seine Flasche und er bewahre sie nur für einen Kumpel auf.«

»Dann wird das wohl stimmen.«

»Man sollte nicht alles glauben, was solche Halbstarken von sich geben«, meint der andere Beamte.

»Hören Sie mal, junger Mann. Mein Enkel ist ein anständiger Junge, und es wird sicher einen Grund geben, wieso er sich gegen den Angreifer gewehrt hat.«

»Angreifer?«

»Weiß man denn schon, wer den Streit angefangen hat?«

Die Polizisten schweigen einen Moment.

»Dachte ich mir doch. Ich bin mir sicher, auch dieser Umstand wird sich aufklären lassen.«

»Bestimmt.«

»Gut. Danke, dass Sie mir meinen Enkel gebracht haben.«

Sanft berühre ich Alex am Arm und signalisiere ihm, ins Haus zu gehen, was er auch tut. Ich schenke den Polizisten ein kühles Lächeln und verabschiede mich knapp, bevor ich Alexander folge und die Haustür schließe.

Alex starrt auf seine Hände. »Ich wusste nicht, wohin.«

Dabei hätte er sowohl zu seinem Vater als auch zu seiner Mutter fahren können. Die beiden leben zwar seit knapp zwei Jahren voneinander getrennt, geben sich aber große Mühe, sich bestens um Alexander zu kümmern.

Wie gut das funktioniert, sehe ich ja jetzt.

»Willst du was essen?«

»Bist du gar nicht sauer?« Fast schüchtern betritt er die Küche hinter mir.

»Doch. Und wie.«

Ich schiebe ihn sachte zur Seite, hole das blaue Kühlpack aus dem Kühlschrank und wickele es in ein sauberes Küchentuch.

»Hier. Für dein Auge, bevor es noch mehr anschwillt.«

Mit verschränkten Armen beobachte ich, wie Alex vorsichtig das Kühlpack ans Auge hält und sich nicht anmerken lassen will, dass er Schmerzen hat.

»Also, was ist passiert?«

»Haben die Bullen doch eben gesagt.«

»Alexander, solche Ausdrücke will ich nicht hören.«

»Ja, okay, dann halt die Polizisten.«

»Du hast also Alkohol bei dir gehabt und einem anderen Jungen die Nase gebrochen?«

»Genau.«

»Warum?«

Meine Frage verwirrt ihn, denn er antwortet nicht sofort, sondern sieht sich stattdessen in meiner Küche um.

»Ich war schon voll lang nicht mehr hier.«

Das stimmt, aber ich wollte es ihm nie vorwerfen. Mir ist klar, dass er irgendwann zu alt für die regelmäßigen Besuche bei seiner Großmutter geworden ist, und wenn man Kinder zu sehr drängt, machen sie doch nur zu. Das war damals bei meinen zwei Mädchen so, das ist bei Alexander nicht anders.

»Du bist eben sehr beschäftigt«, entgegne ich.

Er schüttelt den Kopf. »So viel habe ich auch wieder nicht zu tun.«

»Du wirst deine Gründe haben. Also, hast du Hunger?«

»Ich wollte schon früher mal vorbeikommen und so. Dein Streit mit Mama hat ja nichts mit mir zu tun.«

Da hat er recht, und ich nicke tapfer, lasse mir nicht anmerken, wie weh es mir tut, an Weihnachten und zum Geburtstag nur eine lieblos geschriebene Karte von Sylvia zu bekommen. Anrufe gibt es schon länger nicht mehr.

»Wieso hast du mich dann nicht mehr besucht?«

»Na ja. Wusste auch nicht, was ich sagen soll.«

»Aber ich weiß, was ich dir gerne sagen möchte.«

Sofort verkrampft er sich und lässt die Haare wieder über die Augen rutschen, als müsse er in Deckung gehen. Ich nehme seine Hände, die ständig irgendwie zu Fäusten geballt sind, in meine und drücke sie kurz.

»Hör auf, dich zu prügeln, Alex. Das bringt nichts.«

»Aber manchmal bin ich so wütend.«

»Auf wen bist du denn so wütend?«

»Auf alle. Auf Papa, auf Mama, auf mich.«

»Auf dich?«

»Vielleicht hätte ich was machen können, damit sie sich nicht trennen.«

»Alex, das hatte doch nichts mit dir zu tun.«

»Aber ich hätte sie zusammenhalten können. Irgendwie.«

»Ich befürchte, so funktioniert das nicht.«

Schließlich habe ich es auch nicht geschafft, meine Familie zusammenzuhalten.

»Und was soll ich sonst machen, wenn ich wütend bin?«

»Gute Frage.«

»Was machst du denn dann, Oma?«

Alex sieht mich an, als würde er mich durchschauen, und als ich nicht antworte, spricht er weiter.

»Ich checke doch, dass du sauer bist. Auf Mama, auf Papa, auf Opa ... auf mich.«

»Moment mal! Ich bin nicht sauer auf dich.«

»Aber enttäuscht.«

»Nein. Manchmal bin ich vielleicht ein bisschen traurig, wenn ich hier alleine sitze und alle anderen so viel zu tun haben.«

Er lehnt sich gegen die Arbeitsplatte hinter sich, während er mir zuhört, und streicht sich die Haare aus der Stirn. Seine wachen Augen, die immer auch ein bisschen misstrauisch wirken, entlocken mir ein Lächeln.

»Opa hat seinen Kegelverein, den Garten, ist beim Fußball oder beim Skat, da bin ich eben viel alleine«, fahre ich fort.

»Mama will dich schon oft anrufen.«

Tut sie nur nicht, aber daran kann er nichts ändern.

»Das weiß ich doch.«

»Und was machst du, wenn du Dampf ablassen musst, Oma?«

»Willst du die Wahrheit wissen?«

»Immer.«

Helmut hat mir vor einigen Jahren ein Radio in der Küche installiert, damit ich beim Kochen und Backen immer Musik hören kann. Genau dieses Radio schalte ich jetzt ein, und sofort ist da ein zufriedenes Gefühl in meinem Inneren.

»Ich tanze.«

Alexander ist sechzehn, er erinnert sich bestimmt nicht mehr an meinen sechzigsten Geburtstag, und selbst wenn, dann wäre es ihm jetzt bestimmt peinlich.

»Du tanzt zu Beyoncés *Crazy in Love*?«

»Zu dem, was eben gerade läuft.«

Nicht immer trifft das meinen Musikgeschmack, aber es ist Musik, und die hält bekanntlich jung.

Alex schüttelt amüsiert den Kopf. Dann reicht er mir die Hand, wie eine Aufforderung.

»Dann tanzen wir die Wut weg, Oma.«

45

Das Pflaster hält die Wunde ganz gut zusammen, und die professionelle Versorgung durch einen der Pfleger hat Alexander tapfer über sich ergehen lassen. Jetzt grinst er mich an und deutet auf das angebrachte Pflaster.

»Was meinen Sie, Toni, steht mir so was?«

»Sie könnten sich einen Namen als boxender Architekt machen.«

Alex sieht zur Tür, durch die der Pfleger eben verschwunden ist. »Als Jugendlicher hatte ich eine Phase, in der es mir nicht besonders gut ging. Da war ziemlich viel Frust, und ich habe mich öfter mal geprügelt. Weil meine geschiedenen Eltern so beschäftigt waren, bin ich nach solchen Prügeleien öfter zu meiner Großmutter gegangen.«

»Ich dachte, Sie hatten gar kein so enges Verhältnis.«

»Da habe ich wohl ein bisschen geflunkert.«

Er sieht entschuldigend zu mir.

»Es ist nur nicht so einfach für mich. Wenn man vergessen

wird, dann macht das was mit einem. Ich werde nie vergessen, wie wir in ihrer Küche gesessen haben. Ich konnte ihr alles erzählen, und sie hat mir zugehört, und dann …«

Er lacht, aber es klingt hohl.

»Natürlich weiß ich es besser, aber es fühlt sich an, als hätte sie nur mich vergessen. Ich habe mich verraten gefühlt, ausgerechnet von ihr.«

Als Alexander wieder zu mir sieht, sitzt da nicht mehr der gestresste Architekt, sondern ein Jugendlicher, der sich schrecklich einsam fühlt. Er wischt sich über die Augen, was wohl wie eine nebensächliche Geste aussehen soll, aber die Tränen sind mir nicht entgangen.

»Wieso kann die Krankheit nicht die guten Erinnerungen verschonen?«, fragt er leise.

»Das weiß ich leider nicht.«

»Am Anfang habe ich sie noch besucht, aber sie hat immer weniger gesprochen und mich irgendwann gar nicht mehr erkannt.«

»Wissen Sie, Alex, ich bin bekanntlich keine Ärztin …«

Das entlockt ihm das erhoffte Lachen und vertreibt für den Moment die Traurigkeit aus seinen Augen, auch wenn die Tränen bleiben.

»… aber ich glaube, sie erinnert sich noch an manche guten Dinge.«

»Meinen Sie?«

»Ich bin mir sogar ganz sicher.«

»Wieso sollte sie?«

»Demenz wütet im Gehirn, nicht im Herzen.«

Er steht auf und kommt auf mich zu.

»Toni, ich muss Ihnen was gestehen.«

»Nur raus damit.«

»Das ist vermutlich das Schönste, was ich seit Langem

gehört habe. Wenn es für Sie okay ist, würde ich Sie jetzt gerne umarmen.«

»Sie dürfen.«

Alexander nimmt mich in den Arm, drückt mich fest und gleichzeitig sanft an sich. Ich höre, wie sein Herz hämmert.

»Vielleicht hat sie mich gar nicht ganz vergessen«, sagt er.

»Ganz sicher nicht.« Ich hoffe, ich habe mit meiner Vermutung recht. Immerhin scheint sie ihn vorhin auf dem Flur erkannt zu haben.

»Weißt du, Toni, das war alles nicht Teil des Plans.« Er bringt etwas Abstand zwischen uns, achtet aber darauf, die Umarmung nicht völlig zu lösen. »Ich dachte, ich komme ein paarmal hierher, demonstriere dabei, dass ich kein herzloses Arschloch bin, und bereinige mein Gewissen.«

»Und dann?«

»Dann verschwinde ich wieder und habe meine Ruhe.«

»Das klingt tatsächlich wie ein cleverer Plan.«

»Zu dumm nur, dass so vieles dazwischengekommen ist.« Sein Lächeln wird sanfter, sein Blick huscht kurz zu meinen Lippen, dann aber sofort zurück zu meinen Augen.

»Ich habe nicht damit gerechnet, dass du so viel Staub aufwirbelst. Oder dass ich gerne hier bin, bei meiner Großmutter und den anderen. Oder dass ich dich mögen würde …«

»Du magst mich also?«

»Nur ein kleines bisschen.«

»Nur ein kleines bisschen, ja?«

»Ein kleines bisschen mehr als geplant.«

Flirten war noch nie meine beste Disziplin, es hat selten für die Endrunde gereicht, oft nicht mal für die Qualifikation, aber das hier fühlt sich auf merkwürdige Weise ziemlich gut an.

»Da muss ich dir wohl auch etwas beichten, Alex.«

Abwartend zieht er eine Augenbraue nach oben, als hinter uns die Tür aufgestoßen wird und Robert unerwartet auftaucht. Zwar löst Alexander sich als Erster aus der Umarmung, aber nicht so schnell, wie ich erwartet hätte.

Robert bleibt cool, übergeht die Nähe zwischen Alex und mir charmant und deutet nur hinter sich den Flur entlang.

»Toni? Ich glaube, das sollten Sie sich ansehen ...«

46

Vielleicht war es keine so gute Idee, ausgerechnet Valentin die Chorleitung zu überlassen, aber für eine Katastrophe mittleren Ausmaßes sieht Robert viel zu entspannt aus.

Während wir hinter ihm über den Flur gehen, folgen meine Gedanken nur zeitverzögert, denn die sind noch immer in der Umarmung und dem Gespräch mit Alexander, das jäh unterbrochen wurde. Mit jedem Schritt bringe ich Abstand zwischen die Situation eben und mich, konzentriere mich wieder auf meine Rolle als Chorleiterin.

Robert öffnet die Tür und hält sie uns auf.

»Wie es scheint, haben wir ein neues Chormitglied«, bemerkt er lächelnd.

Valentin sitzt am Klavier und spielt eine Melodie, die ich nicht kenne. Dorothea und Ulrich tanzen dazu, als wäre die Musik nur für diesen Moment und ausschließlich für sie geschrieben worden, während Sophia und Bolle mit Milo beschäftigt sind, die ich tatsächlich völlig vergessen hatte.

»Eine Katze?« Alex schiebt sich hinter mich und beobachtet die Szene etwas irritiert.

»Ja. Das ist meine Katze Milo.«

Gerade lässt sie sich von Sophia ausgiebig kraulen und

scheint es zu genießen. Als ich näher komme, hebt Milo den Kopf und sieht mich fast vorwurfsvoll an, weil ich sie in ihrer Box hier einfach abgestellt habe. Sophia lächelt mich stolz an.

»Schauen Sie nur, ich habe Mimi wiedergefunden.«

Ich gehe in die Hocke und streichele meine Katze.

»Ich wusste doch, dass ich sie wiederfinde«, fährt Sophia fort.

Die Katze genießt die Aufmerksamkeit der alten Dame sichtlich, schöner noch ist aber das Leuchten in Sophias Augen. Als Alexander näher kommt, spüre ich ein Kribbeln im Bauch.

»Schau mal, Helmut, ich habe Mimi gefunden.« Glücklich strahlt Sophia ihren Enkel an, der nur leider nicht Helmut heißt.

Alex versucht sich tapfer an einem Lächeln, aber mir entgeht nicht, dass es ihn trifft.

»Komm nicht zu nah ran, du bist ja allergisch«, warnt Sophia.

»Ich bin nicht allergisch gegen Katzen.«

»Natürlich bist du das, erzähl keinen Unsinn.«

»Oma, ich bin's, Alexander.«

Mein Versuch, Alex von der Richtigstellung der Fakten abzubringen, funktioniert nicht, weil er nicht zu mir, sondern nur zu seiner Oma sieht.

»Opa war allergisch, aber ich bin Alexander. Nicht Helmut.«

Schnell stehe ich auf und versuche, mich möglichst unauffällig zwischen die beiden zu stellen, aber Alex schiebt mich nur sanft zur Seite.

»Weißt du noch? Ich bin manchmal nach der Schule zu dir gekommen.«

In ihren Augen sehe ich so etwas wie ein wiedererkennendes Funkeln, und ich wünschte, es würde auch Alex auffallen, aber er bemerkt es nicht, sondern redet weiter. »Sylvia ist meine Mutter, deine Tochter.«

Sophia lacht unsicher, das sind viel zu viele Informationen. »Ich habe doch keine Tochter, was redest du da?«

Milo wird unruhig auf ihrem Schoß, und Bolle versucht, Sophia die Katze abzunehmen, was sie aber nicht zulässt. Stattdessen drückt sie Milo entschlossen an sich, was wiederum meiner Katze nicht passt. Sie gibt ein lautes Miauen von sich.

»Das ist meine Katze, Finger weg!«, ruft Sophia.

Bolle schüttelt den Kopf. »Ich wollte doch nur …«

»Geht weg!«

»Sophia, sollen wir vielleicht …« Aber auch mich lässt sie nicht ausreden, sieht mich nur böse an und presst Milo weiter an sich. Unzufrieden mit ihrer aktuellen Situation, versucht sich Milo vergeblich aus dem Klammergriff zu befreien.

»Ihr dürft mir meine Katze nicht wegnehmen!«

Inzwischen hat Valentin aufgehört, Klavier zu spielen, und sieht zu uns.

»Es ist nicht deine Katze«, erklärt Alex seiner Großmutter.

Mein Schlag trifft ihn an der Schulter, und ich ernte einen verwirrten Blick von ihm.

»Muss das sein?«, sage ich leise.

»Aber die Katze gehört meiner Oma doch gar nicht.«

»Das ist doch gerade vollkommen egal.«

Robert verlässt seine Position an der Tür und greift nach Alexanders Schulter.

»Vielleicht sollten wir beide uns mal draußen unterhalten …«

»Nichts für ungut, aber es geht hier um *meine* Großmutter!«, erwidert Alex.

Er beugt sich zu Sophia und versucht, ihr Milo mit Gewalt abzunehmen. Jetzt hat meine ansonsten friedliche Katze definitiv genug.

»Autsch!«

Milos Krallen hinterlassen rote Streifen auf Alexanders Handrücken.

»Das reicht.« Diesmal zieht Robert ihn etwas entschlossener von der Katze und seiner Großmutter weg.

Doch es ist zu spät, um die Ereignisse noch aufzuhalten. Sophia schreit, als Milo ihr aus den Armen springt und davonrennt. Bolle folgt meiner Katze und versucht vergeblich, sie einzufangen, bevor sie sich durch die Tür auf den Weg durch die Schattige Pinie machen kann. Und Sophie will sich gar nicht mehr beruhigen.

»Alles wird gut«, versichere ich. »Keine Sorge, wir fangen sie schon wieder ein.«

Doch sie hört mir gar nicht zu.

Alexander schiebt Robert von sich weg.

»Sie haben mir gar nichts zu sagen!«, ruft er. »Für wen halten Sie sich eigentlich?«

»Ich will doch nur helfen.«

»Ich brauche weder Ihre Hilfe noch Ihre Ratschläge, okay?«

Sophias panische Schreie gehen in ein verzweifeltes Weinen über.

»Hilfe!«, ruft Ulrich plötzlich. »Ich brauche Hilfe!«

Er ist auf die Knie gesunken und hält Dorothea in den Armen, die mitten in diesem Chaos einfach in Ohnmacht gefallen ist. Ihr Gesicht ist entspannt, so entspannt wie noch nie, seitdem wir uns kennen.

Mein Herz setzt ein paar Schläge aus, bis die anrauschende Panik wie ein Defibrillator wirkt und mein Herz und meinen Körper wieder in Bewegung bringt.

»Alex, hol einen Arzt! Sofort!«

Dann drehe ich mich zu Robert. »Bringen Sie Sophia bitte raus.«

Mein Blick wandert zu Valentin, und mit einer absurden Hoffnung gebe ich ihm die letzte Anweisung.

»Spielen Sie Udo Jürgens, Valentin. Irgendwas von Udo Jürgens.«

Von all den Liedern, die er wählen könnte, entscheidet er sich ausgerechnet für *Merci, Chérie*.

47

Ulrich ist mitgefahren, weil er ihr Ehemann ist.

Ich bin mitgefahren, damit Ulrich nicht alleine ist.

Alexander ist mitgefahren, damit ich nicht alleine bin.

Robert ist mitgefahren, weil jemand einen kühlen Kopf bewahren muss.

So sitzen wir alle im Warteraum des Krankenhauses, in das der Notarzt Dorothea gebracht hat.

Die Stille ist so erdrückend, dass ich mir auf die Innenseite meiner Wangen beißen muss, um nicht Dorotheas Geheimnis zu verraten, weil ich Angst habe, daran sonst zu ersticken.

Ulrich ohne seine Frau ist wie ein Puzzle, bei dem ein wichtiges Teil fehlt. Er wirkt kleiner und etwas verloren. Alexander sitzt grummelnd neben mir und wirft ab und an einen kritischen Blick zu Robert, der in einer Fachzeitschrift für Gartenarbeit blättert, dabei aber nicht besonders interessiert wirkt.

»Ich hasse Krankenhäuser«, bemerkt Alex.

Fast bin ich dankbar, dass jemand die Stille durchbricht, aber er hätte vielleicht ein besseres Thema wählen können.

Ulrich nickt. »Ich auch. Man bekommt nie gute Nachrichten.«

»Das stimmt doch gar nicht.«

Keine Ahnung, wieso ich das sage, denn auch ich habe in Krankenhäusern noch nie aufbauende Nachrichten erhalten. Meines Wissens werden dort auch selten die Lottozahlen durchgegeben, hier bekommt man Diagnosen, und die meisten sind eher unangenehm. Selbst die harmlosen.

»In diesem Krankenhaus haben sie uns gesagt, dass Dorothea keine Kinder kriegen kann.«

»Das tut mir leid für euch, Ulrich«, sagt Robert.

»Ja. Mir auch. Wenn es an mir gelegen hätte, dann wäre es für alle leichter gewesen«, meint Ulrich.

»Wenn es an dir gelegen hätte?«, wiederholt Robert.

Ich weiß nicht so genau, wann die beiden sich aufs Du geeinigt haben, irgendwo zwischen linken und rechten Haken in ihrer Rauferei, nehme ich an. Aber vollkommen egal wann, ich bin froh, dass jetzt Ruhe herrscht.

»Dorothea hatte das Gefühl, es wäre ihre Schuld«, erzählt Ulrich. »Ich habe ihr gesagt, dass das Unsinn ist, aber ... sie glaubt noch immer, dass es ihre Schuld ist.«

»An so etwas trägt doch niemand irgendeine Schuld«, mischt sich Alexander ein.

»Das weiß ich. Ich wünschte nur, Dorothea wüsste es auch.« Kurz betrachtet Ulrich die sterilen Wände mit den gerahmten Fotos, auf denen lauter Sonnenaufgänge abgebildet sind. »Ich wünschte mir, es gäbe jemanden für sie, wenn ich ...« Seine Stimme droht zu versagen, aber er spricht trotzdem weiter. »... wenn ich nicht mehr so recht funktioniere und sie alleine daheim ist. Jemand, der nach ihr sieht und ihr zum Abendessen Gesellschaft leistet.«

Kurz wendet er sich an Robert.

»Und nach dem Abendessen wieder geht, damit wir uns richtig verstehen!«

Robert hebt sofort die Hände, und Ulrich nickt zufrieden.

»Ich will sie nicht allein lassen, aber ich weiß natürlich, dass es irgendwann nicht mehr geht. Und ich will ihr nicht zur Last fallen.«

Erst als Alexander nach meiner Hand greift und sie vorsichtig drückt, blicke ich auf.

Ulrich sieht mich fragend an. »Toni, würden Sie vielleicht ab und an nach ihr sehen?«

Wenn ich mir noch fester auf die Backe beiße, werde ich bluten, also nicke ich schweigend und bin froh, dass Alexander noch immer meine Hand hält.

Da betritt ein Arzt den Warteraum.

»Sind Sie Frau Waller? Frau Schüble würde Sie gerne sprechen.«

Ulrich erhebt sich von seinem unbequemen Plastikstuhl.

»Ich bin ihr Mann. Kann ich zu ihr?«

»Natürlich, aber Ihre Frau will erst mal mit Frau Waller reden.«

Ich lasse Alexanders Hand los und stehe auf.

»Ich bleibe nicht lange«, verspreche ich Ulrich.

Er wirkt ziemlich perplex, nickt aber.

Ich folge dem Arzt, der erst das Wort ergreift, als wir außer Hörweite sind. »Frau Schüble hat mich informiert, dass Sie im Bilde sind, was ihre Krankheit angeht.«

»Korrekt.«

»Ihr Mann hingegen nicht?«

»Nein.«

»Verstehe. Nun, es ist Frau Schübles Entscheidung. Sie liegt gleich hier.«

Er deutet auf eine Zimmertür, die so breit ist, dass gleich

zwei Menschen nebeneinander durchlaufen könnten, und ich atme tief durch, bevor ich sie aufschiebe und alleine durchgehe.

Dorothea liegt auf dem Bett. Sie trägt eines dieser Krankenhausnachthemden und hat die Decke bis zur Brust hochgezogen. Das Gerät neben ihr gibt in regelmäßigen Abständen ein leises Piepen von sich. Sie ist an einen Tropf angeschlossen und sieht müde aus. Als sie mich entdeckt, huscht ein Lächeln über ihr Gesicht.

»Ach, Toni.«

»Ulrich wartet draußen mit Alex und Robert.«

»Ach, es warten gleich alle drei Musketiere auf mich?«

»Wir machen uns eben Sorgen.«

»Sie haben doch nichts erzählt, oder?«

»Nein, aber –«

»Gut. Dabei bleibt es bitte auch.«

»Aber Ulrich –«

»Ulrich wird zu einem anderen Zeitpunkt eingeweiht.«

»Aber was wollen Sie ihm denn erzählen?«

»Hoher Blutdruck, viel Stress, ich muss mich ein bisschen ausruhen und bleibe deswegen ein paar Tage hier.«

»Sie müssen hierbleiben?«

»Ich bin froh, dass ich die Ärzte überreden konnte, mich überhaupt wieder gehen zu lassen.«

»Dorothea –«

»Hören Sie, Toni. Ich habe einen Plan, und der sieht nicht vor, dass ich jetzt sterbe. Also schauen Sie nicht wie sieben Tage Regenwetter«, meint sie lächelnd. »Ulrich wird in die Pinie ziehen.«

»Jetzt schon?«

»Nur vorübergehend. Der Koffer ist gepackt und steht unter dem Bett, sein Kulturbeutel liegt im Badezimmerschrank, und achten Sie bitte darauf, dass er sein Nackenkissen mitnimmt, sonst kann er nicht schlafen.«

»Ich?«

Wann genau bin ich die Hauptfigur dieser Geschichte geworden, wo ich mich als Nebenrolle doch so viel besser gefühlt habe?

»Ja. Bringen Sie ihn in die Pinie. Das Zimmer ist fertig, und bevor er weiß, wie ihm geschieht, werde ich wieder auf dem Damm sein.«

»Werden Sie das?«

»Nein. Aber das muss er nicht wissen. Ich weiß, dass es viel verlangt ist, Toni, aber bitte spielen Sie mit. Ich brauche noch etwas Zeit.«

»Natürlich.«

»Hamburg. Danach kann ich gehen.«

»Sagen Sie doch so was nicht.«

»Es ist anstrengend.«

»Kann ich sonst noch irgendwas tun?«

»Lügen Sie für mich ein bisschen bis zum Happy End, ja?«

48

Robert holt Kaffee, Ulrich ist bei Dorothea, und Alexander und ich sitzen im Warteraum und sehen einander an, bis er die Frage stellt, von der ich wusste, dass sie irgendwann kommt.

»Was ist wirklich los?«

»Es ist nur alles ein bisschen viel.«

Die Ausrede, die ich vorsichtshalber schon mal einstudiert habe, für den Fall, dass mir jemand bei meiner mittelmäßig überzeugenden Lügerei auf die Schliche kommt.

»Dann formuliere ich es um: Was ist wirklich mit Dorothea los?«

»Viel Stress, der hohe Blutdruck und ...«

»Toni, ich habe all diese Ausreden schon mal gehört. Meine Mutter ist in genau diesem Krankenhaus gewesen, als sie mir irgendeinen Unsinn von wegen Stress und so erzählt hat.«

»Was war es denn bei deiner Mutter?«

»Das böse K-Wort. Sie sah gegen Ende so aus wie Dorothea jetzt. Viel zu schlank, viel zu zäh und doch zerbrechlich.«

»Dann weißt du doch schon die ganze Geschichte.«

»Aber Ulrich weiß nichts davon?«

»Nein. Niemand weiß es. Nur ich. Und jetzt du.«

»Es geht mich zwar gar nichts an, aber wenn du das mit Dorothea noch mal besprichst, dann sag ihr bitte, dass eine vernünftige Verabschiedung wichtig ist.«

»Das weiß sie sicher.«

»Nein. Das weiß sie sicher nicht. Aber ich weiß es.«

Seine Hände sind zu Fäusten geballt, und ich kann sehen, dass seine ganze Körperhaltung sich verändert.

»Es macht mich wütend, dass meine Mutter alle angelogen hat und ich mich nie verabschieden konnte. Dabei wusste sie viel besser als wir, dass es bald vorbei ist.«

»Sie hat es bestimmt nur gemacht, um –«

»Es ist mir egal, warum. Sie ist weg. Und auch wenn Ulrich es vielleicht schon bald vergessen hat – die letzte Umarmung bleibt. Man sollte nur wissen, dass es die letzte ist.«

Während er spricht, sticht er mit dem Zeigefinger wütend Löcher in die Luft.

»Es tut mir leid«, sage ich leise.

Plötzlich huscht ein Lächeln über seine Lippen, dann steht er auf. »Würdest du mit mir tanzen?«

»Was?«

Es läuft nicht mal Musik. Alles, was man hört, ist das Klingeln eines Telefons, eilige Schritte und das Piepen irgendwelcher Geräte, aber Alexander hält mir die Hand entgegen und sieht mich dabei ernst an.

»Jetzt?«

»Jetzt.«

Unsicher, ob sich so etwas in einem Krankenhaus gehört, nehme ich schließlich seine Hand und lasse mich auf die Füße ziehen. Er legt den Arm um mich, wiegt mich zu einem imaginären Lied sanft hin und her, und ich spüre, wie die Anspannung langsam aus seinem Körper weicht.

»Eine schlaue Frau hat mir einmal gesagt, ich solle tanzen, wenn ich wütend bin.« Er sieht mich dabei fast etwas traurig an.

»Tanzen hilft ja bekanntlich gegen vieles.«

»Ach, spricht da wieder die Frau Doktor, ja?«

»Zwar sind mir keine Studien bekannt, die die Wirkung von Tanzen bei Wutzuständen belegen, aber die positive Auswirkung auf die Parkinson-Erkrankung ist beispielsweise wissenschaftlich bestätigt.«

»Du bist auf jeden Fall mein Telefonjoker, Toni, falls ich mal bei Günther Jauch auf dem Stuhl lande.«

»Was machen wir hier eigentlich, Alex?«

»Das nennt sich Tanzen ohne Musik gegen Wütendsein. Du nimmst aktuell an einer wissenschaftlichen Studie teil.«

Ich kann mir ein Grinsen nicht verkneifen.

»Es tut mir leid, dass ich die Sache mit der Katze vorhin so vermasselt habe«, fährt er fort. »Ich muss wirklich noch lernen zu akzeptieren, dass meine Oma das nicht absichtlich macht.«

»Das Vergessen?«

»Ja. Wenn sie einen klaren Moment hat oder ich den Eindruck habe, dass sie kurz da war, dann hoffe ich immer, dass dieser Moment ewig anhält. Und dass sie wie früher nach meinem Tag fragt oder mich auf einen Kaffee einlädt. Oder wir in ihrer Küche tanzen. Ich weiß, dass du das nicht verstehst.«

Das sagt er ohne Vorwurf.

»Aber ich verstehe es.« Keiner von uns hat Robert bemerkt, der mit zwei Bechern Kaffee hinter uns getreten ist, daher weiß ich nicht, wie lange er schon da steht und wie viel er von unserer Unterhaltung mitbekommen hat. Aber jetzt lächelt er uns entschuldigend an. »Manche Erinnerungen verlieren ihren Sinn, wenn das Gegenstück fehlt.«

Alex nickt und wirkt fast erleichtert, dass da jemand ist, der seine Situation kennt.

»Ich will euch nicht stören, aber der Kaffee wird kalt.«

Alexander und ich lösen uns heute schon zum zweiten Mal aus dieser körperlichen Nähe, an die ich mich glatt gewöhnen könnte.

»Ich weiß, dass Sie weder meine Hilfe noch meine Ratschläge hören wollen, Alexander.« Robert reicht ihm einen der Becher. »Aber ich kann Sie so gut verstehen. Ich war genau an dem Punkt, an dem Sie jetzt sind. Mir hilft eine Gesprächsrunde.«

»Gesprächsrunde?«

»Ja. Angehörige von Demenzkranken treffen sich einmal die Woche und sprechen über ihren Alltag, über die Gefühle, die Hilflosigkeit ...« Er deutet auf Alexander. »Die Wut.«

»Und Reden soll helfen?«

»Vielleicht nicht so gut wie Tanzen, aber mir hilft es. Und ich fühle mich weniger alleine mit den Erinnerungen.«

»Ich kriege das schon hin.«

»Ja, das habe ich gesehen.«

Alexander geht auf seine Anspielung nicht ein, sondern nippt an seinem Kaffee und sieht dann zu mir, als wäre ich die Schiedsrichterin.

Aber Robert lässt sich nicht so leicht beeindrucken. »Paul ist mein bester Freund, und die meisten Erinnerungen, die mir etwas bedeuten, haben mit ihm zu tun. Mit unserer gemeinsamen Zeit. Es macht mich wütend zu wissen, dass ich bald niemanden mehr habe, mit dem ich über die Dinge aus meiner Vergangenheit sprechen oder lachen kann. Niemand, der dabei war, der weiß, wie es sich angefühlt hat. Manchmal bin ich so wütend, dass ich nicht weiß, wohin damit.«

Zumindest hat er jetzt Alexanders Aufmerksamkeit.

»Wann korrigiere ich ihn? Wann übergehe ich es? Und wann kommt der Moment, vor dem ich mich am meisten fürchte?«

Alex nickt wissend. »Der Punkt, an dem er Sie nicht mehr erkennt, oder?«

»Genau. Ab wann bin ich ein Fremder für ihn?«

Wie aufs Stichwort nehmen die beiden gleichzeitig Platz.

»Meine Großmutter hat mich vorher schon ein paarmal verwechselt, Namen durcheinandergebracht und so«, erzählt Alex. »Aber auf der Beerdigung meiner Mutter hat sie mich gar nicht mehr erkannt. Sie wusste nicht, warum sie überhaupt da war. Sie kannte weder die Frau, die gestorben war, noch den Mann, der so bitterlich geweint hat. Wir waren alle Fremde für sie. Ich war so enttäuscht und verletzt und wütend. Ich hätte mir eine tröstende Umarmung von ihr so sehr gewünscht. Aber sie saß nur da, als hätte man sie gezwungen zu kommen, zwischendrin hat sie dann angefangen, zu pfeifen und zu lachen.«

Sein Gesicht sieht aus, als wüsste er nicht, ob er bei der Erinnerung lachen oder weinen soll. Jetzt blickt er mich an.

»Das habe ich ihr nie verziehen. Also habe ich sie immer seltener im Seniorenheim besucht. Keine Ahnung, ob ich sie bestrafen oder mich schützen wollte. Verstanden hat das niemand. Vermutlich nicht mal ich selber.«

Während ich nicht weiß, was ich darauf erwidern soll, betrachtet Robert ihn verständnisvoll.

»Nun, wir treffen uns immer freitags um neunzehn Uhr in der Altenburgschule. Es gibt auch Häppchen – falls Sie direkt von der Arbeit kommen sollten. Jedenfalls sind Sie herzlich eingeladen, Alexander. Ich glaube, viele der anderen Teilnehmer werden Sie bestens verstehen.«

»Das wäre mal eine neue Erfahrung.«

In dem Moment kommt eine Krankenschwester, die Ulrich zu uns führt. Es ist offensichtlich, dass er geweint hat, auch wenn er sich das nicht anmerken lassen will.

»Würde mich jemand zur Schattigen Pinie bringen?«, fragt er unglücklich. »Da wohne ich jetzt nämlich.«

49

Ulrich Schüble
1981

»Es ist viel zu groß«, findet Dorothea.

»Unsinn, es ist perfekt!«

»Das können wir uns doch gar nicht leisten, Ulrich.«

»Lass das mal meine Sorge sein.«

Immerhin haben meine Eltern schon zugesichert, uns bei einem Hauskauf etwas unter die Arme zu greifen. Und irgendwann in ferner Zukunft, wenn wir alles abgezahlt haben, könnte dieses Haus hier uns gehören.

»So viel Platz?«

Dorothea will nicht zugeben, wie sehr ihr das Reihenhaus gefällt, aber schon als wir vor der Haustür standen, war da dieses ganz besondere Leuchten in ihren Augen. So hat sie damals mich angesehen, als ich sie zum Tanz aufgefordert habe. Obwohl das alles gar nicht so lange her ist, fühlt es sich an, als wäre es in einem anderen Leben passiert. Die erste Tanzstunde, so viele junge Frauen, alle hatten sich schick gemacht, aber ich hatte nur Augen für sie. All meinen Mut habe ich zusammengenommen und dann gefragt.

Mit meinen vierundzwanzig Jahren und ohne Freundin war ich ein Spätzünder gewesen, vor allem im Vergleich zu einigen meiner Freunde, die schon mit einundzwanzig auf dem Weg zum Traualtar waren. Jetzt weiß ich, dass ich einfach nur noch nicht die Richtige getroffen hatte.

Und dann stand sie da, in der Gruppe der jungen Frauen, auf der anderen Seite des Tanzsaals. Zuerst kam ich mir etwas blöd vor, weil sie – je nach Höhe ihrer Absätze – größer und schlanker ist als ich. Natürlich mussten einige meiner Freunde das kommentieren, aber mir war das schon bald vollkommen egal. Ich schaue gerne zu meiner Frau auf, mag es, dass sie in fast jeder Menschenmenge heraussticht und immer etwas Besonderes ist.

Ihren Blick, als ich sie um den ersten Tanz bat, werde ich nie vergessen, und mit genau diesem Blick betrachtet sie jetzt die großzügige Küche im Erdgeschoss des Reihenhauses. Lächelnd komme ich auf sie zu und greife nach ihrer Hand.

»Wir brauchen diesen Platz doch. Irgendwann werden Kinder durch das Wohnzimmer rennen.«

Dorothea verpasst mir einen leichten Schlag gegen die

Schulter, aber ihr Lächeln verrät mir, dass auch sie diesen Gedanken hat.

»Oben ist ein Zimmer, das wir erst mal als Gästezimmer nutzen können und dann später als Kinderzimmer.«

»Nur eines?«, gibt sie schmunzelnd zurück.

Ich weiß nicht, was ich sagen soll, und sehe sie etwas überrascht an, was sie genießt. Wie jedes Mal, wenn sie mich überrascht und sprachlos zurücklässt.

»Mir gefällt das Haus«, fährt sie fort. »Sehr sogar. Aber ist es nicht zu teuer?«

Natürlich macht sie sich Sorgen um das Geld, aber ich habe alles durchgerechnet und bin der Meinung, dass wir hier gut leben können. Wir werden uns ab und zu einen Urlaub in der Lüneburger Heide leisten können, und wenn wir sparen, auch alle paar Jahre eine Auslandsreise. Vielleicht sogar mal nach Amerika, davon träumt Dorothea nämlich schon lange.

»Wenn wir an einigen Ecken etwas sparen, bekommen wir das schon hin. Weißt du, ich will hier mit dir alt werden.«

Sie drückt meine Hand.

»Ich muss nicht zehnmal umziehen, Doro. Wenn wir uns hier ein Zuhause aufbauen, dann bleiben wir für immer hier. Wenn du das auch willst.«

Sie nickt so begeistert, dass ich mir sicher bin, dieses Haus ist nur der Anfang.

»Ich will genau das. Ich wollte das schon, als du damals auf mich zugekommen bist und um den ersten Tanz gebeten hast.«

Das ist mittlerweile sechs Jahre her. Geheiratet haben wir zwei Jahre nach dem Tanz, und seitdem wohnen wir in einer kleinen Wohnung in Stuttgart-Sillenbuch. Jetzt soll und wird sich das alles ändern.

Hand in Hand gehen wir aus der Küche ins Wohnzimmer,

in dem es noch immer nach frischer Farbe und Reinigungsmittel riecht.

»Weißt du, was ich sehe, wenn ich mir dieses Wohnzimmer so anschaue?«

»Erzähl es mir.«

Ich deute auf die Wand zu unserer Linken. »Hier wird die Couch stehen, von da aus können wir dann direkt auf den Fernseher schauen. Und keine Folge *Dallas* verpassen.«

Dorothea sieht mich an, wie ich ihr unsere Zukunft in diesem Haus beschreibe.

»Du kannst dann ungeniert deinen Bobby Ewing anhimmeln, und es wird mir nicht mal mehr was ausmachen.«

»Ach nein?«

»Nein. Soll er sein Ölimperium auf der Southfork Ranch regieren, der reiche Schnösel.«

»Höre ich eine Spur Neid?«

»Niemals. Ich würde sein Geld, seine Anwesen, ja nicht mal sein gutes Aussehen gegen all das hier tauschen wollen.«

»Für ein noch nicht eingerichtetes Haus, das uns erst in hundert Jahren gehören wird?«

»Für ein Leben mit dir an meiner Seite.«

Dorothea kommt zu mir, und ich lege die Arme um sie, halte sie fest, weil immer ein bisschen Angst mitschwingt, dass ich sie eines Tages eben doch verlieren könnte.

»Ich meine das ernst, Doro. Ich will mit dir alt werden. Die Route 66 befahren, in Las Vegas ein bisschen Geld verspielen, unsere Kinder aufwachsen sehen und dann in der Rente einfach hier sitzen und die Wiederholungen von *Dallas* schauen.«

»Sieh einer an, du kannst ja richtig romantisch sein, Ulrich.«

»Das hat nichts mit Romantik zu tun. Das ist nur das Leben, das ich uns wünsche.«

»Ich wünsche uns das auch. Bis wir alt und grau hier sitzen und uns auf die Nerven gehen.«

»Selbst darauf freue ich mich.«

Meine Eltern haben, mit all den Hochs und Tiefs, immer zusammengehalten. Noch immer halten sie sich an den Händen, wenn sie abends spazieren gehen. Natürlich weiß ich, dass es nicht immer leicht war für sie, vor allem mit uns Kindern. Aber je älter ich wurde, desto klarer wurde mir, dass ich genau das auch will. Und zwar mit niemand anderem als mit meiner Dorothea.

»Also wollen wir das Haus kaufen?«

Sie nickt begeistert, und wieder ist da dieser besondere Ausdruck in ihrem Blick, der mich so glücklich macht.

»Ja. Sehr, sehr gern.«

»Gut.«

Sie drückt mir einen Kuss auf die Lippen.

»Und dann ziehen wir hier nicht mehr aus.«

»Nicht mal, wenn Bobby Ewing fragt, ob du zu ihm auf die Southfork Ranch ziehen willst?«

»Nicht mal dann. Aber eines musst du mir versprechen, Ulrich.«

»Jetzt kommt also doch der Haken an der Sache, ja?«

»Ich darf die Tapete für das Kinderzimmer aussuchen.«

»Du darfst alles aussuchen.«

»Du willst dich doch nur vor der Arbeit drücken.«

»Ich will bloß nichts aussuchen, was dir dann nicht gefällt.«

»Du hast das Haus ausgesucht, und es gefällt mir.«

»Ich habe vielleicht das passende Haus gefunden, aber erst du wirst es zu einem Zuhause machen können, in dem wir uns wohlfühlen.«

Zu gerne würde ich ihr sagen, dass sie das eigentlich schon getan hat. Ohne Möbel, ohne Deko, ohne Bilder an den Wänden ist dieses Haus für mich bereits jetzt zu meinem Zuhause geworden. Weil Dorothea hier ist und mich mit diesem ganz besonderen Blick ansieht.

»Wir ziehen hier nie mehr aus«, sage ich.

Ein Versprechen, das ich halten werde. Komme, was wolle.

50

»Das ist wirklich ein schönes Haus, Ulrich«, sage ich.

Während Robert und Alexander im Hausflur warten, folge ich Ulrich die Stufen nach oben. An den Wänden des Treppenhauses hängen zahlreiche Fotos von Dorothea und Ulrich, die mir vorkommen wie ein Daumenkino ihrer Ehe. Junge Gesichter, die sorglos in die Kamera strahlen, wechseln zu älteren Versionen derselben Gesichter, die Fältchen nehmen zu, die Blicke verändern sich, aber die Liebe, die zwischen ihnen selbst auf Fotos zu sehen ist, die bleibt von all den äußeren Veränderungen unangetastet.

»Ich muss packen«, sagt Ulrich.

Seit wir hier angekommen sind, wirkt er ziemlich unsicher, als wären wir versehentlich in der falschen Hausnummer gelandet.

»Dorothea hat schon für Sie vorgepackt.«

Doch Ulrich scheint mich nicht gehört zu haben. Im Schlafzimmer bleibt er stehen und sieht sich suchend um.

»Wo haben wir die Koffer …?«

»Dorothea hat schon vorgesorgt, Ulrich.«

»Sie hat immer den großen schwarzen genommen, weil er Rollen hat. Das war leichter für sie.«

Er dreht sich um, und kurz habe ich den Eindruck, er hat nicht mit mir im Türrahmen gerechnet.

»Dorothea hat immer für mich gepackt, wenn wir in den Urlaub gefahren sind. Sie wusste, wie das Wetter werden würde, sie wusste, welche Sachen ich gerne im Sommer trage und welche Schuhe mir die bequemsten sind.«

Er deutet auf den großen weißen Kleiderschrank, der fast die gesamte Wand einnimmt.

»Immer hatte ich saubere Kleidung, für jeden Anlass, immer.«

Dieses Schlafzimmer ist noch immer penibel aufgeräumt, alles scheint seinen Platz zu haben. Ein Handgriff und man findet, was auch immer man sucht, aber Ulrich steht so verloren in der Mitte des Zimmers, als wäre er noch nie hier gewesen.

»Ich weiß gar nicht, was ich packen soll. Das hat doch immer Doro für mich gemacht.«

Ich mache einen vorsichtigen Schritt ins Innere des Zimmers, mit einem hoffentlich freundlichen Lächeln auf den Lippen.

»Sie hat schon für Sie gepackt, Ulrich.«

»Wie denn? Sie ist doch gar nicht hier.«

»Das stimmt. Aber sie hat vorgesorgt. Unter dem Bett muss ein Koffer liegen, in den sie alles gepackt hat, was Sie brauchen können. Und im Badezimmer ist ein Kulturbeutel für Sie, Ulrich.«

Misstrauen schleicht sich in seinen Blick, als er die Arme verschränkt und mich mustert.

»Sie hat also schon vorgepackt?«

»Für den Notfall, ja.«

»Sie wusste also schon, dass sie mich abschieben würde?«

Irgendwie hatte ich geahnt, dass das Gespräch eine solche

Wendung nehmen könnte. In meinem Kopf habe ich für ebendiesen Fall eine möglichst gute Erklärung vorbereitet.

»Nein. Sie wollte nur, dass Sie sich nicht zusätzlich Gedanken um das Packen machen müssen.«

»Ich mache mir seit Wochen um nichts anderes mehr Gedanken, verdammt noch mal!«

Seine Stimme klingt so laut und wuchtig wie eine Naturgewalt, die die Wände zittern lassen kann, aber sein Blick bleibt sanftmütig.

»Seit ich weiß, dass dieser Tag kommen wird, denke ich darüber nach. Können Sie sich vorstellen, wie es sich anfühlt zu wissen, dass man irgendwann nichts weiter als eine große Last sein wird?«

Weil er meine Antwort ohnehin kennt, schweige ich, während er sich weiter in seinen Frust hineinsteigert.

»Seit der Diagnose ist meine größte Sorge, wie es für Doro sein wird. Wenn ich nicht mehr ohne Hilfe meinen Alltag meistern kann, wenn ich die kleinsten Dinge nicht mehr alleine kann. Und es macht mich wütend, dass ich nicht weiß, wann dieser Tag kommen wird.«

Er breitet die Arme aus, was wie eine Einladung wirkt, ich solle mir das alles genauer ansehen.

»Jetzt stehe ich hier, noch ziemlich klar hier oben, und weiß doch, dass ich das hier alleine gar nicht kann.«

Kopfschüttelnd steht er da.

»Gar nicht will. Hier alleine, ohne sie sein. Was soll das?«

Eine Frage, auf die ich keine Antwort habe.

»Das sieht ihr so ähnlich. Das Vorausdenken, für alles vorbereitet sein. Damit ich mir keine Sorgen machen muss. Es soll mir das alles leichter machen, aber …«

Er bricht ab, vielleicht, weil ihm die Worte fehlen, vielleicht auch, weil er sie nicht mit mir teilen will.

»Ich denke, die Schattige Pinie ist die beste Option.«

Ob er das wirklich denkt oder sich nur keine Blöße geben will, weiß ich nicht, stelle es aber auch nicht infrage und nicke nur zustimmend.

»Wollen Sie schauen, ob der Koffer da ist, Ulrich?«

Er nickt, wenn auch wenig begeistert, und geht zur anderen Bettseite, wo er sich etwas schwerfällig auf die Knie sinken lässt und einen Blick unter das Bett wirft.

»Hier ist er.«

Triumph schwingt in seinen Worten, als er den beschriebenen schwarzen Koffer mit den Rollen hervorzieht.

»Ja, das sieht meiner Doro wirklich ähnlich.«

Auf dem Koffer ist ein kleiner Umschlag mit Tesafilm angebracht. In einer geschwungenen Schrift steht darauf sein Name. Kurz sieht er zu mir, dann zum Brief, und ich deute in Richtung Flur.

»Soll ich schon mal den Kulturbeutel aus dem Badezimmer holen?«

»Ja.«

Fast bin ich ein bisschen froh, flüchten und mich dabei ansatzweise nützlich machen zu können. Das Bad liegt am Ende des Flures, vorbei an einer weiteren Tür, die offen steht und den Blick auf ein Gästezimmer oder Bürozimmer freigibt. Alles aufgeräumt, in einem Regal neben dem Schreibtisch stehen ein paar Ordner in Reih und Glied, beschriftet mit einem dicken Edding. Die Couch, die sich offensichtlich zu einem Gästebett ausziehen lässt, wirkt unbenutzt, niemand scheint in letzter Zeit darauf gesessen oder gar hier genächtigt zu haben. Das ganze Zimmer sieht ein bisschen so aus, als hätte es das Thema ganz knapp verfehlt, als wüsste niemand so genau, wie es genutzt werden sollte. Schnell gehe ich weiter ins Bad.

Zwei Zahnbürsten, zwei unterschiedliche Seifen, ein Rasierset auf der linken Seite des Waschbeckens, verschiedene Gesichtscremes auf der rechten Seite, ein grünes Handtuch, ein weißes Handtuch. Alles hier ist für zwei Menschen zugeschnitten. Neben der Toilette liegen einige Zeitschriften. Ein Rätselbuch mit Sudokus, die Extrabeilage für Profis und einige Heftromane, in denen der Leser einem Kommissar beim Lösen von Kriminalfällen folgt. Am Badewannenrand stehen Shampooflaschen neben den Duschgels, herber Duft und verwöhnende Pflege mit Pfirsichduft.

Wenn man ein ganzes Leben zusammen in einem Haus verbracht hat, wie fühlt es sich dann an, die Nächte plötzlich getrennt voneinander zu verbringen?

Ich öffne den Badezimmerschrank und entdecke sofort eine dunkelbraune, reichlich abgenutzte Ledertasche. Um sicherzugehen, öffne ich den Reißverschluss und werfe einen flüchtigen Blick ins Innere des Kulturbeutels. Er enthält alle nötigen Utensilien für eine ordentliche Morgen- und Abendtoilette, die meisten davon noch in der Originalverpackung. Dorothea hat wirklich an alles gedacht, um ihrem Mann den Umzug möglichst reibungslos zu gestalten. Trotzdem ist mein Herz merkwürdig schwer.

Als ich wieder ins Schlafzimmer trete, sitzt Ulrich auf der Bettkante, den Brief in der Hand, die Brille auf der Nase und Tränen in den Augen. Er bemerkt mich nicht sofort, und so klopfe ich leise gegen den Türrahmen.

»Alles in Ordnung?«

Eine überflüssige Frage, weil ich weiß, dass gerade für ihn überhaupt nichts in Ordnung ist. Dabei kennt er nicht einmal die ganze Wahrheit.

»Würden Sie mir helfen, den Koffer nach unten zu tragen?«

»Selbstverständlich.«

Als ich näher komme, entdecke ich ein gerahmtes Bild von seiner Frau, das auf dem einen Nachttisch steht. Auf dem anderen steht ein Foto von Ulrich. Beide sind auf den Bildern Jahrzehnte jünger als jetzt.

»Wir sollen Ihr Nackenkissen nicht vergessen. Dorothea sagte, Sie schlafen darauf besser.«

Ulrich nickt, nimmt die Brille ab und sieht dann zu mir. Ich habe keine Ahnung, was in dem Brief steht, aber sein Blick lässt mich wissen, dass er jetzt etwas mehr im Bilde ist.

»Danke, Toni.«

»Das ist doch selbstverständlich.«

Ulrich steht auf und sieht sich in seinem eigenen Schlafzimmer um, als müsste er sich jetzt schon von allem verabschieden.

»Es waren gute Jahre. Nur nicht annähernd genug.«

Das sagt er mehr zu sich selbst als zu mir, aber auch für mich als Außenstehende sieht es so aus, als hätten die beiden viele gute Zeiten zusammen erlebt. Tapfer geht er in Richtung Tür, und ich folge ihm. Kurz bevor er heraustritt, bleibt er abrupt stehen und dreht sich noch mal um, deutet auf seinen Nachttisch.

»Das Foto. Ich muss das Foto meiner Frau mitnehmen.«

51

Robert und Alexander begleiten Ulrich und mich in die Schattige Pinie. Während ich Ulrich dabei helfe, das Zimmer zu beziehen, machen sich die anderen beiden auf die Suche nach Milo. Als das Zimmer eingerichtet ist, bin ich ziemlich müde. Am Eingang des Seniorenheims treffe ich auf Robert und Alex.

»Wir haben Ihre Katze leider noch nicht gefunden«, gesteht Robert und sieht mich reichlich zerknirscht an.

»Ach, Milo ist eine toughe Kralle, die wird schon wieder zurückfinden«, behaupte ich. Dabei kann ich mir nicht vorstellen, wie sich Milo als klassische Wohnungskatze hier draußen orientieren soll.

»Vielleicht können wir sie ja mit etwas Futter anlocken. Wir könnten bei dir zu Hause eine Dose von Milos Lieblingsfutter holen«, schlägt Alex vor. »Und Sie, Robert, Sie haben sich den Feierabend redlich verdient.«

Robert sieht ihn gespielt überrascht an. »Was, so ganz ohne weitere Rauferei entlassen Sie mich in den Feierabend?«

»Richtig. Wir können uns die zweite Runde ja für einen anderen Tag aufheben.«

»Danke für alles, Robert«, sage ich zum Abschied.

»Falls der junge Herr Gettelmann Ärger machen sollte …«

»… dann wende ich mich vertrauensvoll an Sie.«

»Wir finden Ihre Katze schon noch, Toni«, versucht Robert mich zu beruhigen. »Keine Sorge.«

Wenn er das so sagt, bin ich geneigt, ihm zu glauben, weil bei ihm alles irgendwie machbar wirkt.

Während Robert zu seinem Wagen geht, bleibt Alexander vor mir stehen und sieht mich an.

»Alles okay?«

»Ach, wir verlieren gerade Dorothea, Ulrich verbringt seine erste Nacht alleine in der Pinie, meine Katze ist weg, und du hast ein blaues Auge. Ich wollte deiner Großmutter nur helfen und habe dabei ein Riesenchaos verursacht. Alles okay, würde ich sagen.«

»Einiges davon kriegen wir wieder hin. Nicht alles, aber einiges.«

Vorsichtig legt Alex den Arm um meine Schultern, und ich

spüre, wie ich ein bisschen von meiner Anspannung loslasse und mich an ihn lehne.

»Das Gute ist doch, nicht alle werden sich an das Chaos erinnern. Meine Oma hat das morgen alles längst wieder vergessen. Aber jetzt suchen wir erst mal Milo. Weit wird sie nicht gekommen sein.«

»Sie ist eine Wohnungskatze. Das alles hier wird sie verschreckt haben. Ich weiß gar nicht, was ich mir eigentlich bei der ganzen Aktion gedacht habe.«

»Du wolltest meiner Oma eine Freude machen.«

»Das hat ja wunderbar funktioniert.«

»Hat es doch wirklich, bis ich es kaputt gemacht habe. Wollen wir uns einen Wettkampf liefern, wer es mehr vermasselt hat? Da liege ich nämlich eindeutig vorn.«

Er greift nach meiner Hand, was sich merkwürdig vertraut anfühlt.

»Jetzt finden wir Milo, dann bringe ich euch heim, und morgen strenge ich mich etwas mehr an.«

»Vielleicht ist ja genau das unser Problem?«

»Oh, kommt jetzt eine tiefenpsychologische Analyse?«

»Nein. Aber vielleicht sollten wir ein bisschen loslassen. Vielleicht ist dann alles leichter. Auch mit deiner Oma und alldem.«

Da er nicht sofort antwortet, hoffe ich, dass er zumindest mal darüber nachdenkt und vielleicht meinen Rat annimmt.

»So, jetzt fahren wir zu dir nach Hause und holen das Katzenfutter.«

»Da fällt mir ein, ich müsste noch ein paar Dosen im Kofferraum haben.«

Neulich gab es Milos Lieblingsfutter im Angebot, und ich habe so viel gekauft, dass ich noch gar nicht alles nach oben in die Wohnung getragen habe.

Gemeinsam und noch immer Hand in Hand gehen wir zu meinem Wagen, der inzwischen vereinsamt auf dem Parkplatz steht. Ich öffne den Kofferraum, während Alexander sich suchend umschaut.

»Wenn du eine Katze wärst, wo würdest du dich verstecken?«

»Beim Gewächshaus eines Seniorenheims.«

»Wo?«

»Ach, das war nur so ein Gedanke. Es gibt ein Gewächshaus hinten im Garten.«

Ich hole eine Dose Katzenfutter aus dem Kofferraum, und unsere Suchaktion kann beginnen.

»Hast du heute Abend wirklich nichts Besseres zu tun, als eine Katze einzufangen?«

»Doch. Ich könnte den vollen Anrufbeantworter mit weiteren Vorwürfen meiner Ex-Frau abhören.« Er deutet auf die Dose in meiner Hand. »Da ziehe ich eine Suchaktion mit dir allemal vor.«

»Das ehrt mich. Und Milo.«

»Und du? Wirklich niemand, der zu Hause auf dich wartet?«

»Wenn wir Milo nicht finden, wartet bald gar niemand mehr auf mich.«

Er nickt, und ich werde das Gefühl nicht los, dass er mit dieser versteckten Information sehr zufrieden ist. Zumindest erscheint ein Lächeln auf seinem Gesicht.

»Dann mal auf zum Gewächshaus. Wie kommt man da hin?«

»Man muss durchs Gebäude, ich weiß aber nicht, ob sie uns noch einlassen.«

Die Besuchszeit ist längst vorbei, und genau genommen besuchen wir ja auch niemanden, aber Alex lässt sich davon nicht aufhalten und steuert auf den Gartenzaun zu.

»Wir sind doch noch jung und fit. Da sollte so ein Gartenzaun kein Hindernis darstellen.«

»Du willst einbrechen?«

»Du gehörst doch quasi zum Personal.«

»Na ja …«

»Komm schon.«

Wieso klingt es plötzlich so verlockend, mit Alex über einen Zaun in die Gartenanlage eines Seniorenheims zu klettern? Vielleicht, weil mir meine leere Wohnung gerade sehr viel deprimierender vorkommt.

»Also gut. Aber falls sie uns erwischen …«

»… schiebe ich alles auf dich und deine Katze.«

52

Nach einer knappen Stunde, in der wir hinter dem Gewächshaus gesessen und Katzenfutter verteilt haben, spüre ich die Müdigkeit in meine Knochen kriechen.

»Sie könnte inzwischen überall sein. Vielleicht sogar auf dem Weg zu meiner Wohnung oder auf der Autobahn oder …«

»Vielleicht schläft sie auch nur den Schreck weg und wartet, bis es ruhig ist. Katzen sind doch nachts ganz gerne unterwegs.«

»Weißt du, was ich heute gedacht habe, als Ulrich den Koffer geholt hat?«

»Hm?«

»Wie leer meine Wohnung ist. Außer meiner Katze gibt es niemanden, der auf mich wartet, der sein Leben mit mir verbringen will oder dessen Foto auf meinem Nachttisch steht.«

»Das kann ja alles noch kommen.«

»Und was, wenn nicht?«

»Schau mich an. Ich habe die Frau geheiratet, die ich geliebt habe. Wir haben zwei Kinder, und meine Wohnung ist unfassbar leer, obwohl ich genau genommen eine Familie habe.«

»Darf ich fragen, wieso eure Ehe nicht funktioniert hat?«

Je dunkler es um uns herum wird, desto besser kann Alex über seine Gefühle sprechen.

»Meine Ex-Frau hat immer gesagt, ich würde mich nicht richtig auf die Beziehung einlassen. Als würde ich einen Teil von mir zurückhalten. Und immer habe ich ihr widersprochen und behauptet, ich wäre mit ganzem Herzen dabei. Aber wenn ich ehrlich bin, dann stimmt das nicht.«

Er spielt mit der halb leeren Dose Katzenfutter herum, die zwischen uns steht, und spricht dann leise weiter.

»Ich habe sie schon geliebt, mit allem Drum und Dran. Und ich liebe unsere Kinder, auch wenn sie mich manchmal wahnsinnig machen. Aber sie hat recht, es gibt diesen kleinen Teil von mir, den ich nicht hergeben kann. Oder will.«

»Und welcher Teil ist das?«

Jetzt sieht er mich an, und einen Moment glaube ich, er wird mir antworten, aber dann hebt er nur die Hand, als wolle er mich zum Schweigen bringen.

»Hast du das gehört?«, flüstert er. »Das war eine Katze.«

Er steht mit der Dose in der Hand auf und geht in gebückter Haltung auf den Busch zu.

»Komm her, Milo, hier ist das gute Futter.«

»Das war keine Katze, Alex«, wispere ich.

»Doch, doch, ich habe sie ganz deutlich gehört.«

»Weißt du überhaupt, wie Katzen klingen?«

»Jeder weiß, wie Katzen klingen!«

Dabei macht er merkwürdige Geräusche, die nicht einmal mit viel Fantasie an das Miauen einer Katze erinnern.

»Falls es dein Ziel ist, eine potenzielle Katze zu vergraulen, dann machst du das ziemlich gut«, bemerke ich.

»Sehr witzig. Hilf mir lieber. Immerhin geht es um deine Katze!« Damit verschwindet er im Gebüsch.

»Das war nie und nimmer Milo. Ihr Maunzen würde ich sofort erkennen.«

Auf einmal tauchen im Garten die Lichtkegel von starken Taschenlampen auf und bewegen sich eindeutig in meine Richtung. Das Ganze erinnert mich an eine besonders gruselige Folge von *Akte X*.

»Alex!« Seinen Komplizen bei einer verbotenen Aktivität im Flüsterton zu warnen ist vermutlich die Königsdisziplin. »Das Sicherheitspersonal schnüffelt herum!«

Doch der Busch, in den Alexander eben noch verschwunden ist, schweigt. Ich schiebe einige Zweige zur Seite, bevor ich mich ins Gestrüpp zwänge. Dort finde ich zwar Alex, der schon fast am Zaun ist, aber nicht Milo.

»Das Sicherheitspersonal!«, flüstere ich direkt in sein Ohr. Im Reflex legt er die Hand um meinen Unterarm und zieht mich sogar noch etwas dichter an sich, während er den Zeigefinger an seine Lippen legt.

Zu den Taschenlampenkegeln gesellen sich jetzt Männerstimmen, die nur noch wenige Schritte von uns entfernt sein können.

Das ist albern.

Wir machen ja nichts Verbotenes.

Wir suchen meine Katze, ich arbeite hier, und Alex ist nur mein Suchpartner. Wir sind Mulder und Scully.

Aber ich kann mir die kritischen Blicke des Sicherheitspersonals schon vorstellen, wenn wir jetzt aus dem Gebüsch treten und stammelnd unsere Geschichte präsentieren, die zwar der Wahrheit entspricht, aber auch reichlich absurd klingt.

Außerdem fühlt sich Alexanders Nähe gerade viel zu gut an, als dass ich ernsthaft mit dem Gedanken spielen würde, mich zu stellen.

»Seitdem sie die Hanfpflanzen entsorgt haben, war niemand mehr hier hinten«, meint einer der beiden Männer, die mit ihren Taschenlampen durch den Garten gehen. Ganz offenbar sind sie nicht an uns oder unserem Busch interessiert, sondern leuchten das Gewächshaus ab.

»Man weiß ja nie, es heißt immer, Verbrecher kehren an den Tatort zurück.«

»Ich habe gehört, es soll eine Pflegerin von hier gewesen sein.«

»Ach, das ist doch nur eine düstere Legende. Das waren sicher irgendwelche Dealer.«

»Aber jetzt ist es ruhig.«

Wenn man von meinem brüllenden Puls einmal absieht. Denn mein Herz tobt gerade ordentlich, und ich weiß nicht, ob das wirklich nur an der Anwesenheit der Sicherheitsleute liegt. Obwohl ich mir einrede, dass Alexander mir nur helfen will, meine vermisste Katze zu finden, kann ich diese leise Hoffnung in meinem Brustkorb nicht ausschalten. Ebenso wenig wie seine Berührung auf meiner Haut und die Tatsache, dass er unsere Finger verhakt und dabei lächelt.

Nicht, dass ich das in der Dunkelheit sehen könnte.

Aber ich kann es spüren, als seine Lippen meinen Mund finden.

53

»Es tut mir leid, dass wir deine Katze nicht gefunden haben«, sagt Alex, als wir längst wieder über den Zaun geklettert und bei meinem Wagen angekommen sind. »Aber wir haben ihr Futter hingelegt. Dann weiß sie, dass du morgen wiederkommst.«

»Es ist rührend zu sehen, wie sehr du dich um meine Katze sorgst.«

»Ehrlich gesagt suche ich nur eine Ausrede, um morgen nach der Chorprobe wieder etwas Zeit mit dir verbringen zu dürfen.«

»Und da kommt dir die Suche nach meiner Katze gerade recht, ja?«

»Es ist günstiger, als dich zum Abendessen einzuladen.«

»Charmant.«

»Was ich aber sofort tun werde, sobald Milo heil bei dir zu Hause angekommen ist.«

»Darauf werde ich zurückkommen.«

»Also sehen wir uns morgen?«

Umständlich suche ich den Autoschlüssel in meiner Tasche und versuche, dabei besonders nachdenklich auszusehen. Als hätte ich mich nicht schon längst entschieden.

»Ich habe hier morgen eine Chorprobe, aber was der viel beschäftigte Architekt morgen Abend im Terminkalender stehen hat, weiß ich natürlich nicht.«

»Morgen habe ich eine Baustellenbesichtigung und anschließend ein Meeting mit einem Bauherrn. Dann schiebe ich eine Chorprobe mit meiner Großmutter dazwischen, und nach Feierabend stehe ich als Suchtrupp für entlaufene Katzen zur Verfügung.«

»Möglich also, dass wir uns sehen werden.«

»Höchstwahrscheinlich sogar.«

Er nickt zufrieden, und sein Lächeln wächst mit jedem Schritt, den er rückwärts in Richtung seines eigenen Autos geht.

»Dann sehen wir uns morgen, Frau Doktor.«

»Wenn es Ihr Terminplan zulässt, Herr Architekt.«

Als er schon fast an seinem Wagen angekommen ist, fällt ihm etwas ein, und er macht noch mal kehrt.

»Was vergessen?«

»Allerdings.«

Er beugt sich zu mir herunter, zögert nur eine Millisekunde und küsst mich dann erneut, wenn auch viel zu kurz für meinen Geschmack.

»Das musste noch erledigt werden.«

»Stand das auf deiner To-do-Liste?«

»Seit dem Tag, als du beim Fußballtraining aufgetaucht bist.«

»Im Ernst?«

»Zumindest kurz danach.«

»Sieh einer an, ich dachte, du kannst mich nicht ausstehen.«

Er nickt und streicht mir eine Haarsträhne aus dem Gesicht. »Das dachte ich auch.«

Gerade als ich mich für einen weiteren Kuss vorbeugen will, werden wir unterbrochen.

»Mein Gott, so nehmt euch doch ein Zimmer!« Es ist Bolle, der für eine letzte Abendzigarette vor die Pinie getreten ist und den blauen Dunst in den Himmel pustet.

»Sie sind ja noch wach!«

Bolle zuckt nur die Schultern und wirft einen Blick auf sein Handgelenk, an dem gar keine Uhr ist.

»Und solltet ihr beiden nicht schon längst daheim sein?«

»Wir hatten noch was zu erledigen.«

»Ja, das kann ich sehen.«

Während Alexander nur grinsend neben mir steht, spüre ich, wie meine Wangen heiß werden, und schnell deute ich auf den Zaun, über den wir vorhin noch geklettert sind.

»Es geht um meine Katze, wir haben …«

Doch je mehr ich versuche, uns zu erklären, desto breiter wird das Grinsen der beiden Männer, die sich stumm zunicken, als wüssten sie etwas, von dem sie mir nichts erzählen wollen.

»Natürlich geht es um die Katze, Toni.«

»Wirklich!«

»Entspannen Sie sich, Toni! Wenn Sie Glück haben, erinnere ich mich morgen früh schon nicht mehr an euer nächtliches Tête-à-Tête.«

»Ach, Bolle.«

Er nimmt einen weiteren Zug und zuckt gespielt harmlos die Schultern, dabei weiß er nicht, wie sehr ich mir wünsche, dass er sich an uns, an dieses, an jedes gemeinsame Gespräch erinnern kann, und das noch sehr lange.

»Ich muss los.« Alex drückt mir einen Kuss auf die Wange, wenn auch verdächtig nah an meinem Mundwinkel, und winkt Bolle zum Abschied zu, bevor er in seinen Wagen steigt und davonfährt.

»Er ist also gar nicht so grauenhaft?«, fragt Bolle. Er trägt einen blauen Bademantel, seine Füße stecken in Badelatschen, und es ist nicht zu übersehen, dass er schon auf dem Weg ins Bett war. »Rauchen Sie, Toni?«

»Nein.«

»Gut. Johanna hat auch nicht geraucht.«

Nachdenklich betrachtet er die Zigarette in seiner Hand.

»Glaube ich zumindest. Manchmal, da habe ich das Gefühl, ich verändere sie in meinen Erzählungen und Erinnerungen. Mache sie vielleicht schöner, netter und besser, als sie tatsächlich war. Niemand widerspricht mir. Vor allem nicht Robert.«

Da ich nicht weiß, wann ich Bolle und seine Erinnerungen verlieren werde, muss ich die Frage jetzt stellen.

»Wie konnten Sie ihm verzeihen?«

»Robert?«

»Ja. Ich meine, Sie beide sind immer noch beste Freunde, aber ich weiß nicht, wie Sie das hinbekommen. Johanna war Ihre Frau!«

»Wir können uns doch nicht aussuchen, in wen wir uns verlieben.«

»Das verstehe ich, aber ...«

Ich mag Robert. Ich mag ihn sogar sehr gern, aber jedes Mal, wenn ich ihn ansehe, bricht es mir das Herz zu wissen, dass er seinem besten Freund die Frau ausgespannt hat.

»Ohne Robert wäre ich alleine, Toni.«

»Schon, aber ... macht es Sie nicht wütend, dass er Ihnen Johanna weggenommen hat?«

Bolle lässt die Zigarette sinken und sieht mich an, als hätte er eben erst bemerkt, dass ich neben ihm stehe.

»Wer hat Ihnen das denn erzählt?«

»Na, Sie!«

»Ich?«

»Ja. Also, das glaube ich zumindest.«

»Toni, auf mein Gedächtnis sollten wir uns hier nicht verlassen. Nun, wann habe ich Ihnen das erzählt?«

»Auf dem Weg zum Friedhof.«

»Da habe ich gesagt, dass Robert mir Johanna weggenommen hat?«

»Johanna hat Sie doch verlassen, und Robert und Ihre Frau ...«

In meinem kleinen Sherlock-Holmes-Gehirn klingt das alles vollkommen logisch.

»Da haben Sie entweder etwas gänzlich missverstanden, oder ich habe die Geschichte falsch erzählt.«

Er drückt die Zigarette in dem Aschenbecher neben sich aus, greift in die Tasche des Bademantels und zieht eine ganze Schachtel heraus, aus der er die nächste Kippe fischt.

»Haben Sie noch etwas Zeit, Toni?«

»Für eine Erinnerung ist immer Zeit, Bolle.«

Und so zündet sich Paul Bollinger die nächste Zigarette an und erzählt mir eine weitere Geschichte.

54

Paul Bollinger
2002

Alles ist zu groß ohne sie und gleichzeitig so eng, dass ich kaum atmen kann. Auf dem Heimweg von der Arbeit trödele ich an jeder Ecke, fahre langsam auf die grüne Ampel zu, immer in der Hoffnung, sie werde auf Rot umspringen und mich noch einige Minuten mehr kosten.

Minuten, die ich dann nicht alleine in unserem – in meinem – Haus verbringen muss. Dort, wo noch immer alles so aussieht, als würde sie gleich durch die Tür kommen. Nichts habe ich verändert, dabei ist Johanna schon einige Monate nicht mehr bei mir.

Stattdessen ist sie irgendwo in Stuttgart, wohl bei Freunden untergekommen, versteckt vor mir. Nirgends treffe ich sie zufällig. Nicht an der Kasse im Supermarkt, nicht an der

Tankstelle, nicht mal bei genau geplanten Spaziergängen. Ein Teil von mir glaubt, sie geht mir absichtlich aus dem Weg, während der andere hofft, es sei nur schlechtes Timing.

Doch auch heute an diesem stinknormalen Mittwoch ist sie nicht in unserem – in meinem – Haus. Das Wohnzimmer ist leer, in der Küche steht noch immer meine Kaffeetasse, die ich heute Morgen in der Eile einfach neben die Spüle gestellt habe. Zeit für ein Frühstück nehme ich mir nicht mehr, stattdessen verlasse ich fast fluchtartig das Haus, hole mir beim Bäcker an der Ecke – wo ich Johanna übrigens auch nicht treffe – schnell ein belegtes Brötchen und fahre dann zur Arbeit, wo ich eine Überstunde nach der anderen mache.

Ich nehme mir ein Bier aus dem halb leeren Kasten neben dem Kühlschrank, dabei ist es erst wenige Tage her, dass ich das Bier im Getränkemarkt geholt habe. Wie kann es sein, dass schon wieder so viele leere Flaschen im Kasten stehen?

Ich befreie die braune Flasche vom lästigen Kronenkorken und gönne mir einen Schluck, bevor ich mich daranmache, die Kaffeetasse in die Spülmaschine zu stellen. Vor gar nicht allzu langer Zeit haben wir sie fast täglich laufen lassen, es gab Töpfe, Pfannen und Teller zu spülen. Jetzt steht sie schon eine halbe Ewigkeit unbenutzt da, weil ich zu wenig Geschirr brauche, als dass sich ein Spülgang lohnen würde.

Wenn ich abends im Bett liege, bilde ich mir ein, dass Johannas Kissen noch immer nach ihrem Shampoo riecht. Am meisten aber fehlen mir unsere Gespräche, ihre Umarmungen, ihr Blick und ihr vertrautes Lächeln. Seit sie weg ist, kommt mir alles wie eine Dauerschleife an Erlebnissen vor, die alle sinnlos sind, weil ich sie nicht mit Johanna teilen kann.

So gedankenverloren hänge ich meinen Erinnerungen nach, dass ich das Läuten an der Haustür lange überhöre. Erst als das Klingeln deutlich aggressiver wird, erhebe ich mich von meinem Sessel. Genervt reiße ich die Tür auf.

Robert steht vor mir.

»Ach, du bist es.«

»Ja, ich bin es. Oder hast du anderen Besuch erwartet?«

Erwartet vielleicht nicht, aber erhofft. So wie jedes Mal, wenn es an der Haustür klingelt.

»Ehrlich gesagt habe ich gar keinen Besuch mehr erwartet.«

»Das ist nicht zu übersehen.« Robert deutet auf die Flasche in meiner Hand. Es ist längst nicht mehr das erste Bier an diesem Abend. »Feierst du alleine?«

»Ja. Wenn du mich also entschuldigen würdest ...«

Doch gerade als ich die Tür vor Roberts Nase schließen will, stellt dieser den Fuß auf die Schwelle.

»Wir müssen reden, Bolle.«

»Können wir das vielleicht verschieben?«

»Wir verschieben es seit Wochen.«

»Ich bin eben schwer beschäftigt.«

»Mit deinem Selbstmitleid?«

Robert hat gut reden, er weiß ja gar nicht, wie es mir geht.

»Ja, mit dem Selbstmitleid«, entgegne ich wütend.

»Hör mal, ich schaue mir das jetzt schon eine ganze Weile an und habe allmählich die Schnauze voll. Wollen wir das Gespräch nicht lieber drinnen weiterführen?«

Er deutet auf den Vorgarten der Nachbarn, wo Herr Oppinger in aller Seelenruhe seine Blumen gießt, ohne dabei auch nur ein Wort unserer Unterhaltung zu verpassen. Vermutlich wird er beim nächsten Skatabend mit den Nachbarn jedes Detail brühwarm und genüsslich präsentieren.

»Also gut, komm rein.«

Robert folgt mir ins Wohnzimmer, natürlich nicht ohne

auf dem Weg einen kritischen Blick in die Küche zu werfen. Während ich wieder auf dem Sessel Platz nehme, bleibt er am Türrahmen stehen.

»Wenn du ein Bier willst, nimm dir eins. In der Küche stehen noch ein paar Flaschen.«

»Nicht mehr lange, wenn ich mir deinen Konsum so ansehe.«

»Wer kann es mir verübeln?«

»Bolle, du bist mein bester Freund, aber wenn du so weitermachst, sehe ich mich gezwungen, dir mit Anlauf in deinen Allerwertesten zu treten.«

»Wieso? Kann dir doch egal sein, wie es mir geht.«

»Wie bitte?«

»Du hast Johanna doch schon immer viel besser verstanden als ich. Ihr geht ständig auf eure vermaledeiten Demos, du hast sie immer unterstützt, und weil du ach so verständnisvoll bist, bin ich ihr nicht mehr gut genug!«

Mit der Bierflasche in der Hand zeige ich auf meinen besten Freund, der von meinen Anschuldigungen unberührt dasteht und mich und meine Wut kommentarlos aushält.

»Weil du ja ohnehin immer der bessere Mann von uns beiden gewesen bist! Weil sie bei dir das gefunden hat, was sie bei mir vermisst hat. Jetzt kann sie endlich glücklich sein.«

»Wer sagt, dass sie glücklich ist?«

»Du hast mit ihr gesprochen, oder?«

»Natürlich.«

Meine Hand-Augen-Koordination ist für gewöhnlich ziemlich gut. Trotzdem verfehlt mein Fluggeschoss Robert um einen knappen halben Meter, und die Flasche zerbricht hinter ihm auf dem Flurboden in tausend Stücke.

»Hör mal zu, Paul …«

Seit der Grundschule hat er mich nicht mehr bei meinem

richtigen Vornamen genannt, und ich spüre, wie eine unangenehme Gänsehaut meinen Körper überzieht. Wenn er mich Paul nennt, dann ist es ernst.

»Wenn du mich hier mit Bierflaschen bewirfst, ist mein Besuch verschwendete Zeit«, erklärt er.

»Hat sie dich geschickt?«

Die Tatsache, dass er nicht antwortet, macht mich noch wütender, und ich stehe so schnell auf, dass mir einen kurzen Moment schwindelig ist.

»Sollst du nach mir sehen? Weil sie nicht den Mut hat?«

»Johanna macht sich Sorgen.«

»Um wen?«

»Um dich, du Idiot. Du solltest aufhören, so viel zu trinken. Offenbar vernebelt es deinen Geist.«

»Mach dir um meinen Geist mal keine Gedanken.«

Roberts Blick spricht Bände. Kopfschüttelnd löst er sich von seiner Position an der Tür und geht quer durchs Wohnzimmer.

»Komm mal mit, ich will dir was zeigen.«

Wäre da nicht die Neugier, was er mir in meinem Haus zeigen will, hätte ich mich vielleicht einfach wieder hingesetzt, aber so folge ich ihm, wenn auch langsam.

Durch die graue Tür, die unser Haus mit der Garage verbindet, geht er so selbstverständlich, als würde er schon die neue Einrichtung für sich und Johanna planen. Es macht mich rasend, dass er anscheinend nicht mal den Anflug eines schlechten Gewissens hat. Und es macht mich wütend, dass es mich wütend macht.

In der Garage ist es kühler. In den Regalen stehen ordentlich verpackt der Weihnachtsschmuck, die Osterdekoration für den Garten und die Werkzeuge und Geräte, die ich über die Jahre angeschafft habe.

»Weißt du was, Bolle? Du bist manchmal wirklich ein ganz schöner Idiot.« Er lehnt sich an meinen Wagen. »Als Johanna damals vor dem Kino aufgetaucht ist, da dachte ich, das ist ein tolles Mädchen. Aber dir ist das Kinn ja fast bis auf den Boden geklatscht, als sie dich angesprochen hat. Mir war sofort klar, dass du dich verknallt hast. Natürlich habe ich nicht geahnt, dass du sie wirklich eines Tages heiraten würdest.«

»Habe ich aber.«

»Wochen und Monate danach hast du mir immer wieder erzählt, wie euer erstes Date gelaufen ist, welche Musik lief, was sie gesagt hat, was sie anhatte. Und immer wieder hast du mir erzählt, was du alles mit ihr erleben willst.«

Das muss er mir nicht in Erinnerung rufen, ich weiß das auch ganz gut ohne ihn.

»Doch dann hast du das alles vergessen. Es ging nur noch um die Hochzeit, dann um das Haus, die Arbeit, die Arbeit, die Arbeit.«

»Ich will eben gut für sie und uns sorgen.«

»Das ist löblich. Aber sie vermisst dich.«

»Deswegen hat sie mich verlassen?«

»Ganz richtig.«

»Was?«

»Sie vermisst dich.«

Er sagt es langsam und nachdrücklich, doch ich stehe nur verständnislos da.

Da deutet Robert hinter sich. »Sie vermisst diesen Bolle. Den mit den wilden Plänen und den Abenteuern.«

Langsam komme ich um den Wagen herum auf Robert zu, der auf die graue Abdeckplane deutet. »Du schuldest ihr was.«

Mit einem festen Ruck zieht er die Plane weg. Zum Vorschein kommt meine alte Zündapp, die ich aus Nostalgiegründen noch immer habe.

»Sie vermisst *diesen* Bolle. Den mit den Träumen und Flausen im Kopf.«

»Mein altes Mofa.«

Das ich vor einer gefühlten Ewigkeit gekauft habe, voll von wilden Plänen und der Überzeugung, dass noch zahlreiche Abenteuer auf mich warten.

»Du schuldest ihr eine Tour an den Bodensee.«

55

»Und was haben Sie dann gemacht?«

Bolle ist inzwischen bei seiner dritten Zigarette, und ich hänge noch immer an seinen Lippen.

»Na, was wohl? Wir haben die Zündapp flottgemacht, ich bin zu Johanna gefahren, die bei einer Freundin gewesen war. Ich habe mich entschuldigt, dass ich so lange gebraucht habe.«

»Und dann sind Sie an den Bodensee?«

»Allerdings.«

»Mit der Zündapp?«

»Damit sind wir nur bis zum Bahnhof. Aber ich habe verstanden, was sie gemeint hat. Wissen Sie, Toni, die Sicherheit und all das in Ehren, aber das Leben spielt nicht immer so, wie man es sich vorstellt. Ich habe Geld auf die Seite gelegt, ein schönes Haus gekauft, mir die Rente mit Johanna ausgemalt – und jetzt ...«

Er deutet vage hinter sich auf das Seniorenheim, das schlummernd in der Sommernacht liegt.

»Jetzt sitze ich hier ohne Johanna und werde sie schneller, als mir lieb ist, ein zweites Mal verlieren. Das ganze Geld und die vermeintliche Sicherheit haben das Leben nicht davon abgehalten, ganz andere Pläne zu schmieden.«

»Also hat Ihnen Robert die Frau gar nicht weggenommen?«

Bolle schüttelt den Kopf. »Ganz im Gegenteil. Er hat sie mir quasi zurückgebracht.«

Fast bin ich erleichtert, weil meine Menschenkenntnis mich doch nicht getrogen hat.

»Und die Moral von der Geschichte ...« Er drückt die Zigarette im Aschenbecher aus und sieht mich mit einem verlorenen Lächeln an. »... hab ich vergessen.«

Seine Umarmung riecht nach Zigarettenqualm und Altherrenparfüm, doch es stört mich nicht.

»Gute Nacht, Toni.«

»Gute Nacht, Bolle.«

Während er zurück in die Pinie schlurft, stehe ich da und denke an die Geschichten, die Bolle mir erzählt hat. Keine Ahnung, wie viel davon der Wahrheit entspricht und an welchen Stellen er sie ausgeschmückt hat. Wichtig ist doch eigentlich nur, dass er sich noch daran erinnert, und wenn er wirklich hier und da die Realität mit ein bisschen Puderzucker versehen hat, dann ist das zumindest für mich vollkommen in Ordnung.

Wenn ich an den heutigen Tag zurückdenke, weiß ich auch nicht, wie glaubhaft es klingen würde, wenn ich jemandem davon erzähle. Milos Verschwinden, Dorotheas Zusammenbruch, Alexanders blaues Auge, der Besuch im Krankenhaus, der Tanz im Wartebereich, der Kuss im Gebüsch und Bolles kleines Märchen zur Nacht. Etliche Menschen würden den Kopf schütteln und an der Wahrhaftigkeit zweifeln.

Nachdenklich gehe ich zu meinem Wagen zurück, steige ein und starte den Motor. Ich habe es nicht sonderlich eilig, nach Hause zu kommen, aber es gibt auch keinen anderen Ort, an den ich gehen kann. Meine Eltern würden vermutlich einen Herzinfarkt bekommen, wenn ich um diese Uhrzeit bei ihnen auftauchen würde. Die Alarmanlage, deren Code sie monatlich wechseln, ohne mich über die neue Zahlenkombination zu informieren, würde die ganze Nachbarschaft wecken – so wie damals, als ich noch im Teenageralter zu spät von einer Party nach Hause kam und mich zwar an die Ziffern, nicht aber an ihre korrekte Reihenfolge erinnern konnte.

Gerade als ich vom Parkplatz rollen will, werfe ich einen Blick zurück zum Seniorenheim und erkenne einen Schatten an einem Fenster im dritten Stock. Ein großer Mann, ohne Zweifel Valentin, steht dort und sieht auf den Parkplatz, vielleicht sogar zu mir, und ich ertappe mich dabei, wie ich ihm zuwinke. Doch er reagiert nicht.

Valentin macht mir noch immer ein bisschen Sorgen. Beatrice – Birdie – wohnt in Malmö, und ein spontaner Besuch ist sicherlich schwer zu organisieren. Aber ein Anruf sollte möglich sein. Wenn ich es geschafft habe, Alexander zu regelmäßigen Besuchen bei seiner Oma zu überreden, dann dürfte die Sache mit Birdie ja wohl eine meiner leichtesten Übungen sein.

Mit einem guten Gefühl und einem aufgeregten Kribbeln im Bauch brause ich durch die Nacht davon, felsenfest davon überzeugt, dass ich morgen nicht nur meine geliebte Milo dank Thunfischfilet in Soße wieder einfangen werde, sondern auch Valentin eine kleine Freude bereiten kann.

Und mit etwas Glück werde ich auch Alex wieder küssen …

56

Viel früher als sonst stehe ich auf, horche in meine Wohnung und weiß doch schon, bevor ich meine Augen aufschlage, dass ich kein vertrautes Schnurren höre. Mit dem Kopf voller Gedanken bin ich gestern eingeschlafen, und die meisten davon tummeln sich auch heute noch in meinem Schädel.

An den Tagen, an denen ich morgens nicht im Kindergarten sein muss, gönne ich mir eigentlich einen Slow Start in den Tag, aber heute habe ich eine Aufgabe. Nach einer Tasse schwarzem Kaffee mache ich mich auf den Weg zur Schattigen Pinie. Die Chorprobe findet zwar erst am Nachmittag statt, aber ich habe jetzt ohnehin ein anderes Ziel. Ich betrete das Gebäude durch den Haupteingang und schlendere möglichst unauffällig über den Gang.

Da kommt mir Anja Henke entgegen. »Guten Morgen, Toni, was machen Sie denn schon hier?«

Ich deute auf meine Papiertüte, in der sich Milos Lieblingsspielzeug und eine Packung Katzenleckerli befinden.

»Ich muss Ihnen da noch etwas beichten, Anja. Ich hatte gestern zur Chorprobe meine Katze Milo mitgebracht, um Sophia ein bisschen aus der Reserve zu locken. Das ist auch ganz gut gelungen, aber leider ist das Ganze dann ein bisschen aus dem Ruder gelaufen, und Milo ist spurlos verschwunden. Jetzt bin ich hergekommen, um sie zu suchen. Operation vermisste Katze sozusagen.«

»Nun, diese Operation kann ich vielleicht etwas abkürzen.«

Sie sieht mich verschwörerisch an und signalisiert mir, ihr zu folgen. Zum Glück scheint sie mir das Einschmuggeln meiner Katze nicht übel zu nehmen. Ich gehe hinter ihr her zum Fahrstuhl, und sobald sich die Lifttüren hinter uns geschlossen haben, breitet sich ein stolzes Grinsen auf Henkes Gesicht aus.

»Gute Nachrichten«, sagt sie. »Ihre Katze ist gestern noch aufgetaucht, und ich denke, es geht ihr ausgesprochen gut.«

»Wirklich?«

Ich mag zwar nicht zugeben, dass ich mir vor Sorge die halbe Nacht um die Ohren geschlagen habe, aber die Erleichterung in meiner Stimme verrät mich sicher dennoch.

»Und ich glaube, wir haben die perfekte Katzensitterin gefunden«, fährt Anja Henke fort. »Wenn auch ein bisschen illegal.«

In diesem Moment hält der Fahrstuhl, und die Türen öffnen sich. Valentin tritt ein, ohne uns zu begrüßen. Einen Moment steht er zögernd vor den Knöpfen, unsicher, welche Nummer er drücken soll.

»Wollen Sie zum Frühstück, Herr Meerbach?«

»Ja.«

Die Pflegerin drückt für ihn den korrekten Knopf und lächelt ihm zu, doch er erwidert ihr Lächeln nicht.

»Haben Sie gut geschlafen?«

»Nein.«

»Oh. Wieso denn nicht?«

Valentin dreht sich halb zu ihr, mich ignoriert er noch immer.

»Sie versuchen, mich zu vergiften.«

»So? Wer denn?«

»Wenn ich das wüsste.« Er greift in die Westentasche und zieht einige Tabletten hervor. »Das hier sind nicht meine Tabletten.«

»Zeigen Sie mal her.«

Wieder zögert Valentin, händigt ihr dann aber doch die Pillensammlung aus.

»Und sie legen mir Kleidung raus, die nicht mir gehört.« Er deutet an sich herunter. »Das zum Beispiel ist nicht meine Hose.«

»Wessen Hose soll es denn sonst sein, Herr Meerbach?«

»Die vom anderen Meerbach!«

Henke nickt, während das Herz in meiner Brust immer schwerer wird. Zwar habe ich meinen Namensbutton noch nicht angesteckt, aber ich hatte trotzdem die Hoffnung, Valentin würde mich anhand meines Gesichts erkennen.

»Herr Meerbach, wenn Sie wollen, besprechen wir das alles mal in Ruhe mit Dr. Herschel.«

»Dem traue ich nicht über den Weg! Der hat das doch alles veranlasst.«

Dann fällt sein Blick auf mich. Ich spüre, dass ich stocksteif dastehe und nicht mal ein Lächeln hinkriege.

»Du kannst das bezeugen, Beatrice.«

»Herr Meerbach ...«

»Meine Tochter ist gekommen, um mich abzuholen.«

Seine Tochter.

»Herr Meerbach, das ist Toni. Sie leitet den Chor.« Henke deutet auf mich. »Wir können Ihre Tochter anrufen ...«

»Unsinn! Sie gehören doch auch dazu!« Er weicht der Pflegerin aus und tritt auf mich zu. »Bring mich nach Hause, Birdie.«

Überfordert sehe ich zwischen Anja und Valentin hin und her. Ich will ihm so gerne helfen, für ihn eine Taschenlampe im dichten Nebel sein.

Der Fahrstuhl erreicht das Erdgeschoss. Valentin sieht mich Hilfe suchend an.

»Beatrice ...?«

»Kommen Sie, Herr Meerbach ...«

Henke legt ihre Hand sanft auf seine Schulter, aber er schüttelt sie ab, greift stattdessen nach mir und krallt sich fast verzweifelt in meinen Pullover.

»Bring mich nach Hause.«

Wenn er wüsste, wie gerne ich genau das tun würde. Dabei ist er ja eigentlich schon daheim.

»Also gut, Toni. Bringen Sie ihn nach Hause.« Verständnislos sehe ich zu Anja, die nickt und mir die Tüte abnimmt. »Dritter Stock, Zimmer 31.«

57

Kaum schließen sich die Fahrstuhltüren hinter uns, atmet Valentin erleichtert aus.

»Zum Glück bist du da.« Er drückt noch einmal meine Hand. »Ich traue hier niemandem.«

Irgendwas sollte ich sagen. Fieberhaft überlege ich, denn jede Äußerung könnte falsch sein. Schließlich erwidere ich den Händedruck und schenke Valentin ein aufmunterndes Lächeln.

»Die Leute hier sind aber wirklich nett.«

Er winkt energisch ab und schüttelt den Kopf. »Ich traue ihnen nicht. Wozu gibt man mir diese Tabletten? Vermutlich, um mich ruhigzustellen.«

»Um zu helfen.«

Doch auch das überzeugt ihn offenbar nicht. Ich drücke den Knopf für den dritten Stock, und der Fahrstuhl setzt sich in Bewegung.

»Das Essen ist auch furchtbar«, erzählt er. »Die Handtücher kratzen, weil sie am Weichspüler sparen. Alles Schikane.«

»Ich werde mit dem Personal sprechen.«

»Aber die Musik ist schön.«

»Ja?«

»Die Musik, wenn wir singen, die ist schön.«

»Im Chor?« Mein Herz klopft aufgeregt und viel zu laut. Ich wette, er kann es hören.

»Ja. Die Leute dort sind nett. Nicht besonders musikalisch, aber nett.«

Das ist ja schon mal ein Anfang.

»Die Leiterin ist wirklich gut. Starke Stimme, sehr klassisch. Sie versteht was von Musik.«

Obwohl er mich dabei ansieht, glaube ich nicht, dass er weiß, mit wem er gerade spricht, aber ich nicke trotzdem. Es kostet mich Mühe, meine aufrichtige Freude über seine Einschätzung nicht allzu deutlich zu zeigen.

»Das freut mich.«

Als wir im dritten Stock ankommen, geht er wie selbstverständlich voran, und ich muss ihm folgen, da er mich immer noch an der Hand hält. Der Gang ist lang, an den Wänden hängen Blumenbilder. Tulpen, Sonnenblumen, Maiglöckchen und die obligatorischen Rosen. Der Teppich verschluckt die Geräusche unserer Schritte.

Vor Nummer 31 bleibt Valentin stehen und öffnet die Tür. Als er eintritt, sieht er regelrecht erleichtert aus. Erst im Zimmer lässt er meine Hand los und lockert seine Krawatte.

»Schön hier«, sage ich, weil ich nicht weiß, was ich sonst sagen soll. Dabei sieht das Zimmer recht trist aus, wenn man von den Fotos auf der Kommode einmal absieht. Wenig Persönliches ist hier zu finden, ein kleiner Fernseher, ein Tisch, zwei Stühle und ein altes Radio. Vor dem Bett stehen die Hausschuhe ordentlich nebeneinander, und der Kleiderschrank wirkt so klein, dass ich mich frage, wie er seine ganzen Sakkos, Westen und Hemden darin unterbringt.

Mutig gehe ich weiter in das Zimmer und betrachte die Fotos ein bisschen genauer. Junge Gesichter strahlen mich an, alle lachen, die Stimmung wirkt gelöst. Auf einem Bild ist eine junge Frau zu sehen, irgendwie noch nicht so recht erwachsen, aber auch kein Kind mehr. Sie steht zwischen ihren Eltern – Valentin und seiner Frau. Es muss sich um Beatrice handeln, und auch wenn sie mir bis auf die Frisur nicht besonders ähnlich sieht, verstehe ich doch, wieso Valentin uns verwechselt. Obwohl ich sie noch nie getroffen habe, bilde ich mir ein, sie zu mögen. Sie hat sich ein buntes Tragetuch umgebunden, in dem ich den kahlen Kopf eines Babys erkenne. Ihre Hand ruht liebevoll auf dem Rücken des Kindes.

»Sie haben Enkel?«

Die Frage ist mir einfach so herausgerutscht. Für einen Moment habe ich die Rolle vergessen, die ich spiele.

»Natürlich habe ich Enkel.«

Ich hoffe, dass Valentin von sich aus weiterspricht, aber er bleibt stumm.

»Wo ist dieses Foto entstanden?«, frage ich.

»Amsterdam.«

Die Antwort kommt wie aus der Pistole geschossen, und ich lehne mich etwas näher, erkenne die Grachten im Hintergrund. Diesmal habe ich offensichtlich die richtige Frage gestellt, denn Valentin beginnt, mir eine Geschichte zu erzählen.

»Es war unser erster Familienausflug mit der kleinen Paula. Du hast so gestrahlt wie lange nicht mehr.«

Offensichtlich sieht er noch immer Beatrice in mir, und ich nicke nur.

»Ist es nicht schade, dass wir danach nicht mehr zusammen weg waren?«, fragt er.

Wieder nicke ich. Sie sehen so glücklich aus auf dem Foto.

»Hat Paula Sie hier denn mal besucht?«, will ich wissen.

»Nein.«

Ich spüre, wie er hinter mich tritt und ebenfalls das Bild betrachtet.

»Wieso sollte sie mich besuchen?«

»Weil Sie ihr Großvater sind?«

»Aber das weiß sie doch nicht mehr.«

»Nicht?«

Er zuckt unsicher die Schultern und geht dann an mir und dem Bild vorbei in Richtung Fenster.

»Ich mag den Ausblick hier.«

Dabei sieht man von hier aus eigentlich nur den Parkplatz.

Unser Gespräch über Paula ist beendet, das habe ich sofort verstanden.

Valentin reibt sich die Schläfen. »Ich bin müde.«

»Kann ich Ihnen irgendwas bringen? Haben Sie Hunger?«

»Nein.«

»Dann gehe ich besser wieder.«

»Gut.«

Keine Ahnung, ob er mich gerade für seine Tochter hält oder für Toni, die Chorleiterin, die was von Musik versteht. Ist eigentlich vollkommen egal.

»Wir sehen uns dann später.«

Denn das zumindest ist wahr. Als ich die Tür öffne und Anstalten mache, wieder zu gehen, hält er mich auf.

»Und komm nicht mehr so spät nach Hause. Ich habe dich gestern mit diesem jungen Mann gesehen.« Dabei sieht er mich streng an.

»Versprochen.« Ich nicke, und als ich an Alexander und unseren Abschied auf dem Parkplatz denke, stiehlt sich ein Lächeln auf meine Lippen.

58

Henke wartet am Fahrstuhl auf mich.

»Ist alles glattgegangen?«, fragt sie.

Die Frage könnte auch aus einem James-Bond-Film stammen, nachdem 007 einen besonders heiklen Auftrag abgeschlossen hat.

»Ich denke, schon.«

»Sie sehen aus, als ob Sie einen Kaffee vertragen könnten, Toni.«

»Am besten einen mit Schuss.«

Anja lacht leise. »Wollen wir mal nach Ihrer Katze sehen?«

Milo. Die hätte ich ja fast vergessen. Ich bekomme ein bisschen ein schlechtes Gewissen und nicke.

»Unbedingt«, sage ich. »Meinen Sie eigentlich, Valentin wird seine Tabletten wieder nehmen?«

Anja zuckt die Schultern, während wir den Fahrstuhl betreten. »Der Arzt wird sich darum kümmern. Valentin ist nicht unser erstes Problemkind.«

Ich erahne die Traurigkeit in ihrem Lächeln und versuche, die Sorge um Valentin nicht so nah an mich heranzulassen.

»Ich muss gerade an Ihren ersten Tag bei uns denken, Toni«, sagt die Pflegerin plötzlich und grinst.

»Oh, das war ja nicht gerade meine Sternstunde.«

»Stimmt. Aber ich nehme es Ihnen gar nicht mehr übel.«

»Nicht?«

»Nein. Viele Leute blenden das Alter und erst recht das Thema Pflegeheim geschickt aus. Mit zwanzig sind sie zu jung, mit dreißig haben sie andere Sorgen, und mit vierzig rückt es näher, vielleicht weil ältere Verwandte in ein Heim ziehen, doch dann wird das Thema wieder ignoriert, solange es geht. Die meisten Menschen gehen davon aus, dass sie nie in einem solchen Heim leben müssen. Bis sie plötzlich selbst alt sind und feststellen, dass Kinder und Enkelkinder viel zu weit weg wohnen, als dass sie sich umfassend um sie kümmern könnten. Oder sie leiden an einer Krankheit, die professionelle Hilfe erfordert. Und wenn ein ambulanter Pflegedienst das nicht mehr in dem nötigen Umfang leisten kann, bleibt das Heim als letzter Ausweg.«

»Wie bei Valentin.«

»An guten Tagen fühlt er sich hier aber ziemlich wohl.«

Die Lifttüren im vierten Stockwerk öffnen sich.

»Sophia denkt übrigens, es sei ihre Katze«, sagt Anja. »Sie nennt sie auch anders.«

»Das habe ich mir schon gedacht.«

»Wir müssen uns noch überlegen, wie wir ihr die Katze wieder abnehmen.«

Vor der Tür ganz am Ende des Ganges bleibt Anja stehen. Ich wappne mich innerlich gegen ein komplettes Chaos, immerhin kenne ich meine Katze gut genug, um zu wissen, dass sie ein perfekt aufgeräumtes Zimmer binnen weniger Minuten in ein Schlachtfeld verwandeln kann.

Doch als Henke anklopft und dann die Tür öffnet, stelle ich fest, dass es im Zimmer eher ruhig ist. Sophia sitzt in ihrem Fernsehsessel, Milo liegt auf ihrem Schoß, im Hintergrund läuft leise Musik.

»Na, Sophia, stören wir?«

Ohne auf eine Antwort zu warten, betritt sie das Zimmer, das um einiges wohnlicher eingerichtet ist als das von Valentin. An den Wänden hängen viele Fotos, hier und da stehen kleine Schmuckgegenstände, und auf den Beistelltischchen liegen kleine Häkeldecken.

»Ich habe Toni mitgebracht.«

Sie deutet auf mich, und ich winke schüchtern in die Runde.

»Mimi, wir haben Besuch«, sagt Sophie zu Milo.

Meine Katze scheint sich sogar angesprochen zu fühlen, hebt den Kopf und bedenkt mich mit dem vorwurfsvollen Blick, den ich nur allzu gut von ihr kenne. Diesmal muss ich ihr recht geben. Erst schleppe ich sie hierher, und dann verliere ich sie im Tumult. Kein Wunder, dass sie es sich bei Sophia gut gehen lässt.

»Ist sie nicht hübsch, meine kleine Mimi?«

Während Henke ein paar Kleidungsstücke vom Boden aufhebt und in den Schrank räumt, gehe ich auf Sophia und meine Katze zu.

»Wirklich bildhübsch«, bestätige ich.

»Mein Vater hat sie mir geschenkt. Helmut will aber keine Katzen.«

»Ach nein?«

»Nein. Er traut ihnen nicht. Deswegen wohne ich jetzt hier.«

Kurz streichele ich über den Kopf meiner Katze, die sich wie immer in meine Handfläche lehnt und ein leises Schnurren von sich gibt.

»Ich glaube, Mimi mag Sie.«

Ich bin heilfroh, dass Milo nicht irgendwo draußen verängstigt durch die Straßen streunt, sondern es hier bei Sophia gut hat.

»Aber Sie dürfen Helmut nichts von ihr erzählen. Er nimmt sie mir sonst weg.«

»Ich werde schweigen wie ein Grab«, verspreche ich.

»Gut.«

Sophias liebevoller Blick gilt einzig und allein der Katze.

Milo liegt so entspannt in ihrem Schoß, als wüsste sie genau, wie gut das der alten Dame tut, und als wollte sie mir signalisieren, dass sie sich nach einem neuen Zuhause umsehen wird, falls sie mir wieder irgendwie abhandenkommt.

»Sophia, was halten Sie davon, wenn wir uns mal auf den Weg zum Frühstücksraum machen?«

»Was gibt es denn heute?«

»Ihre Lieblingsspeise.«

»Was ist denn meine Lieblingsspeise?«

»Wollen wir mal nachsehen?«

Sophia denkt nach, ihre Entscheidung ist noch nicht gefallen, aber dann nickt sie.

»Na gut. Kann ich Mimi mitnehmen?«

»Ich fürchte, das geht nicht. Aber was halten Sie davon, wenn Toni sich solange um die Katze kümmert? Damit es keinen Ärger gibt.«

»Ärger mit Helmut?«

»Ärger ganz allgemein.«

Sophia mustert mich misstrauisch, als würde sie mir plötzlich gar nicht mehr trauen, und ich deute schnell auf Milo.

»Ich werde gut auf Ihre Katze achtgeben.«

Anja nickt der alten Dame zuversichtlich zu. Mit einer liebevollen Geste hebt Sophia die Katze etwas ungeschickt von ihrem Schoß, drückt ihr einen Kuss aufs Köpfchen und reicht sie mir.

»Sie mag Thunfisch am liebsten.«

Das stimmt tatsächlich, aber ich habe keine Ahnung, woher Sophia das wissen sollte. Sie erhebt sich von ihrem Stuhl und geht langsam in Richtung Tür, wo Henke sie in Empfang nimmt und ihr einen stützenden Arm bietet.

»Wir sehen uns unten, Toni? Ihre Papiertüte steht im Schwesternzimmer.«

Als die beiden Frauen das Zimmer verlassen haben, betrachte ich Milo, die es sich inzwischen in meinen Armen gemütlich gemacht hat.

»Du hast mir einen ganz schönen Schrecken eingejagt, weißt du das eigentlich?«

Milo weiß und genießt es, so zumindest deute ich ihr Schnurren.

»Aber du scheinst die alte Dame ja wirklich zu mögen. Vielleicht kann ich dich manchmal zu den Proben mitbringen?«

Mein Blick fällt auf ein Familienfoto in einem schicken Silberrahmen. In der Mitte steht Sophia und direkt neben ihr ein Junge, der in die Kamera lächelt. Ohne Zweifel handelt es sich dabei um Alexander. Sein Lächeln ist ebenso spitzbübisch wie das seiner Oma, und ich werde das Gefühl nicht los, dass Großmutter und Enkel ein Geheimnis teilen, von dem die anderen Verwandten auf dem Foto keine Ahnung haben.

Der dunkelhaarige Mann auf der anderen Seite von Sophia muss Helmut sein. Stolz strahlt er mit dem Blitz des Fotografen um die Wette. Auf dem Bild sind außerdem zwei Paare mittleren Alters zu sehen, die festlich gekleidet sind. Vermutlich ist das Bild bei einer Familienfeier entstanden. Alles wirkt perfekt choreografiert, nur Alexander mit seiner schiefen Fliege und den Schmutzflecken auf der Hose sticht irgendwie heraus.

Ob Sophia die Geschichte zu diesem Foto noch weiß?

Oder vielleicht Alexander?

59

»Wollen Sie mitspielen, Toni?«, fragt Bolle und deutet auf einen freien Stuhl. Er sitzt mit ein paar anderen Männern, die ich nur vom Sehen kenne, an einem Tisch, wo gerade ein hitziges Kartenspiel stattfindet. Heute sieht er müde aus, und ich habe sofort ein schlechtes Gewissen, weil ich ihn gestern bei seiner späten Zigarettenpause mit meiner Frage noch mal aufgewühlt habe. Vielleicht hat ihn die Geschichte von seiner Frau in der Nacht wach gehalten.

Nachdem ich Milo gefüttert habe, hat sie sich in ihre Box gekuschelt und erholt sich erst mal von ihrem kleinen Abenteuer. Ich suche eine Beschäftigung, die mich für eine Weile ablenkt. Eine Kartenrunde erscheint mir dafür geradezu perfekt.

»Was spielen Sie denn?«

»Skat.«

Einer der Männer schüttelt den Kopf. »Unsinn, wir spielen Rommé.«

Ehrlich gesagt sieht das Kartenchaos auf dem Tisch eher wie eine Mischung aus UNO und Poker aus. Bolle sieht von den Karten zu seinen Mitspielern und dann zu mir. Sein Lächeln soll eindeutig über seine Verwirrung hinwegtäuschen. Es wirkt so zerbrechlich, dass ich schon befürchte, der geringste Windzug könnte es von seinen Lippen fegen.

»Das erklärt natürlich, wieso ich ständig verliere.«

Bolles Humor scheint seine Waffe gegen das anrückende Vergessen zu sein.

»Für eine Partie Rommé bin ich immer zu haben«, erkläre ich.

Bei Skat hätte ich passen müssen, weil ich die Regeln schlichtweg nicht verstehe. Rommé hingegen war früher im Familienurlaub unser Standardspiel. Endlose Partien bei Kerzenschein auf der Terrasse des Ferienhauses, während irgendwo Musik lief und mein Vater gedankenverloren vor sich hin dirigierte.

»Sie fangen an, weil Sie offensichtlich die Jüngste am Tisch sind«, erklärt einer der Männer.

Nach einem Blick auf mein Blatt entscheide ich mich für eine Kombination aus drei Karten und lege sie auf den Tisch vor mir, zufrieden mit meiner Wahl, aber Bolle schüttelt den Kopf.

»Ich dachte, wir spielen Skat.«

»Rommé, Bolle.«

»Wieso denn Rommé?«

Die anderen Männer atmen genervt aus, und ich ahne, dass Bolle diese Frage wohl nicht zum ersten Mal stellt.

»Weil wir immer Rommé spielen«, erwidert einer der Männer.

»Was ist mit Skat?«

»Die Skatrunde ist dienstags. Heute ist aber nicht Dienstag.«

Bolle starrt auf sein Handgelenk. »Wo bleibt eigentlich Robert?«

»Der kommt doch erst zu deiner Chorprobe.« Einer der Herren deutet auf das kleine schwarze Notizbuch, das neben Bolles Ellenbogen liegt. »Lies deinen Tagesablauf lieber noch mal nach.«

Dann legt er seine Karten, und das Spiel läuft weiter, während Bolle sich tatsächlich dem Büchlein widmet, das einem Terminkalender ähnelt und in dem ich von meiner Position aus nur einige Sätze lesen kann. Er hat aufgeschrieben, welcher Tag heute ist, wann er aufgestanden ist und was er angezogen hat. Außerdem steht dort: *Kartenrunde mit den Jungs*. Aus der Hosentasche zieht er einen Kugelschreiber und setzt ihn auf das Papier, gewillt loszuschreiben, aber nichts passiert. Hilfe suchend wandert sein Blick zu den Mitspielern, die aber nur in ihre Karten starren, und so bleibt er schließlich bei mir hängen.

»Rommé. Wir spielen Rommé«, erinnere ich.

»Natürlich.«

Und schon gleitet der Kugelschreiber über das Papier, hält die Wörter fest, die ich eben gesagt habe. Dann klappt Bolle das Buch zu und nimmt seine Karten wieder auf.

»Wie sind denn die Regeln beim Rommé?«

»Bolle, wenn du es nicht spielen kannst, wieso bist du dann hier?«

Mein Gefühl sagt mir, dass die anderen in der Runde nicht – oder noch nicht – an Demenz leiden. Ich sehe eher Ungeduld als Verständnis in ihren Augen, was mich wütend macht.

»Weil ich nicht weiß, was ich sonst machen soll«, antwortet Bolle ehrlich.

Noch bevor jemand etwas erwidern kann, legt er seine Karten vor sich auf den Tisch und grinst frech.

»Full House.«

Damit schiebt er den Sessel zurück und erhebt sich, nicht ohne eine kleine Verbeugung in meine Richtung.

»Verzeihen Sie, aber ich werde noch woanders erwartet.«

Er verlässt unsere kleine Runde und biegt nach rechts ab, verschwindet über den Flur in Richtung Terrasse. Kaum ist er außer Hörweite, lehnt sich mein Sitznachbar etwas näher zu mir. Eine Wolke aus Hustenpastillen und Moschus weht mir entgegen.

»Er wird immer sonderbarer, der gute Bolle«, sagt er.

»Beim Kartenspielen wird es immer leichter, ihn auszutricksen«, fällt der Zweite ein.

»Und unsere Namen bringt er immer häufiger durcheinander«, meint der Dritte.

Sie nicken, sind sich einig.

»Lange geht das nicht mehr gut.«

Es trifft mich, wie sie über ihn sprechen.

»Bolle ist krank«, gebe ich zu bedenken.

»Das wissen wir. Er hat sich ja ziemlich lange gut gehalten, aber jetzt wird es schnell gehen.«

»Wieso sagen Sie so etwas?«

»Na, weil es stimmt. Der Anfang verläuft schleppend und dann …«

Mein Nachbar schnippt mit dem Finger, und ich zucke fast zusammen.

»Das sieht man ja an Valentin Meerbach.«

»Was ist denn mit ihm?«

Die Frage ist überflüssig, immerhin war ich vorhin selber Zeugin seines Zustandes.

»Nicht mehr lange, und er kriegt seine Zimmernummer auf den Morgenmantel geklebt. Wissen Sie, unsere dementen Mitbewohner geistern durchs ganze Haus. Manche verlassen sogar das Gelände. Und damit man weiß, wo sie hingehören, kleben sie ihnen ihre Zimmernummer auf den Rücken. Falls sie mal wieder verloren gehen.«

Aus einem mir unbegreiflichen Grund amüsiert sie diese Vorstellung, während sie mich nur traurig und wütend macht.

»Finden Sie das wirklich witzig?«

Sie verstummen sofort wie Schuljungen, die man im Unterricht beim Tratschen erwischt hat.

»Woher wollen Sie denn wissen, ob nicht einer von Ihnen der Nächste ist, den ich in meinem Chor begrüßen darf?«

Mein Blick fällt auf Bolles kleines schwarzes Notizbuch, das er bei seiner recht eleganten Flucht zurückgelassen hat, und ich schnappe es mir, bevor jemand anderes es tut. Dann lege auch ich meine Karten auf den Tisch.

»Royal Flush.«

»Wir spielen aber doch Rommé.«

»Noch, meine Herren. Mögen Sie nie in die Situation kommen, mal etwas zu vergessen. Denn sonst könnte sich jemand hinter Ihrem Rücken über Sie lustig machen.«

60

»Ich bringe Ihnen Ihr Notizbuch.«

Auf einem der klapprigen Holzstühle hinter dem Gewächshaus sitzt er, die Arme vor der Brust verschränkt, den Blick grimmig in die Ferne gerichtet. Obwohl ich mir sicher bin, dass er mich bemerkt, reagiert er nicht sofort darauf. Erst als ich es ihm reiche, sieht er mich an.

»Was steht denn drin?«

Ob das eine Fangfrage ist oder ob er es für den Moment wirklich vergessen hat, weiß ich nicht.

»Keine Ahnung.«

»Ach, haben Sie nicht darin herumgeschnüffelt?«

»Nein.«

Bolle nickt knapp und nimmt mir das Notizbuch mit dem Anflug eines Lächelns endlich ab.

»Das hätte mich bei Ihnen auch sehr gewundert.«

Er schlägt wahllos eine Seite auf und deutet heftig auf seine Notizen.

»Das hier.«

Dann blättert er weiter, mit jeder Seite wütender.

»Und das hier …«

Beim nächsten Umblättern reißt er versehentlich eine Seite ein.

»Oder alles hier.«

Bevor er weitermachen kann, lege ich meine Hand auf seine und unterbreche damit seine Bewegung. Er sieht zu mir, seine Augen sind ein bisschen feucht.

»Das sind Ihre Notizen, Bolle.«

»Aber an vieles davon erinnere ich mich nicht mehr. Oder eben nicht so, wie ich es aufgeschrieben habe.«

»Das ist okay.«

»Ist es nicht! Harald und die Jungs vom Kartenspielen, die warten nur darauf, dass ich nichts mehr weiß.«

Mit mehr Wucht, als ich erwartet hätte, schleudert er das Notizbuch von sich. Es saust ganz knapp an meinem Gesicht vorbei und landet irgendwo im Gebüsch hinter mir.

»Ich scheiße auf dieses vermaledeite Notizbuch!« Er tippt sich an die Schläfe. »Hier drin sollte es sein! Was ich gegessen habe, wer die anderen hier sind und welches Kartenspiel wir gerade spielen.«

So wütend, wie er jetzt ist, wäre es sinnlos, ihm zu widersprechen. Also bleibe ich stumm und höre ihm einfach zu.

»Und wenn ich das alles vergesse, dann vergesse ich als Nächstes …« Ich weiß genau, welchen Namen er aussprechen will und es dann doch nicht tut. Seine Faust knallt mit voller Wucht auf seinen Oberschenkel. Bestimmt tut es weh, auch wenn er keine Miene verzieht. »Das will ich nicht.«

Er sucht in meinem Gesicht nach einem Versprechen, dass er Johannas Namen nie vergessen wird, aber ich stehe nur da und sehe diese unfassbare Wut in seinem Blick. Mir fallen keine albernen Aufmunterungsworte ein, ich verfüge über kein medizinisches Fachwissen, mit dem ich ihm eine Schonfrist versprechen könnte, also greife ich auf mein Metier zurück.

»Was war Johannas Lieblingslied?«

»Sie mochte Barbra Streisand und Joni Mitchell.«

Er muss nicht einmal nachdenken, die Antwort kommt sofort. Ein Lächeln glättet die Wut in seinem Gesicht.

»Sehen Sie. Johanna ist noch da.«

»Aber wie lange noch?«

»Das weiß ich nicht.«

»Und das macht mich so wütend!«

»Jemand, den ich sehr mag, hat mal gesagt, dass Tanzen gegen die Wut helfen soll.«

Es gibt viele Künstlerinnen, an deren Lieder ich mich nicht herantraue. Barbra Streisand belegt auf der Liste einen der obersten Plätze, aber hier hinten beim Gewächshaus der Schattigen Pinie wird mich niemand hören, und ich wage mich an *The Way We Were,* einen ihrer wohl größten Hits, während ich Bolle die Hand reiche.

Zu meiner Erleichterung steht er auf und ergreift sie. Bei der Zeile »*What's too painful to remember we simply choose to forget*« wird mir der Hals plötzlich eng, doch als ich von dem Lachen singe, an das wir uns erinnern, ist Bolles Blick in die Ferne gerichtet, vielleicht dorthin, wo Johanna jetzt hoffentlich lächelnd über die zwei, drei schiefen Töne hinwegsieht, die mir entwischen.

Dass sich die Demenz nicht aufhalten lässt, habe ich inzwischen verstanden, aber solange ich mit meinen bescheidenen Mitteln der Musik noch irgendwie dazu beitragen kann, dass der Schimmer einer alten Erinnerung auftaucht, werde ich das tun. Vor allem für Bolle und Johanna, deren Geschichte mich trotz aller Auf und Abs an die ganz große Liebe glauben lässt.

Bolle ist kein besonders guter Tänzer, aber so wie er sich mit geschlossenen Augen zu meinem Gesang bewegt, hoffe ich sehr, dass er sich seiner Johanna für diesen Moment etwas näher fühlt.

»Ach, hier treibt ihr euch rum.«

Roberts Stimme unterbricht meine Gesangseinlage und unseren Tanz. Ich bin ein bisschen erleichtert, weil Robert immer die richtigen Worte findet und seinen besten Freund vielleicht etwas besser beruhigen kann als ich mit meiner albernen Tanzidee, die ich genau genommen auch nur von Alex geklaut habe.

»Was machst du denn hier?« Bolle ist vom Auftauchen seines Freundes nicht ganz so begeistert wie ich.

»Ich besuche dich.«

»Ach so.«

Robert zuckt lächelnd die Schultern. »Da du nicht in deinem Zimmer warst und ich dich auch nicht im Café finden konnte, dachte ich, du seist vielleicht hier.«

Erst jetzt fällt mir das Notizbuch in seiner Hand auf, das er aus dem Gebüsch hinter uns gefischt haben muss.

»Und als ich das hier gefunden habe, bin ich der Musik gefolgt.« Damit wendet er sich an mich. »Sie haben eine wirklich tolle Stimme, Toni.«

Barbra Streisand würde das sicher anders sehen.

»Liest du etwa mein Tagebuch?« Bolle, der mich inzwischen losgelassen hat, macht einen Schritt auf seinen Freund zu.

Robert schüttelt den Kopf. »Ich habe es nur aufgehoben. Du musst es verloren haben.«

»Oder du hast es mir weggenommen.«

»Es lag hier im Gebüsch.«

Bolle nickt so, als wüsste er das selber ganz genau und

bräuchte keine Erklärung von Robert oder von mir. Wütend nimmt er das Buch wieder an sich und stapft dann ohne weitere Erklärung in Richtung Schattige Pinie davon.

»Kein guter Tag«, sagt Robert leise und folgt seinem besten Freund.

61

»Ein Konzert?«

Frau Geiger sieht mich erstaunt an. Die Idee ist mir auf dem Weg zum Probenraum gekommen, und ich spreche sie aus, bevor irgendwelche Zweifel auftauchen und mich umstimmen könnten.

»Ja. Es wäre eine gute Generalprobe für Hamburg, finden Sie nicht?«

Die Heimleiterin nickt langsam, und ich ahne, dass meine Begeisterung für diesen Plan früher oder später auf sie überschwappen wird.

»Vielleicht könnten wir das Konzert ja in einem anderen Seniorenheim abhalten«, fahre ich fort. »Damit sich die Goldkehlchen schon mal an viele fremde Gesichter gewöhnen.«

Frau Geiger legt den Kopf ein bisschen schief und bedenkt mich mit einem amüsierten Lächeln. Manchmal frage ich mich, ob sie mich jemals vollkommen ernst nehmen wird.

»Wir könnten das Konzert auch einfach hier abhalten«, schlägt sie vor.

»Natürlich, aber ich glaube, es wäre eine gute Vorbereitung für die Reise nach Hamburg. Wir könnten vielleicht das Seniorenheim am Killesberg anfragen. Das wäre eine echte Generalprobe.«

Frau Geiger setzt sich in Bewegung, und ich folge ihr wie ein gut trainierter Hund, weil ich hoffe, dass sie meine Idee abnickt, und zwar möglichst bald.

»Könnten Sie das machen?«, bitte ich.

»Sie haben es aber eilig, Toni.«

Frau Geiger weiß nicht, dass uns die Zeit davonläuft. Unsere Performance steht und fällt mit Valentin, und sein Zustand wird sich nicht auf magische Weise bessern.

»Wozu gibt es einen Chor, wenn er nicht vor Publikum singen darf?«, entgegne ich.

»Da mögen Sie recht haben. Ich rufe mal meinen Kontakt im Seniorenheim am Killesberg an und melde mich dann wieder bei Ihnen.«

»Perfekt. Danke.«

Gerade als ich in Richtung Probenraum gehen will, hält sie mich auf. »Eine Sache noch, Toni.«

Ihre Stimme klingt strenger als eben.

»Ja?«

»Diese Katze …«

»Das war doch nur ein Versuch für Frau Gettelmann.«

»Haustiere sind in der Schattigen Pinie nicht erlaubt.«

»Sie soll ja auch nicht hierbleiben, sondern nur ab und an zu Besuch kommen.«

Frau Geiger schüttelt den Kopf. »Die Regeln müssen eingehalten werden, sonst kommen die Senioren noch auf ganz andere Ideen. Tut mir leid.«

»Verstehe.«

Sie nickt zufrieden, doch dann sieht sie offenbar meine Enttäuschung.

»Allerdings …« Sie spricht im Flüsterton weiter. »Wenn ich nichts davon mitkriege, kann diese Katze sicher ab und an zur Probe mitkommen.«

Ich muss mich zusammenreißen, um Frau Geiger nicht zu umarmen.

»Ich organisiere das Konzert, und Sie kümmern sich um die Katze und den Chor.« Und schon geht sie weiter.

Die Vorstellung, dass wir bald vor einem richtigen Publikum singen werden, und die Tatsache, dass Milo ein heimlicher Gast in der Pinie bleiben darf, sorgt bei mir für ein blubberndes Glücksgefühl.

Vor der Tür zum Probenraum steht Valentin. Er ist ein bisschen zu früh, und die Krawatte, die fest zu seinem Outfit gehört, trägt er heute in der Hand. Sonst sieht er aus wie immer, mit brauner Stoffhose, weißem Hemd und karierter Weste.

»Valentin, kann ich Ihnen helfen?«

»Ja. Ich brauche meine Tochter.« Er deutet auf die Krawatte in seiner Hand. »Sie muss mir beim Binden helfen.«

Mir ist aufgefallen, dass sein Krawattenknoten die letzten Wochen über nicht mehr so perfekt saß wie zu Beginn unserer gemeinsamen Chorzeit. Jetzt wirkt er fast sauer, während er mir die Krawatte hinhält.

»Ich habe gleich einen Termin!«

Etwas in seinem Blick verschwimmt, und ich verstehe, dass er jetzt meine Hilfe benötigt, wenn auch nur mit dem Krawattenknoten.

»Ich weiß leider nicht, wie man eine Krawatte bindet.«

»Natürlich weißt du das. Ich habe es dir hundertmal gezeigt.«

Seine Stimme klingt aufgebracht, also nehme ich die Krawatte in Empfang, schiebe die Tür zum Probenraum auf und deute ihm an, mir zu folgen.

Zum Glück gibt es für alles das passende YouTube-Erklärvideo – vom leckersten Spaghetti-Carbonara-Rezept bis zum perfekten Krawattenknoten. Das Video setzt ein, und ich versuche, den Handgriffen möglichst genau zu folgen, lege die Krawatte um Valentins Hals, schiebe sie unter den Hemdkragen und komme gleich durcheinander, was Valentin mit einem entnervten Schnauben kommentiert.

»Mensch, Birdie …«

Also noch mal von vorne. Doch ehe die Krawatte ordentlich sitzt, geht hinter uns die Tür auf, und Alexander betritt den Probenraum. Sofort vergesse ich das Video und lächele ihn an, bis Valentin dazwischengrätscht, als hätte er ihn bereits erwartet.

»Ich bin gleich bei Ihnen. Sehen Sie sich ruhig um«, sagt er.

Alexander befolgt Valentins Aufforderung, geht langsam im Raum umher und betrachtet die Bilder an der Wand, die aussehen wie von irgendwelchen Bewohnern gemalt.

Sobald ich die Krawatte einigermaßen ordentlich gebunden habe, löst sich Valentin von mir und geht auf Alexander zu, doch jeder seiner Schritte verrät mir, dass er heute keinen guten Tag hat.

»Guten Tag, Herr …«

Mit ausgestreckter Hand bleibt er vor Alex stehen und hofft, dass dieser die Lücke in seiner Erinnerung füllt.

»Gettelmann. Alexander Gettelmann.«

»Natürlich. Vorne ist noch ein Platz frei.« Damit deutet Valentin auf die vorderste Stuhlreihe. »Das Konzert beginnt gleich.«

»Warten wir nicht noch auf den Chor?«, gibt Alex zu bedenken.

Valentin zieht zweifelnd die Augenbrauen zusammen.

»Es ist ein Solokonzert, ohne Norbert.«

Norbert?

Zu meiner Erleichterung nimmt Alex auf dem ihm zugewiesenen Stuhl Platz. Valentin stellt sich direkt neben das Klavier und sieht mich auffordernd an.

»Na los, die Zuschauer warten.«

Ich würde ja sogar mitmachen, aber ich weiß nicht, welches Lied Valentin singen will, und so gehe ich langsam auf das Klavier zu, während er sich bereits in Position bringt. Kaum habe ich auf der Bank vor dem Klavier Platz genommen, wende ich mich an Valentin und frage leise: »Welches Lied singen wir denn heute?«

»Ich, nicht wir. Ich singe das Lied. Fang an.«

Fast genervt von meiner Ahnungslosigkeit verdreht er die Augen und deutet auf die Tasten vor mir, als würden die mir schon die Antwort geben.

»*Strangers in the Night*.«

Es überrascht mich nicht, dass er einen Sinatra-Song singen will. Ich spiele das Stück aus der Erinnerung und vielleicht etwas zu schnell, was dazu führt, dass Valentin zweimal den Einsatz verpasst und ich noch mal von vorne anfangen muss.

Beim dritten Mal passt alles, und Valentin legt los, die Augen halb geschlossen. Die Worte kommen ihm leicht über die Lippen, hier und da improvisiert er, aber außer mir fällt sicher niemandem auf, dass er die zweite Strophe vergisst und stattdessen die erste wiederholt.

Der Applaus, der nach der letzten Note ausbricht, ist nicht nur für mich überwältigend. In der Zwischenzeit sind fast alle Goldkehlchen da, und Valentin verbeugt sich mehrere Male. So glücklich habe ich ihn noch nie lächeln sehen. Diesen Schwung will ich nutzen. Ich stelle mich neben ihn und warte, bis Ruhe eintritt.

»Ich habe übrigens tolle Nachrichten!«

Und sofort habe ich die volle Aufmerksamkeit des gesamten Chores. Sogar Frau Fängele bleibt stehen und sieht zu mir, allerdings so, als sollte ich mich mit meiner großen Ankündigung ein bisschen beeilen.

»Wir haben vielleicht bald unser erstes echtes Konzert.«

Große Augen, ungläubiges Kopfschütteln, aber auch aufgeregtes Getuschel.

»Frau Geiger kümmert sich um einen Termin, und dann können wir zusammen vor Publikum singen.«

»Aber welches Lied denn?«

Ulrich, ohne Dorothea an seiner Seite, gibt sich sichtlich Mühe, nicht nur ein Gesicht im Chor zu sein, sondern auch eine Stimme.

»*Mamma Mia* natürlich. Dabei üben wir schon mal für den großen Chorwettbewerb.«

Frau Fängele geht hinaus und kehrt für den Rest der Stunde auch nicht mehr zurück. Ich sehe Bolle an, doch er bleibt stumm, und es ist wieder einmal Robert, der für seinen Freund spricht.

»Das klingt nach einer guten Idee.«

Niemand widerspricht ihm.

»Dann fangen wir mal an!«, sage ich energisch.

»Toni?« Ulrichs Stimme klingt unsicher. »Meinen Sie, meine Frau könnte auch zu dem Konzert kommen?«

Eine gute Frage, auf die ich keine gute Antwort weiß.

»Wir sollten sie auf jeden Fall fragen«, sage ich schließlich. Denn ich will ihn weder enttäuschen noch direkt anlügen.

62

»Am Donnerstag am Killesberg«, ruft mir Frau Geiger im Vorbeigehen zu und grinst mich zufrieden an. »Das Seniorenheim freut sich schon sehr.«

»Was für eine großartige Nachricht!«

»Das werden wir dann ja sehen. Denken Sie an die Zustimmung der Angehörigen für Hamburg?«

»Wird erledigt!«

Ich habe schon fast alle Zustimmungen erhalten, nur eine fehlt mir noch.

»Ich brauche die Kontaktdaten von Valentin Meerbachs Tochter.«

»Die lasse ich Ihnen heraussuchen. Übrigens kein einfacher Charakter, aber wenn Sie Herrn Gettelmann überredet haben, ist Meerbachs Tochter ein Klacks.« Lachend geht sie weiter.

Birdie ist also kein einfacher Charakter. Wenn Valentin Ähnlichkeiten zwischen uns feststellt – spricht das nun für oder gegen mich?

»Störe ich?«

Seine Stimme sorgt bei mir schlagartig für eine angenehme Gänsehaut. »Nicht im Geringsten.«

Alex tritt neben mich und deutet auf mein Gesicht. »Du denkst so angestrengt nach. Ist deine Katze wieder abgehauen?«

»Wieso, willst du mich irgendwo im Gebüsch küssen?«

»Auch wenn es sich dabei um eine sehr unterschätzte Freizeitbeschäftigung handelt, würde ich es vorziehen, wenn wir uns vielleicht einfach im Flur eines Senioren- und Pflegeheims küssen könnten. Es sei denn, ich bin dir peinlich.«

»Ein erfolgreicher Architekt könnte mir gar nicht peinlich sein.«

»Beschäftigt, nicht erfolgreich. Ich behaupte mal, das ist ein gravierender Unterschied.«

Ich stelle mich auf die Zehenspitzen und verpasse ihm einen sanften Kuss, bevor ich nach seiner Hand greife und in Richtung Ausgang gehe.

»Darf deine Großmutter eigentlich beim Konzert am Killesberg mitmachen?«

»Sicher.«

»Und kommst du auch?«

»Wenn ich muss.«

»Du musst.«

»Sagst du das als Ärztin oder …?«

Gespannt warte ich auf die Fortsetzung, aber er zuckt nur die Schultern, während wir nach draußen treten.

»Ich sage das als Chorleiterin.«

Bestimmt wird er sich gleich wieder verabschieden und zum nächsten Termin düsen, doch zu meiner Verwunderung bleibt er stehen.

»Was ist los?«

»Ich bleibe noch ein bisschen.«

»Hier?«

»Tu nicht so überrascht.«

»Aber wieso …?«

Natürlich weiß ich es, aber ich will es hören. Von ihm.

Er holt tief Luft, als müsse er sich für einen längeren Monolog wappnen, der selbst Hamlet Konkurrenz macht, aber dann atmet er wieder aus und sieht an der Fassade des Gebäudes hoch.

»Weil ich noch eine Partie Rommé mit Oma spielen muss.«

»Muss?«

»Will.«

»Und deine Termine?«

»Habe ich verschoben.«

»Einfach so?«

»Ja, einfach so.«

Doch sein Blick verrät, dass nichts davon einfach so passiert ist und er sich wirklich angestrengt haben muss.

»Also sehe ich dich morgen zur Probe wieder?«

»Oder heute zum Abendessen?«

»Bittest du mich gerade um ein Date, Alexander Gettelmann?«

»Allerdings, Frau Doktor.«

»Okay.«

»Okay? Ohne in deinen Terminkalender zu schauen?«

»Alex, nicht jeder ist so beschäftigt wie du. Ich kenne meine Termine auswendig.«

»Alle?«

»Ja, es sind ungefähr drei in den nächsten drei Wochen.«

»Dann hole ich dich so gegen neunzehn Uhr ab?«

»Klingt gut. Meine Adresse …«

»Ich weiß.«

»Woher?«

»Ich habe im Krankenhaus zugehört, als du denen deine Daten genannt hast, als Notfallkontakt für Dorothea.«

»Clever.«

»Dann bis später«, sagt er und geht rückwärts auf das Seniorenheim zu. Im nächsten Moment prallt er gegen Valentin, der gerade aus der Eingangstür getreten ist.

»Passen Sie doch auf, wo Sie hingehen!«

Damit geht er einfach an Alex vorbei, nickt mir zu und läuft weiter in Richtung Straße, als ein groß gewachsener Pfleger auftaucht.

»Herr Meerbach, wo wollen Sie denn hin?«

»Wo soll ich schon hingehen? Zur Arbeit natürlich.«

Bis auf die Hausschuhe passt sein Outfit auch zu einem Arbeitstag, nur die Uhrzeit nicht. Der Pfleger blockiert lächelnd seinen Weg und deutet zurück zur Schattigen Pinie.

»Es ist schon spät, Herr Meerbach. Kommen Sie, gehen wir lieber wieder rein.«

Alex und ich sind am Eingang stehen geblieben. Als Valentin meinen Blick bemerkt, huscht etwas Dunkles durch seine Augen.

»Was glotzen Sie eigentlich so? Rufen Sie lieber die Polizei.«

Der Pfleger schüttelt nur den Kopf, berührt Valentin sanft an der Schulter und schafft es durch diese leichte Berührung, ihn zurück in die Spur zu lenken.

»Lassen Sie uns reingehen, Herr Meerbach. Die Polizei ist gar nicht nötig.«

»Sie soll nicht so glotzen!«

Und obwohl ich wegsehen will, starre ich ihn noch immer an. Selbst als der Pfleger mir zu verstehen gibt, dass ich lieber gehen soll, kann ich nicht wegsehen.

Valentin zeigt auf mich – auf Toni, die Chorleiterin, die was von Musik versteht, und seine Teilzeit-Birdie –, doch in seinem Blick finde ich kein Anzeichen des Wiedererkennens.

»Blöde Pute«, brummt er und geht ins Haus.

63

Eine Weile stehe ich vor der Haustür. Ich bin einfach einem Impuls gefolgt und weiß gar nicht so genau, was ich eigentlich hier will. Schließlich betätige ich die Klingel, nur kurz, weil ich weiß, dass mein Vater aufdringliche Klingler nicht ausstehen kann. Langsame Schritte nähern sich. Die Tür geht auf, und mein Vater steht vor mir, in einer legeren Jogginghose und einem schlichten T-Shirt. Es ist Ewigkeiten her, dass ich ihn in einem solchen Freizeitlook gesehen habe. Ich stelle fest, dass ich ihn mir im Frack vorgestellt habe, obwohl er den daheim natürlich nie getragen hat.

»Antonia.«

»Papa.«

»Deine Mutter ist nicht da.«

»Ich wollte auch zu dir.«

Schon will er genervt ausatmen, aber ich deute an ihm vorbei ins Innere, lasse mich nicht abweisen.

»Kann ich reinkommen?«

Wenn er mich nicht hierhaben will, muss er mir das schon persönlich sagen und mir dabei in die Augen sehen.

»Komm rein.«

Im Haus nehme ich sofort den vertrauten Geruch wahr. Irgendwo steht bestimmt ein Blumenstrauß, weil Mama Blumen im Haus liebt. Wäre sie jetzt daheim, würde es auch noch nach Tee riechen, weil sie den ganzen Tag Tee trinken kann.

Statt direkt ins Wohnzimmer zu gehen, stehen Papa und ich unsicher im Flur herum und sehen einander an. Etwas an ihm erinnert mich sofort an Valentin, auch wenn sich die beiden gar nicht ähnlich sehen.

Papa und Valentin. Das wäre wirklich eine Freundschaft für die Geschichtsbücher geworden.

»Wenn du was trinken willst, dann bedien dich. Du weißt ja, wo die Gläser stehen.«

Damit geht er ins Wohnzimmer und lässt mich im Flur zurück. Er wartet nicht ab, ob ich ihm folge. Vermutlich hofft er sogar, dass ich es nicht tue. Aber da muss ich ihn enttäuschen.

Schon wieder.

Mit einem Schulterblick stellt er fest, dass ich ebenfalls auf dem Weg ins Wohnzimmer bin.

»Willst du nicht in der Küche auf deine Mutter warten?«

»Nein. Ich will im Wohnzimmer mit meinem Vater sprechen.«

»Ich habe keine Sprechstunde«, erklärt er und lässt sich in einen der Sessel fallen.

Mein Blick fällt auf das Klavier, das prominent vor den bodentiefen Fenstern mit Blick auf den großzügigen Garten steht. Wie viele Stunden meiner Kindheit und Jugend habe ich an diesem Instrument verbracht.

»Dann starren wir uns eben an, bis Mama kommt.«

Ich setze mich ihm gegenüber hin und lächele ihn offen an. Sein Gesicht verrät rein gar nichts über seine Gedanken oder Gefühle.

»Wir haben am Donnerstag ein Konzert.« Der Stolz in meiner Stimme überrascht selbst mich, hinterlässt aber einen süßen Geschmack auf meiner Zunge. »Im Seniorenheim am Killesberg.«

»Mhm.«

»Und ich wollte fragen, ob ihr kommen wollt. Mama und du.«

Sein amüsiertes Lächeln schrammt nur ganz knapp an einem herablassenden Grinsen vorbei, und ich setze mich aufrecht hin, bereit, seinen Kommentar zu parieren.

»Donnerstag haben wir leider schon was vor.«

»Ich habe noch gar keine Uhrzeit genannt.«

»Es wird den ganzen Donnerstag dauern.«

»Was habt ihr denn vor?«

Er mustert mich eingehend und scheint abzuwägen, welche Lüge er mir auftischen will.

»Freunde besuchen.«

»Könntet ihr die nicht am Freitag besuchen?«

Immerhin ist mein Vater in Rente und hat Zeit. Zumindest theoretisch.

»Nein, wir haben fest zugesagt.«

»Es ist das erste Konzert mit meinen Goldkehlchen, da dachte ich, das würdest du vielleicht gerne sehen.«

Er mustert mich so genau, dass ich nervös werde, bevor er schließlich den Kopf schüttelt.

»Frau Vogler hat uns erzählt, was du da machst. Bei deinem neuen *Job*.«

»Das habe ich mir schon gedacht.«

»Du hieltest es ja nicht für nötig, uns zu informieren.«

»Ich wollte mich erst einarbeiten.«

»Wie muss ich mir das vorstellen? Singst du mit denen Kinderlieder, ja?«

Ein Teil von ihm will wissen, wie es in meinem Job läuft, aber der andere will mich mit solchen Sprüchen verletzen und sich selbst schützen. Es trifft mich, aber mehr wie ein Streifschuss. Es ist nicht der von ihm erhoffte Volltreffer.

»Manchmal auch *Yesterday* von den Beatles.«

Sein Blick verfinstert sich für einen kurzen Moment.

»Du hättest als Konzertpianistin auf den großen Bühnen der Welt stehen können, Antonia. Du hättest das Zeug dafür gehabt.«

Natürlich schafft er es, den Bogen von den Goldkehlchen zu mir und der unaufhörlichen Enttäuschung zu ziehen.

»Aber du wolltest ja rebellieren, und als deine Mutter sagte, ich solle dich nur machen lassen, weil du es dir sicher noch anders überlegen würdest, da wusste ich schon, dass das eine dumme Idee war. Zum Glück haben wir damals die Eigentumswohnung für dich gekauft. Mit deinem Gehalt könntest du dir so was doch gar nicht leisten.«

»Ich bin nicht du.«

»Wie bitte?«

»Ich bin nicht du, Papa. Nur weil du ein Stardirigent geworden bist, muss ich mich noch lange nicht auf den großen Bühnen der Welt bewegen, wie du das so schön nennst. Ich will eine Arbeit haben, die mich glücklich macht.«

»Als wäre es nicht genug, dass du mit deinen Kitakindern Triangel spielst, musst du jetzt auch noch einen Demenzchor leiten, ja?«

»Genau das. Und ich würde mich freuen, wenn mein Vater dabei zusieht. Nicht in einem Konzertsaal vor Hunderten von zahlenden Gästen, sondern im Seniorenheim am Killesberg.«

»Es ist ein Demenzchor, Antonia. Das ist doch peinlich. Was sollen die Leute von mir denken?«

Von ihm. Dem großen Richard Waller.

»Verstehst du nicht? Das wäre eine Blamage!«

Zu spät bemerkt er, wie sehr er mich mit seinen Worten getroffen hat. Ich spüre, wie mir die Tränen in die Augen steigen.

»Ich verstehe«, sage ich leise und stehe auf. »Übrigens treten wir bald in Hamburg in der Elbphilharmonie auf. Beim Chorwettbewerb für Senioren.«

Er schnaubt verächtlich, aber die Überraschung in seinen Augen ist nicht zu übersehen, als ich ihm den Ort unseres Auftritts verrate. Genau darauf hatte ich gehofft.

»Es würde mir viel bedeuten, wenn du kommst.«

64

»Ich weiß, ich weiß, ich bin zu spät!«

Alex wartet vor meinem Haus. Es ist schon zwanzig nach sieben, aber er lächelt nur, als ich völlig außer Atem auf ihn zukomme, Milos Transportbox unter dem Arm. Mein Plan, vor dem Date noch schnell zu duschen oder zumindest meine Kleidung zu wechseln, kann ich jetzt über den Haufen werfen.

»Es tut mir wirklich leid, ich war noch … unterwegs.«

Er weiß nichts über meinen Vater, über meine Beziehung zu ihm oder wieso es mich so traurig macht, dass er mich und meinen Berufsweg nicht ernst nehmen kann.

»Willst du mit raufkommen?«

Alexander zieht eine Augenbraue nach oben, verkneift sich aber ein Grinsen und nickt schließlich.

»Gerne.«

Die Frage hätte ich mir etwas besser überlegen sollen, denn jetzt kann ich ihn nicht mehr ausladen. Aufgeräumt habe ich zuletzt vor zwei Wochen, und obwohl ich selbst meine Wohnung als kuschelig gemütlich beschreiben würde, weiß ich nicht, wie Alex das beurteilen würde.

Während wir im Treppenhaus nebeneinander hergehen, sehe ich ihn fragend an.

»Hast du eine Hausstauballergie?«

»Nein.«

»Gut. Ich will dich nicht schon beim ersten Date umbringen.«

»Beim wievielten Date planst du denn mein Ableben?«

»Das kommt ganz darauf an, wie du dich anstellst.«

»Soll ich beim nächsten Mal ein Testimonial mitbringen?«

Er plant also schon ein nächstes Date, obwohl dieses noch nicht mal begonnen hat. Ich öffne die Tür zu meiner kuschelig gemütlichen Wohnung, mit einem Lächeln auf den Lippen.

»Ob deine Ex-Frau wohl die richtigen Worte für ein Empfehlungsschreiben finden würde?«

»Eine ganze Masterarbeit würdest du von ihr bekommen, mit all den Gründen, wieso ich eine schlechte Wahl bin, und einer Auflistung von miesen Charaktereigenschaften.«

Sein Blick wandert durch mein Wohnzimmer. Ich entlasse Milo endlich aus der Box, woraufhin sie sofort auf die Couch springt und es sich dort gemütlich macht. Alexanders Anwesenheit sorgt für eine gewisse Skepsis in ihrem Blick, aber ich nicke ihr nur verschwörerisch zu.

»Keine Sorge, Milo, diesmal wird er sich anständig benehmen.«

»Das ist also deine Wohnung?«

»Die meiner Eltern. Mit meinem Gehalt könnte ich mir so was nicht leisten.«

Kurz sehe ich mich in meinem Zuhause um.

»Normalerweise ist es hier ordentlicher. Und wenn ich heute früh gewusst hätte, wie der Abend verlaufen wird, hätte ich auch noch aufgeräumt. Aber dann ist ja alles anders gekommen.«

Alex macht einen kleinen Schritt auf mich zu.

»Und weihst du mich in den Verlauf des Abends ein?«

»Ich weiß zum Beispiel, dass wir nicht mehr ausgehen, sondern uns etwas zu essen bestellen werden, weil wir beide zu müde sind, um uns noch unter Menschen zu mischen.«

Er nickt.

»Und ich weiß, dass du dich bei meiner Katze einschleimen werden musst, weil sie wahnsinnig nachtragend ist und eure letzte Begegnung nicht vergessen hat.«

»Das schaffe ich.«

»Und dann hoffe ich, dass du mir erzählst, wie dein Tag war.«

Einen Moment lang sieht er irritiert aus, doch dann breitet sich ein Lächeln auf seinem Gesicht aus.

»Ist nur schon eine Weile her, dass das jemand wissen wollte.«

Schulterzuckend deute ich auf die Couch, wo übrigens schon lange niemand mehr neben Milo und mir saß, und er nimmt die Einladung an, bevor ich in die Küche verschwinde, um ein paar Take-away-Flyer vom Kühlschrank zu zupfen.

Als ich zurück ins Wohnzimmer komme, mustert Milo ihn noch immer misstrauisch und flüchtet schließlich auf den Kratzbaum.

»Sie mag mich also nicht mehr.«

»Keine Sorge, sie mochte dich noch nie.«

»Charmant.«

»Italienisch, Indisch oder Sushi?«

Wie ein Zauberer bei einem magischen Kartentrick fächere ich die Prospekte vor mir auf und überlasse ihm die Entscheidung.

»Zu einer Pizza würde ich nie Nein sagen.«

»Gute Wahl.«

Mit dem Prospekt vom Pizzaservice setze ich mich zu ihm und beobachte ihn beim Lesen und Auswählen.

»Wie war es eigentlich bei deiner Oma?«, frage ich, nachdem wir uns auf eine Funghi und eine Frutti di Mare geeinigt haben.

Er antwortet nicht, sondern betrachtet meine kleine Schallplattensammlung, die inzwischen nicht mehr komplett ist.

»Die Musik ist bei dir also auch nach Feierabend stets präsent«, bemerkt er. Offenbar will er mir nichts über seinen Besuch bei seiner Großmutter erzählen.

»Musik ist meine große Liebe«, erkläre ich und stehe auf, um Pizza zu bestellen. »Normalerweise würde ich sagen, du kannst dir eine Platte für heute Abend heraussuchen, aber mein Plattenspieler steht in der Schattigen Pinie.«

Alex steht ebenfalls auf und geht auf meine Platten zu. Von ihrem sicheren Platz auf dem Kratzbaum aus beobachtet Milo jede seiner Bewegungen.

»Ist das nicht in der heutigen Zeit total überholt? Wie viel Minuten gehen schon auf eine Seite von so einer LP?«

»Genug.«

»Aber du musst ständig aufstehen und sie umdrehen – und das alles nur für ein paar Minuten Musikgenuss. Online kannst du stundenlang deine Lieblingssongs hören.«

Dabei klopft er sich auf die Gesäßtasche, wo ich den Abdruck seines Handys erkenne.

»Es mag dich überraschen, aber ich streame auch Musik. Es ist nicht so, als ob ich jeden Tag nur Platten höre. Aber das Knistern, das Rauschen, der nicht ganz perfekte Sound – genau das macht es doch so besonders. Bei manchen Liedern bekomme ich schon eine Gänsehaut, obwohl noch kein Ton zu hören ist. Nur das Knistern der Aufnahme auf der Platte.«

»Beispiel?«

Er stellt die Frage mit dem Rücken zu mir, seine Finger berühren die Plattencover, die dicht an dicht wie enge Freunde zusammenstehen.

»*When a man loves a Woman*, Percy Sledge. In der überarbeiteten Version haben sie es rausgefiltert, es glattgebügelt, hier und da einiges verändert.«

»Qualitativ verbessert.«

»Mag sein. Aber der Charme geht verloren.«

Als er sich wieder zu mir umdreht, sieht er mich herausfordernd an. »Ich dachte, du willst immer alles perfekt haben.«

»Dachte ich auch, aber vielleicht ist eine qualitative Verbesserung nicht immer der richtige Ansatz?«

»Hast du das bei der Arbeit mit dem Demenzchor gelernt?«

»Mag sein. Wieso fragst du?«

Einen Moment glaube ich wirklich, er wird mir als Architekt eine Standpauke darüber halten, wie wichtig es ist, alles perfekt auszuführen, weil sonst alles einstürzen könnte, aber stattdessen schiebt er die Hände in die Hosentaschen.

»Oma isst nicht mehr so richtig.«

Der plötzliche Themenwechsel bringt mich kurz aus dem Konzept. Sophia hat in der letzten Zeit tatsächlich etwas matter und dünner gewirkt, aber ich hatte gehofft, das wäre nur eine Phase.

»Die Pfleger haben jeden Tag etwas mehr zu kämpfen. Sie sagen, wenn die Patienten nicht mehr essen wollen, dann … Wieso will sie nicht mehr?«

Darauf habe ich keine Antwort, und Alexander will auch gar keine hören, sondern spricht schnell weiter.

»Ich meine, ich bin doch jetzt da, und sie kommt immer zur Chorprobe. Wir verbringen Zeit zusammen. Wieso will sie jetzt nicht mehr?«

»Vielleicht ist sie müde.«

»Kann sie dann nicht einfach ein bisschen schlafen?«

Verschwunden ist der Herr Architekt mit seinem spitzbübischen Grinsen. Geblieben ist nur Sophias Enkel, der sich Sorgen um seine Oma macht.

»Wenn sie jetzt geht, ist niemand mehr da. Niemand aus meiner Familie. Niemand, der sich noch an sie erinnert.«

Kurz entschlossen greife ich nach meinem Autoschlüssel und lege den Prospekt vom Pizzaservice auf den Couchtisch.

»Komm mit.«

»Gehen wir jetzt doch essen?« Seine Verwirrung ist nicht zu übersehen.

»Heute gibt es nur Häppchen.«

65

Alexander Gettelmann
1994

Oma packt ein Geschenk nach dem anderen aus und freut sich jedes Mal darüber. Selbst über die Geschenke, die langweilig aussehen. Alle um sie herum klatschen, manchmal lachen sie auch, wenn Oma die Schleife von der Verpackung reißt, und ich werde ganz nervös. Wenn alle Geschenke ausgepackt sind, bin ich nämlich an der Reihe.

Mama gibt dem Mann hinter dem Keyboard dann ein Zeichen, und anscheinend weiß er, was dann zu tun ist. Dann weiß er schon mal mehr als ich.

Meine Fliege sitzt viel zu eng am Hals, aber jedes Mal, wenn ich daran herumzupfe, wirft mir Papa einen bösen Blick zu, obwohl er seine eigene Krawatte schon vor dem Nachtisch gelockert hat. Außerdem ermahnt er mich, meine Ellenbogen vom Tisch zu nehmen und mich aufrecht hinzusetzen, während Tante Gerda eine ihrer langweiligen Geschichten erzählt und alle so tun, als würden sie zuhören.

Ich bin der jüngste Gast, und das nervt. Es ist warm, das Essen schmeckt irgendwie erwachsen, und erst nachdem ich meine Eltern angebettelt habe, wurden Pommes für mich bestellt.

Alles ist öde.

Alles außer Oma.

Wenn keiner hinschaut, also keiner außer mir, dann verzieht sie das Gesicht oder zwinkert mir zu, dann muss ich grinsen. Ich glaube, wir teilen ein Geheimnis. Dabei habe eigentlich nur ich eines. Eines, mit dem ich sie überraschen will.

Noch zwei Geschenke. Eines von Opa und eines von Mama. Alle klatschen, als sie das Geschenk von Mama ausgepackt hat, und ich muss mich auf die Zehenspitzen stellen, um es besser erkennen zu können.

»Das sind Kissenbezüge«, erklärt Mama. »Du stickst doch so gern. Ein Kreuzstichmuster ist auch dabei.«

Oma nickt lächelnd, und Opa legt ihr sanft die Hand auf die Schulter. »Dann hast du ja jetzt ein Hobby für die Rente.«

Rente klingt cool, da muss man nicht mehr arbeiten und kann den ganzen Tag daheim sitzen. Kreuzstichkissen will ich nicht machen, aber auf der Couch sitzen und nicht mehr für Mathe lernen, das fände ich toll.

»Ich habe ein Hobby, Helmut«, erklärt Oma. »Ich brauche nicht noch eines.«

Jetzt lacht Opa, ein bisschen zu laut, wohl damit auch die ganz hinten es hören können.

»Ja, das Tanzen. Aber das hängst du ja jetzt bald an den Nagel, nicht wahr?«

Aber statt zu Oma sieht er zu uns und zwinkert ungeschickt, was komisch aussieht. Wieder lachen alle, sogar Mama, aber Oma lacht nicht, sondern legt nur das Geschenk zur Seite.

»Danke, Sylvia. Das sind sehr hübsche Motive.« Aber ich habe nicht den Eindruck, als würde Oma die Motive wirklich hübsch finden. »Mal sehen, wann ich dazu komme, sie zu sticken.«

So richtig glücklich klingt das nicht. Oma klingt gerade überhaupt nicht glücklich, und wenn sie gleich Opas Geschenk ausgepackt hat, dann gibt es keine Ausreden mehr. Dann wird Mama dem Mann am Keyboard zunicken, und ich muss mein Geschenk überreichen. Und das, obwohl ich keines habe, wo man eine Schleife drum machen kann.

»Dann kommen wir mal zum letzten Geschenk des Tages«, sagt Opa und deutet stolz auf ein großes Paket, das in rotes Geschenkpapier verpackt und mit einer großen Schleife versehen ist. Ich glaube, je größer die Schleife, desto toller das Geschenk.

Oma gibt sich diesmal viel Mühe, das Geschenkpapier nicht zu zerreißen, und lässt sich viel Zeit, was mich noch nervöser macht. Ob ich noch Zeit habe, schnell auf die Toilette zu rennen, bevor ich dran bin?

»Eine Nähmaschine!«

Opa sagt es so laut, dass selbst die alte Dame mit dem Hörgerät, die mir schon dreimal in die Backe gekniffen hat, begeistert nickt. Alle machen Ah oder Oh, es wird geklatscht, und ich frage mich, wieso. Eine Nähmaschine ist doch kein Computer. Ich würde mich über eine Nähmaschine jedenfalls nicht freuen, und Oma tut es auch nicht, sie nickt nur und dreht den großen Karton auf dem Tisch vor sich hin und her.

»Ich dachte, das kommt dann in dein Nähzimmer. Damit dir nicht langweilig wird.«

Oma nickt zu Opas Worten, aber ihr Lächeln sieht eisig aus.

»Schau mal, da geht alles automatisch«, erklärt Opa. »Das ist viel einfacher als früher, und es hat auch eine Garantie von fünf Jahren.«

»Gut. Ich gehe nämlich erst in fünf Jahren in Rente, hoffentlich funktioniert die Maschine dann noch.«

Auch ihre Stimme klingt etwas frostig, als sie sich zu Opa dreht, der aber nur milde lächelt und ihre Wange berührt.

»Wir haben ja besprochen, dass du auch früher in Rente gehen kannst, mein Liebling.«

»Wenn ich will.«

»Und du willst doch, oder?«

Manchmal hängen Erwachsene ein *Oder* ans Satzende, als könnte man sich noch dagegen entscheiden, dabei ist die Entscheidung längst gefallen. Mama sagt manchmal: »Du willst noch Mathe lernen, oder?« Dabei will ich das eigentlich nie.

Es ist ganz still geworden, niemand lacht mehr, niemand sagt irgendwas, und ich würde am liebsten auf die Toilette rennen und einfach dableiben, aber dann sieht Mama fragend zu mir, als wollte sie sagen: Du musst Oma noch dein Geschenk geben, oder? Und bevor ich es mir noch anders überlegen kann, nickt Mama dem Mann am Keyboard zu und räuspert sich.

»Alexander hat auch noch ein Geschenk für dich, Mama.«

Alle sehen mich lächelnd an und erwarten bestimmt eine selbst gemalte Karte oder so.

»Was hast du denn für mich, Alex?«

Meine Beine haben sich ganz von allein in Bewegung gesetzt, und schon stehe ich vor Oma, die zwischen all den Geschenken kleiner aussieht, als sie es eigentlich ist. Aber ihr Lächeln ist immer groß und immer ehrlich, so wie jetzt.

Mama gibt dem Mann ein Zeichen, und die Musik beginnt. Es ist *Für mich soll's rote Rosen regnen* von Hildegard Knef.

Ich beuge mich zu Oma. Sie riecht nach Nivea und Lavendel.

»Ich wollte fragen, ob du mit mir tanzen willst.«

Hoffentlich hat das niemand außer ihr gehört, vor allem nicht Opa, dessen kritischen Mathelehrerblick ich in meinem Rücken spüre.

»Das will ich sogar sehr gerne.«

Omas Blick ist etwas glasig, so als würde sie gleich weinen, obwohl sie lächelt. Also halte ich ihr die Hand hin, die sie sofort ergreift. Die anderen Gäste lösen sich irgendwie in Luft auf, weil ich sie gar nicht mehr wahrnehme. Da ist nichts außer Oma, der Musik und mir.

Tanzen kann ich ungefähr so gut wie Mathe, aber ein bisschen hin und her schaukeln, das kriege ich hin. Oma übernimmt die Führung, und so langsam hat sich auch mein Herz beruhigt, passt sich der Musik an, und das Lächeln fällt mir wieder leichter. Vor allem, wenn ich Oma anschaue.

Die letzte Zeile singt sie leise und doch für mich hörbar mit, was schräg und schön zugleich klingt.

Als wir uns drehen, stelle ich fest, dass Opa jetzt gar nicht mehr so grimmig aussieht. Ist ja auch schwer, wenn Oma so strahlt. Ich bin ein bisschen stolz, weil sie bei keinem der toll eingepackten Geschenke so glücklich aussah wie jetzt mit mir. Kurz glaube ich, sie wird mich gleich fest an der Hand nehmen und wir rennen einfach zusammen los. Weg von den langweiligen Erwachsenengeschichten und weg von den Geschenken, die sie nicht haben will. Ins Schwimmbad oder noch weiter weg, vielleicht bis ans Meer, aber wir tanzen einfach nur, während die Frau in dem Lied davon singt, dass sie nicht alleine, aber frei sein will, und irgendwie, glaube ich, singt sie auch ein bisschen über Oma.

Bis mein Großvater mir auf die Schulter tippt. Er zwinkert mir zu und sieht für einen kurzen Moment ganz jung aus, so wie auf den Fotos, die bei meinen Großeltern im Wohnzimmer hängen und zu denen Oma immer eine Geschichte hat.

»Darf ich abklatschen?«

66

»Und das war das letzte Mal, dass ich sie zusammen habe tanzen sehen.«

Alex sitzt da und sieht auf den Boden vor sich, den Kaffeebecher in der Hand.

»Danach wurde alles irgendwie anders, und als meine Großmutter dann in Rente gegangen ist, wurde sie immer ruhiger. Der Klassiker, weniger Sozialkontakte, sie wurde schusseliger, hat hier und da Namen vergessen, den Schlüssel verlegt.«

Alle nicken.

»Mein Großvater ist dann sehr überraschend verstorben, und meine Oma war plötzlich alleine im Haus. Sie wollte nicht weg, dort waren ja alle Erinnerungen. Irgendwann haben die Nachbarn sie dann einige Straßen weiter gefunden. Sie wusste nicht mehr, wie sie nach Hause kommt. Da war es dann eigentlich klar. Wollte natürlich niemand hören. Ich am allerwenigsten.«

Als er aufsieht, wirkt er fast überrascht, als hätte er vergessen, dass er nicht alleine ist. Robert sitzt zu meiner Linken, die anderen Anwesenden, zu deren Gesichter ich die Namen erst noch lernen muss, nicken alle verständnisvoll, weil sie Alexanders Geschichte kennen, sie selbst so oder ähnlich erlebt haben.

»Jedes Mal, wenn *Für mich soll's rote Rosen regnen* läuft, denke ich an diesen Tanz meiner Großeltern und wie meine Oma mich angesehen hat. Vermutlich hätte ich mehr Zeit mit ihr verbringen sollen, dann hätte sie mich nicht so schnell vergessen.«

Er lacht es weg, will sich nicht anmerken lassen, wie schwer das alles auf seinen Schultern lastet, als sich eine Frau in unserem Alter zu Wort meldet.

»Meine Großmutter wohnte bis vor einem Jahr bei uns im Haus. Ich habe nicht nur meine komplette Jugend, sondern auch mein gesamtes Erwachsenenleben mit ihr unter einem Dach verbracht, und trotzdem erinnert sie sich weder an meinen Namen noch an mein Gesicht.«

Alex nickt, fast etwas erleichtert, und trinkt noch einen Schluck Kaffee. All die Geschichten heute Abend zu hören, das war nicht leicht, aber dazwischen wurde auch gelacht, wenn von den guten Tagen gesprochen wurde, an denen man zumindest ein winziges bisschen den Menschen, den man so sehr liebt, wiedererkannt hat. Tipps werden ausgetauscht, nicht nur, wie man mit den Betroffenen umgeht, sondern auch, wie man sich selbst Ruhepausen verschafft und wie man mit manchen schwierigen Situationen umgehen kann.

Robert stupst mich sanft von der Seite an, und ich bemerke, dass jetzt alle Blicke auf mich gerichtet sind, aber ich schüttele nur schnell den Kopf, komme mir wie eine illegale Undercover-Agentin vor und lächele entschuldigend.

»In meiner Familie hat niemand Demenz, ich bin mit Alex hier.«

Während ich auf ihn deute, frage ich mich, ob das so klingt, als seien wir ein Paar. Was wir natürlich nicht sind. Wir haben uns nur im Gebüsch geküsst. Und am Auto. Aber das tut jetzt nichts zur Sache.

»Robert sagte, Sie leiten einen Demenzchor.«

»Ganz richtig.«

»Das klingt sehr beeindruckend.«

Fast muss ich lachen, weil mir das Gespräch mit meinem Vater einfällt, dem es so peinlich ist, dass ich einen ganz anderen Weg gewählt habe, als er für mich vorgesehen hat.

»Das werde ich mal im Pflegeheim meines Vaters ansprechen. Musik hat er früher nämlich sehr gerne gehört.«

Ein Mann, der mir schräg gegenübersitzt, lächelt mich an, und ich nicke.

»Es gibt Studien, die einen positiven Effekt beweisen. Da kann ich Ihnen sicherlich ein paar Quellen raussuchen.«

Alex legt ganz selbstverständlich den Arm um mich. »Sie ist nämlich nebenbei auch noch so was wie eine Ärztin.«

Obwohl seine Augen noch etwas feucht sind, ist sein Lächeln zurückgekehrt, und wenn ich mich nicht irre, fehlt etwas von dem schweren Druck, den er immer auf seinen Schultern getragen hat.

»Werden wir Sie denn wiedersehen?«, fragt der Leiter der Gesprächsrunde.

»Vielleicht«, meint Alex.

»Nun, Sie sind auf jeden Fall immer herzlich willkommen.« Dann sieht der Mann zu mir. »Sie beide.«

Dabei grenzt es schon an ein Wunder, dass ich Alex überhaupt hierhergekriegt habe. Allerdings wären die Häppchen, die von den Teilnehmern mitgebracht werden, ein guter Grund dafür, wieder einmal herzukommen.

Nach knapp zwei Stunden verabschieden sich alle, und Robert begleitet uns zum Parkplatz, wo er mich fest umarmt.

»Schön, dass ihr heute dabei wart.« Sein Blick wandert zu Alex. »War es wirklich so schlimm?«

»Es hat gutgetan.«

»Das ist doch schon mal ein Anfang.«

»Aber erwarten Sie jetzt nicht, dass ich jeden Freitag hier aufkreuze.«

»Das würde ich niemals.« Aber Roberts Lächeln verrät das genaue Gegenteil. »Ich glaube, Sie müssen sich nicht schämen, Alex.«

Ein einfacher Satz, der mir ehrlich gesagt nicht einmal in den Sinn gekommen wäre, aber ins Schwarze trifft.

»Was?«

»Sie müssen sich nicht schämen. Nicht für Ihre Großmutter, nicht für Ihre Gefühle und auch nicht dafür, dass Sie heute hier waren. Nur für den Fall, dass Ihnen das noch niemand gesagt hat.«

»Ich schäme mich doch nicht.«

Robert hält Alexanders Blick und nickt schließlich, lässt ihm diese Lüge durchgehen.

»Umso besser. Dann sehen wir uns bei der Chorprobe?«

»Ich werde da sein.«

Aber auch diesmal lässt Alexander es offen, ob wir mit ihm rechnen können oder nicht. Robert geht über den Parkplatz davon, bis er nicht mehr zu sehen ist.

»Alles okay?«, will ich von Alex wissen.

»Es war das schrägste Date meines bisherigen Lebens. Bei einer Gesprächsgruppe für Angehörige von Demenzkranken, das war auf jeden Fall etwas Besonderes.«

»So vergisst du mich zumindest nicht so schnell.«

»Es sei denn, die Demenz in meiner Familie ist erblich bedingt. Dann stehen die Chancen gar nicht so übel, dass ich diesen ganzen Abend eines Tages vergessen habe.«

Ich hake mich bei ihm ein, bevor dieser Gedanke seine Stimmung trüben kann. »Aber bis dahin werde ich dein verrücktestes Date bleiben.«

Er atmet tief durch, während wir auf mein Auto zugehen.

»In meinem Leben ist kein Platz für Demenz. Ich muss mir Dinge merken können, Termine, berufliche und private, die Namen aller meiner Arbeitskollegen und Kunden, die der Freunde meiner Kinder, die Namen der Anwälte meiner Ex-Frau …«

»Sie hat gleich mehrere?«

»Sie wechselt sie gerne.«

»Verstehe.«

»Meine Ex-Frau hat meine Oma übrigens nur einmal getroffen.«

»War sie da schon krank?«

»Nein. Oder ja, aber sie hat es noch gut vertuscht. Die beiden mochten sich nicht besonders, und wir sind dann nicht mehr hingefahren. Ich dachte, das wäre für beide besser.«

Er zuckt die Schultern, das kann er besonders gut und deutlich besser, als seine Gefühle einfach auszusprechen.

»Niemand bereitet dich darauf vor. Es ist ein Abschied auf Raten. Irgendwann wird sie nur noch ein Art Phantom sein, von dem ich erzähle.«

»Es mag ein schwacher Trost sein, aber ich erinnere mich mit dir an Sophia.«

67

»Sie sehen schon viel besser aus.«

»Und Sie sind noch immer eine miese Lügnerin.«

Dabei habe ich wirklich den Eindruck, dass Dorothea heute schon einen fitteren Eindruck macht als bei meinem letzten Besuch. Sie sitzt aufrecht in ihrem Bett, in ihrem rechten Handrücken steckt eine Kanüle, die mit einem Tropf verbunden ist. Auf dem Nachttisch steht ein Tablett mit einem Schinkenbrot, das sie nicht angerührt hat.

»Ich soll Sie ganz herzlich von Ulrich grüßen.«

Wieso klingen die Worte so nichtssagend und sperrig, als ich sie ausspreche?

»Geht es ihm gut? Und lügen Sie mich nicht an, ich kriege es ja doch raus!«

»Er ist sehr tapfer. Aber natürlich vermisst er Sie schrecklich.«

»Wir sehen uns ja bald wieder.«

Sie deutet auf den Stuhl neben dem Bett, dabei wollte ich gar nicht so lange bleiben, nur kurz nach ihr sehen und fragen, ob die Möglichkeit besteht, dass sie uns zum Killesberg begleitet. Ein absurder Wunsch, der knapp links an der Realität vorbeischlittert, den ich aber dennoch hege – für Ulrich.

»Haben die Ärzte denn schon gesagt, wann Sie wieder nach Hause können?«

»Ob.«

»Wie bitte?«

»*Ob* ich wieder nach Hause kann.«

»Ich dachte ...«

Sie nickt wissend.

»Ja, das dachte ich auch. Aber sehen Sie, Toni, diese Krankheit schert sich einen Dreck um meine Pläne.«

Dabei lächelt sie bitter und kampflustig zugleich, weil sie noch nicht aufgeben will.

»Was ist mit Hamburg?«

»Hamburg ist fest eingeplant.«

Kein Versprechen, keine Garantie, aber ein festes Ziel.

»Kann ich irgendwas tun?«

»Kümmern Sie sich ein bisschen um Ulrich?«

»Das hat Bolle schon übernommen. Er hat ihm den Skat-Poker-Rommé-Club vorgestellt und holt ihn immer zum Frühstück ab.«

»Wie nett von ihm.«

Zum ersten Mal erkenne ich die Erleichterung in ihrem Gesicht, die sie bisher nicht zugelassen hat.

»Ihr Plan hat funktioniert, Dorothea. Er fühlt sich in der Pinie nicht ganz fremd, hat Anschluss gefunden und kommt regelmäßig unter Leute, und natürlich hat er die Goldkehlchen.«

Sie lehnt sich gegen ihr großes Kissen und schließt einen Moment die Augen, ein sanftes Lächeln auf den Lippen. Kurz überfällt mich eine eisige Panik, sie könnte loslassen, hier und jetzt.

»Aber Hamburg steht noch, oder?«

Meine Stimme klingt eine Spur zu schrill, und sie öffnet die Augen wieder, hellwach und aufmerksam.

»Natürlich.«

»Gut. Wir haben übrigens demnächst so was wie einen Probeauftritt in einem anderen Seniorenheim.«

»Ach, das ist aber schön.«

»Ulrich wollte wissen, ob Sie auch kommen können. Es ist allerdings schon am Donnerstag.«

»Schon so bald …« Sie lässt ihren Blick durch das sterile Zimmer wandern. »Ich denke nicht, dass das möglich sein wird.«

»Okay, kein Problem.«

Ich wusste es.

»Aber vielleicht können Sie es ja mit dem Handy aufnehmen und mir zeigen? Ich möchte die Goldkehlchen so gerne in Aktion erleben.«

»Natürlich.«

»Und würden Sie mir noch einen Gefallen tun, Toni?«

»Ja?«

»Ich habe zwar alles für Ulrich vorbereitet, dabei habe ich es allerdings verpasst, auch für mich eine Notfalltasche zu packen. Diese Kliniknachthemden sind schrecklich kratzig. Würden Sie mir einige Sachen aus dem Haus bringen?«

»Gerne.«

Aus dem Haus, in das sie vielleicht nicht mehr zurückkehren wird.

»Der Schlüssel ist in der Schublade hier. Sie finden alles im Kleiderschrank, da ist auch eine alte Sporttasche. Packen Sie einfach ein paar Dinge rein, die nicht nach Krankenhaus aussehen oder riechen.«

»Ich gebe mein Bestes.«

Dorothea hält meinen Blick eine kleine Weile, und ich spüre, wie der Kloß in meinem Hals wächst.

»Das kriegen wir schon hin«, versichere ich und probiere zu lächeln. Um dem bedrückenden Thema etwas auszuweichen, sehe ich mich im Krankenzimmer um.

»Vielleicht bringen Sie auch ein Foto mit?«

»Gerne.«

»Und etwas Musik?«

Dorotheas Bitte überrascht mich, und als ich sie ansehe, ist da ein entspannter Ausdruck auf ihrem Gesicht.

»Ich muss doch meinen Text für den Auftritt in Hamburg üben.«

»Darum kümmere ich mich natürlich.«

»Toni, es tut mir leid, dass ich Sie mit alldem behelligen muss, aber Ulrich und ich, wir hatten immer nur einander. Keine Kinder.«

Wie nickt man, wenn man nicht verraten will, dass man die Geschichte dahinter schon kennt?

»Es macht mir wirklich nichts aus, mich darum zu kümmern«, erkläre ich.

»Wer hätte gedacht, dass ich auf meine alten Tage noch mal eine persönliche Assistentin bekomme?«

Sie lacht, und wenn man bedenkt, wie krank sie ist, klingt ihr Lachen so voller Leben, als wäre noch kein Ende in Sicht.

Erst als ich mit dem Schlüssel in der Tasche das Krankenhaus verlasse und zu Dorotheas und Ulrichs Haus fahre, wird mir so richtig bewusst, dass sie bereits im letzten Kapitel ihrer gemeinsamen Geschichte angekommen sind. Vor meinem Job bei den Goldkehlchen habe ich mir wenig Gedanken über das Älterwerden gemacht. Das Leben ist ja noch lang, habe ich gedacht, ohne zu ahnen, dass einem am Ende die Zeit davonläuft. Und für manches ist es irgendwann definitiv zu spät.

Ich betrete das leere Haus und bleibe noch einen Moment im Flur stehen, nachdem ich die Tür hinter mir geschlossen habe. Als ich mit Ulrich, Alex und Robert hier war, kam es mir nicht so fremd und ich mir nicht wie ein Eindringling vor. Weil die Leere so erdrückend ist, nehme ich zwei Stufen auf einmal und bin fast etwas außer Atem, als ich oben ankomme.

Die Stille ist mir nach oben gefolgt, geht jeden Schritt mit mir bis ins Schlafzimmer. In Dorotheas Seite des Kleiderschranks finde ich die Sporttasche, die groß genug für die wichtigsten Dinge ist. Ich packe zwei Nachthemden, Unterwäsche, Socken, einige Oberteile und Hosen ein, die bequem aussehen und trotzdem hübsch sind.

Dann öffne ich Ulrichs Schrankseite, obwohl ich für ihn gar nichts mitnehmen muss. Aber wenn man ein Leben lang nebeneinanderlag, dann vermisst man vielleicht den vertrauten Geruch des Ehemannes oder den Stoff des Pyjamas zwischen den Fingern, wenn man über die Bettseite nach seiner Hand tastet.

Kurz entschlossen nehme ich ein Pyjamahemd heraus und lege es zu den anderen Sachen in die Tasche.

Aus dem Bad hole ich Dorotheas Tagescreme und ihr Parfüm und stecke auch das Fläschchen Rasierwasser ein, das am Waschbecken steht.

Als Letztes packe ich das gerahmte Bild von Ulrich in die Tasche, das einsam und verlassen auf dem Nachttisch gewartet hat.

Bevor ich gehe, werfe ich einen kurzen Blick in Wohnzimmer und Küche, nur um sicherzugehen, dass alles in Ordnung ist, als mein Blick am Kühlschrank hängen bleibt.

Mit einem Magneten ist dort ein Blatt Papier befestigt, das ich zuerst für einen Einkaufszettel halte, bis ich näher trete und die Wörter genauer lesen kann.

Eine Liste, ja, aber nicht für Einkäufe, sondern für Erinnerungen, die noch gesammelt werden sollen.

Vorsichtig entferne ich den Magneten und nehme das Blatt mit.

68

Als der kleine Bus am späten Vormittag vorfährt, sind meine Goldkehlchen ganz aufgeregt. Sie alle haben sich nach ihren Möglichkeiten schick gemacht. Bolle ist frisch rasiert und hat etwas zu viel Aftershave aufgetragen. Er trägt ein weißes Poloshirt zu Jeans und Turnschuhen und steht neben Ulrich, der sich für ein gestreiftes Oberhemd entschieden hat, vermutlich, weil er sich darin am wohlsten fühlt. Trotzdem wirkt er etwas unsicher. Umso dankbarer bin ich, dass Robert sich seiner annimmt und ihn in ein Gespräch verwickelt. Auf ihn kann ich mich verlassen, ebenso wie und Anja Henke, die uns gemeinsam mit einem Kollegen begleiten wird.

Von Alex fehlt jede Spur, dabei hat er auf meine Nachricht, ob er auch den kleinen Auftritt in seinen überfüllten Terminkalender eingetragen habe, mit einem Daumen-hoch-Emoji geantwortet.

Sophia sitzt bereits im Bus, sie trägt eine weinrote Stoffhose mit aufgenähten Strasssteinchen und eine weiße Bluse. Ihr Lächeln verrät nicht, ob sie aufgeregt ist, aber ich hoffe, sie freut sich einfach auf einen kleinen Tapetenwechsel.

Valentin hat einen schwarzen Anzug an, die Krawatte in der Hand und das Haar zurückgegelt. Als er auf mich zukommt, hat er unseren Zwischenfall auf dem Parkplatz neulich längst vergessen, und ich ahne schon, worum er mich gleich bitten wird.

»Birdie, mir gelingt der Knoten einfach nicht.«

Zum Glück habe ich dank YouTube inzwischen den Dreh raus und lege ihm fast schon routiniert die Krawatte um den Kragen seines Hemdes. Ein bisschen erinnert er mich jetzt an die jüngere Version von Valentin, der als schwäbischer Frank Sinatra durch die kleinen Hallen getingelt ist.

»Sind Sie nervös?«

»Ich bitte dich.«

»Nicht mal ein kleines bisschen?«

»Es ist ein Auftritt, keine Herz-OP.«

Dann wirft er einen kritischen Blick in die spiegelnde Scheibe des Busses und nickt zufrieden, da ihm der Krawattenknoten offensichtlich zusagt.

»Gute Arbeit, Birdie. Dann wollen wir mal.«

Gut zu wissen, dass zumindest Valentin nicht einmal ansatzweise nervös ist. Robert gesellt sich zu mir, nachdem auch Bolle und Ulrich in den Bus gestiegen sind. Frau Fängele wird gerade von einem Pfleger auf dem Parkplatz eingesammelt und zu uns gebracht.

»Sie sehen aus, als ob Sie sich gleich übergeben müssten«, meint Robert.

»Ist nicht auszuschließen.«

Väterlich legt er einen Arm um mich und drückt meine

Schulter. »Wir haben so viel geübt, das Lied ist toll, und im Notfall lassen wir Valentin einfach sein Sinatra-Repertoire singen.«

»Nicht die schlechteste Idee.«

Noch immer sehe ich mich suchend auf dem Parkplatz um, obwohl Frau Fängele inzwischen ebenfalls im Bus Platz genommen hat.

»Wir sollten langsam los, wenn wir pünktlich sein wollen.«

Anja Henke deutet in Richtung des Kleinbusses, und ich spüre, wie Robert mich vorsichtig in Bewegung setzen will.

»Aber es fehlt noch jemand …«

Und ich wette, dass Robert weiß, wen ich meine, auch wenn er jetzt langsam den Kopf schüttelt.

»Wir sind schon fünfzehn Minuten zu spät, Toni.«

»Er ist bestimmt unterwegs.«

Alex muss unterwegs sein, denn nur deswegen hat er noch nicht auf meine drei Nachrichten geantwortet, die ich ihm in den letzten fünfzehn Minuten geschrieben habe.

»Er hat es sich in seinen Terminkalender eingetragen, also wird er auch kommen.«

»Es sei denn, etwas ist dazwischengekommen«, meint Robert.

»Was ist denn wichtiger als das hier?« Mit einer ausladenden Geste deute ich auf den Kleinbus mit den Goldkehlchen.

»Das Leben macht keine Pause, nur weil wir einen Auftritt haben, Toni.«

Roberts nüchterne Worte treffen mich wie eine Ohrfeige, und ich sehe ihn einen Moment perplex an.

»Was ich damit sagen will, Herr Gettelmann hat da draußen noch ein ganzes Leben, eine Familie und einen Job. Genau deswegen gibt es Pflegeheime wie die Schattige Pinie, weil nicht jeder Mensch alles aufgeben kann, um Angehörige zu pflegen.«

»Aber Sie sind doch auch jeden Tag hier.«

Robert legt den Kopf ein bisschen schief, sein Blick wird milder, und er lächelt traurig.

»Weil ich weder eine Familie noch ein Leben da draußen habe.« Er deutet auf den Bus. »Meine gesamte Familie ist da drinnen.«

Bolle, der neben Ulrich in der zweiten Reihe sitzt, sieht zu uns nach draußen und fragt sich wohl, wieso wir nicht schon längst losgefahren sind.

»Ohne Bolle habe ich nichts zu tun.« Robert zuckt entschuldigend die Schultern. »Nehmen Sie mich nicht als Beispiel, Toni. Aber Alexander, der hat was zu tun.«

»Sollte seine Großmutter nicht wichtiger sein?«

»Der Junge gibt sich wirklich Mühe, aber er kann nicht alles stehen und liegen lassen. Seien Sie nicht so streng mit ihm.«

Robert hat recht. Wieso sonst gibt es Senioren- und Pflegeheime? Valentins Tochter hat ein ganzes Leben in Schweden, das sie nicht aufgeben kann, um hier bei uns ihren kranken Vater zu pflegen. Dorothea hat für Ulrich vorgesorgt, aber mir ist bisher noch nicht in den Sinn gekommen, dass es die Ausnahme ist, dass einer jemanden wie Robert hat, der sich um seinen guten Freund kümmert.

»Kommen Sie, Toni, wir beide haben auch was vor.«

Im Bus sehen mich vertraute Gesichter an, aufgeregt, gelangweilt und abwartend. Der Fahrer nickt, sobald auch Robert und ich Platz genommen haben.

»Wenn Sie nervös sind, werden es auch alle anderen sein, Toni«, meint Robert leise.

»Alle außer Valentin«, entgegne ich.

Valentin sitzt mit einem Lächeln auf dem Gesicht allein da und überprüft immer wieder den perfekt sitzenden Krawattenknoten.

»Weil er ein Profi ist, Toni. Und das sind Sie doch auch.«

Ich weiß, dass er recht hat. Also atme ich tief durch und wende mich dann lächelnd an meinen Chor, der sich jetzt auf mich verlässt.

»Ich freue mich sehr auf den heutigen Tag, das wird bestimmt schön.«

Die Worte klingen zwar eher so, als würde ich sie von einem Gute-Laune-Kalender ablesen, aber einige nicken zustimmend, und ich sehe zu Valentin.

»Wollen wir uns vielleicht ein bisschen einsingen?«, schlage ich vor.

»Das kann sicher nicht schaden. Vor allem mit diesen Amateuren.«

Bevor Bolle oder sonst jemand auf Valentins Provokation eingehen kann, greife ich nach meinem Handy, wähle die Playlist mit den Liedern, die wir bisher zusammen gesungen haben, und drücke einfach auf Shuffle, lasse mich überraschen.

Udo Jürgens verkürzt uns die Busfahrt, wobei wir beim Refrain alle mehr oder weniger begeistert den griechischen Wein besingen. Nur Ulrich sitzt still da, den Blick stur aus dem Fenster gerichtet.

Meine Gedanken wandern zur Liste vom Kühlschrank, die ich mitgenommen habe. Natürlich weiß ich, an wen er – nicht nur bei diesem Lied – denkt.

Beim letzten Refrain bewegt er zumindest seine Lippen und spricht stumm die Worte mit.

69

Je nach Sonneneinfall erinnert die Schattige Pinie ein bisschen an ein Landhaus der englischen Queen, wo sie sich aufhielt, wenn ihr der Buckingham Palace zu unpersönlich und groß wurde. Dieses Seniorenheim hingegen wirkt mit den großzügigen Balkonen und den Sonnenliegen im Garten wie ein 5-Sterne-Hotel in Marbella. Eine Dame mit Louis-Vuitton-Handtasche verlässt gerade das Gebäude, als wir aus dem Bus steigen, und steuert direkt auf ihren schwarzen Porsche zu, ohne uns zu beachten.

Robert tritt hinter mich. »Da haben Sie ja das perfekte Publikum für unseren ersten Auftritt ausgesucht.«

»Frau Geiger hat diese Location ausgesucht«, stelle ich richtig.

Ein bisschen deplatziert stehen wir neben dem Kleinbus.

»Wissen Sie, wo wir sind?«, erkundigt sich Valentin.

»Beim Seniorenheim am Killesberg, wo wir unser Konzert haben«, antworte ich etwas irritiert. Hat Valentin schon wieder die Orientierung verloren?

»Wir singen heute in der Sonnigen Palme, Toni«, erklärt Valentin. »Bei unserer Konkurrenz. Frau Geiger hat uns in die Höhle des Löwen geschickt.«

Ich spüre, wie sich die Panik anschleicht, aber es gelingt mir, sie zu ignorieren und stattdessen ein Lächeln aufzulegen.

»Na, umso besser. Zeigen wir denen mal, mit wem sie es zu tun haben.«

Anja Henke nickt mir zu und signalisiert mir damit, dass alle bereit sind. Gerade als ich tapfer losmarschieren will, schiebt Valentin seine Hand in meine, hält sie fest und sucht die Sicherheit, die er außerhalb seines gewohnten Umfelds nicht mehr hat.

Robert geht neben Bolle her, Elena Fängele und Ulrich bilden ein spontanes Duo, und Anja Henke folgt uns mit Sophia am Arm. Wir sind zwar nicht die Avengers, sondern die Goldkehlchen, aber wir sind hier, um zu singen.

In meinem Kopf sehen wir lässig aus, wie wir geschlossen auf das Seniorenheim zugehen, wie in einem Film, inklusive Windmaschine und guter Musik, die die Szene noch epischer macht. Zum Glück bemerkt niemand meine Nervosität.

Am Empfang werden wir von einer erstaunlich jungen Frau begrüßt, die sich als Frau Bronski vorstellt. Sie trägt ein weinrotes Poloshirt mit dem aufgestickten Logo der Sonnigen Palme auf der Brust und eine weiße Stoffhose mit Bügelfalte.

»Sie müssen Frau Waller und die Goldkehlchen sein.«

Falls sie uns als ihre Konkurrenz sieht, lässt sie sich das nicht anmerken, und ich beschließe, dass Freundlichkeit die beste Taktik ist.

»Die sind wir.«

»Sehr schön, wir freuen uns schon sehr auf Ihr …«

Sie lässt ihren Blick langsam, fast etwas gelangweilt von mir zu meinem Chor wandern, mustert jedes Gesicht und sieht dann wieder zu mir.

»… *Konzert.*«

Ihr Lächeln bleibt unverändert, aber in ihren Augen blitzt etwas auf, das mir missfällt.

»Ja, und wir freuen uns schon sehr auf unser … *Publikum.*«

Kurzes Starrduell, dann sieht sie als Erste weg und bedeutet uns, ihr zu folgen. Robert, der neben mir geht, beugt sich etwas zu mir.

»Nicht provozieren lassen. Solange Valentin die Töne trifft, werden denen die Knie vor Angst schlottern.«

Der Flur erscheint mir unendlich lang, das Sonnenlicht, das durch die vielen bodentiefen Fenstern ins Innere fällt, taucht alles in einen sanften Retrolook, die großen Pflanzen in ihren Tontöpfen erfreuen sich bester Gesundheit, an den Wänden begleiten uns Drucke von van Goghs bekanntesten Werken, und ich ertappe mich bei dem Gedanken, dass es sogar Originale sein könnten, so exklusiv wirkt das gesamte Ambiente.

»Hier entlang.«

Frau Bronski öffnet eine Doppeltür und führt uns in einen großen Saal, der an eine Schulaula erinnert. Zu meiner Überraschung sind alle Plätze bereits belegt. Köpfe drehen sich zur Tür, als wir eintreten.

Wir haben also keine Gelegenheit mehr, uns vorzubereiten, sondern werden ins eiskalte Wasser geschubst, und das mit voller Absicht. Bevor ich meine Frage formulieren kann, sieht mich Frau Bronski halb entschuldigend an.

»Da Sie sich verspätet haben, wollten wir keine weitere Zeit verlieren. Die Bühne gehört Ihnen.«

Weil wir auf Alex gewartet haben, der sicher nicht mehr auftauchen wird. Meine Hoffnung darauf habe ich unterwegs irgendwann aufgegeben.

Ich reiche ihr die CD mit den Liedern, die ich für den Auftritt zusammengestellt habe.

»Würden Sie jetzt bitte das erste Lied abspielen?«

Damit drehe ich mich zu meinen Goldkehlchen und lächele sie aufmunternd an.

»Dann wollen wir mal.«

Unter den Blicken der Zuschauer gehen wir über den Mittelgang nach vorne zur Bühne, wo ich warte, bis alle die drei

Stufen nach oben gestiegen sind. Auch ohne Frack und Taktstock weiß ich, was zu tun ist.

Mein Blick findet Valentin, der in der Mitte groß aus dem Chor herausragt und wie der Fels in der Brandung scheint. Zurück in seinem Element, zurück auf der Bühne, wo er immer hingehört hat.

Henke und ihr Kollege flankieren den Chor, Bolle und Robert stehen hinter Sophia und Ulrich, Frau Fängele, die nervös mit dem Fuß wippt, als könne sie es gar nicht abwarten, bis es endlich losgeht, hat sich neben Valentin gestellt. Bevor es losgeht, fische ich mein Handy aus der Tasche und stelle es so auf das Keyboard an der linken Seite der Bühne, dass man zwar den Chor, nicht aber das Publikum sieht. Dorothea hat sich einen Mitschnitt gewünscht, und den soll sie auch bekommen.

Als ich zurück an die Position trete, die mir fremd und doch vertraut ist, zwinkere ich meinem Chor zu, bevor ich mich zu unseren Zuschauern drehe.

»Guten Tag und vielen Dank, dass Sie alle auf uns gewartet haben. Wir sind die Goldkehlchen, der Chor der Schattigen Pinie.«

Das sage ich betont stolz und lächele sie alle freundlich nieder, selbst die Zweifler in der ersten Reihe, die bereits auf unser Versagen zu warten scheinen.

»Und wir freuen uns sehr, Ihnen mit unserer Darbietung des ABBA-Klassikers *Mamma Mia* heute eine kleine Freude machen zu dürfen. Keine Sorge, eine Zugabe haben wir auch vorbereitet.«

Valentin schnaubt verächtlich, und ich ahne, dass meine tatsächliche Herausforderung nicht im Publikum, sondern in den eigenen Reihen lauern könnte.

»Die wollen uns ausspionieren«, brummt Valentin.

»Sie wollen uns zuhören.« Fast mahnend hebe ich den Finger, aber Valentin ist schon in Fahrt.

»Papperlapapp! Die wollen sich einen Vorteil ergaunern!«

In der ersten Reihe erhebt sich ein Mann mit deutlich zu schwarz gefärbten Haaren und perfekt gestutztem Schnurrbart. Sein Gesicht kommt mir merkwürdig bekannt vor.

»Was wollen wir uns denn bei euch schon abschauen? Deine besten Zeiten sind doch seit über fünfzig Jahren vorbei, Valentin!«

Ach, man kennt sich also.

Valentins Gesicht verrät, wie angestrengt er versucht, dem Mann einen Namen zuzuordnen, aber er will ihm nicht einfallen, und so starrt er ihn einfach nur an.

»Vom Star zum Chormitglied, was für eine Karriere, Valentin«, fährt der Mann aus dem Zuschauerraum fort.

Bevor die ganze Sache eskalieren kann, hebe ich die Hand und lenke die Konzentration wieder auf den Auftritt. Ich nicke Frau Bronski am Rand zu, die die Playtaste am Gerät betätigt, dann sehe ich zu den Goldkehlchen, die bis auf Valentin alle auf mich und ihren Einsatz achten. Valentin habe ich verloren, bevor es überhaupt angefangen hat.

Als die Musik einsetzt und ich den Chor, so gut wie eben möglich, durch schiefe Töne und verpatzte Einsätze dirigiere, ahne ich, dass meine Idee, hier Erfahrung und Mut für Hamburg zu sammeln, mit voller Wucht nach hinten losgeht.

Denn als wir uns Valentins Solopart nähern, finde ich in seinem Blick nichts als Leere, die sogar mich kurz aus dem Takt bringt. So unauffällig wie möglich versuche ich, seine Aufmerksamkeit auf mich zu lenken, aber ich scheitere. Er steht da, wie zur Salzsäule erstarrt, nur noch körperlich anwesend, und verpasst seinen Einsatz. Einen Back-up-Plan habe ich nicht, weil Valentin zwar seine Tochter und mich in unregelmäßigen Abständen durcheinanderbringt, aber noch nie einen Einsatz verpasst hat.

Der Moment kommt mir wie eine Ewigkeit vor, und obwohl die Musik einfach weitermacht, unbeeindruckt von Valentins Aussetzer, ist es viel zu still im Raum. Dann übernimmt Robert Valentins Part, und obwohl sein Versuch, den Auftritt zu retten, gut gemeint ist, macht er es durch seine schiefen Töne nur noch schlimmer.

Irgendwo setzt leises Gelächter ein, das schmerzhaft in meinen Ohren hallt. Und Valentin steht in seinem schicken Anzug mit dem perfekten Krawattenknoten da und bekommt vom ersten öffentlichen Auftritt der Goldkehlchen gar nichts mehr mit.

70

Die Verbeugung, die unter tobendem Applaus hätte stattfinden sollen, wird nur von vereinzeltem Klatschen begleitet. In einigen Gesichtern erkenne ich Mitleid, andere schämen sich stellvertretend für uns, und nur wenige nicken aufmunternd, als wollten sie uns für unseren Mut gratulieren.

Meine Speiseröhre kribbelt unangenehm, als hätte ich etwas zu Scharfes gegessen, aber ich versuche, mir nichts anmerken zu lassen. Stolz deute ich auf meinen Chor, und jetzt schwillt der Applaus minimal an, aber ich höre auch das Getuschel. Es bricht mir das Herz, dass mein Plan nicht aufgegangen ist und ich meine Goldkehlchen in diese unangenehme Situation gebracht habe. Dabei sollte es doch Spaß machen, ein kleines Abenteuer sein.

»Hast recht, Valentin, jetzt haben wir uns abgeschaut, wie man es *nicht* macht.« Der dunkelhaarige Mann erhebt sich und signalisiert seinen Kumpels mit einem Nicken, es ihm gleichzutun. Wie ein Haufen pubertierender Schüler verlassen sie tuschelnd und kichernd den Raum, und ich spüre, wie meine Hände sich zu Fäusten ballen.

»Hey!«

Die drei Männer an der Tür bleiben stehen und drehen sich zurück zur Bühne.

»Wir sind noch nicht fertig.«

Ulrich hat seinen Platz im Chor verlassen und ist neben mich getreten. Es ist seine Stimme, die all die Dinge sagt, die ich sagen will, mir aber mühevoll verkniffen habe.

»Wir haben noch eine Zugabe vorbereitet.«

Damit deutet er auf die freien Stühle in der ersten Reihe, wo die Männer eben noch saßen.

»Wenn Sie also bitte wieder Platz nehmen wollen.«

Am liebsten würde ich Ulrich in diesem Moment umarmen. Jetzt sind alle Blicke nämlich auf die Männer an der Tür gerichtet, und ich nutze die kurze Verschnaufpause, um nach Valentin zu sehen. Er will gerade die Bühne in Richtung Seitenausgang verlassen, wo er von Frau Bronski aufgehalten wird. Anja Henke signalisiert ihr, dass Valentin offenbar eine Pause braucht. Frau Bronski folgt ihm nach draußen, während Frau Henkes Kollege den Platz am CD-Spieler einnimmt. Wie selbstverständlich stellt sich Robert auf Valentins Platz und hebt den Daumen.

Die Männer im Publikum bewegen sich zurück zu ihren Plätzen, und Ulrich nickt zufrieden.

»Das nächste Lied mag meine Frau nämlich so gerne«, sagt er.

Ich bitte Frau Henkes Kollegen, auf Play zu drücken. Die ersten Takte von *Griechischer Wein* erklingen. Kaum beginnen wir zu singen, setzt sich Frau Fängele in Bewegung, verlässt die Bühne aber nicht, sondern geht in kleinen Kreisen hin und her, singt dabei aber inbrünstig jede Silbe mit.

Hinter mir höre ich vereinzelte Lacher und wünsche mich zurück in die Schattige Pinie, wo wir hingehören.

Dann fällt mir wieder ein, dass wir nicht hier sind, um die Bewohner der Sonnigen Palme glücklich zu machen oder zu beeindrucken. Nein, es ist unser Abenteuer, und ein echtes Abenteuer ist nur dann eines, wenn etwas schiefgeht.

Überrascht stelle ich fest, dass jetzt nicht nur unser Chor mitsingt, sondern auch einige Zuhörerinnen hinter mir. Ein Klassiker bleibt eben ein Klassiker, und vielleicht wirkt unsere kleine Konzerteinlage ja tatsächlich animierend. Allerdings spüre ich die kritischen Blicke der drei Herren in der ersten Reihe wie glühende Pfeile in meinem Rücken. Ich stelle mir vor, wie sie sich bei jedem falschen Ton geistige Notizen machen und sich zunicken, weil sie es besser können. Weil sie gesund sind und ihren Lebensabend in dieser schicken Seniorenresidenz verbringen dürfen. Für meine Goldkehlchen haben sie nur eine große Portion Mitleid übrig.

Niemand, nicht einmal Robert, sieht die Tränen, die mir in die Augen schießen, wenn ich daran denke, dass sie uns wie exotische Exemplare einer Wanderausstellung betrachten, in der festen Überzeugung, dass es ihnen niemals so ergehen wird.

Zufrieden singt Ulrich die Worte, die ihm aus Udo Jürgens' Liedtext noch einfallen, während er mit seinen Gedanken sicherlich bei Dorothea ist. Bolle und Robert grinsen sich immer wieder frech an, und Sophias Blick wandert interessiert, wenn auch ohne festes Ziel durch den Zuschauerraum. Frau Fängeles Schritte haben sich schon längst der Musik angepasst und wirken beinahe wie ein Tanz.

Sosehr ich mir auch Valentin zurückwünsche, so sehr freut es mich auch zu sehen, dass sich der restliche Chor keineswegs blamiert. Die anderen mögen tuscheln, kichern, ja sogar lachen, es interessiert uns nicht, weil wir das alles nicht für sie, sondern nur für uns machen. Und ich freue mich jetzt schon, Dorothea das Video unseres Auftritts vorzuspielen, wenn ich ihr heute Abend einen kurzen Besuch abstatte.

Als der letzte leise Ton verklingt, sehe ich stolz zum Chor, der sich diesmal ganz ohne meine Aufforderung verbeugt. Der Applaus ist deutlich lauter als nach dem ersten Lied. Kurz atme ich durch, dann erst drehe ich mich um und verbeuge mich ebenfalls.

Die Herren in der ersten Reihe sitzen mit verschränkten Armen da. Ich wette, wir werden sie in Hamburg auf der Bühne erleben. Aber die anderen Gesichter blicken freundlicher, und ich erwidere ihr Lächeln, bevor ich einen kleinen Schritt zur Seite mache und auf die Goldkehlchen deute, die jetzt doch in den Genuss des Beifalls kommen.

71

Die anderen sind mit dem Kleinbus zurück in die Schattigen Pinie gefahren, während ich mit Henke und Frau Bronski im Empfangsbereich der Sonnigen Palme stehe. Mein Herz pocht heftig vor Aufregung.

»Wie konnte das denn passieren, dass Sie Herrn Meerbach verloren haben?«, will ich wissen.

»Verloren habe ich ihn ja gar nicht«, entgegnet Frau Bronski. »Er war auf der Herrentoilette.«

»Aber da ist er ja nun nicht mehr!«

»Er muss sich noch immer irgendwo auf dem Gelände aufhalten, da werden wir ihn sicher finden.«

Frau Bronski versucht, überzeugt zu klingen, aber ihr blasses Gesicht spricht Bände. Mich beschleicht das Gefühl, dass in ihrem Alltag selten bis gar nicht Bewohner verloren gehen. Und jetzt verliert sie ausgerechnet meinen Valentin!

»Gibt es hier denn keine Überwachungskameras?«

»Nur für den Haupteingang und den Außenbereich.«

»Dann können wir doch mal nachschauen, ob er hinausgegangen ist!«

»Das darf ich Ihnen leider nicht zeigen«, erklärt Frau Bronski.

»Wie bitte?«

»Ich bin nicht befugt, das Videomaterial mit Außenstehenden zu teilen.«

»Ach so. Dann warten wir, bis die Polizei kommt, der dürfen Sie es ja wohl zeigen, oder?«

Henke legt beruhigend ihre Hand auf meinen Arm, aber gerade fällt es mir sehr schwer, ruhig zu bleiben.

»Wir finden ihn«, versichert sie.

»Aber wenn er das Gelände verlassen hat, dann ist er allein unterwegs!«

Frau Bronski räuspert sich kurz, als hätte ich vergessen, dass sie noch da ist.

»Unsere Anlage ist wirklich groß, die größte in ganz Stuttgart, und es ist gut möglich, dass Herr Meerbach sich noch immer auf dem Gelände aufhält.«

Ich hatte gedacht, es wäre in Ordnung, Valentin jemand anderem anzuvertrauen, und jetzt ist er weg. Das wäre in der Pinie nicht passiert. Schon über eine Stunde suchen sie ihn auf dem großen Gelände der Sonnigen Palme – ohne Erfolg.

»Wir finden ihn, Toni. Er ist sicher nicht weit gegangen.«

Aber was, wenn doch? Als der dunkelhaarige Mann mit dem Schnurrbart ihn vorhin mit Namen angesprochen hat, ist etwas mit Valentin passiert, etwas hat ihn verunsichert, vielleicht sogar verängstigt, und ich habe es zu spät bemerkt.

»Wie heißt denn der Mann, der vorhin in der ersten Reihe saß?«

Frau Bronski tut so, als müsste sie erst darüber nachdenken, als wüsste sie nicht genau, wen ich meine.

»Oder dürfen Sie diese Information auch nicht mit Außenstehenden teilen?«

Meine Stimme verrät zu offensichtlich, wie nervös mich Valentins Verschwinden macht und wie schrecklich hilflos ich mich fühle.

»Meinen Sie Herrn Eckhard?«

»Dunkle Haare, Schnurrbart.«

»Ja, das ist Norbert Eckhard.«

Norbert Eckhard.

Mir fällt der Zeitungsartikel wieder ein, die beiden auf dem Schwarz-Weiß-Foto, ihre strahlenden Gesichter.

Der Dean Martin zu Valentins Frank Sinatra.

»Können wir uns mit ihm unterhalten?«

Dabei weiß ich gar nicht so genau, was ich mir von einem Gespräch mit ihm erhoffe, aber Frau Bronski nickt unsicher und führt uns in einen großzügigen Aufenthaltsraum, wo gleich drei Flachbildschirme an den Wänden hängen, auf denen jeweils drei unterschiedliche Programme laufen, allerdings alle ohne Ton.

»Um diese Uhrzeit ist Herr Eckhard für gewöhnlich …«

Aber sie muss den Satz gar nicht beenden, denn ich entdecke ihn und seine Freunde, die an einem runden Tisch sitzen, vor sich ein Notizbuch, das schnell zugeschlagen wird, als wir uns nähern.

»Herr Eckhard, die Damen von der Schattigen Pinie würden sich gerne mit Ihnen unterhalten, wenn Ihnen das recht ist.«

Fast erwarte ich einen tiefen Hofknicks von Frau Bronski, aber sie neigt nur kurz ihren Kopf, und ich frage mich, ob hier nur alternde Stars residieren. Berühmte Schauspieler, Sportler oder Sänger, die man nicht mehr auf den ersten Blick erkennt.

Einen kurzen Moment zögert er, sieht mich an und nickt schließlich, was Frau Bronski als Zeichen sieht, um sich zurückziehen zu dürfen.

»Wie kann ich Ihnen denn helfen?«

»Sie kennen Valentin Meerbach, nicht wahr?«

Eckhard lehnt sich zurück, mustert mich von oben bis unten und verschränkt dann die Arme vor der Brust.

»Wir haben eine lange gemeinsame Geschichte, der Valentin und ich. Es ist so eine Schande, was mit ihm passiert ist.«

»Was genau ist denn mit ihm passiert?«

»Na, die Krankheit. Die Tatsache, dass seine Familie ihn einfach hiergelassen und ein Leben ohne ihn in Norwegen angefangen hat.«

»Schweden.«

»Wo auch immer. Sie haben ihn wie Ballast zurückgelassen. Dabei hat er seine Karriere für sie aufgegeben.« Er räuspert sich kurz. »Wenn man von Karriere sprechen will.«

»Nun, Herr Eckhard, wenn ich mich nicht irre, sitzen Sie auch nicht am Gartentisch Ihrer Familie, sondern in einem Seniorenheim.«

»Seniorenresidenz.«

»Wie auch immer.«

Es ist so offensichtlich, dass wir einander nicht mögen, dass niemand sich die sonst erwartete Mühe macht, das zu vertuschen.

»Toni war Ihr Name?«

»Frau Waller.«

»Valentin und ich haben früher eine Weile zusammen gesungen. Gemeinsame Auftritte, er als Frank Sinatra, ich als Dean Martin. Bis er aufgegeben hat und ich ...«

Er deutet mit der Hand einen steilen Aufstieg an.

»Das hat er nie verkraftet.«

Ein alter Bekannter, ein Gesicht aus der Vergangenheit, vielleicht auch Scham – das alles hat Valentin zu seiner plötzlichen Flucht veranlasst.

»So eine Schande, dass er jetzt in einem *Demenzchor* singt.«

Die anderen am Tisch nicken zustimmend, und ich wünsche, mir würden die richtigen Worte einfallen, aber da ist nichts. Keine wütende Retourkutsche, nur die Angst um Valentin.

»Kommen Sie, Toni, gehen wir lieber.« Anja Henke nickt in Richtung Ausgang. »Suchen wir lieber die nähere Umgebung ab.«

»Ich kannte mal einen grandiosen Dirigenten namens Waller«, sagt Norbert Eckhard.

»Das wird dann wohl mein Vater sein.«

Kurz entgleisen ihm die Gesichtszüge. Ich weiß genau, was er jetzt sagen wird. Und ich werde nicht enttäuscht.

»Und dann leiten Sie einen Demenzchor?«

»Ich leite die Goldkehlchen. Wir sind sehr viel mehr als ein Demenzchor.«

Seine Mundwinkel lassen sich Zeit, bevor sie sich zu einem süffisanten Lächeln bemühen.

»Wirklich?«

»Ja. Nur leider befürchte ich, dass Sie das nicht verstehen würden.«

»Nun, wie großartig Ihre Rotkehlchen sind, werden wir in Hamburg dann ja sehen.«

»*Goldkehlchen.*«

»Das mit dem Gold werden sie erst noch beweisen müssen.«

72

»Sollten wir nicht die Polizei informieren? Wir haben doch sicher Fotos, die wir ihnen zeigen könnten. Wir könnten auch eine Suchanzeige über Facebook und Twitter teilen.«

»Das machen wir, wenn wir ihn nicht bald finden.«

»Er ist schon über eine Stunde weg!«

Henke nickt, und ich bewundere sie für diese Gelassenheit, die ich schon vor einer ganzen Weile verloren habe.

»Toni, es kommt vor, dass sich Heimbewohner davonschleichen.«

»Und die kommen immer wieder, ja?«

»Bisher haben wir alle wieder eingesammelt. Manchmal auch mithilfe von Polizeiaufrufen.«

»Okay. Sie meinen also, ich sollte mich nicht unnötig verrückt machen, obwohl das alles meine Schuld ist, ja?«

»Es ist nicht Ihre Schuld, machen Sie sich da bitte keine Vorwürfe. Sie sind doch die Chorleiterin und keine Aufpasserin. Außerdem ist es tatsächlich möglich, dass Valentin sich noch immer in der Sonnigen Palme aufhält. Die halten ja auch ihre Augen offen.«

»Denen traue ich kein Stück über den Weg.«

»Sie werden ihren Job gut machen und durchsuchen bestimmt gerade das komplette Gelände.«

»Bei der Größe kann das ja drei bis vier Tage dauern.«

»Er wird schon wieder auftauchen. Wir sollten jetzt erst mal zurück in die Schattige Pinie fahren.«

Wie gerne würde ich ihr glauben, aber wenn ich mich hier auf der Straße so umsehe, dann kann ich nicht anders, als mir Sorgen um Valentin zu machen. Findet er sich noch zurecht? Ist diese Welt, in der ich mich mit einer Selbstverständlichkeit bewege, für ihn noch *seine* Welt?

»Abgesehen von diesem Zwischenfall ist das Konzert aber doch sehr ordentlich gelaufen, finden Sie nicht?«, meint Henke.

»Knapp an der Katastrophe vorbei, meinen Sie?«

»Ich hatte den Eindruck, die Goldkehlchen hatten Spaß.«

Da klingelt mein Handy. Es ist Alex, und ich nehme den Anruf hastig an.

»Es tut mir total leid, aber ich kann das alles erklären«, sagt er statt einer Begrüßung. »Ich wollte kommen, aber ...«

»Ich habe dafür gerade wirklich keine Zeit.«

»Ist deine Katze wieder entlaufen?«

Er stellt die Frage mit einer Portion Humor, über den ich sonst vielleicht sogar gelacht hätte.

»Nein, aber Valentin.«

»Meerbach?«

»Ja.«

»Wo steckst du?«

»Wir suchen die Gegend um die Sonnige Palme am Killesberg ab.«

»Bin gleich bei euch.«

Bevor ich ihm sagen kann, dass das nicht nötig ist, weil Frau Henke und ich ohnehin gleich zurück zur Pinie fahren, hat er bereits aufgelegt.

»Das ist vielleicht gar keine schlechte Idee. Bleiben Sie und Herr Gettelmann hier, während ich mit dem Bus zurück zur Pinie fahre.«

»Sicher?«

Mich würde brennend interessieren, woher sie weiß, dass es Alex war, der angerufen hat.

»Es könnte durchaus sein, dass Valentin Meerbach hierher zurückkommt.«

Sie berührt wieder sanft meine Schulter, diesmal wirkt es tatsächlich beruhigend, und ich atme zum ersten Mal, seitdem wir die Bühne verlassen haben, richtig durch.

»Wir finden ihn wieder, Toni. Ganz, ganz sicher.«

Dann lässt sie mich an der Auffahrt zum großzügigen Parkplatz zurück und macht sich auf den Weg.

Früher dachte ich, wenn ich bestimmte Wünsche nur oft genug wiederhole, dann stünden die Chancen gut, dass sie in Erfüllung gehen. Manchmal hat es funktioniert, bei manchen Matheprüfungen oder dem Wunschzettel an den Weihnachtsmann, was natürlich dem Zufall oder einer glücklichen Auswahl an Mathematikaufgaben geschuldet war, aber man weiß ja nie.

»Ich wünsche mir, dass Valentin Meerbach gesund und munter zurückkommt«, murmele ich vor mich hin.

Dann beginne ich, auf und ab zu gehen, während ich auf Alex warte. Die Tatsache, dass Frau Geiger mir die Hölle heißmachen wird, sobald ich mich wieder in der Pinie blicken lasse, verunsichert mich nicht mal. Meine Gedanken sind bei Valentin und der Frage, wo er wohl hingegangen sein mag. Bei Ulrich hätte ich eine Vermutung und bei Bolle Roberts Unterstützung, aber über Valentin weiß ich zu wenig, obwohl ich seinen Namen bereits gegoogelt habe.

Wo würde ein Mann wie Valentin Meerbach wohl hingehen? Vollkommen egal, Hauptsache, er kommt wieder zurück. Gesund und munter.

Wieso weiß ich so wenig über seine Geschichte?

Das Hupen eines Autos reißt mich aus meinen Gedanken,

und ich erkenne Alexander am Steuer. Noch bevor er aussteigt, hoffe ich, er bringt gute Neuigkeiten, ein kleines Wunder, Valentin auf der Rückbank, weil er ihn zufällig auf dem Weg hierher gefunden hat. Doch die Rückbank ist leer. Alex nimmt mich in den Arm, ohne eine Frage zu stellen oder mir einen Vorwurf zu machen.

»Als meine Oma knapp zwei Jahre im Pflegeheim war, ist sie für einen halben Tag verschwunden.«

»Wirklich?«

»Ja. Sie ist erst am Nachmittag gefunden worden. Weil sie auf die Leute verwirrt gewirkt hat, haben sie die Polizei gerufen. Valentin taucht sicher wieder auf. Aber wenn du willst, suche ich mit dir die Gegend ab.«

»Wo warst du denn?«

Er atmet schwer aus und sieht kurz weg.

»Meine Ex-Frau hat einen Termin an der Schule unseres Sohnes vereinbart, mich aber nicht darüber informiert. Als dann den Anruf kam, wo ich bleiben würde … na ja. Es tut mir leid, dass ich den Auftritt verpasst habe.«

»Wo kann Valentin nur stecken?«

»Vielleicht ist er einfach spazieren gegangen. Meine Oma wollte nur schnell einkaufen.«

»Ich hoffe nur, die Welt ist freundlich zu ihm.«

»Bestimmt.«

»Und was, wenn Valentin sich verlaufen hat?«

»Wir finden ihn.«

So richtig überzeugt ist er nicht, und seine Umarmung wird ein bisschen fester.

»Aber nicht, wenn wir hier rumstehen.«

»Dann gehen wir ihn jetzt suchen.«

Er entlässt mich aus der Umarmung und nimmt meine Hand.

»Hast du denn keinen Termin?«

Alex schüttelt langsam den Kopf.

»Keinen, der wichtiger wäre.«

73

Es ist schon Nachmittag, als wir zur Schattigen Pinie zurückkehren.

Ohne Valentin.

Inzwischen wurde die Polizei informiert, und auf Twitter und Facebook werden fleißig Fotos von Valentin geteilt.

»Wir haben seine Tochter informiert. Sie hat ohnehin gerade beruflich an der Uni in Tübingen zu tun und wird morgen herkommen«, berichtet Frau Geiger. »Ich habe natürlich auch mit der Sonnigen Palme telefoniert. Sie gehen davon aus, dass Herr Meerbach unbemerkt das Gelände verlassen hat.«

»Wieso hat ihn denn niemand aufgehalten?«

»In der Sonnigen Palme dürfen sich die Bewohner ganz frei bewegen und spazieren gehen.«

»Verstehe.«

»Hier bei uns übrigens auch. Loslassen, aber nicht allein lassen, so handhaben wir das. Es kann sein, dass ihn die fremde Umgebung am Killesberg zusätzlich verwirrt hat. Aber meistens fallen Patienten wie Herr Meerbach auf und werden von Passanten angesprochen.«

»Haben Sie schon mal jemanden verloren?«

»Natürlich. Es ist gar nicht möglich, ständig jeden im Auge zu behalten. Aber sie sind alle zurückgekommen, und Herr Meerbach wird keine Ausnahme sein.« Dann wechselt sie das Thema. »Wie lief denn eigentlich der Auftritt?«

»Ganz okay. Eine kleine Warnung hätte ich allerdings gebrauchen können, dass es nicht irgendein Seniorenheim ist, sondern die Sonnige Palme.«

»Dann wären Sie doch gar nicht erst hingefahren. Und jetzt gehen Sie nach Hause, Frau Waller. Wir informieren Sie, sobald es etwas Neues gibt.«

»Okay.«

Ein knappes Nicken, dann lässt mich Frau Geiger auf dem Flur stehen. Ich setze mich in einen Korbsessel im Eingangsbereich und warte auf Alex, der noch schnell nach seiner Großmutter sehen wollte.

»Toni?« Ulrich steht vor mir.

»Hallo. Schön, Sie zu sehen.«

»Ich werde nicht mehr zu den Chorproben kommen.«

»Aber warum denn nicht? Hat es Ihnen nicht gefallen?«

»Doch. Es macht Spaß.«

»Aber?«

»Ich will nicht, dass irgendwelche Leute mich erkennen. So wie bei Valentin.«

Ich erhebe mich langsam aus meinem Sessel. »Hat Sie denn heute auch jemand erkannt?«

»Ja, eine ehemalige Kundin, das war mir sehr unangenehm.«

»Aber wieso?«

»Wie stehe ich denn jetzt da? Als Demenzkranker? Ich möchte das nicht.«

Loslassen, aber nicht allein lassen.

»Na gut, aber Sie können doch weiterhin zu den Proben kommen.«

Daran scheint er noch gar nicht gedacht zu haben, seine Stirn legt sich in Falten.

»Meinen Sie?«

»Natürlich. Das Singen macht Ihnen doch Spaß, oder?«

»Aber ich möchte nicht mehr auftreten.«

»Das müssen Sie auch nicht.«

»Gut. Dann komme ich zu den Proben.«

»Das freut mich aber, Ulrich.«

»Ich erzähle es nur schnell meiner Frau.«

Mit einem Lächeln will er sich verabschieden, aber bereits nach wenigen Schritten wird er langsamer und bleibt schließlich stehen.

»Ach, ich Schussel.« Wieder dreht er sich zu mir, ein entschuldigendes Lächeln auf den Lippen. »Sie ist ja gar nicht hier.«

Er wirft einen Blick auf seine Uhr, dann sieht er mich an. »Haben Sie schon etwas vor, Toni?«

»Jetzt?«

»Ja.«

»Nein.«

»Würden Sie mir bei einem Stück Kuchen Gesellschaft leisten? Ich mag es nicht, alleine zu essen.«

74

»Du musst nicht warten, Alex, ich weiß doch, wie beschäftigt du bist.«

Wenn ich ehrlich bin, will ich nur nicht, dass Alex alleine im Wartebereich der Klinik herumsitzt, wo ich doch inzwischen weiß, dass er Krankenhäuser nicht besonders mag. Doch er winkt ab und deutet auf einen kleinen Tisch, der mit Magazinen zu den unterschiedlichsten Themen übersät ist.

»Das ist gar kein Problem. Außerdem muss ich mich auf den neuesten Stand bringen.«

»Bezüglich?«

Er hält ein Klatschmagazin hoch. »Der neuesten Entwicklungen bei den britischen Royals zum Beispiel.«

»Verstehe.«

»Mach schon, ich warte hier.«

Damit schiebt er mich in Richtung Fahrstuhl, der mich nach oben zu Dorotheas Zimmer bringen soll. In meiner Hand halte ich den eingepackten Käsekuchen, den ich überreichen soll. Ulrich wäre gerne mitgekommen, aber er fühlte sich nicht ganz dazu bereit. Als Ausrede hat er die Müdigkeit nach einem so aufregenden Tag genannt, aber ich glaube eher, es liegt an der Wahrheit, die er wohl inzwischen hinter all den Lügen erahnt.

Als die Lifttüren mich ins richtige Stockwerk entlässt, versuche ich mich schon mal an einem Lächeln, das über meine innere Unruhe nach dem Chaos des heutigen Tages hinwegtäuschen soll.

Als ich die Tür aufschiebe, stelle ich fest, dass Dorotheas Bett leer ist. Mein Herz beginnt panisch zu klopfen, und es dauert einen Moment, bis ich erkenne, dass zweifellos eben noch jemand in dem Bett gelegen hat. Der Fernseher in der Zimmerecke läuft mit ausgeschaltetem Ton, das Wasserglas ist halb voll. Auf dem Nachttisch steht das Foto von Ulrich, das ich ihr mitgebracht habe, daneben liegt die Liste vom Kühlschrank.

Bestimmt ist Dorothea nur schnell …

»Toni! Mit Ihnen habe ich gar nicht mehr gerechnet.«

Dorothea tritt aus der Tür neben mir, hinter der sich das Badezimmer befindet. Sie trägt ihren Schlafanzug, und ihre grauen Locken sind unfrisiert und etwas wild. Vor lauter Erleichterung umarme ich sie spontan und so heftig, dass ich sie fast erdrücke. Ihre Kleidung hat mich in den letzten

Wochen erfolgreich getäuscht. Dünn ist sie geworden, viel zu dünn.

»Sie haben mir einen ganz schönen Schrecken eingejagt, Dorothea.«

Sie streicht mir in einer mütterlichen Geste über den Rücken. »Noch bin ich ja da.«

»Zum Glück. Ich habe nämlich etwas für Sie dabei.«

Ich deute auf den in Papier eingepackten Kuchen, den ich neben das Wasserglas gestellt habe.

»Ulrich wollte Ihnen eine kleine Freude machen.«

»Ist es Kuchen?«

»Ja.«

»Käsekuchen?«

Dorotheas müde Mundwinkel bilden ein Lächeln. »Das wusste er noch?«

»Natürlich.«

Sie nimmt auf der Bettkante Platz und packt den Kuchen in aller Ruhe aus, auch wenn ich sehen kann, dass sie keinen großen Hunger hat.

»Wie lief das Konzert?«

»Nun, sagen wir mal, es war etwas ganz Besonderes.«

Jetzt lacht sie leise, und ich entspanne mich.

»Nichts anderes habe ich erwartet.«

»Wir haben sogar zwei Lieder gesungen.«

Damit ziehe ich mein Handy hervor und wähle das Video aus, das ich mir selbst noch gar nicht angesehen habe, bevor ich ihr das Telefon reiche.

»Bitte schön.«

Der Ton verheimlicht keine einzige schiefe Note, und erst jetzt bemerke ich, wie mies der Chor heute gesungen hat. Valentins Sicherheit hat gefehlt, die uns normalerweise durch das Lied trägt. Doch Dorothea lächelt und nickt im

Takt, lacht an manchen Stellen leise, und ihre Augen verraten mir, auf wen sie besonders achtet. Nicht einmal der Refrain, bei dem so ziemlich alles schiefgegangen ist, enttäuscht sie, ganz im Gegenteil, ihr Lächeln wächst noch weiter bis zum großen Finale und dem letzten Ton.

»Herrlich, Toni. Wirklich wunderbar.«

»Finden Sie?«

Dorothea nickt, während der Film weiterläuft.

»*Hey! Wir sind noch nicht fertig*«, höre ich Ulrich sagen. »*Wir haben noch eine Zugabe vorbereitet. Wenn Sie also bitte wieder Platz nehmen wollen.*«

Die peinliche Stille, bevor Eckhard und seine Kumpanen zurück zu ihren Stühlen gegangen sind.

»*Das nächste Lied mag meine Frau nämlich so gerne.*«

»Das ist mein Ulrich.« Dorothea deutet aufs Display. »Er sieht richtig gut aus, nicht wahr? So schick.«

»Ja, er hat sich wirklich in Schale geworfen.«

Valentins Abwesenheit beim zweiten Lied ist ihr zum Glück nicht aufgefallen, und ich habe auch nicht vor, sie darauf hinzuweisen.

»Es tut gut, ihn so zu sehen«, sagt Dorothea. »Mit den anderen. Das alles scheint ihm Spaß zu machen.«

»Mhm.«

Während die Goldkehlchen im Video voller Inbrunst singen, sieht Dorothea zu mir. »Oder etwa nicht?«

»Doch. Er hat sehr viel Spaß. Bei den Proben.«

Sie drückt auf die Pausetaste und lässt das Handy sinken, den Blick fest auf mich gerichtet.

»Aber?«

»Er möchte nicht mehr mit uns auftreten.«

»Wieso denn nicht?«

»Ich vermute, er schämt sich. Weil er erkannt wurde.«

»Erkannt? Es ist doch kein Agent mit einer geheimen Identität.«

»Es war wohl eine ehemalige Kundin.«

»Und? Früher wurde er auf der Straße ständig angesprochen, in unserem Viertel. Das hat ihm geschmeichelt.«

»Es ist vielleicht etwas anderes, in einem Demenzchor mitzusingen.«

»Ich verstehe schon. Im Grunde mache ich nichts anderes. Bei mir soll ja auch niemand von meinem Zustand wissen. Aus anderen Gründen vielleicht, aber dennoch.«

Darauf kann ich nichts erwidern, ich stehe auf der anderen Seite der Krankheit.

»Ach, Toni. Es wäre so schade. Aber ich kann ihn nicht zwingen. Wenn er nicht will, dann will er nicht.«

Sie legt das Handy auf den Tisch und lehnt sich gegen das Kissen.

»Also auch kein Hamburg für uns.«

Der Gedanke erzeugt bei mir eine unangenehme Gänsehaut.

»Nun schauen Sie nicht so traurig, Toni. Die ein oder andere Chorprobe haben wir ja noch zusammen.«

Sie zwinkert mir zu, dann greift sie nach meinem Handy und drückt wieder auf Play, was die Goldkehlchen zum Leben erweckt. Ihr Gesang erfüllt das Zimmer.

Selten habe ich etwas Schöneres gehört.

75

»Willst du noch hundertmal auf dein Handy schauen?«

»Ich dachte nur, vielleicht haben sie ihn inzwischen gefunden.«

»Dann würden sie dich sicher anrufen.«

Wir stehen auf dem Parkplatz vor dem Krankenhaus. Gleich werden wir in unsere Autos steigen und jeder zu sich nach Hause fahren.

»Du machst dir Sorgen, das ist verständlich, aber ...«

»Du weißt nicht, wie ich mich fühle. Ich habe so einen wahnsinnigen Druck auf der Brust.«

Alex schweigt eine Weile. Dann sieht er mich an. »Ich habe meinen Sohn mal im Einkaufszentrum verloren. Gerade war er noch da, ich stand an der Käsetheke, drehte mich um – und er war weg. Ich habe gedacht, er ist nur zurück zur Süßigkeitenabteilung gegangen. In meinem ganzen Leben hatte ich noch nie so viel Angst wie damals, als ich durch diesen Laden geirrt bin. Sofort waren lauter Worst-Case-Szenarien da. Jemand hat ihn mitgenommen. Hat ihn entführt, tut ihm was an. Was, wenn ich ihn nie wiedersehe?«

Sein Gesicht ist allein bei der Erinnerung an das, was damals passiert ist, ganz blass geworden.

»Fünfzehn Minuten war er verschwunden, bis man ihn in einem Elektromarkt ein Stockwerk tiefer gefunden hat. Diese Viertelstunde kam mir vor wie eine Ewigkeit. Glaub mir, ich weiß, wie du dich fühlst.«

Jetzt lacht Alex leise. »Er hat gar nicht verstanden, warum alle so aufgeregt waren und wieso ich gelacht, geweint und ihn umarmt habe. Und vielleicht geht es Valentin auch so, wenn er morgen zurück ins Heim kommt.«

»Du glaubst also, sie finden ihn?«

»Ganz sicher sogar. Einen Mann wie Valentin, den kann man nicht übersehen.« Er beugt sich zu mir und drückt mir einen Kuss auf die Lippen. »Aber heute kannst du die Welt nicht mehr verändern, Toni. Fahr nach Hause und geh schlafen.«

»Sehen wir uns morgen?«

»Solange mich kein ungeplanter Termin davon abhält, werde ich da sein.«

Ich beuge mich zu ihm und hole mir noch einen Gutenachtkuss ab, bevor ich die Tür von meinem Wagen öffne und einsteige.

»Gute Nacht, Frau Doktor.«

»Gute Nacht, Herr Architekt.«

Auf dem ganzen Heimweg dreht sich das Gedankenkarussell in meinem Kopf. Als ich endlich zu Hause in der Wohnung bin, erwartet mich zwar außer Milo niemand, aber die Ruhe tut gut.

»Milo, du glaubst nicht, was heute alles passiert ist.«

Ohne das Licht einzuschalten, nehme ich neben ihr auf der Couch Platz und schließe die Augen. Milo kuschelt sich etwas näher an mich heran, hilft mir mit ihrem leisen Schnurren in die Entspannung, und ich drifte langsam, aber sicher in einen traumlosen Schlaf, aus dem ich erst wieder aufwache, als das Handy neben mir klingelt.

Die Morgensonne fällt ins Zimmer, und mein Wecker verrät, dass es schon zehn Uhr ist.

»Hallo?« Meiner Stimme ist blöderweise anzuhören, dass ich gerade erst aufgewacht bin.

»Frau Waller, Geiger hier.«

Und mit einem Mal ist alles wieder da.

»Haben Sie Herrn Meerbach gefunden?«

»Noch nicht. Aber Frau Larsson ist hier, Herrn Meerbachs Tochter.«

Beatrice Larsson, geborene Meerbach, oder wie Valentin sie nennt: Birdie.

»Mhm.«

»Und sie würde sich gerne mit Ihnen unterhalten. Würden Sie bitte in die Pinie kommen?«

Etwas an der Art und Weise, wie sie die Frage stellt, lässt mich ahnen, dass Birdie nicht in bester Stimmung und die Einladung keine Bitte ist, sondern ein Befehl.

»Bin quasi schon unterwegs.«

Ich springe noch schnell unter die Dusche und trinke einen Instantkaffee im Stehen.

»Wünsch mir Glück, Milo!«, rufe ich im Gehen.

76

Sie sieht der jungen Frau auf dem Foto in Valentins Zimmer nicht mehr besonders ähnlich. Das jugendliche Lächeln und die Unbeschwertheit sind verschwunden, und es ist nicht zu übersehen, dass sie letzte Nacht nicht besonders gut geschlafen hat. Dafür erinnert sie mich an ihren Vater – der gleiche kritische Blick, der feste Händedruck und der Gesichtsausdruck, der nur schwer zu durchschauen ist.

»Und Ihnen ist also mein Vater verloren gegangen, Frau Waller?«, begrüßt sie mich.

Alle anderen waren so bemüht, nicht mir die Schuld zu geben, dass ich für einen Moment sprachlos bin. Schließlich antworte ich mit einem Kopfnicken.

»Mein Vater ist schon seit vielen Jahren hier, und ich hatte noch nie Grund, mich zu beschweren«, fährt sie fort. »Dann tauchen Sie auf, und mein Vater geht verloren? Das müssen Sie mir schon erklären, Frau Waller.«

Frau Geiger schaltet sich ein. »Das muss ich jetzt richtigstellen. Frau Waller war zwar dabei, gehört aber nicht zu unserem Pflegeteam, sondern ist die Chorleiterin der Goldkehlchen, unseres Demenzchors.«

»Ich verstehe nicht.« Beatrice Larsson sieht ratlos aus.

»Ihr Vater singt in unserem Chor, und wir hatten gestern einen Auftritt in einem anderen Seniorenheim«, erkläre ich. »Während des Konzerts musste er austreten und ist dann leider spurlos verschwunden.«

»Er singt also in einem Chor?«

»Ja.«

»Davon wusste ich gar nichts.«

»Schon seit fast zwei Jahren«, sagt Frau Geiger.

Offenbar ist seine Tochter schon länger nicht mehr hier gewesen, sonst hätte sie doch davon gewusst.

»Singt er denn immer noch gut?«, erkundigt sie sich.

»Sehr gut. Er ist unser Solist.«

»Schön zu hören, dass er wieder singt.« Ganz kurz verirrt sich ein Lächeln auf das Gesicht von Beatrice, doch dann wird sie schlagartig wieder ernst. »Natürlich wird mein Vater nach diesem Vorfall nicht mehr an dem Chorprojekt teilnehmen.«

»Aber wir haben diesen Auftritt in Hamburg und ...«

»Hamburg?« Die Verwirrung in ihrer Stimme ist echt.

»Hat Ihr Vater Sie nicht darüber informiert?«

»Offensichtlich nicht.«

»Wir treten mit dem Chor bei einem Wettbewerb an und ...«

»In Hamburg?«

»Ja.«

Und ich Idiotin habe geglaubt, er hätte das tatsächlich schon mit ihr besprochen. Weil ich eben doch eine Anfängerin bin, was Demenz betrifft.

»Ich werde meinen Vater sicher nicht mit Ihnen nach Hamburg fahren lassen, Sie können ihn ja nicht mal hier in Stuttgart im Auge behalten.«

Darauf kann ich nichts erwidern, weil mir die Argumente ausgehen.

Beatrice wendet sich an Frau Geiger, und plötzlich wirkt sie unendlich müde. »Mir ist was eingefallen. Ich werde noch mal an der Liederhalle nach ihm suchen.«

»An der Liederhalle?«

»Ja. Da ist er früher immer hingegangen, als die Krankheit diagnostiziert wurde.«

Sie fährt sich über das Gesicht und sieht dann zu mir. Die Feindseligkeit ist verschwunden, und zum ersten Mal meine ich die Birdie zu erkennen, von der ihr Vater spricht.

»Singen Sie im Chor auch Sinatra-Lieder?«

»Auch, ja.«

»Und sonst so?«

»Lieder, die den Chormitgliedern etwas bedeuten, Songs aus ihrer Vergangenheit. Udo Jürgens, ABBA, die Beatles, Don McLean ...« Ich sehe ihr direkt in die Augen. »... Fleetwood Mac. Lieder, die bestimmte Erinnerungen wachrufen können.«

Sie ahnt bestimmt, dass ich ihr Lieblingslied von damals kenne.

»Melden Sie sich, wenn es etwas Neues gibt. Sie haben ja meine Nummer. Ich muss morgen wieder nach Tübingen zu dem Blockseminar, das ich dort leite.«

Dann geht sie und lässt mich mit so vielen Fragen zurück, die ich ihr gern gestellt hätte.

»Wir sollten ihr ein bisschen Zeit geben«, meint Frau Geiger leise. »Ihr Vater hat vorher in einer Art betreutem Wohnen gelebt und ist immer mal wieder aus der WG ausgebüxt, wenn Sie es so nennen wollen. Aber da die Krankheit nicht so weit fortgeschritten war, kam er von alleine zurück, wie man uns sagte. Das war auch einer der Gründe, wieso Frau Larsson ihn dann schließlich zu uns gebracht hat.«

77

»Er will heute nicht mitmachen.«

Robert zuckt die Schultern, als er ohne Bolle zur Chorprobe kommt. Von Frau Fängele fehlt ebenfalls jede Spur. Ich verliere ein Goldkehlchen nach dem anderen. Außer Robert sind nur Ulrich und Sophia da. Das ist vielleicht ein musikalisches Trio, aber ganz sicher kein Chor.

»Verstehe.«

»Er fühlt sich nicht so gut, das ist alles.«

Robert lügt für mich, und ich nicke, rücke mein Lächeln zurecht und versuche, mir nicht anmerken zu lassen, wie sehr mich sein Fernbleiben trifft.

Robert stupst mich freundschaftlich an. »Falls es irgendwie hilft, Toni, er will auch mich gerade nicht sehen.«

»Aber Sie haben doch gar nichts gemacht.«

»Es geht wohl nicht darum. Valentins Verschwinden macht ihm Angst.«

»Er wird wieder auftauchen.«

»Ich weiß, aber Bolle sieht darin wohl seine eigene Zukunft. Es wird auch ihn einholen, denkt er. Valentin wollte nur auf Toilette, und jetzt ist er weg.«

»Das muss doch nicht auch Bolle so passieren.«

»Erklären Sie ihm das mal, wenn er so schrecklich bockig ist.«

Einen Moment lang hängen wir beide unseren Gedanken nach, dann besinne ich mich wieder auf meine eigentliche Aufgabe als Chorleiterin.

»Sie müssen nicht bleiben, wenn Sie nicht wollen, Robert. Ich bin Ihnen wirklich nicht böse.«

»Wo soll ich denn hingehen? Bolle will mich ja nicht sehen.«

»Nach Hause?«

Robert lächelt, aber nicht so, wie ich es von ihm gewohnt bin. »Ich fühle mich hier schon ganz daheim, Toni. Wenn es Ihnen recht ist, würde ich gerne bleiben.«

Nicht nur Bolles Leben spielt sich in der Schattigen Pinie ab, auch Roberts Lebensmittelpunkt hat sich inzwischen verschoben. Zwar mag er noch zu Hause übernachten, aber den Großteil seines Alltags verbringt er hier.

»Ich würde mich freuen, wenn Sie bleiben. Dann sind wir heute eine kleinere Besetzung, aber das ist ja auch mal ganz schön.«

Zwar fühlt es sich komisch an mit den vielen leeren Stühlen, aber das muss ich mir ja nicht anmerken lassen.

»Also. Wollen wir uns aufwärmen?«

Eine rhetorische Frage, da ich mich bereits meinem Plattenspieler zuwende und einen Blick auf die Platten und CDs werfe, die sich inzwischen hier angesammelt haben.

»Welches Lied sollen wir heute hören?«

Sophia wird nicht antworten, und Ulrich zuckt nur etwas lustlos die Schultern, wobei ich das Gefühl nicht loswerde, dass er auch lieber woanders wäre, es jetzt aber zu spät für eine Flucht ist. Niemand sagt etwas, und so sehe ich zu Robert.

»Wollen Sie heute ein Lied aussuchen?«

Niemals hätte ich gedacht, dass so eine einfache Frage einen Mann wie Robert erröten lassen könnte, wo er doch immer den Anschein erweckt, als könnte ihn gar nichts erschüttern.

»Ich weiß nicht so recht …«

Ulrich dreht sich zu ihm. »Jetzt machen Sie schon, sonst wird das nie was.«

»Ich weiß nicht, ob Sie das Lied dahaben ...«

Aber so leicht lasse ich ihn nicht davonkommen und zücke mein Handy – die perfekte Ausrede, um zu checken, ob es Neuigkeiten zu Valentin gibt – und öffne nach der kurzen Enttäuschung meine Musik-App.

»Dank der modernen Technik bin ich die fleischgewordene Jukebox.«

Robert kratzt sich ungelenk an der Stirn, überlegt wohl, welchen Song er nennen soll, und ich gebe ihm die Zeit, auch wenn Ulrich bereits etwas genervt ausatmet.

»*Dancing in the Dark* von Bruce Springsteen.«

Bevor ich den Titel eingeben kann, pfeift Ulrich anerkennend durch die Zähne.

»The Boss. Meine Frau hat den auch gerne gehört.«

Gerade als ich auf Play drücken will, sehe ich auf und spüre diese unangenehme Kälte, die von innen die Kehle nach oben klettert.

»Dorothea mag Bruce Springsteen?«

»O ja, ich glaube, sie war etwas verliebt in ihn. Sie mochte ihn gerne.«

»Mag.«

Meine Stimme schafft es, sogar bei einem einzigen Wort zu brechen, und ich räuspere mich sofort, damit es niemand merkt.

»Wie bitte?«

»Ihre Frau mag Bruce Springsteen doch sicher immer noch.«

»Sie ist nicht mehr hier.«

»Doch. Dorothea ist noch da. Sie ist nur im Krankenhaus, aber sie kommt wieder.«

Ulrich sieht mich an, und es mag nur der Bruchteil einer Sekunde sein, bevor er blinzelt und nickt. »Aber natürlich.«

Dann legt er den Arm um die Lehne des leeren Stuhls neben sich, als wäre Dorothea nur schnell auf der Toilette, und lächelt mir zu, während ich mit dem Telefon in der Hand dastehe und an dem großen Kloß in meinem Hals vorbeischlucke.

»Singen wir heute noch, oder werden wir hier nur alt?«

»Sie klingen ja schon wie Valentin«, bemerke ich mit einem Lächeln. Kurz streift mein Blick den nächsten leeren Stuhl, doch ich reiße mich zusammen und überlasse die nächsten vier Minuten dem Boss und dem Tanz in der Dunkelheit.

78

Robert Kolb
1984

»Du wirst bald dreißig«, sagt Johanna.

»Ein Jahr habe ich zum Glück noch«, erwidere ich.

Die Bar mit dem merkwürdigen Namen Gecko hat sich inzwischen fast geleert, die meisten meiner Gäste sind bereits gegangen, und es ist nur eine Frage der Zeit, bis der Besitzer das Licht anmacht und uns freundlich bittet zu gehen.

»Sag mal, Robert, willst du wirklich für immer alleine bleiben?« Sie sagt es mit einem Schmunzeln, aber ich höre die Sorge hinter ihren Worten. »Für immer ist eine lange Zeit, weißt du?«

Das weiß ich. Vielleicht sogar besser, als mir lieb ist, und weil ich darauf nicht antworten will, führe ich das Glas an die Lippen und nippe am Bier, das schon seit einer Stunde schal schmeckt. Ein bisschen so, wie ich mich fühle. Es ist längst nach Mitternacht, und nur noch Johanna sitzt neben mir, während Bolle nach seinem letzten Tequila auf einer durchgesessenen Ledercouch vor sich hin schnarcht.

Sie legt ihre Hand auf meinen Unterarm. »Es wäre eine Schande, wenn du dich weiterhin so zurückziehst.«

Ich ertrage diese Nähe nur schwer, will mich aber auch nicht bewegen, weil ich nicht weiß, wohin mit mir – oder meinen Gedanken.

»Deine Sorge ist vollkommen unbegründet, Johanna. Es ist ja nicht so, dass ich gar keine Frauen treffe.«

Sie legt den Kopf schief und sieht mich unverändert an. »Das mag schon sein, aber es bleibt keine von ihnen in deinem Leben, oder?«

»Nein. Bisher nicht.«

Diese Antwort beruhigt sie anscheinend, und ihre Hand rutscht von meinem Unterarm. »Du bist einfach ein toller Mann, und es wäre schade drum. Das ist alles.«

Johanna greift wieder nach ihrem Wasserglas und nimmt einen Schluck. Sie hat nicht annähernd genug Alkohol getrunken, als dass ich ihr die Wahrheit sagen und dann darauf hoffen könnte, sie hätte morgen früh alles vergessen. Ihr Blick wandert zu Bolle, der zum Aufwachen sicher einen extrastarken Kaffee brauchen und sich trotzdem an nichts mehr erinnern wird.

»Sieh ihn dir an«, meint sie. »Dabei habe ich ihm gesagt, dass er das harte Zeug nicht verträgt.«

»Soll ich dir helfen, ihn nach Hause zu bringen?«

»Gern.«

Ein weiterer Abend ist zu Ende. Ein weiteres Mal sind nur wir drei übrig geblieben. Johanna sieht von Bolle zum Barkeeper, der desinteressiert am anderen Ende des Tresens lehnt.

»Robert?«

»Hm?«

»Würdest du mit mir tanzen?«

Sie sieht mich abwartend an, und mein Gehirn überschlägt sich förmlich beim Versuch, eine Ausrede zu liefern, wieso das keine so gute Idee ist. Doch da fordern uns schon die ersten Takte von Bruce Springsteen zu einem Tanz in der Dunkelheit auf. Ich rutsche vom Barhocker und halte Johanna meine Hand entgegen.

»Warum nicht?«

»Natürlich nur, weil du Geburtstag hast.«

Ich ziehe sie etwas zu mir und spüre das kurze Zwicken in meinem Brustkorb, wenn ich daran denke, mit wem sie jetzt eigentlich tanzen sollte. Wir sind beide zu müde und zu erwachsen, um passend zum schnellen Rhythmus des Liedes zu tanzen. Stattdessen bewegen wir uns langsam, zu langsam – und sind uns dabei viel zu nah. Sie hat ihre Arme um meinen Hals gelegt, und ich halte sie vorsichtig an den Hüften. Dieser Moment ist zu zerbrechlich, als dass ich sie fester umarmen könnte.

»Meine Freundin Charlotte findet dich übrigens sehr, sehr nett.«

»Ist das die Bibliothekarin?«

Kurz blitzt Hoffnung in Johannas Blick auf. »Genau die. Du hast sie dir also gemerkt.«

»Wir haben uns gut unterhalten.«

»Ich glaube, sie hat sich in dich verguckt.«

Das habe ich schon im Gespräch bemerkt, als Charlotte selbst über meine schlechtesten Witze gelacht und mich immer wieder wie zufällig berührt hat.

»Sie hat mir ihre Telefonnummer gegeben«, erzähle ich.

»Und wirst du sie anrufen?«

»Ich weiß noch nicht.«

»Ach, Robert.«

»Vielleicht bin ich ja glücklich, so ganz alleine.«

»Bist du nicht.«

»Woher willst du das wissen?«

»Weil ich merke, wie du Bolle und mich ansiehst. Und wie sehr du dir das auch wünschst.«

Dabei gebe ich mir die größte Mühe, mir genau das nicht anmerken zu lassen.

»Vielleicht melde ich mich ja mal bei ihr.«

»Charlotte ist wirklich nett.«

Schnell schließe ich die Augen. Charlotte ist tatsächlich nett, und wenn ich mich anstrenge, kann ich sogar glauben, dass ich mit ihr glücklich werden könnte. Doch bei dieser Vorstellung stellt sich keinerlei Bauchkribbeln ein, sondern nur Beklommenheit und Angst.

Johannas Hand wandert an meine Wange, und ich halte die Augen noch fester geschlossen, weil ich sie nicht ansehen kann.

»Hör auf damit, Robert.«

Sie ist so nah, dass ich die flüsternden Worte auf meiner Haut spüre, bevor ich sie höre.

»Das tut dir nicht gut.«

Jetzt wage ich es doch und öffne die Augen, sehe ihr Gesicht so nah an meinem, dass sie durch all meine Gedanken blicken kann.

»Keine Ahnung, wovon du sprichst.«

»Ich bin doch nicht blöd, Robert. Blind bin ich auch nicht, und ich kenne dich viel zu lange und zu gut, um es nicht zu merken.«

»Ich weiß nicht …«

Ich habe keine Ahnung, was ich sagen soll, weil ich nicht weiß, wie nah sie an der Wahrheit ist.

»Du bist nicht nur sein bester Freund, Robert, du bist auch meiner. Weil ich bei dir immer ehrlich, immer ich sein kann.«

Mein Hals wird enger.

»Ich wünschte mir, du könntest das auch.«

Sie lächelt traurig, und ich spüre die Gänsehaut auf meinen Armen so deutlich, dass sie auch Johanna auffallen muss. Worte formen sich in meinem Kopf, aber ich wage nicht, sie auszusprechen. Alles könnte kaputtgehen.

Wieder sehe ich zu Bolle, aber er schläft noch immer.

»Er wird immer dein bester Freund bleiben, das weißt du, oder?«

Weiß ich das? Traue ich unserer Freundschaft das zu?

»Ich weiß.« Meine Stimme klingt merkwürdig rau und fremd.

Johanna zwingt mich, sie anzusehen, und etwas in ihrem Blick verrät mir, dass sie es weiß.

»Er liebt dich auch, Robert. Nur anders.«

Mein Herz droht stehen zu bleiben, und plötzlich kommt mir dieser Tanz zu eng vor.

»Ich weiß nicht, was du …«

»Es ist okay.« Johanna lächelt.

»Du weißt es?«

Sie nickt. »Ich weiß es.«

»Aber … wie?«

»Deine Blicke, die Art und Weise, wie du ihn ansiehst, kommt mir sehr bekannt vor.«

»Was?«

»Ich sehe ihn auch so an.«

»Weiß er es?«

Sie wiegt etwas unentschlossen den Kopf, und ich will flüchten, aber sie hält mich fest.

»Ich denke, er weiß es. Oder ahnt es zumindest.«

Schnell sehe ich zu Bolle, der nach wie vor dem Tiefschlaf verfallen ist.

»Aber er benimmt sich wie immer.«

»Wieso sollte er das auch nicht?«

»Na, weil ich ...«

Aber ich kriege es nicht über die Lippen, dafür ist das Lied nicht laut genug, und die Wahrscheinlichkeit, dass es jemand hören könnte, ist zu groß.

»Du bist sein bester Freund. Daran wird sich nie etwas ändern. So gut solltest du ihn eigentlich kennen.«

Sollte ich. Tue ich. Und doch war da immer dieser nagende Gedanke, dass Bolle sich von mir abwenden könnte, wenn ich ihm gestehe, dass ich schwul bin.

»Du bist du, Robert. Und Bolle kennt dich schon seit einer halben Ewigkeit. Immer erzählt er mir von euren Abenteuern. Sei ehrlich zu ihm.«

»Das klingt so leicht, wenn du das sagst.«

»Ist es sicher nicht, aber ich kenne Bolle. Vielleicht nicht so gut wie du, aber dennoch.«

Sie lächelt aufmunternd, und ich spüre, wie sich der Knoten in meiner Brust minimal löst.

»Sprich mit ihm«, sagt sie. »Du wirst dich doch wohl nicht für den Rest deines Leben verstecken wollen. Und eines kann ich dir versprechen: Paul wird dir deswegen nicht die Freundschaft kündigen.«

»Wenn ich mal den Mut finde.«

»Wie du willst. Hilfst du mir jetzt, ihn nach Hause zu bringen?«

Kurz wische ich mir über die Augen, dann nicke ich.

»Na klar.«

Bevor wir uns in Bewegung setzen, berühre ich ganz kurz Johannas Arm.

»Danke.«

»Nicht dafür.«

»Dann eben für alles andere.«

79

In der kleinen Chorrunde fühlt sich alles ganz anders an. Selbst Roberts sonst so strahlendes Lächeln wirkt ohne Bolle blasser. Und obwohl ich nicht fest mit ihm gerechnet habe, fehlt Alex mir heute doch sehr. Irgendwie klingt auch unser Versuch, noch einmal *Mamma Mia* zu singen, nicht so wie sonst, obwohl Ulrich ganz ohne Überzeugungsversuche Valentins Solo übernimmt, was eine schöne Geste ist.

»Sie machen das sehr ordentlich, Ulrich.«

Mein Kompliment schmeichelt ihm, aber er winkt ab, bevor ich auf die Idee kommen kann, ihn noch mal zur Teilnahme beim Chorwettbewerb in Hamburg zu überreden.

»Ich springe nur ein, bis Valentin wieder da ist.«

»Sie haben aber trotzdem eine schöne Stimme.«

Wenn auch kein Vergleich mit Valentin, aber das ist nicht wichtig. Was mir viel mehr gefällt, ist sein Lächeln, wenn er singt, und ich spüre, dass es ihm Spaß macht.

Die Tür hinter uns fliegt auf, und Frau Henke kommt herein.

»Valentin Meerbach ist wieder aufgetaucht! Seine Tochter hat ihn gefunden. Sie sind gerade auf dem Parkplatz angekommen.«

Ich möchte vor Freude springen oder tanzen, reiße mich aber zusammen, so gut es geht.

»Wo war er denn?«

»Tatsächlich an der Liederhalle. Es geht ihm wohl ganz gut.«

Wie aufs Stichwort erhebt sich Ulrich, als wäre die Probe schon vorbei. »Dann kann ich ja gehen.«

»Aber wir sind noch nicht fertig.«

»Na ja, jetzt geht es doch wieder nur um Valentin.« Er nickt mir zu, aber ich kann den Anflug von Enttäuschung in seinem Blick erkennen. »Bis morgen.«

Sophia sieht ihm hinterher, dann blickt sie mich ratlos an. »Sind wir schon fertig?«

Eigentlich haben wir noch knapp fünfzehn Minuten, aber ich nicke. »Für heute ja.«

Ich helfe ihr beim Aufstehen und begleite sie nach draußen, wo Robert sie mir abnimmt.

»Nehmen Sie mal unseren Solisten in Empfang, ich kümmere mich solange um Sophia«, sagt er.

Eilig mache ich mich auf den Weg zum Eingangsbereich. Beatrice steigt gerade aus dem Wagen und hilft dann ihrem Vater heraus, der gleich am Auto von Anja Henke in Empfang genommen und in die Schattige Pinie gebracht wird.

Er sieht aus wie auf der Bühne in der Sonnigen Palme. Nichts deutet darauf hin, dass er verloren gegangen ist und die Nacht nicht im Pflegeheim verbracht hat. Sogar die Krawatte sitzt noch perfekt.

Beatrice kommt auf mich zu.

»Mein Vater und die Musik«, sagt sie. »Wissen Sie, es ging immer um die Musik und seine Auftritte. Manchmal hat es sich so angefühlt, als wäre alles andere unwichtig.«

»Er ist eben ein Bühnenmensch.«

»Ja. Sogar jetzt, da die Demenz zunimmt, geht er dahin zurück, wo er sich mehr zu Hause gefühlt hat als bei uns.«

Sie atmet schwer aus, und ich betrachte ihr Profil. Sie sieht ihm viel ähnlicher als mir. Wieso er mich so oft mit ihr verwechselt, muss an anderen Dingen liegen.

»Wissen Sie, wie ich mich bei dem Gedanken fühle, dass er nicht mehr den Weg zu unserem früheren Zuhause findet, aber selbst jetzt noch weiß, wie er zur Liederhalle kommt, wo er so oft aufgetreten ist?«

Bestimmt sollte das eine rhetorische Frage sein, und als ich antworte, wirkt sie überrascht.

»Das kann ich mir sehr gut vorstellen«, sage ich.

Fast amüsiert zieht sie eine Augenbraue nach oben. »Ach, wirklich?«

»Mein Vater war Dirigent. Die Musik war sein Leben, alles andere war unwichtig. Einschulung, Abiball, runde Geburtstage – mein Vater war irgendwo in der Welt unterwegs. Überall, nur nicht daheim.«

Ihr Blick wird etwas weicher. »Leidet Ihr Vater auch an Demenz?«

»Nein, er ist nur in Rente und sauer auf seine Tochter.«

»Das kenne ich beides nur zu gut.«

Kurz lachen wir, vereint durch komplizierte Väter, bevor sie wieder ernst wird.

»Ich wünschte mir, mein Vater würde diese Musiksache vergessen.« Das klingt erstaunlich bitter.

»Er hat im Chor aber viel Freude. Und ich glaube, es tut ihm gut. Wo er hier doch eher alleine ist.«

Beatrice' Körper spannt sich an. »Es ist nicht einfach für uns, Frau Waller. Mein Lebensmittelpunkt ist in Malmö, bei meiner Familie und meiner Arbeit an der Universität, ich kann nicht alle paar Wochen herkommen und nach ihm sehen.«

»Das habe ich auch gar nicht gemeint. Aber die Musik …«

In diesem Moment kommt Valentin auf seine Tochter und mich zu. Wie selbstverständlich gehe ich davon aus, dass er zu Beatrice gehen wird, doch er tritt auf mich zu, mit einem

Lächeln auf den Lippen. »Ach, Birdie, das war ja eine Aufregung.« Dann zieht er mich in eine feste Umarmung.

Ich bin so perplex, dass ich die Umarmung erwidere. »Wir haben uns riesige Sorgen um Sie gemacht, Valentin.«

»Unsinn, ich war doch nur ein bisschen spazieren.«

Damit löst er sich wieder von mir, nimmt mein Gesicht in seine großen Hände und lächelt.

»Du musst dir doch keine Sorgen machen, Birdie.«

In Beatrice' Blick spiegeln sich die unterschiedlichsten Emotionen – Wut und Enttäuschung, aber auch Liebe und die Erleichterung, ihn heil wieder bei sich zu haben.

»Papa?«

Die Verwirrung in Valentins Augen tobt wie ein Wirbelsturm, als er sich zögernd zu ihr dreht.

»*Ich* bin Birdie, deine Tochter.«

Doch nichts an seiner Körperhaltung verrät, ob er ihr glaubt.

Sanft berühre ich seinen Arm. »Ihre Tochter hat Sie doch vorhin an der Liederhalle gefunden. Sie ist extra aus Schweden angereist, um Sie zu sehen.« Das stimmt zwar nicht so ganz, schließlich war sie auch vorher schon beruflich in Deutschland, aber so ist es für ihn vielleicht verständlicher.

»Schweden, so ein Unsinn.« Er schüttelt den Kopf und will nach meiner Hand greifen, als Beatrice sich ihm in den Weg stellt.

»Papa, ich bin es! Erinnerst du dich nicht mehr? Du bist doch eben bei mir im Auto mitgefahren?«

Obwohl ich ihre Enttäuschung verstehen kann, wünsche ich mir, sie würde ihn jetzt nicht so unter Druck setzen.

»*Ich* bin deine Birdie!«

Unsicher macht er einen Schritt von uns beiden weg, sieht fast schon panisch von ihr zu mir und wieder zurück. Beatrice wirft mir einen abweisenden Blick zu.

»Vielen Dank, Frau Waller, aber ich glaube, wir brauchen Ihre Hilfe nicht mehr.«

»Aber ...«

»Das hier ist eine Familiensache.«

80

»Nach Malmö?«

Schon als ich in Frau Geigers Büro gebeten wurde, wusste ich, dass es keine guten Nachrichten geben würde.

»Ja. Sie will Ihren Vater in der Nähe haben, was ja durchaus nachvollziehbar ist.«

»Er kennt dort niemanden, spricht die Sprache nicht und ...«

Mir fallen noch jede Menge Gründe ein, wieso es eine richtig schlechte Idee ist, Valentin in seinem aktuellen Zustand aus seiner gewohnten Umgebung zu reißen. Und obendrein wird er uns im Chor fehlen. Was wären die Goldkehlchen ohne Valentin?

»Wir haben Frau Larsson unsere Zweifel mitgeteilt, aber sie hat sich bereits entschieden.«

»Sie kann ihn doch nicht einfach mitnehmen.«

»Er ist ihr Vater, natürlich kann sie das.«

Ein mikroskopisch kleiner Teil in mir freut sich vielleicht sogar ein bisschen, weil so vielleicht die Nähe zwischen Vater und Tochter wieder aufgebaut werden kann, aber doch nicht so ganz ohne Vorwarnung.

»Wenn ihr Vater nicht verloren gegangen wäre, dann wäre er hier bei uns geblieben, und es wäre ihr vollkommen egal, was aus ihm wird!«

Meine Stimme wird lauter, und obwohl Frau Geiger gar

nicht die Ursache für meinen Gefühlsausbruch ist, hört sie ihn sich seelenruhig an und nickt nur.

»Da mögen Sie recht haben, Frau Waller. Allerdings sind uns da die Hände gebunden.«

»Verstehe.«

»Und leider enden die schlechten Nachrichten damit auch nicht.«

Natürlich nicht, wieso sollten sie auch?

»Es geht um den Chorwettbewerb in Hamburg.«

Während sie mich auf einen weiteren Tiefschlag vorbereitet, verkrampft sich mein Inneres bereits, weil ich schon ahne, was als Nächstes kommt. Irgendwie habe ich es kommen sehen, bevor ich es wahrhaben wollte.

»Wir müssen die Teilnahme der Goldkehlchen leider absagen.«

Ausgesprochen klingt es noch viel schmerzhafter, und ich nicke so benommen wie ein Boxer in der zwölften Runde, wenn er weiß, dass er verloren hat.

»Das war es also?«

»Der Chor bleibt natürlich bestehen, aber unter den gegebenen Umständen können wir Sie nicht nach Hamburg fahren lassen.«

»Wir sind ohnehin kein Chor mehr.«

Frau Geiger schüttelt den Kopf. »Unsinn, Frau Waller. Solange Sie hier sind und da drinnen singen, ist das ein Chor.«

»Wir sind nur noch zu dritt.«

Sie deutet zur Tür, hinter der nicht nur der Flur, sondern auch irgendwo unser Probenraum befindet. »Das sah vorhin aber ganz anders aus.«

»Was?«

Frau Geiger gibt mir zu verstehen, dass unser Gespräch

beendet ist. Ohnehin treibt mich die Neugier aus dem Büro über den Flur in Richtung Probenraum. Als ich die Tür öffne, unterbreche ich eine offensichtlich hitzige Unterhaltung.

Bolle dreht sich zu mir um. »Da ist sie ja endlich, dann können wir sie ja fragen! Toni, was meinen Sie, welches Lied sollen wir singen?«

Ich lasse meinen Blick von Bolle zu Robert, dann zu Frau Fängele, zu Sophia und Alex und schließlich zu Ulrich und Dorothea wandern. Es ist nicht zu übersehen, dass es sie große Kraft kostet, hier zu sein, aber ihre Augen funkeln abenteuerlustig.

»Nun, Toni? Was meinen Sie? *Rote Rosen* oder *My Way* in der Version von Harald Juhnke? Die Sonnige Palme singt beim Wettbewerb in Hamburg nämlich *Mamma Mia.* Wir können doch nicht das gleiche Lied vortragen.«

»Wie bitte?«

Dorothea hat das Kommando übernommen, so wie vor ihrem Zusammenbruch, souverän und entschlossen.

»Robert hat erfahren, dass die Sonnige Palme unser Lied geklaut hat«, berichtet sie. »Also brauchen wir einen Plan B. Ein anderes Lied.«

Dann reden alle Goldkehlchen durcheinander, denn niemand außer mir weiß, dass wir gar nicht nach Hamburg reisen werden.

»Moment ...«

Alle drehen sich zu mir um und verstummen.

»Wir fahren nicht nach Hamburg.«

Ein Satz und viele enttäuschte Gesichter.

»Liegt es daran, dass Valentin nicht mitsingt?«, will Bolle wissen.

Ich schüttele den Kopf, obwohl die ganze Sache indirekt schon mit Valentin zu tun hat. »Die Heimleitung hat beschlossen, dass es zu diesem Zeitpunkt besser ist, wenn wir nicht fahren.«

»Besser für wen?«, kontert Dorothea. »Wir haben uns alle auf Hamburg gefreut! Sie können uns das doch jetzt nicht wegnehmen, Toni!«

»Das ist nicht meine Entscheidung.«

»Dann sorgen Sie dafür, dass wir mit einem neuen Lied in Hamburg auftreten!«

»Dorothea, ich weiß nicht, wie ...«

Wieder lässt sie mich nicht aussprechen, erhebt sich von ihrem Stuhl, auch wenn es ihr nicht so leichtfällt, wie sie es uns gerne glauben machen will. Mit zittrigen Händen zieht sie einen gefalteten Zettel aus ihrer Tasche und wedelt damit in der Luft.

»Hamburg liegt am Meer, Toni!«

»Na ja, nicht direkt ...«

»Aber nah genug dran!«

Auch aus dieser Entfernung erkenne ich den Zettel, den ich vom Kühlschrank aus ihrer Küche mitgenommen habe. Die Liste mit den Dingen, die sie noch mit Ulrich erleben will.

»Wir müssen nach Hamburg fahren!«

Ihre Stimme droht zu kippen, doch bevor ich etwas Beruhigendes sagen kann, steht Ulrich auf, legt den Arm um seine Frau und lächelt sie an.

»Du sollst dich doch nicht so aufregen, Doro, das tut dir nicht gut.«

Er nimmt ihr den Zettel aus der Hand und wirft nur einen flüchtigen Blick darauf.

»Wenn du nach Hamburg willst, dann buchen wir unseren nächsten Urlaub eben dorthin.«

Der nächste Urlaub ...

Ich sehe Hilfe suchend zu Alex, der neben seiner Großmutter sitzt und die ganze Szene eher nachdenklich verfolgt.

»Also, ich bin für *Yesterday*.« Bolle hebt die Hand, als befänden wir uns bereits in der Abstimmungsrunde für den nächsten Song, dabei stehen wir vor ganz anderen Problemen.

»Langsam, ich muss erst mal mit Frau Geiger sprechen«, erkläre ich.

»Wirklich, Frau Doktor?« Alex grinst frech. »Ich meine, ich kann ohne Weiteres meine Großmutter zu einem Zweitagesausflug abholen. Und Robert kann sicher mal zwei Tage hintereinander mit Bolle verbringen…« Während er sich zu Dorothea umdreht, wird sein Grinsen immer breiter. »Und wenn Sie mit Ihrem Mann ans Meer wollen…«

Ich hebe mahnend die Hand. »Ich glaube, das ist keine gute Idee.«

»Das ist eine ganz ausgezeichnete Idee, Frau Doktor.«

»Das sind sechs Stunden Autofahrt!«

»Wenn wir morgens losfahren…«

»Und mit welchem Bus wollen wir da hinkommen?«

Robert meldet sich zu Wort. »Ich weiß, wo wir kostengünstig einen mieten könnten. Das kann ich übernehmen.«

Meine Goldkehlchen wirken so erleichtert, dass es mir schwerfällt, ihnen den Plan auszureden, obwohl ich weiß, dass ich das tun sollte.

»Sie wurden gerade überstimmt, Toni«, stellt Dorothea fest. »Also, welches Lied wollen wir singen?«

81

»Das ist eine ganz, ganz dumme Idee, Alex!«

Ich habe ihn vor dem Fahrstuhl abgefangen, nachdem er seine Großmutter in ihr Zimmer begleitet hat.

»Du weißt, dass wir das nicht machen können!«, fahre ich fort.

»Wieso nicht?«

»Weil das nicht erlaubt ist!«

»Ich kann doch wohl mit meiner Oma noch mal eine kleine Reise machen.«

»Mag sein, aber wir sollen nicht am Chorwettbewerb teilnehmen.«

Alex lässt sich von meinen Argumenten nicht beeindrucken und bleibt erst kurz vor dem Ausgang stehen.

»Sagt wer? Die Heimleitung?«

»Ja.«

»Weil Valentin einen Spaziergang gemacht hat? Weil seine Tochter sauer ist, dass er dich mehr mag als sie? Weil ihr schlechtes Gewissen jetzt reagiert?« Alex redet sich in Rage. »Ich habe aus Dummheit verdammt viel Zeit verloren. Jetzt kann ich fast dabei zusehen, wie sie mir durch die Finger rinnt. Hamburg ist vielleicht das letzte Abenteuer für Oma.«

Und für ihn selbst – aber das sagt er nicht, sondern versucht, es so klingen zu lassen, als ginge es hier nur um seine Großmutter.

»Und diese Gelegenheit lasse ich mir nicht nehmen, Toni.«

Er zuckt die Schultern und geht weiter, ohne abzuwarten, ob ich ihm folge. Seine Worte hämmern noch immer in meinem Kopf. Mir ist klar, dass ich ihm widersprechen sollte, aber zugleich weiß ich, dass er recht hat. Schließlich setze ich mich in Bewegung und trete nach draußen auf den Parkplatz. Alex geht zu seinem Wagen, ohne auf mich zu warten. Aber um ihn geht es jetzt auch gar nicht mehr.

Dorothea lehnt am Auto, in dem Ulrich hinter dem Lenkrad sitzt. Wie sehr ich diesen Anblick vermisst habe.

»Sie sollten sicher in einem Bett liegen und sich ausruhen, Dorothea.«

»Da haben Sie recht, Toni. Genau da will mich mein Mann auch hinfahren.«

»Vielleicht kann ich ihn ja überreden, dass ich Sie hinfahre.«

Ulrich lässt das Autofenster herunter. »Sagen Sie meiner Frau, dass sie zum Arzt muss!«

»Das weiß deine Frau auch ohne deine klugen Kommentare!«, ruft Dorothea, und ich hebe schnell die Hand, bevor sich beide unnötig verausgaben.

»Ulrich, ich fahre Ihre Frau zu einem Arzt, und Sie gehen zurück in die Pinie, okay?«

Zweifelnd sieht er mich an. Für einen kurzen Moment befürchte ich, dass er gleich den Motor startet, den Gang einlegt und vom Hof brettert, aber stattdessen nickt er ganz langsam.

»Also gut.«

Er öffnet die Tür und steigt aus, sieht seine Frau an, und schon werden seine Gesichtszüge weicher.

»Ich mache mir Sorgen um dich, Doro.«

»Ich weiß schon, mein Schatz.«

Sie legt die Arme um ihn und zieht ihn fest an sich.

»Toni wird mich zum Arzt fahren, und morgen bin ich wieder hier, wenn wir zusammen für Hamburg proben.«

Er nickt, obwohl er neulich noch der festen Überzeugung war, dass es keine gute Idee sei, mit uns aufzutreten.

»Du musst dich weder schämen noch entschuldigen, hörst du, Ulrich?«

Sie löst sich aus der Umarmung und sieht ihn direkt an.

»Du bist ein Mitglied der Goldkehlchen, verdammt noch mal, und ich bin unendlich stolz darauf, dass du so gut zurechtkommst, hörst du?«

Er nickt, wenn auch nicht überzeugt.

»Die Nächte sind am schlimmsten. Wenn du nicht bei mir bist, Doro.«

»Ich weiß.«

»Fast fünfzig Jahre warst du immer da. Aber jetzt wache ich nachts auf, und du bist weg.«

Dorothea schüttelt entschlossen den Kopf, nimmt das Gesicht ihres Mannes sanft in die Hände.

»Natürlich bin ich noch da. Und das bleibe ich auch.«

Sie legt ihre Hand auf seine Brust und nickt so lange, bis er es auch tut. Es mag ein zeitlich begrenztes Versprechen sein, aber Ulrich nimmt es an, küsst seine Frau und dreht sich dann zu mir.

»Fahren Sie vorsichtig, Toni.«

Damit lässt er uns alleine.

»Keine fünf Minuten länger hätte ich durchgehalten«, sagt Dorothea leise. Die gespielte Kraft fällt schlagartig von ihr ab, und sie wirkt auf einmal unfassbar müde.

»Sie sollten ja auch nicht hier, sondern im Krankenhaus sein.«

»Unsinn. Ich bin genau da, wo ich sein soll.«

»Dorothea, diese ganze Hamburg-Idee …«

»Das ist die beste Idee, die Sie jemals hatten, Toni.«

»Ich?«

Sie zwinkert mir zu und geht dann um den Wagen herum zur Beifahrerseite, wo sie mir übers Autodach hinweg einen wissenden Blick zuwirft.

»Dieser Chor war für mich ein rettender Strohhalm, als ich die Diagnose bekommen habe.«

Dabei lässt sie offen, wessen Diagnose sie meint.

»Wissen Sie, ich habe Angst.«

Das versteckt sie aber verdammt gut, denn gerade ist sie es, die optimistisch in die Zukunft schaut, aber vielleicht ist das so, wenn man nichts mehr zu verlieren hat.

»Aber die Gewissheit, dass Ulrich bei Ihnen ist, macht alles ein bisschen einfacher für mich.«

Zwar kann ich das nicht so ganz glauben, aber Dorothea schiebt ein Lächeln hinterher.

»Und die Reise nach Hamburg wird fantastisch.«

»Glauben Sie nicht, dass das etwas zu anstrengend für Sie wird?«

»Natürlich wird es das.«

Sie öffnet die Autotür und gleitet auf den Sitz, wartet, bis ich mich hinter das Lenkrad schwinge, und spricht dann weiter.

»Aber die wirklich großen Abenteuer sind immer anstrengend, Toni. Und einen großen Auftritt haben die Goldkehlchen noch verdient.«

82

Nachdem ich Dorothea zurück in die Klinik gebracht habe, parke ich ihren Wagen wieder vor der Schattigen Pinie, wo mein Auto noch immer auf mich wartet. Ich habe versprochen, Dorothea morgen abzuholen, weil mir wohler ist, wenn sie nicht selbst hinter dem Steuer sitzen muss.

Als ich aussteige, erkenne ich Bolle, der gedankenverloren mit seiner Zigarette am Aschenbecher steht. Selbst als ich ihm zuwinke, reagiert er nicht, was mich stutzig macht, also komme ich näher.

»Hallo, Bolle.«

Fast könnte man meinen, ich hätte ihn aus dem Tiefschlaf gerissen, so überrascht ist er, mich zu sehen.

»Hallo.«

Sein Blick huscht zum Button, den ich wie jeden Tag an meinem T-Shirt trage.

»Toni.«

»Alles in Ordnung?«

Er dreht die Zigarette zwischen seinen Fingern und sieht dabei sehr nachdenklich aus.

»Valentin wird uns verlassen.«

»Ja, er zieht nach Malmö, so ist er näher bei seiner Familie.«

»Ich mag den Kerl nicht mal besonders.«

»Das ist mir nicht entgangen.«

»Aber ich will auch nicht, dass er geht.« Kurz lächelt er. »Valentin gehört hierher, ich habe mich an ihn gewöhnt.«

»Ich weiß.«

»Wer geht als Nächstes?«

»Niemand.«

»Wenn er geht, dann kann auch Ulrich gehen. Oder Sophia. Oder Robert.«

»Ich glaube nicht, dass Robert irgendwo hingeht.«

»Aber er könnte gehen. Bei Valentin haben wir auch nicht geglaubt, dass er weggeht.«

Schnell zieht er noch mal tief an seiner Zigarette, bevor er sie in den Aschenbecher schnippt und dabei zusieht, wie der Stummel weiterglüht.

»Ich mag es nicht, wenn Dinge sich schnell verändern.«
»Das mag niemand.«
»Ich bin mir sicher, dass sich die Leute hier verändern.«
Er deutet auf das Gebäude hinter uns.
»Überall neue Gesichter.«
Dann sieht er zu mir, tippt sich an die Schläfe.
»Hier drinnen ist alles durcheinander. Manchmal sind auch Sie neu für mich, Toni.« Er beugt sich etwas zu mir, bereit, mir ein Geheimnis anzuvertrauen. »Selbst Robert.«
Das trifft ihn am meisten, und ich berühre sanft seinen Arm in einer, wie ich hoffe, aufmunternden Geste.
»Robert ist Ihr bester Freund und wird es bleiben. Er vergisst Sie nicht.«
Ein schwacher, dummer Trost, aber zumindest die Wahrheit. Bolles Lächeln kehrt zurück.
»Er wird also anderen von mir erzählen?«
»Selbstverständlich.«
»Er soll mich in der Erinnerung etwas größer machen, ja?«
»Richte ich ihm aus.«
Dann sieht er auf die Uhr, so als müsste er noch dringend zu einem Termin, und sieht mich entschuldigend an.
»Ich muss los, wir sehen uns.«
Bolle steuert auf den Eingang zu, bevor seine Schritte langsamer werden.
»Sie trug ein rot-weißes Oberteil und einen hohen Pferdeschwanz.«
Triumphierend dreht er sich zu mir, sein Lächeln wieder ganz der alte Bolle, wie ich ihn bei der ersten Probe kennengelernt habe.
»Das hat sie bei unserem ersten Treffen getragen.«
Wieder tippt er sich an die Schläfe, diesmal aber ganz leicht und zufrieden.

»Noch immer hier drinnen.«

So wie er grinsend vor mir steht, so werde ich ihn in Erinnerung behalten, vielleicht mache ich ihn ein bisschen größer, aber das bleibt mein Bolle, wenn ich eines Tages über ihn spreche, seine Geschichte erzähle. Die von ihm, seiner Johanna und seinem besten Freund Robert.

Ich warte, bis sich die Türen hinter ihm geschlossen haben, bevor ich mich umdrehe, um nach diesem langen Tag endlich heimzufahren.

»Sie sind also wirklich immer hier.«

Beatrice Larsson, geborene Meerbach, steht mit einem großen, offensichtlich leeren Koffer in der Hand da, und ich gebe mir Mühe, mir die Überraschung über ihr Auftauchen nicht zu sehr anmerken zu lassen.

»Nun, ich arbeite hier.« Ich deute auf den Koffer, der wie ein rosa Elefant zwischen uns steht. »Es geht schon ans Packen?«

»Ich habe mir extra eine Woche Urlaub genommen.«

Nicht viel Zeit, um Valentin auf seinen Abschied und den Neuanfang vorzubereiten.

»Es ist besser für alle Beteiligten, wenn ich meinen Vater in meiner Nähe habe«, fährt sie fort.

»Sieht das Ihr Vater denn auch so?«

Ein trauriges Lächeln erscheint auf ihren Lippen.

»Mein Vater erkennt ja nicht mal seine eigene Tochter. Es ist höchste Zeit, dass ich ab jetzt die Entscheidungen für ihn treffe.«

»Wenn Sie vielleicht …«

Doch bevor ich meinen Vorschlag vortragen kann, hebt sie bereits die Hand und bringt mich zum Schweigen.

»Hören Sie, Frau Waller, vielen Dank, dass Sie in der Zwischenzeit eine ganz nette Kopie abgegeben haben, aber jetzt bin ich da und übernehme wieder.«

»Ich bin keine Kopie, Frau Larsson. Ich bin Toni. Sie sind und bleiben seine Tochter.«

Wenn sie doch nur eine Chorprobe mit uns verbringen würde, wenn ich sie – wie damals Alex – überreden könnte zu bleiben. Zumindest bis Hamburg.

»Ihr Vater spricht viel über Sie und teilt schöne Erinnerungen mit uns, nicht selten ging es dabei um Sie. Wir hören Ihre Lieblingslieder zum Aufwärmen, und ich kann Ihnen versichern, dass er viel an Sie denkt.«

»Dann ist es doch umso besser, dass ich ihn zu mir hole, oder?«

»Lassen Sie ihn mit uns nach Hamburg fahren.«

»Das scheint Ihnen ja unheimlich wichtig zu sein, Frau Waller.«

Ich schüttele den Kopf. »Nein. Aber ihm ist es wichtig. Er hat schon einmal ein großes Konzert verpasst.«

Sie ist schon losgegangen, doch jetzt erstarrt sie mitten in der Bewegung. Es ist nicht fair, das weiß ich, aber es ist meine letzte Chance.

»Wie geht es eigentlich Ihrer Tochter?«

Sie weiß jetzt, dass ich die Geschichte kenne, und ihr dürfte klar sein, wer sie mir erzählt hat und dass er sie offenbar nicht vergessen hat. Noch nicht.

»Ich dachte nur, vielleicht würde Ihre Tochter Valentin gerne mal auf der Bühne erleben. Das hat sie nämlich noch nie, oder?«

83

»Frau Waller?«

Frau Geigers Stimme verrät immer sehr genau, ob ich gute oder schlechte Nachrichten zu erwarten habe. Nur diesmal lässt die Nennung meines Namens alle Möglichkeiten offen.

»Ja?«

Sollte ihr etwas von unserem Plan zu Ohren gekommen sein, wäre es gut, wenn ich mich jetzt erst mal ahnungslos gebe.

»Kann ich Sie einen Moment sprechen?«

Ruhe bewahren. Nur nicht nervös werden. Robert hat den Kleinbus organisiert und Bolle für zwei Tage abgemeldet, Alex, Dorothea und Frau Fängeles Tochter haben der Heimleitung erklärt, dass sie mit ihren Angehörigen einen kleinen Urlaub planen. Meine Aufgabe war es nur noch, für zwei Tage Urlaub einzureichen. Und genau das hat Frau Geiger wohl stutzig werden lassen.

»Selbstverständlich.«

Alles hängt von meiner folgenden Performance ab. Jetzt bloß nicht die Nerven verlieren.

»Sie wollen Urlaub nehmen?«

»Nur zwei Tage.«

»Aha.« Sie hat mich schon durchschaut, bevor ich überhaupt eine wasserdichte Lüge auftischen kann. »Das sind aber ein bisschen zu viele Zufälle, finden Sie nicht auch?«

»Was meinen Sie?«

»Herr Gettelmann und Frau Schüble holen für genau diese Tage ihre Angehörigen zu einem kleinen Urlaub ab.«

»Das Wetter soll ja auch besonders schön werden.«

»Und rein zufällig findet an diesen Tagen auch der Chorwettbewerb in Hamburg statt.«

Möglichst verdutzt schaue ich sie an, kann ihrem Gesicht aber nicht entnehmen, wie sauer sie gerade auf mich ist.

»Zufälle gibt es ...«

»Und es wird noch besser. Auch unsere Pflegerin Frau Henke nimmt da Urlaub. Wussten Sie das schon?«

Das wusste ich noch nicht, aber ich begrüße es sehr, dass sie sich offenbar unserer kleinen Chaostruppe als Verstärkung anschließen will. Verstärkung, die ich dringend brauche.

»Heute Morgen erreichte mich auch die Info, dass Frau Fängele von ihrer Tochter abgeholt wird, sie wollen einen Kurzurlaub zusammen genießen.« Frau Geigers Augenbrauen ziehen sich zusammen, ihr Blick wird ernster. »Sie wissen, dass ich das nicht unterstützen kann.«

Wenn ich jetzt reagiere, verrate ich unseren Plan und enttäusche meine Goldkehlchen ein weiteres Mal.

»Die Senioren wollen eben mal wieder an die frische Luft, was anderes sehen und erleben. Das können Sie ihnen nicht verübeln.«

Frau Geiger steht auf und kommt einen Schritt auf mich zu. »Ich sage Ihnen eines, Frau Waller. Wenn Sie die Sonnige Palme nicht in Grund und Boden singen, werde ich richtig sauer.«

»Ich ...«

»Verlieren Sie keinen Bewohner, bringen Sie mir alle heil wieder zurück, und über einen Pokal wäre ich auch nicht traurig.«

»Ich dachte, wir treten nicht mehr an.«

Jetzt ist sie es, die ahnungslos die Schultern zuckt und ein zufriedenes Grinsen unterdrückt. »Da habe ich wohl vergessen, die Teilnahme abzusagen. Hoppla.«

Frau Geiger ist eine Frau, mit der man es sich nicht verscherzen will, aber wenn man sie als Verbündete hat, ist man quasi unverwundbar.

»Viel Spaß in Hamburg.«

»Frau Geiger …«

Schon im Gehen dreht sie sich zu mir um. »Ja?«

»Vielen Dank.«

»Wofür? Ich weiß ja von nichts.«

»Ist Valentin denn schon weg?«

»Nein. Er verlässt uns am Wochenende.« Sie weiß, was ich mir wünsche, aber schüttelt bedauernd den Kopf. »Ich habe es versucht, aber seine Tochter will von dem ganzen Chor nichts hören.«

»Verstehe.«

»Tut mir leid. Aber Sie schaffen das auch ohne ihn.«

Noch immer mit den Gedanken bei Valentin kehre ich in den Probenraum zurück, wo ich Dorothea vorhin schon abgesetzt habe. Inzwischen sind auch Alex und Robert eingetroffen. Sie haben die Köpfe zusammengesteckt und flüstern. Als ich dazukomme, blicken sie erschrocken auf.

»Ah, Toni, gut, dass Sie da sind. Wir teilen gerade die Route auf. Wir müssen früh los und hoffen, dass wir nicht zu viele Staus erwischen.«

Roberts Augen funkeln vor Aufregung, und ich unterdrücke ein Lachen.

»Frau Geiger weiß Bescheid.«

Kurze Panik.

»Und sie will, dass wir den Pokal gewinnen. Jetzt müssen wir uns nur noch auf ein neues Lied einigen. Hildegard Knef könnte funktionieren, da werden sicher einige aus der Jury begeistert sein. *My Way* …«

Beim Gedanken an das Lied von Frank Sinatra wandert

mein Blick ganz automatisch auf den einen leeren Platz, der auch dann noch leer bleiben wird, wenn der Rest der Goldkehlchen eingetroffen ist.

»... hat ja ohne Valentin kaum Sinn.«

Alex legt den Arm um mich und drückt mir einen Kuss auf die Wange. »Wir können ja eine kleine Vorauswahl treffen und lassen dann die anderen entscheiden. Immerhin ist es ihr großer Tag.«

»Keine Chance, dass Valentin sich uns doch noch anschließt?« Dorothea, die heute ein bisschen besser aussieht, stellt die Frage, die mich schon seit Tagen umtreibt. Aber ich schüttele den Kopf.

»Es ist die Entscheidung seiner Tochter. Wenn er ausfällt, muss jemand anderes den Solopart bekommen.«

Niemand kann ihn singen, zumindest nicht so wie Valentin.

»Vielleicht Bolle, der hat ein lautes Organ«, schlägt Ulrich vor.

Wobei man sich bei Bolle nie ganz sicher sein kann, ob er auch die Töne trifft.

»Sicher. Warum nicht?«, entgegne ich wenig überzeugt.

»Toni, seien Sie nicht traurig. Sie haben noch immer einen ganzen Chor, der sich auf Sie verlässt«, versucht Dorothea mich zu trösten.

Alles steht und fällt mit dem Dirigenten, hat mein Vater immer gesagt. Also straffe ich die Schultern und nicke.

»Zeigen wir dieser Sonnigen Palme, wie man Spaß hat.«

84

Wir haben uns noch immer auf kein Lied geeinigt.

Stattdessen sitzen Ulrich und Dorothea jetzt im Café, Bolle und Robert genehmigen sich einen Spaziergang zum Gewächshaus, und Alex führt seine Großmutter zurück in ihr Zimmer, weil die Müdigkeit sie schon die letzten beiden Lieder hat verschlafen lassen.

Ich trage eine Jutetasche unter dem Arm, während ich den Flur im dritten Stock entlanggehe, meine Schritte tapfer, mein Herz ein bisschen schwer. Aber wenn er ausziehen muss, dann sollte er auch alles mitnehmen.

Eine Weile stehe ich vor Valentins Zimmertür, ehe ich anklopfe. Ich muss nicht lange warten, bis mir seine Tochter öffnet. Sie hat die Haare nachlässig nach hinten gebunden, auf Make-up hat sie verzichtet, der Stress der letzten Tage hat sie älter werden lassen. Sie sieht aus, als ob sie einen Kaffee und eine Pause gebrauchen könnte.

»Frau Waller …«

Einen Augenblick lang klingt sie fast erleichtert, mich zu sehen, als würde sie mich gleich um Unterstützung bitten, aber ich weiß genau, dass ich mir das nur einbilde.

»Ist das Toni?«

Valentins Stimme dringt aus dem Inneren des Zimmers zu mir. Seit seiner Rückkehr ins Heim habe ich ihn nicht mehr gesehen, wofür sicherlich auch seine Tochter gesorgt hat.

»Bitte sie herein, das gehört sich so.«

Aber Beatrice macht keine Anstalten, auf ihren Vater zu hören, sondern sieht mich nur stur an.

»Was kann ich für Sie tun?«

»Ich wollte Ihrem Vater nur etwas zurückgeben.«

Ich deute auf die Jutetasche in meiner Hand und hoffe, dass Beatrice zur Seite tritt und mir die Chance gibt, mich anständig von Valentin zu verabschieden.

»Was ist in der Tasche?«

»Das sind Schallplatten. Sie gehören Valentin.«

Wie zum Beweis ziehe ich eine hervor, das erfolgreichste Album von Fleetwood Mac, und sie zögert, bevor sie vorsichtig mit den Fingern über das abgegriffene Cover streift.

»Es sind auch noch ein paar Frank-Sinatra-Platten dabei.«

»Natürlich. Mein Vater hat sich schließlich jahrelang selber für Frank Sinatra gehalten.«

Sie nimmt die Jutetasche in Empfang, drückt sie an ihre Brust, als würde sie den Inhalt umarmen, bevor sie zu mir sieht.

»Danke, dass Sie sich um ihn gekümmert haben.«

»Wir haben nur zusammen gesungen.«

Sie nickt, bewegt sich aber nicht von der Stelle. Nun taucht Valentin hinter ihr auf. Er trägt ein schlichtes T-Shirt und eine viel zu weite Sporthose. So erkenne ich ihn kaum, immerhin hat er sich sonst immer sehr in Schale geworfen, vor allem für die Chorproben.

»Toni! Da sind Sie ja.«

»Ich habe nur was zurückgegeben.«

»Kommen Sie nicht rein?«

So formatfüllend, wie seine Tochter im Türrahmen steht, habe ich bessere Chancen, ins Berghain in Berlin zu kommen, deswegen erspare ich uns allen noch länger diese unangenehmen Situation und schüttele schnell den Kopf.

»Ich muss los, wir haben einiges zu planen ...«

Die Enttäuschung in seinem Blick trifft mich mehr, als ich gedacht hätte.

»Wegen Hamburg?«

Wenn es doch nur klare Regeln gäbe, was Menschen mit Demenz vergessen. Gemeinhin heißt es, sie vergessen zuerst das aktuelle Tagesgeschehen, bevor die Kindheitserinnerungen verschwinden. Sie vergessen genau genommen rückwärts chronologisch, und doch gibt es immer wieder Ausnahmen. Gerade wünsche ich mir, dass Valentin möglichst bald Hamburg und den Chorwettbewerb vergisst und dann schnell auch noch den ganzen Chor und mich.

Damit er in Malmö niemanden vermissen muss.

»Ja.«

»Was singen wir denn?«

Wir. Er glaubt noch immer, er wäre dabei, mit uns allen auf der Bühne.

Beatrice dreht sich zu ihm um. »Du wirst nicht mitfahren, Papa. Das haben wir doch besprochen.«

Valentin winkt nur ab, schiebt seine Tochter etwas zur Seite und öffnet die Tür weiter.

»*My Way*. Damit beendet Frank Sinatra jedes Konzert.«

»Ich weiß.«

»Es wäre ein schöner Abschied, finden Sie nicht?«

»Papa, du fährst nicht mit. Du kommst mit mir nach Malmö.«

Aber davon hält Valentin offenbar nichts, schüttelt fast amüsiert den Kopf.

»Meine Tochter will mich entführen.«

»Nein, Papa. Du kommst zu uns. Nach Malmö. Zu Sven und mir.«

Malmö ist nicht sein Zuhause, nur ihres. Ich sollte froh sein, dass Valentin näher bei seiner Familie sein wird, aber mein ganzes Nervensystem scheint zu brennen, wenn ich ihn mir in einer fremden Umgebung vorstelle.

»Ich soll bei ihnen wohnen. Das wird eng«, fährt er fort.

»Nein, Papa. Dein neues Zuhause wird ein Pflegeheim, so wie dieses.«

Ihre Stimme verrät, dass sie ihm das nicht zum ersten Mal erklärt und ihr Geduldsfaden immer dünner wird.

»Ich bin doch schon zu Hause, Birdie.« Er drückt ihr einen Kuss auf die Stirn und wendet sich an mich.

»Wir sehen uns bei der Probe, Toni.«

Damit geht er wieder ins Innere und lässt seine Tochter bei mir an der Tür zurück.

Beatrice ist und bleibt seine Birdie, daran kann kein Chor etwas ändern, und ich wünsche mir so sehr, auch sie würde das verstehen.

»Ich wünsche Ihnen beiden eine gute Reise und ...«

Kurz muss ich mich räuspern, eine Pause, die Birdie sofort füllt.

»Er sagt, Norbert Eckhard singt im Chor von der anderen Stuttgarter Senioreneinrichtung, die am Wettbewerb teilnimmt. Stimmt das?«

»Ja.«

»Noch weiß ich nicht, welche Geschichten stimmen und welche ... nun ... etwas durcheinandergeraten sind.«

»Das mit Eckhard stimmt.«

»Verstehe.«

»Unangenehmer Zeitgenosse.«

»Allerdings. Er hat es meinem Vater schon damals nicht leicht gemacht.«

»Neulich auch nicht. Das unerwartete Aufeinandertreffen der beiden hat Ihren Vater etwas aus der Spur gebracht, und dann ist er spazieren gegangen.«

»Zur Liederhalle. Wohin auch sonst.«

Sie lacht leise, aber es klingt nicht mehr so bitter.

»Hören Sie, Frau Waller, wir hatten keinen guten Start, aber danke.« Sie drückt die Platten noch mal an sich. »Danke hierfür und für alles andere.«

»Gern geschehen.«

Sie will noch mehr sagen, aber der Mut oder die Kraft gehen ihr unterwegs aus. Sie nickt nur kurz und tritt einen Schritt zurück. Gleich wird die Tür zugehen, und ich sehe Valentin nie wieder. Mein Gehirn schaltet in den Turbomodus, sucht rasend schnell nach den richtigen Worten, einige, die Valentin vielleicht nicht vergisst. Oder zumindest nicht so schnell.

»Vergessen Sie seine Krawatten nicht.«

Von all den Dingen, die ich hätte sagen können und sollen, spuckt mein Gehirn nur diesen Nonsens aus. Birdie lächelt wissend, als hätte sie tatsächlich verstanden. Dann ist es vorbei, die Tür geht zu, und meine Tränen haben keinen Grund mehr, sich zurückzuhalten.

85

Robert fährt die erste Etappe.

Der Bus ist kleiner, als ich erwartet habe, und wir belegen fast alle Plätze.

Alexander sitzt neben seiner Großmutter, die etwas ängstlich seine Hand hält. Er unterhält sich leise mit ihr, während er hier und dort auf Dinge in der Landschaft deutet.

Dahinter sitzt Bolle, den Kopf an die Scheibe gelehnt, die Augen geschlossen und die Arme vor der Brust verschränkt. Sobald wir auf der Autobahn waren, ist er eingeschlafen, und es sieht auch nicht so aus, als würde er vor Hamburg aufwachen.

Ulrich und Dorothea sitzen ganz hinten, er hat die Straßenkarte auf dem Schoß ausgebreitet, obwohl wir eine Navigationsapp haben, die uns sicher ans Ziel bringen soll. Dorotheas Kopf lehnt an Ulrichs Schulter, sie hat sich bei ihm eingehakt. Als sie meinen Blick bemerkt, schenkt sie mir ein kurzes Lächeln, das Mut macht.

Elena Fängele und ihr Tochter Claudia, die ihrer Mutter wie aus dem Gesicht geschnitten ist, sitzen neben mir und unterhalten sich über Dinge, die ich nicht verstehe, weil ich die Geschichten dahinter nicht kenne. Allerdings ist es Frau Fängele sehr wichtig, mich alle sieben Kilometer daran zu erinnern, dass ihre Tochter hier ist. Der ist das zwar ein wenig unangenehm, aber die Freude in der Stimme ihrer Mutter ist auch das wert.

Der Platz neben Frau Henke ist leer. Dort hätte Valentin sitzen können, aber der ist bereits gestern abgereist, ohne Abschiedsparty oder ein Ständchen seiner Chorkollegen. Fast kommt es mir so vor, als hätte es ihn nur in meiner Einbildung gegeben, den fast weltberühmten Sänger, der mal in meinem Chor gesungen hat.

»Und du bist dir ganz sicher?«

Alex dreht sich auf seinem Platz so, dass er mich ansehen kann, und noch immer kann ich kaum glauben, dass der beschäftigte Architekt von damals jetzt hier in einem Kleinbus voller Senioren sitzt und die Hand seiner Großmutter hält.

»In welchem Punkt?«

»Na, welchen Song wir singen.«

»Absolut. Wieso, willst du schon mal deine Stimme ölen?«

Er zieht eine Grimasse und nickt dann zu seiner Großmutter.

»Ich dachte nur, vielleicht hilft es, wenn wir sie alle noch mal daran erinnern, was wir singen.«

»Das wissen wir schon, keine Sorge. Und wenn nicht, ist es auch nicht wichtig.«

»Ach, weil es nicht um Leistung oder ums Gewinnen, sondern nur um den Spaß geht?«

»Nein, es geht mir um die Erinnerung. Deine, Dorotheas, Roberts und auch meine.«

Alex' Lippen verziehen sich zu einem Lächeln. »Eine weitere Reise, ein Blick aufs Meer, ein weiterer Tanz.«

Er beugt sich über die Sitzlehne zu mir, wobei der Sicherheitsgurt unangenehm in seinen Hals schneidet, aber er lässt sich davon nicht abhalten und küsst mich.

»Nicht übel, Frau Doktor.«

Er zwinkert mir frech zu, als Sophia ihm auf die Schulter tippt.

»Ja, Oma?«

»Wo fahren wir hin?«

»Nach Hamburg.«

»Wieso denn nach Hamburg?«

Alex' Lächeln wächst, und ich erkenne den frechen kleinen Jungen vom Foto.

»Weil Dorothea und Ulrich noch mal das Meer sehen wollen.«

86

»Und Sie sind?«

Die Dame am Check-in mustert unsere Truppe fast etwas misstrauisch, aber ich lächele sie an, froh und erleichtert darüber, dass wir wirklich hier sind.

In Hamburg.

»Die Goldkehlchen, Schattige Pinie, Stuttgart.«

Sie sieht auf das Klemmbrett in ihrer Hand und lässt einen Kugelschreiber die Liste entlanglaufen, bis sie uns schließlich findet und einen Haken setzt.

»Unter wessen Leitung?«

»Antonia Waller.«

Das würde meinem Vater gefallen. Die Dame blickt unsicher auf, blinzelt einen Moment über den Rand der Brille hinweg, als müsste sie den Blick erst wieder scharf stellen.

»Sind Sie etwa die Tochter von Richard Waller?«

Wenn man sich am richtigen Ort befindet, ist mein Nachname so was wie ein Zauberspruch, der sofort Ehrfurcht und Anerkennung in die Gesichter der anderen zaubert.

»Ganz richtig.«

»Wie schön, Sie hier empfangen zu dürfen. Wenn Sie bitte dort entlanggehen möchten? Sie haben Raum Nummer elf zum Einsingen.« Sie reicht mir einen Zettel mit dem genauen Ablauf der Veranstaltung.

»Danke schön.«

Robert und ich führen die Goldkehlchen an, Alex und Anja Henke bilden die Nachhut. Es geht einen langen Gang entlang, vorbei an Türen, hinter denen bereits geprobt wird.

Robert beugt sich etwas zu mir. »Wir haben es tatsächlich geschafft.«

Gerade als ich die Tür mit der Nummer elf entdeckt habe, öffnet sich die Tür auf der anderen Seite, und ein Mann tritt auf den Flur, den ich sofort erkenne. Bei ihm dauert es etwas länger, bis er mich einsortieren kann, doch dann verzieht er seinen Mund zu einem süffisanten Lächeln. Norbert Eckhard steht vor uns, mit frisch gefärbten Haaren.

»Ach schau an, die Vergissmeinnicht sind auch angekommen. Habt euch also nicht verfahren, ja?«

»Die Goldkehlchen.«

»Wie auch immer.«

Mit dem Blick scannt er unseren Chor und nickt dann zufrieden. »Wie ich sehe, fehlt der Star Ihrer kleinen Truppe.«

In gewisser Weise ist er daran nicht ganz unschuldig, was ich ihm aber natürlich nicht verraten werde.

»Er ist bei seiner Familie«, erkläre ich.

»Ja, das sieht ihm ähnlich. Immer, wenn der große Auftritt ansteht, kneift er und schiebt seine Familie vor.«

»Kommen Sie, Toni, lassen wir uns von diesem Kerl nicht die Laune verhageln.« Dorothea hakt sich bei mir ein und zieht mich in Richtung Raum elf.

»Ganz genau, Toni, hören Sie lieber auf Ihre Pflegerin«, bemerkt Norbert Eckhard ironisch.

Dorothea bleibt abrupt stehen und funkelt ihn wütend an. »Hören Sie mal, nur weil Sie Angst vor uns haben, ist das kein Grund, gemein zu werden.«

»Angst? Vor Ihnen? Ich wüsste nicht, wieso.«

So überheblich, wie er uns jetzt mustert, bin ich mir sogar sicher, dass wir für ihn nichts weiter als eine Ansammlung Witzfiguren sind, denen er ach so überlegen ist.

»Wieso sonst haben Sie unseren Song geklaut?«

Er lacht laut und stemmt die Hände in die Hüften. »Wir dachten, jemand sollte dem Publikum zeigen, wie der Song wirklich klingt. Bei Ihrer Interpretation kriegt man ja Kopfschmerzen.«

»Einschüchterung von Konkurrenten – Sie müssen ja wirklich die Hosen gestrichen voll haben, Herr Eckhard«, bemerke ich.

Er sieht aus, als wollte er eine weitere Gemeinheit abfeuern, doch da ertönt eine laute Stimme, die ihn aus dem Konzept bringt.

»Da seid ihr ja!«

Seine Stimme würde ich aus jeder Menschenmenge heraushören. Tief und wohlklingend, ein Bass, wie er im Buche steht. Vor uns steht Valentin in weißem Hemd, Weste und schicken schwarzen Hosen, flankiert von Birdie und einer jungen Frau.

»Wir dachten schon, wir sind zu spät.« Beatrice wirft mir einen Blick zu, der das Kriegsbeil endgültig begräbt. Wenn wir nicht so viele Zuschauer hätten, würde ich sie glatt umarmen.

Ihre Augen sind inzwischen auf Eckhard gerichtet. »Hallo, Norbert. So sieht man sich wieder.«

»Beatrice. Hallo.«

Die Arroganz hat Beatrice mit ihrem Auftreten einfach so aus seiner Stimme gefegt.

»Normalerweise würde ich sagen, wie schön, dich zu sehen, aber man soll ja nicht lügen.«

Sie hält die Hand ihres Vaters fest in ihrer und deutet auf die junge Frau.

»Das hier ist meine Tochter Paula. Sie wollte ihren Opa mal auf der großen Bühne erleben.«

Paula winkt lächelnd und hakt sich bei ihrem Großvater unter. »Komm, Opa, machen wir uns für den Auftritt bereit.«

Ihrem Kommando folgen auch die anderen Goldkehlchen und lassen Norbert Eckhard einfach stehen.

Erst als die Tür von Raum elf hinter uns zugefallen ist, wende ich mich an Birdie. »Sie glauben gar nicht, wie froh ich bin, dass Sie es sich doch noch mal überlegt haben.«

»Papa und ich haben die letzten Abende viel Musik gehört, und ich weiß nicht, wie es kommt, aber ein bisschen hat es sich so angefühlt, als hätte ich meinen Vater wieder.«

»Das freut mich für Sie beide.«

»Und ich habe Ihre versteckte Botschaft verstanden, wenn auch etwas zeitverzögert. Er gehört zu den Goldkehlchen und wird auch hier bleiben.«

»In Stuttgart?«

»Ja. Ich werde ihn nur sehr viel öfter besuchen.«

Wir sehen beide wieder zu Valentin, der bei Bolle und Robert in ein Gespräch vertieft ist.

»Mein Vater hat die Bühne geliebt und sie doch immer wieder für mich aufgegeben. Jetzt bin ich an der Reihe, ihm was zurückzugeben. Und Sie haben recht, meine Tochter hat ihren Opa nie auf der Bühne erlebt.«

Sie greift in ihre Tasche und zieht eine rote Krawatte hervor, die sie mir reicht. »Zeit, das zu ändern. Ich habe seine Krawatte mitgebracht.«

Edel fühlt sich der Stoff unter meinen Fingern an, und die Farbe passt so perfekt, dass ich es mir gar nicht besser hätte wünschen können.

»Okay, liebe Goldkehlchen, jetzt, da wir wirklich komplett sind, wärmen wir uns auf und machen uns dann für den Auftritt bereit, okay?«

Mein Lächeln muss ansteckend sein, denn plötzlich sehe ich freudig aufgeregte Gesichter und wende mich an Birdie.

»Wollen Sie mitsingen?«

»Gerne, aber ich weiß nicht, ob das eine Bereicherung wäre.«

Ein Blick zu Valentin, der gerade von Bolle umarmt wird, reicht.

»Für ihn auf jeden Fall. Haben Sie zufällig etwas Rotes zum Anziehen dabei?«

»Ja, und ein rotes Haargummi.«

»Perfekt. Herzlich willkommen bei den Goldkehlchen.«

Viel Zeit bleibt uns nicht mehr. Bevor wir mit dem Einsingen starten und unser Lied noch einige Male durchsingen, bereiten wir unser Outfit für den Auftritt vor. Alexander hilft seiner Oma mit dem roten Schal, den er ihr um den Hals legt und locker vorne zubindet. Bolle und Robert schlüpfen in ihre roten T-Shirts, die am Bauch etwas spannen, aber mit denen sie irgendwie als ein ungleiches Zwillingspaar durchgehen würden. Anja Henke steckt sich ihre roten Ohrringe an, die zwischen den lackierten Fingernägeln wie kleine Rubine funkeln. Frau Fängele trägt einen roten Sportanzug und farblich passende Turnschuhe. Ulrich bekommt ein rotes Einstecktuch in die Brusttasche seines Jacketts gestopft, und Dorothea trägt ihren knallroten Lippenstift auf.

Da taucht Valentin vor mir auf, sein Lächeln ist wie bei unserem ersten Treffen herausfordernd, als wüsste er, dass unsere Geschichte noch nicht vorbei ist. Er deutet auf die Krawatte in meinen Händen.

»Würden Sie mir helfen?«

»Selbstverständlich.«

Die Übung habe ich inzwischen und bin trotzdem überrascht vom Zittern meiner Hände. Die Aufregung kann ich wohl nicht ganz leugnen, und so atme ich einmal tief durch und versuche es noch mal, während Valentins Blick auf mir ruht.

»Keine Sorge, Toni, alles wird gut.«

Zumindest der Krawattenknoten gelingt mir. Alles andere bleibt abzuwarten.

»Wo haben Sie eigentlich gelernt, so einen Knoten zu binden?«

Mit einem Lächeln sehe ich zu ihm auf.

»Na, von Ihnen, Valentin.«

87

Obwohl der Auftritt im kleinen Saal der Elbphilharmonie stattfindet, ist die Bühne größer, als ich sie mir vorgestellt habe, und die vielen Lichter blenden mich einen Moment. Es ist unmöglich, die Gesichter im Publikum zu erkennen, aber ihre Umrisse sind erkennbar, und wenn ich mich nicht täusche, sind alle Plätze belegt.

In der ersten Reihe hat die Jury Platz genommen, die laut Ablaufplan schon acht andere Chöre gesehen, gehört und bewertet hat. Jetzt sind wir dran, und ich warte, bis alle meine Goldkehlchen in der Mitte der Bühne angekommen sind. Für Sophia wurde ein Stuhl bereitgestellt, und etwas weiter vorn steht ein Mikrofon, an das ich nun herantrete.

Irgendwo dort unten ist Paula. Mit einer kleinen Kamera bewaffnet, wird sie unseren Auftritt festhalten. Für den Fall, dass wir uns alle mal daran erinnern wollen.

»Guten Tag, mein Name ist Toni ... Antonia Waller, und das hier ist unser Demenzchor aus Stuttgart.« Voller Stolz deute ich hinter mich. »Die Goldkehlchen!«

Ich gehe nach links, wo ein Flügel steht. Die letzten Tage haben wir immer mit Klavierbegleitung geprobt, weil ich bei kleinen Pannen weiterspielen kann, bis jeder da ist, wo er sein sollte. Die Tatsache, dass wir ohne Valentin geprobt haben, macht mich nervös, aber er ist ein Profi. Die Musik wird ihn schon leiten. Jetzt gibt es kein Zurück mehr. Nicht für mich und erst recht nicht für meine Goldkehlchen.

Da stehen sie, alle tragen etwas Rotes und ihre Namensbuttons, einige Mitglieder halten sich an den Händen, alle sehen sie zu mir, und ich lächele ihnen zu.

Das hier sind unsere drei Minuten einundzwanzig, unser Moment, unsere Erinnerung, eine, die bleibt.

Als ich auf dem Hocker vor dem Flügel Platz nehme, muss ich an meinen Vater denken und hoffe, dass er trotzdem irgendwann stolz auf mich ist. Auch wenn das hier nicht sein Lebenstraum ist, so ist es doch meiner geworden.

Die ersten Töne meines Klaviervorspiels klingen beinahe etwas schüchtern, aber es reicht, um die Aufmerksamkeit des Chores zu fangen, und der erste Einsatz passt perfekt.

Noch nie habe ich sie *Für mich soll's rote Rosen regnen* besser oder schöner singen hören, und es erfüllt mich mit Rührung, ihre strahlenden Gesichter zu sehen. Es ist so schön, dass Alexander hier neben seiner Großmutter steht und Birdie ihren Vater noch mal auf der großen Bühne erlebt.

Valentins Töne sitzen perfekt, als hätte er nie etwas anderes gemacht, als Lieder von Hildegard Knef zu singen. Die Gänsehaut jagt über meinen Körper, und ich sehe, wie stolz er dasteht, die Augen halb geschlossen, und singt.

Mag sein, dass Norbert Eckhard mit seinem Chor die besseren Chancen auf einen Sieg hat, aber einen solchen Moment wie diesen wird er nie erleben.

Zum Ende des Liedes werden die Goldkelchen wie besprochen immer leiser und leiser, bis sie am Schluss nur noch flüstern. Dank der großartigen Akustik bin ich sicher, dass trotzdem jedes Wort im Publikum ankommt.

Und dann ist da nur noch Stille.

Ich erhebe mich und deute auf meinen Chor, der sich verbeugt, so wie wir es geprobt haben. Dann werden die Lichter etwas gedimmt – vielleicht, damit wir sehen können, wie viele Menschen uns nicht frenetisch zujubeln.

Die Stille dauert zu lange, die Hoffnung auf Applaus verebbt zusehends.

Ich drehe mich zum Zuschauerraum und erkenne eine Gestalt, die irgendwo in der Mitte der Reihen aufsteht, und ich befürchte fast, sie wird gleich die Flucht antreten, aber dann beginnt sie laut und fest in die Hände zu klatschen, nur wenige Sekunden später setzt auch der Rest der Zuschauer ein, sogar die Jury, die eigentlich nicht klatschen soll, applaudiert, und ich signalisiere meinen Goldkehlchen, sich ein zweites Mal zu verbeugen, was sie auch tun. Lächelnd und mit geröteten Gesichtern.

Dann sehe ich wieder zu dem Mann im Publikum, der den Applaus für uns in Gang gesetzt hat, und spüre, wie mein Herz aus meinem Körper ausbrechen möchte, als ich ihn erkenne.

Es ist mein Vater.

88

»Lassen Sie ihn ja nicht fallen!«

Bolle, der die Schuhe ausgezogen hat, hält den Pokal über seinen Kopf in den klaren blauen Himmel, der sich langsam für den Sonnenuntergang vorbereitet.

»Keine Sorge, Toni, den bringen wir heil nach Stuttgart.«

Robert folgt seinem Freund dennoch durch den feinen Sand in Richtung Ufer, wo sich kleine Wellen kräuseln und uns tatsächlich das Gefühl von Meer geben. Dorothea, die ebenfalls barfuß im Sand steht, genießt den Ausblick, und ich trete neben sie.

»Es tut mir leid, dass es nicht ganz das Meer geworden ist.«

Aber sie schüttelt nur zufrieden den Kopf. »Das hier ist genau richtig.«

Ulrich, der die Hosenbeine hochgekrempelt hat, geht durch das flache Wasser am Ufer spazieren.

»Sie haben es tatsächlich geschafft, Toni«, fährt Dorothea fort.

Nur ein bisschen, nicht ganz. Der Pokal, den Bolle wie den Champions-League-Henkelpott stolz im Arm trägt, ist nur der Publikumspreis. Den ersten Platz der Jury hat sich der Chor eines Speyerer Altenheims ersungen, der mit seiner Interpretation eines Beatles-Songs alle begeistern konnte.

Hildegard Knefs rote Rosen haben uns aber die Stimmen der Zuschauer eingebracht und damit mehr, als wir vielleicht erwartet hatten. Die Sonnige Palme ist mit ihrer Version von *Mamma Mia* auf dem vorletzten Platz gelandet. Eine Randnotiz, nicht mehr.

»Die Goldkehlchen haben gewonnen.« Dorothea gräbt ihre Zehen weiter in den Sand. »Und ich bin am Meer.«

Der Elbstrand ist nicht das Meer, aber das spielt für sie gerade keine Rolle. Sie hakt sich bei mir ein, und ich verstehe die Aufforderung zu einem kleinen Spaziergang.

Die Abkühlung durch das Wasser tut gut, weil meine Haut noch immer vor Aufregung glüht. Wir sollten uns schon längst auf den Weg ins Hotel gemacht haben, aber niemand hat es so richtig eilig.

»Es ist schön hier, finden Sie nicht?« Sie deutet auf die großen Containerschiffe, die darauf warten, zu ihrer nächsten Reise aufzubrechen. »Was meinen Sie, wohin die fahren?«

»Das weiß ich leider nicht.«

Sie sieht gedankenverloren zu den Schiffen und lächelt dabei entspannt. »So kann die Geschichte gerne ausgehen.«

»Jetzt schon?«

Nur mit großer Mühe halte ich den lockeren Ton, den Dorothea angeschlagen hat, bilde mir ein, es wäre einfach nur ein bisschen Small Talk und nicht so viel mehr.

»Was soll denn jetzt noch Besseres passieren, Toni?«

Sie deutet den Strand entlang, wo Bolle und Ulrich den Pokal bestaunen, während Alex und Sophia auf einer kleinen Decke sitzen und den Himmel betrachten, bereit für das anstehende Farbenspiel.

»Keine Ahnung, aber ein paar tolle Dinge warten sicher noch.«

Dorothea denkt über meine Worte nach und dreht den Kopf dann in meine Richtung. »Wenn das so sein sollte, müssen Sie mir davon erzählen, falls ich nicht mehr da bin.«

»Das werden Sie schon noch sein.«

Sie tätschelt liebevoll meine Hand. »Ihren Optimismus hätte ich gerne.«

»Den haben Sie doch. Als ich schon aufgeben wollte, haben Sie noch an Hamburg geglaubt.«

»Daran hatte ich nie Zweifel.«

Wieder sieht sie zu ihrem Mann, der in Bolle einen Freund gefunden zu haben scheint. Ihre Männerrunde wird durch Robert ergänzt, der darauf achtet, dass sie weder den Pokal fallen lassen noch sich zu weit von der restlichen Gruppe entfernen.

»Ein gutes Ende, Toni. Ein besseres, als viele es kriegen.« Ihre Augen funkeln verdächtig. »Sie passen mir ein bisschen auf ihn auf, ja?«

»Natürlich.«

»Aber noch übernehme ich das.«

Damit verabschiedet sie sich von mir und geht langsam und bedächtig zu ihrem Mann, der sie mit offenen Armen empfängt. Auch wenn der Elbstrand wirklich nicht das Meer ist, so ist es vielleicht trotzdem genug.

»Wollen wir ein Foto machen?«

Alex zückt sein Handy und wedelt damit in der Luft herum,

bis er die Aufmerksamkeit des gesamten Chors hat. Die Männer kehren mit dem Pokal zu uns zurück, Dorothea an Ulrichs Seite.

Valentin, Birdie und Paula, die ebenfalls im Sand sitzen, erheben sich und kommen zu Alex und mir ans Ufer. Frau Henke hilft Sophia auf die Beine, und wir warten, bis auch Frau Fängele, die ein ganzes Stück abseits ihre Schritte gesammelt hat, zusammen mit ihrer Tochter zu uns gestoßen ist. Ganz automatisch nehmen die Goldkehlchen die gleiche Position ein wie vorhin auf der Bühne. Alex reicht Paula das Handy, und sie dirigiert uns so lange, bis wir alle im Bild zu sehen sind.

Bolle hält den Pokal in den Himmel, und irgendwo dahinter ist bestimmt das Meer.

Valentin steht direkt hinter mir und beugt sich etwas näher. »Ich wette, Ihr Vater wäre stolz auf Sie, Toni. Ich jedenfalls bin es.«

Dann drückt Paula auf den Auslöser und fängt meine Goldkehlchen in ihrer Urbesetzung zum ersten und letzten Mal ein.

89

Einige Monate später

Alex führt seine Großmutter zu ihrem Stuhl, alle anderen haben bereits ihren Platz eingenommen und sehen abwartend zu mir. Diesmal ganz ohne Klavier oder Flügel, wir haben nur ein klappriges Keyboard zur Verfügung gestellt bekommen. Gestern Nacht noch habe ich im Haus meiner Eltern geprobt, und Papa hat von einem Sessel aus immer mal wieder zu mir herübergesehen und mir Tipps für heute mitgegeben, die ich gerne angenommen habe.

In Hamburg war ich nicht so nervös wie jetzt.

Valentin, der inzwischen auf Krawatten verzichtet, trägt die alte Fliege, die er früher bei Auftritten getragen hat und die ganz einfach umzuschnallen ist. Inzwischen muss alles etwas schneller gehen, weil ihm die Geduld fehlt, und er versingt sich immer häufiger.

Frau Fängele hat einen ihrer dunkelblauen Sportanzüge gewählt, weil sie nichts Schwarzes gefunden hat. Robert und Bolle tragen schwarze Poloshirts zu dunklen Jeans, und Alex hat einen seiner dunklen Pullover gewählt.

Einen Anzug trägt nur Ulrich. Er steht ganz vorne, den Blick ins Nirgendwo gerichtet.

Ich hatte es ihr versprochen. Damals, auf der Damentoilette der Pinie, als der heutige Moment noch so unendlich weit weg schien und ich gehofft hatte, sie würde noch viel länger bei uns bleiben.

Ulrich ist tapfer, allerdings kommt es mir so vor, als hätte er ihren Tod noch gar nicht recht umrissen. Er hat in der letzten Zeit rapide abgebaut. Als Dorothea ihn nicht mehr besuchen kommen konnte, hat er irgendwann nicht mehr nach ihr gefragt. Als ich sie das letzte Mal im Krankenhaus besuchte, war mir klar, dass wir uns nicht mehr wiedersehen würden. Die Abschiedsumarmung war fester und länger als alle bisherigen, und Dorothea war mir noch nie so zerbrechlich erschienen. Auch jetzt noch bilde ich mir ein, ihre Umarmung zu spüren.

»Wir wären dann so weit«, sage ich.

Statt in der Pinie, wie ursprünglich geplant, findet der Abschied jetzt doch hier in der kleinen Friedhofskapelle statt.

Dorotheas Sarg ist schlicht, aber schön, und abgesehen von Ulrich und den Goldkehlchen sind nur wenige Trauergäste da. Ulrich zupft unsicher an den Ärmeln seines Jacketts und sieht dann zu mir herüber.

»Sollen wir anfangen, Ulrich?«

Aber er schüttelt den Kopf. »Wir warten doch noch auf meine Frau. Sie wird sicher gleich kommen.«

Ein Foto von ihr in Schwarz-Weiß, noch vor der Krankheit, steht seitlich neben dem Sarg, aber Ulrich sieht zur Tür. Ich gehe auf ihn zu, nehme seine Hand und drücke sie kurz.

»Dorothea ist schon angekommen.«

Etwas irritiert sieht er sich im Raum um, findet sie aber nicht und wendet sich dann an mich. »Ist sie da?«

»Ja. Und sie wünscht sich doch, dass wir für sie singen.«

»Mit dem Chor?«

»Ja, alle zusammen.«

»Was singen wir denn?«

»*Merci Chérie* von Udo Jürgens.«

Bei den Proben hat Ulrich nur dagesessen, ab und an die Lippen bewegt, aber nie wirklich mitgesungen. Doch jetzt flackert etwas in seinem Blick auf.

»Den Udo Jürgens, den mochte sie immer sehr«, sagt er mit einem Lächeln, dem die Traurigkeit fehlt, und ich nicke.

»Ja, ich weiß.«

»Das wird ihr bestimmt gefallen, nicht wahr?«

»Ganz sicher, wir strengen uns auch richtig an.«

Er nickt zustimmend, und ich deute auf seinen Platz neben Bolle.

»Wollen Sie mitsingen?«

»Natürlich.«

Er wirft noch einen Blick in den Raum, bevor er sich einen Ruck gibt und zu Bolle geht, der ihm die Hand auf die Schulter legt.

»Kann Dorothea uns denn hören?«, fragt Ulrich.

Nach all den Notlügen, die ich ihm in den letzten Tagen aufgetischt habe, fällt es mir jetzt ganz leicht zu nicken. Denn es ist die Wahrheit.

»Dorothea kann uns sogar bestens hören.«

Damit gibt er sich zufrieden, rückt sein Jackett noch einmal zurecht und sieht dann mit einem stolzen Lächeln zu mir. »Dann singen wir für sie.«

Und genau das tun wir jetzt. Ich stimme mit ein, und wir singen laut, ein bisschen schräg und wunderschön. Für Dorothea und all die anderen, die uns in Erinnerung bleiben werden. Und für alle, die hoffentlich noch eine Weile hier sein werden, denke ich und schenke Alex ein liebevolles Lächeln.